짓자 해도
괜찮아

찌질해도 괜찮아

초판 1쇄 발행 2020년 6월 3일

지은이 | **콩켸팥켸**

발행인 | 김성룡
기획, 편집 | (주)스마트빅(쉼표)
교정 | 김은희
표지디자인 | 우물
출판등록 | 제2014-000017호 (2011년 6월 30일)

펴낸곳 | 도서출판 가연
주 소 | 서울시마포구 월드컵북로 4길 77, 3층 (동교동 ANT빌딩)
전 화 | 02-858-2217
팩 스 | 02-858-2219
ISBN | 978-89-6897-065-8 03810

짜릿해도 괜찮아

콩케팥케 장편소설

차 례

1. 내 방의 아담

저 희끄무레한 건, 뭐지?

술기운이 가득한 은남의 눈꺼풀이 느리게 꿈지럭거렸다. 어제 이사 온 아파트는 여전히 남의 집인 듯 낯설었고, 정리 못 한 짐보따리가 여기저기 널브러져 엉망진창이었다. 아무리 그렇다고 해도 저런 걸 집 안에 들여놓은 기억은 없었다. 그녀는 희끄무레한 것을 아래부터 위까지 한 번에 쭉 훑어보았다. 뭔지 모를 것이 참으로 길기도 길다.

아무리 봐도 이건…… 사람 같은데. 고개를 갸우뚱했다.

술에 취해 초점도 잘 맞지 않는 눈을 끔벅거리다가 다시 헤벌쭉 웃으며 고개를 절레절레 흔들었다. 에이, 그럴 리가 없지. 아무래도 너무 많이 퍼마셨나 보다. 은남은 두 눈을 꾹 감았다가 마음속으로 다섯까지 센 후에 아주 천천히 눈꺼풀을 떼었다. 그래도 희끄무레한 것은 그대로였다. 아니, 뿌옇고 흐리멍덩하던 것이 외려 점점 더 선명한 윤곽을 갖추어가고 있었다.

요 며칠 이사하느라 너무 무리했나. 아니면 요즘 몸이 허했던가. 어쩌자고 헛것이 다 보이고 그러냐고. 은남은 손을 둥글게 말아 눈두덩을 뽀독뽀독 문질렀다. 눈을 닦고 봤더니 이젠 이목구비까지 또렷해져 버렸다. 눈앞에 있는 헛것은 사람, 그것도 남자의 얼굴을 하고서 멀뚱하게 그녀를 쳐다보고 있었다.

헛! 눈이, 눈이 마주쳤다!

"휘이, 저리 꺼져! 꺼지라니까!"

급기야 은남은 팔을 힘껏 내저었다. 그래도 헛것은 꼼짝하지도 않았고 사라지지도 않았다. 약이 올라 이번에는 손에 들고 있던 커다란 가방을 마구 휘두르기 시작했다. 하지만 가방의 무게에 휘둘린 그녀의 몸이 먼저 휘청, 중심을 잃고 말았다.

"어, 어!"

"어어!"

기우뚱 기울어지는 은남의 입에서도, 그리고 앞에 선 정체 모를 것의 입에서도 같은 종류의 감탄사가 튀어나왔다. 얼씨구, 헛것 주제에 소리도 낸다. 그뿐인가, 그녀에게 손을 뻗으며 달려오기까지 했다.

"……!"

그리고 다음 순간, 볼썽사납게 엎어질 뻔한 그녀의 어깨를 붙잡아준 것은 분명 커다란 사람의 손이었다. 이마가 쿵 부딪친 곳은 단단하고 널찍한 가슴이었고. 그리고 무엇보다도 손등을 찰싹, 때린 묵직한 살덩이. 그것은 틀림없는 그것이었다. 그것. 그러니까 거시기. 사람의 성별을 결정하는 데에 있어서 가장 중요한……. 결국 은남은 엉클어지고 뒤죽박죽이 된 머릿속을 감당하지 못하고 꼬르륵 정신을 놓아버리고 말았다. 까무룩 아득해지는 중에도 그녀는 마음속에서 비명처럼 부르짖고 있었다.

아니, 그러니까 도대체 왜 내 방에 아담이 있는 거냐고! 그것도 다리 사이에 아담하지 않은 것을 덜렁거리면서!

* * *

살다 보면 모든 상황이 공교롭게 딱 맞아떨어지는 날이 있다. 이런 게 바로 '운명'이 만들어준 '기회'인가 싶을 정도여서 주제에 맞지 않는 욕심이라도 한번 부려보고 싶어지는 날. 은남에게는 그날이 바로 그런 날이었다.

말복을 코앞에 둔 한낮의 태양은 지독했다. 발악하며 내리꽂히는 직사광 아래에 오 분만 서 있으면 정수리가 자글자글 소리를 내며 익어버릴 것 같았다. 잔뜩 달구어진 보도블록에 신발 밑창이 녹아내리지는 않을까 걱정스럽기까지 했다. 이런 날에는 에어컨을 빵빵하게 튼 사무실이 가장 천국이었다.

"막내야, 얼른 은행 갔다 와라."

강윤정 주임이 자리에 앉은 채로 목소리를 높였다.

"네."

마지못해 대답하는 경리팀 막내 민아의 얼굴은 이미 울상이었다. 이런 날씨에, 그것도 더위가 한창 기승을 떠는 한낮에 은행을 무려 다섯 곳이나 돌아다녀야 한다니. 생각만으로도 벌써 이마에 땀이 송골송골 맺혔다. 민아는 땡볕에 미운 며느리 내보내는 시어머니를 쳐다보는 듯한 눈빛으로 강 주임을 흘끗 보고는 서류봉투에 사업자등록증 사본, 잔액증명 신청서, 법인통장 등을 착착 챙겨 넣었다.

"팀장님, 은행 제가 다녀올게요."

은남이 고개를 쭉 빼고서 저쪽 창가 앞에 앉은 경리팀장에게 허락을 구했다. 파티션 너머로 경리팀장의 대머리가 삐죽 올라왔다.

"왜? 은남 씨가 가려고?"

이 더운 날 고행길을 자처하다니, 무슨 일 있는 거냐고 묻는 눈치였다.

"어차피 저도 은행에 볼일이 있거든요."

은남의 말에 민아의 얼굴이 순식간에 확 펴졌다. 민아는 팀장님의 허락이 떨어지지도 않았는데 냅다 서류봉투부터 은남에게 떠넘겼다. 예의상 한 번 거절한 만도 한데 민아는 그런 시늉조차 내지 않았다. 어지간히 나가기 싫었던 모양이다.

"그래. 그럼 은남 씨가 은행 다녀와."

알겠다는 듯 경리팀장이 손을 휘휘 내저었다. 굳이 해석하자면 누가 다녀오든 상관없다는 뜻일 게다.

팀장의 허락이 떨어지자 은남은 책상 서랍 깊숙이 넣어두었던 적금 통장부터 챙겼다. 지난 2년 동안 한 달도 빼먹지 않고 꼬박

꼬박 채워온 천만 원짜리 적금 통장이었다. 그리고 바로 오늘이 그 통장의 꽉 찬 만기였다.

여태껏 은남은 보증금으로 낼 돈이 없어 월세만 내면 지낼 수 있는 싸구려 고시원에서 버텨왔다. 이젠 보증금을 넣고 작은 원룸이나마 구할 수 있게 되었으니 지금 그녀에게 더위 따위는 문제가 아니었다. 지난주부터 부동산에 들락거리며 적당한 옥탑방도 하나 눈여겨봐 두었다. 건물은 낡고 방은 작았지만, 너른 옥상을 마음대로 쓸 수 있다는 게 마음에 들었다. 이변이 없다면 은남은 오늘 퇴근길에 그 방을 계약할 참이었다. 민아가 건넨 서류봉투 속에 적금 통장을 잘 챙겨 넣은 은남은 무더운 날씨와 어울리지 않는 가뿐한 발걸음으로 사무실을 나섰다.

투둑, 툭, 툭!

해가 고스란히 떠 있는 하늘에서 여우비가 후드득 떨어지기 시작했다. 하필 가장 먼 다섯 번째 은행을 나와 사무실로 돌아가는 길이었다. 금세 그치기를 바라며 걸음을 서둘렀지만, 빗줄기는 점점 굵어지기만 했다. 품에 안고 있는 서류봉투에도 커다란 빗방울이 진한 갈색으로 쿡쿡 찍히자 은남은 다급하게 가까운 처마 밑으로 비를 피할 수밖에 없었다.

"오려면 시원하게나 오든가."

은남은 꿉꿉하게 들러붙는 유니폼 블라우스를 펄럭거리며 구시렁거렸다. 비는 참으로 어정쩡하게 내렸다. 차라리 시원하게 쫙쫙 쏟아진다면 이 지글지글한 열기라도 좀 식힐 수 있으련만 어설프게 툭툭 떨어지는 빗방울은 불쾌지수만 잔뜩 끌어올릴 뿐이었다. 후텁지근하고 뜨뜻한 습기가 숨통을 꽉꽉 졸라맸다.

우산 없이 맞기에는 넘치고, 더위를 식히기에는 한참 모자란 빗줄기를 불만스럽게 쳐다보다가 은남은 주변을 두리번거렸다. 운 좋게 은행이나 증권사 같은 곳이 가까이 있다면 비가 그칠 때까지 공짜로 더위를 식힐 수 있을 것이다. 하지만 애석하게도 오른쪽을 보아도, 왼쪽을 보아도, 눈에 띄는 건 전부 값비싼 커피전문점뿐이었다. 마지막으로 은남은 자신에게 처마를 내어주고 있는 건물을 돌아보았다.

[모담 신도시 모담 아파트 모델하우스]

언제 이런 게 생겼지?

5개월 전까지만 해도 은행 업무를 보느라 자주 오가던 길이었지만, 민아가 입사하면서 은남은 막내 자리와 함께 은행 업무까지 몽땅 다 민아에게 물려주었다. 은남이 은행 업무를 본 것도, 이 거리에 온 것도 실로 오랜만이었다. 은남은 신기한 듯 유리문 안쪽을 흘끔흘끔 들여다보았다. 모델하우스라는 게 어떤 곳인지는 대충 알고 있었지만 직접 들어가 본 적은 한 번도 없었다. 은남에게 있어서 그런 건 그저 다른 세상의 얘기일 뿐이었다. 그때 한 중년 여성이 모델하우스의 유리문을 밀고 밖으로 나왔다. 여자는 다짜고짜 은남에게 오른손부터 내밀었다.

"아휴, 이마에 땀 좀 봐. 여기, 이걸로 땀 좀 닦아요."

물티슈였다. 여자는 친절하게 웃으며 납작하게 포장된 일회용 물티슈를 얼른 은남의 손에 쥐여주었다. 거절할 새도 없었다. 방금 냉장고에서 꺼내온 듯 물티슈는 기분 좋게 차가웠다. 얼떨결에 여자가 내민 것을 받아 들게 된 은남은 반사적으로 고개를 꾸벅 숙였다.

"감사합니다."

"아까는 불가마 같더니만 비가 오니 완전 찜통이네요, 그죠? 비 피하는 중이면 밖에서 이러지 말고 잠깐 들어왔다 가요. 내가 시 원한 냉커피 한 잔 드릴게요."

분양상담사 장 실장이라고 자신을 소개한 여자는 걱실걱실하게 은남을 모델하우스 안으로 이끌었다. 은남이 서울살이 2년 반 만 에 확실하게 배운 것은, 낯선 사람의 이유 없는 호의는 일단 경계 해야 한다는 것이었다. 그녀는 손까지 내저으며 장 실장의 권유 를 거절했다.

"아니, 괜찮아요."

"모델하우스라는 게 원래 누구든 편하게 들어와서 마음껏 구 경하고 그러는 곳이에요. 구경하는 데 돈 드는 것도 아니고 어차 피 커피도 다 공짜인데, 시원하게 한 잔 마시고 비 그치면 가요."

장 실장은 눈치 빠르게도 은남이 걱정하는 게 무엇인지를 단번 에 파악해냈다. 누구든 들어갈 수 있는 곳이라는데, 구경하는 것 도 커피도 다 공짜라는데. 무엇보다도 장 실장에게서는 시원한 에 어컨의 냉기가 묻어나왔다. 그녀가 유리문을 열고 나올 때 딸려 나왔던 한 줄기 시원한 바람이 지금 은남에게는 참을 수 없는 유 혹이었다. 빗방울이 닿을 때마다 치이익 소리를 내며 뜨거운 수 증기를 펄펄 뿜어대는 아스팔트와 보도블록을 잠시 쳐다본 은남 이 다시 모델하우스 쪽으로 고개를 돌렸다.

잠깐 구경이나 해볼까.

"이게 예전 평수로 따지면 13평형이에요. 원룸형이라 엄청 시원 하게 잘 빠졌죠? 혼자 살기 너무 좋다니까요. 수납공간도 많고 에

어컨이랑 세탁기, 냉장고까지 빌트인으로 되어있으니까 침대 하나만 있으면 따로 준비할 것도 없어요.”

은남은 어느새 장 실장 뒤를 졸졸 따라다니면서 홀린 듯이 귀를 기울이고 있었다. 모델하우스 안에 있는 방들은 모두 다 한껏 꾸며진 새신부 같았다. 창문의 커튼 한 쪽, 침대 위의 쿠션 하나, 주방 싱크대 위에 걸린 시계 하나까지도 예쁘지 않은 것이 없었다.

지금 은남이 지내는 지하철역에서 뚝 떨어진 낡은 건물, 엘리베이터도 없는 5층, 욕실과 화장실도 공동으로 사용해야 하고 창문조차 달려 있지 않은 골방 같은 고시원과 이곳은 하늘과 땅 차이였다. 아니 우주와 땅속만큼의 차이였다.

이렇게 예쁜 아파트에서 한 번 살아볼 수만 있다면 정말 소원이 없겠다.

하지만 은남은 이제 고작 원룸 보증금을 마련했을 뿐이었다. 아무리 작다고 해도 이건 아파트였다. 그녀에게 이런 아파트는 아득히 멀리 있는 하늘의 별이나 다를 바가 없었다.

“여기 쇼핑몰 예정지 보이죠? 여기는 학교 예정지. 그리고 여기가 지하철 예정지. 모담아파트에서 지하철역까지 도보로 십 분 거리예요. 지하철만 뚫리면 모담아파트에서 강남까지 한 시간도 안 걸린다니까요.”

“네에……”

설명을 들으면 들을수록 너무도 탐이 났다. 하지만 탐난다고 다 가질 수는 없었다. 그것은 철이 들기도 훨씬 전에 이미 깨달아버린 진리였다. 그리고 집값에 대한 개념이 아직 미숙하기는 했지만, 이렇게 예쁘고 좋은 아파트라면 분명 만만치 않은 가격일 터였다.

"그런데 이렇게 예쁘고 좋은 아파트의 분양가가 얼마인지 아세요?"

아무래도 장 실장은 은남의 머릿속을 훤히 들여다보고 있는 것이 틀림없었다. 허를 찔린 은남이 더듬거리며 '일억 오천?'이라고 대답하자, 장 실장은 그럴 줄 알았다는 듯 만족스러운 웃음을 지었다.

"놀라지 마세요. 단돈 구천팔백구십만 원!"

생각보다는 비싸지 않았다. 하지만 어차피 일억이든 일억 오천이든, 은남이 감당하기에는 너무나도 큰돈이었다. 천만 원을 모으는 데 2년이 걸렸으니, 일억이라면 이론상 20년을 모아야 하는 돈이었다. 은남은 엄두도 나지 않는 금액에 고개를 절레절레 흔들었다.

"전 그렇게 큰돈 없어요."

"우리 고객님이 아파트 계약에 대해서 전혀 모르시는구나. 아파트를 살 때 분양가 전부를 한꺼번에 내는 사람은 거의 없어요. 처음 계약할 때는 분양가의 10%인 구백팔십구만 원만 있으면 돼요. 그리고 1년 후에 중도금으로 구백팔십구만 원. 2년 후 입주할 때 잔금으로 구백팔십구만 원만 내면 되는 거죠. 아파트는 담보대출이 70%까지 나오거든요. 어때요, 그러면 부담 없죠?"

"그러면 대출을 칠천만 원이나 받아야 하는 거잖아요."

어느새 장 실장이 은남을 부르는 호칭은 '우리 고객님'이 되어 있었다. 은남은 그조차도 전혀 알아차리지 못할 만큼 이 환상 같은 모델하우스에 푹 빠져 있었다. 나는 정말로 이 아파트가 너무도 마음에 든다는 속내를 조금도 숨기지 못한 채 장 실장에게 줄

줄 끌려갈 뿐이었다. 역시나 장 실장은 이번에도 은남에게 꼭 맞는 대답을 내어주었다.

"요즘 금리가 얼마나 싼데요. 게다가 아파트를 담보로 대출 받으면 연이율이 3%도 안 돼요. 10년 거치로 매달 이자만 낸다고 하면 한 달 이자가 십 몇 만 원밖에 안 된다니까요. 이렇게 좋은 집을 월세 십 몇 만 원으로 사는 꼴이죠."

지금 고시원 월세가 매달 공과금 포함 28만 원이었다. 거리가 좀 더 멀어지기는 하겠지만, 월 20만 원도 되지 않는 이자만 내면 이렇게 좋은 아파트를 내 소유로 할 수 있다는 거다. 그러니까 지금 천만 원이 있으니까 이것으로 계약금을 내고, 자투리 돈 모아놓은 게 오백만 원 정도 있으니까 그것에 조금 더 보태서 1년 후에 중도금을 내고, 적금을 이번 달에 새로 들어서 그걸로 2년 후에 입주할 때 잔금을 내면…… 아스라이 별처럼 멀기만 하던 아파트가 커다란 걸음으로 성큼성큼 다가오더니 은남의 손끝 앞에 멈추어 닿을락 말락 그녀를 유혹하고 있었다.

그래도 이렇게 큰일을 즉흥적으로 한 번에 결정해도 되는 걸까. 일단 집에 가서 곰곰이 생각을 좀 해보고 결정하는 게……. 마구잡이로 내달리던 그녀의 생각을 가까스로 멈춰 세운 건 어릴 때부터 제법 야무지다는 평가를 받아왔던 그녀의 이성이었다.

"죄송하지만, 저 집에 가서 조금만 생각해 보고……."

은남은 비어버린 아이스커피 잔을 음료대에 올려놓으며 한 발을 뒤로 뺐다. 이곳에 더 머물다가는 아무래도 홀린 듯이 일을 치고 말 것 같았다.

Rrrrrrr.

그때 갑자기 은남의 휴대폰이 요란한 소리를 내며 울어 젖히기 시작했다. 발신자를 확인한 은남의 미간이 설핏 구겨졌다. 엄마였다.

"여보세……."

— 은남아, 너 돈 좀 있지?

최소한의 안부조차 묻지 않고 다짜고짜 내뱉는 용건이 그랬다. 은남은 무의식적으로 서류봉투에 든 통장을 꽉 움켜쥐었다.

"내가 돈이 어딨어? 없어."

— 너 이달에 적금 만기잖아. 아니야? 아니어도 만기 얼마 안 남았을 테니까 그냥 해약해.

"내가 그걸 왜 해약해야 하는데?"

— 진남이, 이번 방학 때 영어 연수 간다고 했잖니. 아빠 농장 수금이 더뎌서 그래. 한 달만 쓰고 돌려줄게.

"두 달 전에도 진남이 학원비 쓴다고 백만 원 빌려 간 거 아직 안 갚았잖아. 겨울방학 때도 연수 보내준다고 백만 원 가져가 놓고 진남이 SNS 보니까 스키장 다녀왔더라?"

그렇게 비어버린 돈을 메우기 위해 은남은 가뜩이나 팍팍한 생활을 더 꽉 졸라매야만 했다. 얼마나 아등바등 힘들게 모은 돈인데, 이제는 아예 통장째 내놓으라 하고 있었다. 모르는 체하며 참고 넘어가 주려 했더니 정말 해도 해도 너무한다.

— 스키장 좀 다녀온 게 뭐? 그럼 너는 우리 진남이가 기죽어서 다니면 좋겠니? 자고로 아들이 잘돼야 집안이 잘되는 거라고 얼마나 더 말해야 알아들어? 네가 맨날 이렇게 뻣뻣하게 구니까 진남이가 기를 못 펴잖니! 넌 어떻게 된 계집애가 그렇게 너밖에 몰라!

또, 또 저 소리. 불리하거나 말이 막히면 할머니든 아빠든 엄마든 늘 저 소리였다. 자고로 아들이 잘되어야. 자고로 아들이 기가 살아야. 자고로 아들, 아들, 아들! 그리고 그 말 뒤에는 늘 세트로 따라오는 말이 있었다. 계집애가, 넌 어떻게 된 계집애가, 어쩜 저밖에 모르는 이기적인 계집애가! 한 번이라도 이기적으로 살아봤어야 그런 소리 듣는 게 억울하지나 않지. 은남은 어금니를 꾹 물었다.

"엄마, 나 돈 없어. 적금 탄 거 방금 아파트 계약했거든. 진남이 연수 보낼 돈은 가은 언니한테 빌리든가 직접 벌어서 가라고 해."

– 이 계집애가 진짜! 너 자꾸 서울에서 헛짓거리하지 말고 당장 내려오라고 했지! 거기가 어디라고 집을 사? 이 겁대가리도 없는 계집애가, 너 그거 당장 취소하지 못해!

"취소하면 계약금 한 푼도 못 돌려받는다는데 어쩌겠어. 이러나저러나 빌려줄 돈 없으니까 그런 줄 알아요."

전화를 끊은 은남은 서류봉투에서 통장을 꺼내어 장 실장 앞으로 내밀었다. 말이 좋아 영어 연수지, 진남은 연수 기간 내내 놀기만 하다 돌아올 게 뻔했다. 엄마는 다음 달에 돌려주겠다고 하지만, 목돈으로 빌려 가 놓고 푼돈으로 쪼개서 돌려줄 터였다. 그나마도 빌려 간 돈을 다 돌려줄 리도 만무할 테고. 2년 동안 고생해서 보람도 없이 탕진하느니 망하더라도 이 아파트에 투자하는 게 백번 낫겠다.

"저 이 아파트 계약할게요."

"축하합니다, 고객님. 좋은 선택 하신 겁니다."

그날이 적금 만기날짜가 아니었더라면, 은행에 다녀오는 길에 비가 내리지 않았더라면, 하필 비를 피한 곳이 그 모델하우스가 아니었다면, 장 실장이 은남을 발견하고 말을 걸어오지 않았더라면, 엄마가 전화를 걸어 돈을 내놓으라고 하지 않았더라면. 수많은 '만약에'가 여지없이 딱 맞물려 버린 그날, 은남은 '운명'이 만들어준 '기회'인지, 짓궂은 '장난'인지 모를 그것을 욕심껏 꽉 붙잡아버렸다.

비가 그치고 사무실로 돌아온 은남의 품에는, 잔고가 비어버린 통장과 아파트 분양계약서가 소중하게 꼭 안겨 있었다. 2년 전 한 여름의 어느 날에 생긴 일이었다.

* * *

"너 지금 뭐라고 했어?"

"다시 말씀드려요? 저, 이제, 미국, 안 나간다고요."

기찬은 가는귀먹은 사람에게 하듯이 말마디를 똑똑 잘라가며 다시 통보했다. 황 회장의 성미가 바글바글 끓기 시작하는 게 눈에 빤히 보이는데도 기찬은 얄미울 만치 뻔뻔하게 굴었다. 반성하는 기미라고는 눈곱만치도 없는 기찬의 태도가 기어이 황 회장의 부아를 돋우고 말았다.

"야, 이 자식아! 내가 지금 안 들려서 다시 물었겠냐?"

"자꾸 되물으시길래 귀가 어두워지신 줄 알았죠. 사실 그럴 연세잖아요."

"뭐야? 니 애비 이제 겨우 환갑이다, 이놈아!"

"아직 잘 들리신다면 다행이고요."

두 사람의 신경전에 죽어나는 건 옆에 있는 안 여사였다. 버럭 소리를 지르는 황 회장의 기세에 눌린 그녀는 복분자 스무디가 올려진 쟁반을 테이블 위에 내려놓지도 못했다. 일 년 전에 황 회장과 재혼한 안 여사는 열 살이나 많은 남편을 말리지도, 그렇다고 장성한 새 아들을 나무라지도 못한 채 두 사람 사이에서 발만 동동 구를 뿐이었다.

"다행? 뭐가 다행? 그게 어떻게 들어간 대학인데!"

"네. 그 대학 들어가려고 중학교 때부터 죽어라 공부만 했죠. 단 하루도 맘 편히 놀아본 기억이 없어요."

"그러니까 그렇게 힘들게 들어간 대학을 왜 포기하겠다는 거냐고! 그것도 꼴랑 한 학기 남겨놓고서! 대체 왜?"

"그 대학 들어가는 건 제 목표가 아니라 아버지 소원이었잖아요. 아버지가 원하시는 대로 MIT(매사추세츠 공과 대학, Massachusetts Institute of Technology) 입학은 해드렸으니까 졸업하는 건 제 마음대로 하려고요."

모두들 기찬의 아버지를 황 회장이라고 불렀지만, 황남수 회장은 회사를 운영하지는 않았다. 그의 집안은 가지고 있던 과수원이 강남으로 개발되면서 졸지에 부자가 된 집이었다. 말 그대로 졸부. 시작은 느닷없이 뻥 튀겨진 일확천금이었지만, 그것을 착실하게 불려온 건 전적으로 황 회장의 노력 덕분이었다. 다른 형제들이 풍선처럼 부푼 재산을 흔전만전 뿌리고 다닐 때, 황 회장은 자신의 몫으로 작은 건물을 샀다. 그 후로도 몇 개의 크고 작은 건물들을 사고팔다가 강남에 있는 고층 빌딩을 사들였을 때부터 사람들은 그를 황 사장이라고 불렀다. 건물을 몇 개 더 사고 그의 나이가 지긋해진 어느 때부터는 자연스레 황 회장으로 불리었다.

하지만 한 번 붙은 '졸부'라는 꼬리표는 쉬이 떨어지지 않았다. 공부에 관심이 없어 대학을 가지 않은 것도 그에게 늘 들러붙어 있는 콤플렉스였다. 돈으로 사다시피 한 대학원 졸업장도 영 마뜩찮았다. 기업 대표들이나 정치인들이라도 마주할라치면, 그들은 그가 가진 어마어마한 부에 존경을 표하면서도 눈 한구석에 희미하게 떠오른 경멸의 빛을 완전히 지워내지 못했다. 그럴수록 황 회장은 기찬의 공부에 집착했다. 아버지의 등쌀에 기찬은 초등학교를 졸업하자마자 미국 유명 사립학교에 보내졌다. 목표는 오로지 미국 명문대 입학. 그리고 기찬은 그것을 아주 훌륭하게 이루어내었다.

그렇게 해서 누구나 부러워하는 대학에 들어갔는데, 아들놈 덕분에 모임에 가도 목에 힘 좀 줄 수 있게 되었는데, 이제 한 학기만 더 공부하면 졸업인데, 난데없이 대학을 그만 다니겠다는 기찬을 도무지 이해할 수가 없었다. 다 된 밥에 거하게 재를 뿌려대는 아들놈 때문에 황 회장은 머리 꼭대기까지 화가 잔뜩 치밀어 올랐다.

"너 이 자식! 도대체 원하는 게 뭐냐? 차 한 대 더 사주랴? 너 요새 수집한다는 촬영 드론인지 뭔지 그거 몇 개 더 사 줘? 사고 싶은 거 있으면 뭐든지 다 사거라. 여행이라도 가고 싶으면 그렇게 해. 대신 개강 전까지는 미국으로 돌아가! 오려거든 대학 졸업하고 와! 알겠어?"

황 회장이 아무리 언성을 높여도 기찬은 꿈쩍도 하지 않았다. 소파 등받이에 느른하게 기대고 앉아 뜬금없는 소리로 황 회장의 목에 핏대를 올리게 할 뿐이었다.

"아버지, 현타라는 말 아시죠?"

"지금 이 자식이 뭐라는 거야, 도대체!"

"어느 날 도서관에서 밤새 과제를 하고 나와 새벽하늘을 보는데 문득 그런 생각이 들더라고요. 이렇게 아등바등 열심히 공부 해 봤자 뭐 하나. 그러지 않아도 나는 어차피 부자로 살 텐데."

"뭐야?"

"그렇잖아요. 아버지한테 자식이 저 말고 또 있는 것도 아니고."

더 말하지 않겠다는 듯 기찬은 길게 꼬았던 다리를 펴고 자리에서 일어섰다. 안 여사는 그때까지도 어쩔 줄 몰라 하며 한쪽 옆에서 주춤거렸다. 기찬은 안 여사의 손에 들린 두 잔의 스무디 중 하나를 황 회장의 앞에 내려놓고 나머지 한 잔은 바닥이 보이도록 단숨에 쭉 비워냈다.

"흠, 건강해지는 맛인데요. 저 설득하는 것보다 아버지가 건강한 것 많이 드시고 막둥이 하나 만들어서 공부시키는 게 더 빠를 거예요. 오늘 소리 지르시는 거 보니 가능할 것도 같은데."

"저, 저…… 쌍놈의 자식이!"

황 회장이 육두문자를 내뱉으며 스무디 잔을 움켜쥐었을 때, 이미 기찬은 긴 다리를 성큼성큼 움직여 널찍한 거실을 벗어나고 있었다.

"전 클럽 갑니다. 늦을 거예요. 아, 그리고 욕을 하시더라도 아버지를 먼저 욕보이는 건 하지 마세요. 자식으로서 마음이 아프네요."

"뭐야? 이 개놈의 새끼…… 아이고!"

기찬의 면상에 부어주려고 들었던 스무디 잔을, 황 회장은 결국 열불이 펄펄 끓는 배 속에 들이부을 수밖에 없었다.

* * *

일주일 동안 클럽이며 술집으로 거하게 놀고 다니던 기찬이 황 회장과 다시 마주 앉은 건, 황 회장이 모든 카드를 정지해 버린 다음 날이었다. 심드렁한 표정으로 소파에 앉는 기찬의 앞으로 황 회장이 서류봉투 하나를 툭 던져놓았다.

"이게 뭡니까?"

봉투에 든 것은 아파트 분양계약서였다.

모담 신도시? 모담 아파트? 무슨 이름이 이따위야?

기찬은 손에 든 것의 의미를 알 수 없어 자신의 아버지를 건너다보았다.

"앞으로 육 개월 동안 거기 가서 살아."

"좋은 집 놔두고 뭐 하러 굳이."

"MIT 다니던 내 아들이 백수 나부랭이가 되겠다는데 나도 마음의 준비를 할 시간이 필요하지 않겠냐. 당분간 내 눈 밖으로 나가 있어."

"그러면 카드만 풀어주세요. 호텔에서 지낼 테니까."

"유배를 호텔로 가는 놈도 있다더냐?"

"유배요?"

"그래, 유배. 네 놈이 지은 죄가 있는데 그 정도는 해야지."

황 회장이 또 다른 서류봉투에 든 것을 손수 꺼내어 기찬의 앞에 펼쳐놓았다. 변호사가 작성한 합의서였다.

"네 놈이 학교로 돌아가지도 않고 유배도 가지 않겠다면, 나는 네 놈에게 한 푼도 물려주지 않을 생각이다."

말은 '합의서'인데 내용은 '최종 통보서'였다. 기찬이 선택할 수 있는 건 학교로 돌아가거나, 신용카드와 자동차들을 포함하여 아버지에게서 받았거나 앞으로 받을 모든 재산을 다 포기하거나, 처음 들어본 이름도 이상한 아파트에서 육 개월을 보내는 것. 단 세 가지뿐이었다. 고민할 필요도 없었다. 어차피 아버지가 순순히 받아들일 거라고는 생각지 않았다.

그래도 유배라니. 꽤 신선한데.

Whatever. 기찬은 어깨를 한 번 으쓱하고는 만년필을 열어 '육 개월 간의 유배'를 선택한 후 두 통의 합의서 모두에 서명했다. 그 중 한 통을 날름 챙겨간 황 회장이 그것을 서류봉투에 잘 집어넣으면서 기찬이 미처 살펴보지 못한 것을 뒤늦게 알려주었다.

"뒤에 있는 세부사항은 확인한 거냐?"

서류를 뒤집어보니 깨알만 한 글씨들이 오글오글 모여 있었다.

"한 달에 백만 원? 그것도 관리비 포함해서? 이걸로 어떻게 살라고요?"

"그러면 유배 가는 놈이 호의호식하면서 살 줄 알았냐? 그것보다 적은 돈으로 몇 식구가 사는 집도 많다. 그러니까 서명은 신중하게 했어야지."

"시작일이 내일? 당장 내일부터 여기 가서 살라는 거예요?"

"짐은 이미 다 싸놨다. 내일 용달차가 와서 실어다 주기로 했으니까 넌 아침 일찍 입주센터에 들러서 미리 카드키도 찾아놓고 입주할 준비도 해 놓도록 해."

"준비? 그건 어떻게 하는 건데요? 이미 다 세팅되어 있는 거 아니었어요? 아무리 그래도 청소랑 음식 해주시는 분은 보내주실 거죠? 밥은 먹어야 할 거 아니에요?"

이번에 자리에서 먼저 일어선 건 황 회장이었다. 그는 쏟아지는 기찬의 질문에 대꾸도 하지 않고 서재 문을 쾅, 닫고 들어가 버렸다. 옆에 어정쩡하게 서 있던 안 여사가 종종 그 뒤를 따랐다.

Shit! 이거 뭐지? 어째 뭔가 이상하게 돌아가는데! 생각지도 못했던 황 회장의 반격에, 아무리 복잡한 수식을 앞에 두고도 헷갈리지 않던 기찬의 머릿속이 어지럽게 엉키기 시작했다.

2. 내 방의 주정뱅이

"뭐? 출근 시간만 두 시간?"

강 주임에서 이제는 강 대리가 된 윤정이, 상추 위에 고기를 올려놓다 말고 버럭 소리를 높였다. 놀란 강 대리와 달리 정작 당사자인 은남은 전혀 문제 될 게 없다는 표정이었다. 그녀는 잘 익힌 목살과 노릇하게 구워진 돼지껍질, 소스에서 건져낸 양파를 한 젓가락으로 집어 무사히 입까지 가져가는 것에만 집중하고 있었다.

"어차피 고시원에서도 한 시간 넘게 걸렸는걸요. 그래도 아파트에서 회사 앞까지 바로 오는 버스가 있으니까 조금만 더 일찍 일어나면 돼요.”

야무지게 한입 넣은 것을 맛있게도 오물거리면서 은남이 대수롭지 않다는 듯 대꾸했다.

“그거 봐, 내가 뭐랬어? 그 신도시 분명 망할 거라고 그랬지? 서울에서 멀어도 너무 멀잖아. 분양가가 그렇게 싼데도 미분양된 건 다 이유가 있는 거라니까.”

“아파트 앞에 지하철 생긴다고 했잖아요? 그거 곧 생기는 거 아니에요?”

옆에서 듣다 못한 민아가 윤정의 말을 적당히 잘라내며 물었다.

은남이 아파트를 분양받고 입주까지 하게 된 2년 사이에 경리팀에도 많은 변화가 있었다. 주임이던 윤정은 대리가, 사원이던 은남은 주임이, 그리고 경리팀 막내는 민아에서 현지로 바뀌어 있었다.

“글쎄. 아직까지는 아무 소식이 없는데 언젠가는 되지 않을까?”

“아이고, 우리 신은남 주임은 성격도 좋다. 그러면 학교는? 쇼핑몰은?”

상추쌈을 입 안 가득 쑤셔 넣은 강 대리가 불분명한 발음으로 또 끼어들었다. 본인의 감정을 표현하는 데 늘 거리낌이 없고 하고 싶은 말은 어떻게든 해야 직성이 풀린다는 것이 강 대리의 가장 큰 단점이었다.

전 직원 회식이 진행 중인 식당에서 경리팀 여직원 네 명은 한 테이블에 옹기종기 모여 앉아 있었다. 불판에 고기를 올리기도 전부터 시작된 은남의 새 아파트에 대한 얘기가 지금까지 계속 이어지는 건 지칠 줄 모르고 꼬치꼬치 캐묻는 강 대리 때문이었다.

"학교는 저랑 상관없는걸요. 쇼핑몰이야 코앞에 있다고 해도 어차피 갈 일 없고요."

2년 전, 은행 일을 보러 나갔던 은남이 아파트 분양계약서를 안고 돌아온 사건은 경리팀 내에서 큰 이슈였다. 옷 하나, 신발 하나를 사면서도 며칠을 고민하고 또 고민하던 은남이었다. 그렇게 꼼꼼하고 신중하던 그녀가 몇 십 분 만에 전 재산을 계약서 한 장과 맞바꾸었다니 놀라지 않을 수가 없었다.

은남이 무모하리만치 즉흥적으로 결정한 아파트가 어떤 곳인지 강 대리는 너무도 궁금해 했다. 자신의 집도 아니면서 이리저리 열심히 알아보더니 은남이 궁금해 하지도 않는 온갖 소식들을 부지런히 물어다 날랐다. 그 소식이라는 것들이 대부분, 모담 신도시는 망한 프로젝트라는 소식뿐이었다. 하지만 그 어떤 말에도 은남은 그저 덤덤할 뿐이었다. 일단 결정을 하면, 한 번 마음을 주면, 자신의 것으로 온전히 받아들이면, 자잘한 것들에 흔들리지 않는 것이 은남의 성격이었다.

"그럼 아파트 주변에는 도대체 뭐가 있는 거야? 혹시 뒷산에 막 공동묘지 같은 거 있고 그런 거 아냐?"

"공동묘지는 못 봤고요, 복도 창문으로 보니까 옆에 요양원이 있던데요."

"뭐? 요양원?"

요양원이라는 소리에 강 대리가 깔깔대며 웃음을 터뜨렸다. 그 웃음소리가 지극한 호의로만 들리지는 않았다. 옆에 앉아 있던 민아에게도 그렇게 들렸는지 그녀는 강 대리와 은남의 빈 잔에 맥주를 채워주며 슬쩍 다시 은남의 편을 들었다.

"여기 아파트 입주 다 끝나고 주변도 정리되면 요양원은 딴 데로 옮겨가겠죠. 저번에 아파트 브로슈어 보니까 그 옆은 공원 예정지던데요."

"그러면 지금은 주변에 공원도 없는 거야? 그럼 도대체 뭘 보고 거기로 이사 간 거야?"

강 대리는 은남의 표정이 아까보다 확연히 어두워졌다는 걸 눈치채지 못하고서 여전히 내키는 대로 떠들어대고 있었다.

"공원이라면 지금 요양원 뒤쪽에도 있어요."

"에이, 요양원 뒤에 있는 거면 공원이 아니라 약수터겠지. 그, 왜 어르신들이 물통 들고서 나무에다가 등 막 부딪치고 그런 약수터 있잖아."

딴에는 그 말이 꽤나 재미있다고 생각했는지 강 대리는 깔깔대며 다시 또 요란하게 웃어댔다. 은남은 술잔을 들어 한 번에 바닥까지 비운 후, 탁 소리가 나도록 세게 잔을 내려놓았다. 그제야 겨우 분위기가 좋지 않다는 걸 느꼈는지 간신히 웃음을 멈춘 강 대리가 은남을 쳐다보았다. 은남은 강 대리와 똑바로 눈을 맞추고는 조곤조곤, 하지만 분명하게 말을 이었다.

"강 대리님. 저는요, 회사까지 두 시간이 걸려도 좋고 주변에 마트나 편의점이 없어도 좋아요. 옆에 요양원이 아니라 공동묘지가 있어도 괜찮고요, 핸드폰이 잘 안 터져서 창문에 매달려서 통화해야 해도 정말 괜찮아요. 조금도 불편하지 않다고요. 어제 처음 집에 들어갔을 때 제가 뭘 한 줄 아세요? 현관 바닥에 누웠어요. 그리고 데굴데굴 굴러봤거든요. 근데 얼마나 넓은지 굴러도, 굴러도 벽이 안 나오는 거예요. 고시원에서는 딱 한 바퀴만 돌면 반대편 벽에 닿았었는데.”

“아니, 신 주임. 나는 그런 게 아니고…… 그냥 농담으로…….”

당황해서 변명을 붙이려는 강 대리의 목소리를 다시 술 한 잔 비워낸 은남이 딱 잘라버렸다.

“대리님은 무남독녀 외동딸이라고 하셨죠? 전 딸이 넷이나 되는 집의 넷째 딸이에요. 옷도, 가방도, 책도, 심지어 속옷이나 양말까지도 언니들 것을 물려 쓰느라 새 물건을 써본 기억이 거의 없거든요. 그런 나한테 기적처럼 새집이 생긴 거예요. 도어록에 붙은 비닐도 제가 뗐고요, 비밀번호도 제가 직접 설정했어요. 냉장고, 세탁기에 붙은 비닐도 제가 다 벗겨냈고, 저 어제 생전 처음 제 돈으로 침대도 샀어요. 고시원에 있는 누가 썼는지도 모를 그 삐걱대는 침대 말고 정말 예쁘고 좋은 새 침대요.”

술기운까지 올라 주체하지 못하고 함부로 떠들어대던 강 대리의 입술이 꼭 다물어졌다.

“저한테는 그냥 집 아니고 별이에요. 열심히 노력해서 하늘에서 직접 따온 내 별이요.”

말을 마친 은남은 주섬주섬 가방을 챙겼다. 경리 팀원들이 돈을 모아 입주선물로 사준 쿠션이 든 쇼핑백도 야무지게 챙겨 들었다.

“아시다시피 집이 너무 멀어서 지금 출발하지 않으면 막차를 놓치거든요. 내일 뵙겠습니다. 여러분들도 저만큼 행복한 밤 보내세요. 그럼.”

은남은 깍듯하게 인사를 건네고 식당을 나섰다. 뒤에서는 민망한 강 대리가 민아와 현지의 곱지 않은 시선을 오롯이 받아내고 있었다.

* * *

정도를 넘어선 것은 강 대리뿐이 아니었다. 강 대리 때문에 연거푸 마신 술까지 정도를 넘어 버렸다. 은남은 술을 즐겨 마시는 편이 아니었다. 술이 세지도 않았거니와 유난하게도 술을 마신 후 바로 차를 타면 취기가 급격하게 올라왔다. 지하철이든 택시든 버스든 흔들리는 모든 탈것이 다 그랬다. 몇 번 술을 마신 후 바로 차에 탔다가 호되게 고생을 한 후로 그녀는 차를 타기 한 시간 전부터는 술을 마시지 않았다. 그런데 오늘은 평소보다 과음한 데다 버스를 타기 직전까지도 술을 마시고 말았다. 긴 시간을 버스에서 흔들리다 아파트 앞 정류장에 내렸을 때, 은남은 눈앞이 어찔어찔하고 바닥이 울렁울렁거렸다. 내려야 할 정류장을 놓치지 않은 것만 해도 다행일 정도였다.

휘청거리는 걸 알았지만 그렇다고 휘청거리는 걸음을 제대로 바로잡기는 힘들었다. 오른쪽 왼쪽 규칙도 없이 비틀거리며 걸었다. 평소보다 두 배는 걸려 간신히 아파트 입구에 도착한 은남은 엘리베이터를 타고서 버튼을 꾹 눌렀다. 이제 곧 내 별을 만나게 된다. 술기운으로 흐리멍덩하게 감기는 은남의 눈가에 저절로 웃음이 어렸다.

금세 목적지까지 올라간 엘리베이터가 땡 소리와 함께 입을 벌렸다. 엘리베이터에서 내리면 쭉 뻗은 복도가 나오고 복도 끝 막다른 벽에는 넓은 통창이 달려 있었다. 아침나절에는 유리창으로 햇살이 환하게 비쳐들었는데 지금은 햇살 대신 조명등이 캄캄한 복도를 밝히고 있었다. 은남은 휘적거리며 복도 끝까지 걸었다. 복도 끝에 도착해 창밖을 한 번 내다본 은남은 그 자리에서 오른쪽으로 휙 몸을 돌렸다.

그런데, 이상하다. 그녀의 눈앞에 있는 도어록에는 새것임을 알려주는 비닐이 붙어있었다. 분명 그녀의 집은 그녀의 손으로 직접 비닐을 떼어내고 비밀번호를 세팅해 놓았었다. 갸웃거리며 뒤를 돌아보았다. 반대쪽 도어록에도 비닐이 붙어있었다. 그제야 은남은 이곳이 자신의 집이 있는 5층이 아니라 6층인 것을 깨달았다. 눈앞이 어질거려 엘리베이터 버튼도 제대로 누르지 못한 것이다. 은남은 다시 비틀비틀 복도를 걸어 그 자리에 멈춰있는 엘리베이터를 잡아타고 5층으로 내려갔다.

아우, 어지러워.

집에 도착했다는 안도감에 한껏 풀어져 버렸던 긴장감을 다시 추스르기가 쉽지 않았다. 한 층 내려가는 엘리베이터의 진동조차 견디기 힘들었다. 취기는 이제 감당할 수 없을 정도였다. 아차, 하면 폭 고꾸라져서 그대로 잠들어버릴 것 같아 은남은 손으로 벽을 짚어가며 복도를 걸었다.

복도 끝까지 비틀비틀 걸어간 은남은 조금 전 그랬던 것처럼 이번에도 창문 밖을 내다보았다. 창문 아래에는 요양원이 있었고, 그 너머로 크게 휘어진 길모퉁이에 커다란 간판이 서 있었다. 건물은 꺾어진 길 안쪽으로 가려져 잘 보이지 않았지만, 따로 세워진 커다란 입간판은 은남이 선 위치에서도 아주 잘 보였다. 조명까지 환한 간판은 아무것도 없는 주변에 빛을 나누어주고 있었다.

[최고다치킨 031-XXX-XXXX]

얼마나 체인점이 많으면 이런 깡시골에까지도 가게가 있을까.

전국적으로 가장 많은 체인점을 가지고 있다는 치킨집다 웠다. 출근하는 방향과 반대쪽이라 은남은 아직 치킨집이 어떻게 생겼는지 제대로 보지 못했다. 그래도 언젠가는 꼭 한 번 치킨 먹으러 가고 말 테다. 그런 다짐 따위를 하며 그녀는 간판을 뚫어져라 쳐다보았다.

어제, 은남의 입주를 도와준 입주센터 직원은 비디오폰이며 각종 전자기기들의 사용법을 알려주면서 도어록의 비밀번호를 바로 설정하도록 했다. 절대 잊어버리거나 헷갈리지 않으면서도 쉽지 않은 번호. 은남은 미처 준비하지 못했던 비밀번호를 그 자리에서 당장 쥐어짜 내야만 했다. 한 번도 도어록을 사용해본 적 없었던 은남에게 그것은 생각보다 간단치 않은 미션이었다.

휴대폰 번호? 아니, 너무 쉬워. 내 생일? 그것도 마찬가지야. 신분증을 잃어버리면 주소와 함께 비밀번호까지 고스란히 제공하는 꼴이라고. 시골집 번지? 통장 비밀번호랑 같아서 안 돼.

떠올리려니 막상 그녀의 인생에서 숫자로 이루어진 것들은 그다지 많지 않았다. 숙고에 숙고를 거듭하다가 우연히 창밖으로 시선을 돌렸을 때, 그녀는 당당하게 서 있는 커다란 간판과 눈이 딱 마주쳤다. 순간 '이거다!' 싶은 마음이 들었다. 설마 치킨집 전화번호로 비밀번호를 설정하는 사람이 나 말고 또 있겠어? 은남은 흡족한 마음으로 간판에 적힌 전화번호 중 뒤의 네 자리를 자신의 도어록에 대고 꾹꾹 눌렀다.

9…2…, 아우 씨, 안 보여.

은남은 흔들리는 눈빛에 바짝 힘을 주었다. 초점이 잘 잡히지 않는 눈을 한껏 가늘게 뜨고서 간판의 뒤쪽에 적혀 있는 네 개의 숫자를 어렵사리 읽어냈다. 번호를 중얼중얼거리면서 은남은 몸을 돌려 앞에 있는 도어록에 그것을 입력하기 시작했다. 근데 내가 지금 몸을 어느 쪽으로 돌렸던가. 아, 몰라. 일단 눌러보면 알겠지. 삐, 삑삑, 삐. 저절로 꼬부라드는 손가락을 겨우겨우 펴가면서 은남은 네 개의 숫자를 도어록에 모두 입력했다.

띠리링— 경쾌한 소리와 함께 도어록이 해제되었다. 거봐, 맞잖아, 우리 집. 내 별. 긴장이 풀린 몸을 앞뒤로 흔들거리면서 은남은 문을 열고 집 안으로 들어갔다. 그리고 잠시 후,

"훠이, 저리 꺼져!"

은남의 입에서 튀어나온 다급하고 놀란 비명이 텅 빈 복도에 울려 퍼졌다.

* * *

"What the fuck!"

살면서 이런 동네는 처음 봤다. 처음에 기찬은 내비게이션이 고장 났다고 생각했다. 그도 그럴 것이 그가 달리는 도로 양옆은 모두 허허벌판에다 공사장뿐이었으니까. 이런 곳에 아파트라니 무슨 말도 안 되는 소리를…… 있다, Damn it!

도착 예정이라는 내비게이션의 안내를 들으며 흙먼지 자욱한 공사장 모퉁이를 돌았을 때, 허허벌판에 섬처럼 혼자 서 있는 아파트 단지 하나가 기찬의 눈에 들어왔다.

모담시? fuck! 고담시(Gotham City)겠지.

뒤에 산도 있고 우중충한 것이 박쥐라도 날아다니면 딱 어울릴

것 같다. 유배지로는 최적의 입지 조건을 갖춘 곳이었다. 하여간 우리 황 회장님, 부동산 보는 안목은 진짜 최고다. 심지어 유배지까지도 안성맞춤으로 콕 집어내셨네. 하지만 기찬이 그나마 여유를 부릴 수 있었던 건 그가 육 개월 동안 머물 방을 확인하기 전까지였다.

"Fucking crazy! 이게 집이야?"

그의 드레스룸만 한 공간에 욕실, 주방, 침실, 거실까지 몽땅 다 때려 넣은 원룸을 보았을 때 기찬은 버럭 소리부터 내질렀다. 옆에 입주센터 직원이 있다는 건 신경 쓸 정신도 없었다. 몇 발짝만 크게 떼면 금세 창문까지 닿는 방 크기에 한숨이 절로 나왔다.

"여기 혹시 사설 감옥 뭐 그런 덴가요? 영화 올드보이에 나오는 그런 데 있잖아요."

"네? 농담도 참 재미있게 하시네요."

재미있다는 듯 호호 웃어넘기는 직원을 보자 만사가 다 귀찮아졌다. 직원이 열심히 가전제품이며 비디오폰의 작동 방법을 설명하는 것을 건성으로 들으며 기찬은 활짝 열어놓은 현관문 옆에 툭 기대섰다. 설상가상 복도 창문 밖으로 보이는 건 요양원이었다. My God! 공원뷰도 아니고 바다뷰도 아니고 요양원뷰라니! 게다가 저 커다랗고 흉물스러운 치킨 간판은 또 뭐야? 차마 눈 뜨고 봐줄 수 있는 풍경이 아니었다.

"고객님, 고객님."

"그냥 대충 알아서 해주세요."

"도어록 비밀번호는 고객님께서 직접 눌러주셔야 합니다. 지금 세팅 안 해 놓으면 깜박 잊고 그냥 외출하셨다가 못 들어오시는 분들이 꼭 생기거든요. 제가 여기 리셋 버튼을 누르고 돌아서 있을 테니까 생각하신 비밀번호를 여기 키패드에 눌러주세요."

기찬이 대꾸를 하기도 전에, 직원은 도어록의 리셋 버튼을 누르고 돌아섰다. 고객의 비밀번호를 보지 않으려는 배려인 것 같았다. 지금 기찬에게는 그런 배려가 조금도 고맙지 않았다. 리셋 버튼을 누르면 정해진 시간 내에 비밀번호를 눌러야 하는 건지 도어록이 빨간 불을 반짝거리며 삐, 삐 시끄러운 소리를 냈다.

에이 씨, 귀찮게.

기찬은 마지못해 벽에 비스듬히 기대고 있던 몸을 일으켜 도어록에 대고 네 자리 숫자를 꾹꾹 누르기 시작했다. 조금 전까지 그가 내다보면서 무심코 외웠던 치킨집 간판에 적혀 있는 네 자리 숫자를.

* * *

용달차가 기찬의 짐을 싣고 왔다. 아저씨 두 분이 순식간에 짐을 척척 날라놓더니 사라져버렸다. 원래 그가 사용하던 킹사이즈의 템퍼 매트리스 침대가 아니라 그 반쪽도 되지 않는 슈퍼싱글 사이즈의 침대가 창문 옆을 차지했다. 방이 더 좁아졌다. 그리고 정체 모를 수십 개의 상자들. 이제는 좁아터진 방 안에서 똑바로 걸을 수조차 없게 되었다. 그나마 다행인 것은, 상자마다 단정한 글씨로 그 안의 내용물들이 무엇인지 자세하게 적혀 있다는 것이었다. 청바지, 반바지, 운동복, 티셔츠, 신발, 그릇, 침구, 욕실용품, 수건⋯⋯. 아마도 새어머니가 직접 챙기셨을 것이다. 몇 번 뵙지 않앗지만 차분하고 세심한 모습이 돌아가신 어머님과 무척이나 비슷했다. 좋은 분이라고 생각하지만 그래도 아직은 어색하고 서먹했다. 박스 위에 적힌 글자들을 하나씩 살펴보다가 기찬은 침대 위에 길게 누워버렸다. 몸이 지쳤던 건지, 마음이 지쳤던 건지 기찬은 어느 샌가부터 얕은 숨을 고르게 내쉬고 있었다.

Rrrrrrrr.

전화벨 소리에 퍼뜩 잠이 깼었다. 처음에 기찬은 자신이 어디에 있는 것인지 바로 알아차리지 못했다. 전화기를 찾기 위해 손을 더듬거리다가 스프링도 형편없는 작은 침대에서 뚝 떨어진 다음에야 자신이 어디에 있었는지를 깨달았다. 아, 그래. fucking 유배지! 얼마나 잠이 들었던 건지 그새 방 안은 어둠으로 가득했다. 기찬은 캄캄한 방 안에서 박스 모서리에 정강이를 몇 번씩이나 부딪쳐가며 시끄럽게 소리를 질러대는 전화기를 찾아냈다. 요즘 어울려 다니던 유학생 모임의 주혁이었다.

아버지를 단념시키기 위해 보란 듯이 다녔던 것일 뿐 클럽이나 유흥은 애초부터 기찬의 취향이 아니었다. 지금은 취향만 먼 것이 아니라 집도 멀었다. 게다가 지금 그의 수중에 있는 건 백만 원이 든 체크카드 한 장뿐이었다. 하루 술값으로 천만 원이 왔다 갔다 하는 강남 고급 클럽에 가기에는 턱없이 모자란 돈이었다.

"주혁아, 나 당분간 지방에 있을 거야."

– 응? 뭐라고? 잘 안 들려.

전화기 너머의 목소리가 멀었다. 주혁도 그의 목소리를 잘 듣지 못하는 것 같았다.

"나, 당분간, 지방에, 있을, 거라고!"

– 너 해외 갔어? 전화가 잘 안 들려!

망할 전화기가 고장이라도 났나. 긴 다리로 방 안을 서성거리다 박스 귀퉁이에 또 정강이를 찍은 기찬은 욕설을 중얼거리며 침대에 걸터앉았다. 멀리서 웅얼거리는 것 같던 주혁의 목소리가 비로소 선명하게 들려왔다. 주혁도 그의 목소리를 알아들은 모양이었다.

– 어딘데 전화도 연결이 안 돼?

"경기도. 당분간 그렇게 됐어."

– 어디 산속에라도 들어갔냐? 요즘 전화 안 터지는 곳이 어디 있다고.

그러게나 말이다. 그런데 있더라. 무엇을 생각하든 그 이하를 보여주는 이 아파트가 이제 더는 놀랍지도 않다. 길게 설명하기도 귀찮아서 기찬은 주혁과의 통화를 대충 마무리 지어 버렸다.

"와, 진짜 너무하네. 전화도 잘 안 터져? 무슨 오지 산간이야? 이런다고 내가 미국에 다시 돌아갈 줄 알고? 안 가. 절대 안 가! 아니, 못 가, 절대 못 간다고!"

전화기를 집어 던진 기찬은 입고 있던 티셔츠와 반바지를 훌렁훌렁 벗어 버렸다. 조깅과 수영으로 단련된 단단하고 촘촘한 근육들이 모습을 드러냈다. 선명한 치골 아래에 걸쳐진 짧은 드로즈도 곧 떨려 나갔다. 거리낌 없이 자연 그대로의 상태가 된 기찬은 어수선하게 늘어선 상자들 중 욕실용품이라고 적힌 상자를 뜯었다. 마음을 다스리는 데는 반신욕이 최고였다.

아로마를 푼 따뜻한 욕조에 몸을 담가 땀을 빼자 기분이 훨씬 나아졌다. 개운하게 샤워까지 마친 기찬은, 자신이 수건도 속옷도 미리 챙기지 않았음을 뒤늦게 깨달았다. 집에서는 늘 항상 모든 것이 제자리에 준비되어 있었기에 무언가를 미리 챙겨야 한다는 생각조차도 없었다. 어쩔 수 없이 물기가 뚝뚝 떨어지는 맨몸으로 욕실을 나왔다.

아까 수건이라고 적힌 상자를 이쯤에서 본 것 같은데……. 기찬은 물기가 송골송골 맺힌 탄탄한 나신으로 상자들을 이리저리 뒤적거렸다. 아, 여기 있다. 현관 가까운 곳에 놓인 상자의 테이프를 뜯어내고 막 수건 하나를 꺼내려는데, 삐, 삑삑, 삐. 느닷없는 기계음이 들려왔다. 반사적으로 고개를 들자 현관문이 벌컥 열리고 웬 여자가 비척거리며 안으로 들어오는 것이 보였다. 그 짧은 찰나에 일어난 황당한 상황에, 기찬은 너무 놀라 그 상태 그대로 굳어버리고 말았다. 그러니까 실오라기 하나 걸치지 않은 자연의 상태 그대로. 조금의 머뭇거림도 없이 제집인 듯 당당하게 들어온 여자는 눈을 거슴츠레하게 절반만 뜬 것이 한눈에 보기에도 상당히 취해 보였다.

"당신 뭐야? 어떻게 들어왔어?"

거리낌 없이 기찬의 현관에 발을 들여놓은 여자는 그의 물음에는 대꾸도 하지 않고 술기운이 가득 들어찬 눈을 끔벅거리기만 했다. 그러더니 기찬을 아래위로 훑어보고는 갑자기 헤벌쭉 웃는다.

웃어? 미친 거야, 뭐야? 여자는 황당한 기찬의 앞에서 다시 고개를 잘래잘래 흔들었다가 두 눈을 꾹 감았다가 다시 떴다가 주먹을 쥐고 눈을 비볐다가 저 혼자 부산스러웠다. 눈이 처음보다 조금 더 크게 떠졌다 싶더니 이번에는 갑자기 버럭 소리를 지르면서 팔을 번쩍 들어 마구 휘젓기 시작했다.

"훠이, 저리 꺼져! 꺼지라니까!"

"이것 봐, 내가 할 말이거든!"

이번에도 여자는 기찬의 말을 듣지 않았다. 팔을 휘젓는 것만으로는 성에 차지 않는지 갑자기 손에 쥔 커다란 가방을 기찬을 향해 휘두르기 시작했다. 그러더니 앞으로 엎어질 듯이 몸을 크게 휘청거렸다.

"어, 어!"

"어어!"

여자가 당황한 비명을 지르며 앞으로 넘어지는 것을 본 순간, 기찬의 머리보다 다리가 더 빨리 움직였다. 여자가 고꾸라지기 전에 그녀의 어깨를 붙잡을 수 있었던 건 순전히 남들보다 월등하게 우월한 기찬의 반사신경 덕분이었다. 그런데,

"윽!"

여자의 손등이 하필이면 남자의 가장 민감하고 중요한 부위를 철썩 후려친 것이다. 오금이 쪼그라드는 것 같은 고통에 기찬은 단말마의 비명을 지르며 다리 사이를 감싸 쥐었다. 그가 허리를 제대로 펴지도 못하고 쩔쩔매는 사이 여자는 기찬의 몸에서 주르륵 미끄러져 바닥에 널브러져 버렸다. 기분 좋게 반신욕하고 나와서 고작 몇 분이 지났을 뿐인데, 갑자기 도대체 이게 무슨 난리인지 모르겠다. 도대체 이 여자는 갑자기 어디서 뚝 떨어진 거냐고!

"이것 봐. 이것 좀 보라고!"

간신히 통증이 가신 기찬이 눈물이 찔끔 맺힌 눈으로 여자를 찾았을 때 그녀는 이미 바닥에 누워 꼼짝도 하지 않았다. 어깨를 살짝 흔들어 보았지만 꽉 닫힌 눈꺼풀은 미동도 없었다. 기절이

라도 한 것 같았다. 남의 집에 불쑥 무단침입해서 행패까지 부리는 여자를 넘어지지 않도록 잡아주기까지 했는데, 도대체 왜? 내가 뭘 어쨌다고?

"아직 제대로 써보지도 못한 걸 영영 고자 만들 뻔해 놓고서 기절하기는 왜 본인이 기절하느냐고! 지금 기절할 만큼 놀란 사람이 누군데!"

기찬은 경찰에 신고하기 위해 바닥을 두리번거리며 아까 던져놓았던 전화기를 찾았다. 에이 씨, 깜짝이야! 전화기를 찾아 드는 기찬의 눈에 들어온 건, 깜깜한 바깥 때문에 거울처럼 변한 유리창이었다. 유리창에 들어있는 건 험악한 표정을 한 전라의 남자와 그의 발밑에 쓰러져 있는 가녀린 여자였다. 이건 뭐 누가 피해자인지. 외려 자신이 신고를 당하고도 남을 모습이었다. Fuck! 기찬은 게걸음으로 살짝 다가가 여자 옆에 있는 상자에서 수건을 꺼내 얼른 물기를 닦고, 아까 벗어놓았던 옷을 다시 주워 입었다. 이제 유리창에 비친 건 허우대가 멀쩡하고 잘생긴 남자와 만취해서 남의 집에 난입해 난동을 부리고 기절해버린 여자였다. 조금 전보다는 나은 그림이었다.

기찬은 다시 전화기를 들어 112를 입력했다. 그런데 경찰에 신고하면 저 여자는 어떻게 되는 거지? 유치장에 가는 건가? 퍼뜩 떠오른 생각에 기찬은 통화 버튼 누르는 걸 망설였다. 그는 다시 여자에게로 살금살금 다가가 보았다. 하반신은 현관에, 상반신은 마룻바닥에 걸쳐놓은 채 널브러져 있는 여자의 얼굴은 무척이나 순진하고 앳되어 보였다. 눈을 제대로 뜬 걸 보지는 못했지만 작은 얼굴에 봉긋한 이마, 코끝이 짧고 동그란 코, 통통한 입술이 귀

40

여웠다. 멀쩡하게 생긴 여자가 어쩌다가, 쯧쯧. 기찬은 112를 지우고 아버지에게 전화를 걸었다. 음성사서함으로 넘어가도록 전화를 받지 않았다. 다시 통화 버튼을 눌렀다. 세 번의 시도 끝에 간신히 황 회장과 연결이 되었다.

"아버지! 집에 이상한 여자가 들어와서……."

– 뭐라고? 안 들린다.

맞다, 그랬다. 여기는 전화도 잘 터지지 않는 오지 산간이었다.

기찬은 이를 뽀드득뽀드득 갈면서 상자들을 요리조리 피해 침대로 걸어갔다. 아까 주혁과 통화할 때처럼 침대에 걸터앉아 다시 입을 열었다.

"이제 들리세요? 아버지, 집에 이상한 여자가 들어왔다고요!"

– 뭐? 집에 이상한 벌레가 들어왔다고? 거기가 산 밑이라서 벌레나 모기가 많다고 하더구나. 방충망 잘 닫고 다니거라.

"아니, 아버지. 벌레가 아니라 여자가…… 아버지? 아버지!"

Damn it! 휴대전화 배터리가 완전 바닥이었다. 기찬의 기분은 더 심하게 바닥이었다. 멀쩡하게 잘 들린다더니 아버지의 귀가 정말로 잘 들리는 게 맞는지 의심스러워졌다. 벌레가 아니라 여자라고요! 방충망이 아니라 도어록 따고 들어온 여자란 말이에요!

알지도 못하는 여자는 자신의 집 현관에 기절해서 누워있지. 경찰 대신 전화한 아버지는 방충망이나 닫으라지. 휴대폰 배터리도 없는데 충전기는 찾을 수 없지. 경찰서에 찾아가려니 어디 있는지도 모르겠지. 머릿속이 뒤죽박죽 엉망이었다.

"아우, 돌아버리겠네, 진짜!"

기찬은 덜 마른 머리카락을 쥐어뜯을 듯이 벅벅 문질렀다. 어떡하지? 나가서 경찰을 불러와야 하나? 경찰이 이 황당한 상황을 그대로 믿어주기는 할까? 현관 쪽을 흘끔대던 기찬은 살금살금 다가가 여자의 옆에 쪼그리고 앉았다. 혹시 아까 기절하면서 잘못된 건 아니겠지? 다행히도 여자는 어디가 불편하거나 아파 보이지는 않았다. 색색거리며 작게 코까지 골고 있었다. 그저 술에 취해 잠이 든 것뿐인 듯했다.

안쪽으로 옮겨줘야 하나? 아니야, 섣불리 몸에 손을 댔다가는 고소를 당할 수도 있어. 기찬의 아버지가 엄청난 부자라는 것을 알고서, 한 푼이라도 뜯어내 보겠다고 별별 방법들을 다 동원하는 인간들을 여러 번 겪고 나자 기찬은 섣불리 사람에게 손을 댈 수 없었다. 그가 만진 팔뚝이 어느새 가슴으로 변해 고소장에 적혀 있을지 모를 일이었다. 대학교 1학년 때 술 취한 여자를 부축해주었다가 그가 실제로 겪은 일이기도 했다.

그래도 저건 너무 불편할 것 같은데. 여자의 허리는 정확하게 현관 타일과 마룻바닥 사이의 경계에 걸쳐져 있었다. 이러지도 저러지도 못하고 여자의 옆과 침대 사이를 계속 왔다 갔다 하던 기찬은 상자를 뒤적여 베개 하나를 찾아냈다. 조심조심 여자의 머리를 들고 그 아래에 베개를 밀어 넣어주었다. 여자가 입술을 오물거리다 배시시 웃었다.

술 취해서 남의 집 현관에서 자는 주제에 좋기도 하겠다. 꿍얼거리면서도 기찬은 여자의 곁에서 금세 떠나지 못했다. 잠시 후 기찬은 다시 얇은 이불 하나를 꺼내왔다. 티셔츠가 올라가 배꼽이 들여다보이는 여자의 배 위에 살짝 덮어주었다. 살짝 벌어진 여자의 통통한 입술 사이로 새어 나온 따뜻한 숨결이 이불을 덮어주는 기찬의 팔뚝을 간질였다. 그저 숨결이 스쳤을 뿐인데 기찬은 갑자기 온 얼굴에 열이 확 올라오는 것만 같았다.

"흠, 흐음! 깨기만 해 봐. 정신적인 피해에 대해 보상 청구할 테니까!"

듣는 사람도 없는데 괜한 큰소리를 한 번 친 기찬은 베개도, 이불도 없는 침대 위로 올라갔다.

여자는 정확히 네 시간 후에 깨어났다.

여자가 깨어나길 기다리다 지친 기찬이 깜빡 졸았을 때였다. 인기척을 느낀 기찬이 잠에서 깨었을 때 여자는 막 기찬의 방에서 도망쳐 나가고 있었다. 뭐야? 이래놓고 도망치겠다고! 어디 놓칠 줄 알고? 기찬이 침대 위에서 붕 날다시피 몇 개의 상자들을 뛰어넘어 현관으로 달려갔을 때, 도어록을 누르는 바쁜 전자음 소리가 아주 가까운 곳에서 들려왔다. 얼른 외시경으로 밖을 내다보니 머리가 산발이 된 여자가 바로 앞집으로 들어가고 있었다. 그 뒷모습이 분명 조금 전까지 그의 현관에 널브러져 있던 바로 그녀였다. 오호라, 앞집이었어? 그 와중에도 현관 옆에 반듯하게 개켜 차곡차곡 쌓아놓은 이불과 베개를 본 기찬은 헛웃음을 웃고 말았다.

도대체 이 아파트는 뭐냐. 작지. 불편하지. 주변에는 아무것도 없지. 전화도 잘 안 터지지. 게다가 앞집에는 예쁜 주정뱅이까지 산다.

3. 분홍 소시지와 통 단무지

　이 아파트에서 마음에 드는 것을 꼽으라면 열 손가락이 모자랄 지경이지만, 가장 먼저 꼽을 것은 정해져 있었다. 두 다리를 쭉 뻗고 앉을 수 있는 욕조. 그리고 혼자 쓸 수 있는 화장실.

　다섯 남매와 부모님, 여든이 다 되어도 꼿꼿하기가 여전히 대꼬챙이 같으신 할머니까지. 여덟 식구가 사는 집은 욕실 두 개가 온종일 붐볐다. 할머니가 쓰시는 안방에 딸린 욕실은 아빠와 막내아들 진남에게만 출입이 허락되었다. 딸 넷과 엄마는 욕실 하나에서 씻고 싸고 빨래하고 청소하는 모든 걸 해결해야만 했다. 그나마도 맨날 순서에서 밀리기 일쑤라 은남은 찬물만 나오는 마당 수돗가에서 씻는 날이 더 많았다. 지하에서 퍼 올린 물은 차갑기가 얼음장 같아서 머리라도 감을라치면 뇌까지 꽁꽁 얼어붙는 것만 같았다.

'모든 일의 차례는 나이 순서대로 한다.'가 기본법이고, '막내지만 장손인 진남은 모든 상황에서 가장 우선한다.'가 특별법인 집안에서 은남은 늘 억울하고 서러운 넷째 딸이었다. 심부름은 막내라서 제일 많이 하면서도 좋은 것은 막내라서 가장 적게 받았다. 진짜 막내도 아닌데 말이다. 욕조에 물을 받아 혼자 목욕을 즐기는 호사 같은 건 서러운 넷째 딸에게는 가당치도 않았다. 그런데 그런 호사를 이제는 내 집, 내 욕실에서 마음 놓고 누릴 수 있다. 이건 정말 꿈만 같은 일이었다.

은남은 맑고 잔잔한 수면을 손바닥으로 내리쳐 흐트러뜨렸다. 다리를 높게 들었다 텀벙 떨어뜨려 크게 물을 튕기기도 했다. 그래도 그녀를 나무랄 사람은 아무도 없었다.

너무 오래 있었나. 기분 좋게 즐기다 보니 문득 허리 아래쪽이 써늘하니 차가웠다. 아무리 좋아도 다 식어버린 물에 반신욕을 할 수는 없지. 은남은 몸을 일으키기 위해 욕조 양옆을 두 손으로 짚었다.

철썩! 그때 느닷없이 날아온 무언가가 은남의 손등을 찰지게 때렸다. 손등을 가격하고 욕조 안으로 떨어진 굵다란 것이 익숙한 듯 낯설었다. 이건⋯⋯, 소시지? 생긴 건 대용량 분홍 소시지가 맞는데 크기는 더 크고 굵기도 더 굵고 색깔은 좀 더 거무튀튀했다. 이런 비슷한 것을 아주 최근에 본 적이 있었던 것 같은데⋯⋯. 은남은 엄지와 검지가 맞닿지도 않을 만큼 굵직한 것을 손에 쥔 채 고개를 갸웃거렸다.

휙, 철썩! 또다시 바람을 가르며 날아온 소시지가 이번에는 은남의 팔뚝을 암팡지게 때렸다. 그것을 주워들기도 전에 이번에는 입술, 다음에는 이마, 어깨, 가슴. 소시지는 은남의 온몸 여기저기를 마구 두들겨대며 와르르 쏟아져 내리더니 금세 욕조를 가득 채워 버렸다. 그래도 소시지 우박은 멈출 줄을 몰랐다. 순식간에 머리 꼭대기까지 꼴딱 파묻혀 버린 은남이 두 팔을 마구 휘저어대며 버럭 소리를 내질렀다.

"휘이, 저리 꺼져! 꺼지라니까!"

번쩍, 부릅뜬 두 눈에 가장 먼저 들어온 건 허공을 휘젓고 있는 자신의 두 팔이었다. 은남은 깜박, 다시 빠르게 깜박깜박 눈을 감았다가 떴다. 점점 눈에 초점이 맞춰지면서 아웃포커싱 된 듯 희끄무레하게 얼비치던 뒷배경이 비로소 선명해졌다. 보이는 건 다행스럽게도 평범한 천장이었다. 흉흉한 소시지 같은 건 시야에 없었다. 꿈이었나 보다, 천만다행이게도. 이왕이면 돈다발 같은 것에나 깔리든가, 하필 깔려도 거무튀튀한 소시지 더미에 깔리다니.

뒤숭숭한 꿈 때문인지 잔 것 같지 않았다. 어깨도 뻐근하고, 허리도 아프고, 다리도 저리고, 꼭 길바닥에서 자고 일어난 것만 같았다. 부스스 일어나 앉은 은남은 자신이 정말 길바닥이나 다름없는 곳에 누워있었던 것을 알아차렸다.

"나 어제 현관에서 잔 거야? 웬일이니, 진짜."

차갑고 딱딱한 현관 타일 위에서 처잤으니 찬물에 반신욕 하다 소시지로 얻어터지는 개꿈이나 꿀 수밖에.

현관과 마루의 경계에 걸쳐져 일직선으로 꾹 자국이 나버린 허리를 벅벅 긁으며 은남은 멍한 고개를 두리번거렸다. 덜 차린 정신으로도 뭔가가 이상했다. 응? 욕실이 언제부터 저쪽에 있었지? 분명 그녀의 욕실은 현관에서 오른쪽이었다. 그런데 지금 그녀가 앉아 있는 자리에서는 왼쪽으로 욕실 문이 보였다. 게다가 방 안에 온통 어수선하게 늘어선 종이상자들. 그녀는 짐이 이렇게 많지 않았다. 그리고 그녀의 상자들은 슈퍼마켓에서 얻어온 것들이라 라면 상자며 과자 상자며 제각각인데, 눈앞에 있는 상자들은 마구잡이로 늘어놓기는 했어도 모두 다 반듯하고 깨끗하고 규격화된 새것이었다.

이게 도대체 뭐가 어떻게 된 거지?

엉거주춤 일어서자 덮여있던 이불이 툭, 바닥으로 떨어졌다. 처음 보는 이불이었다. 그녀의 머리 모양대로 눌린 베개 역시 처음 보는 것이었다. 은남의 목이 기름칠할 때가 한참 지난 로봇처럼 뻣뻣하게 돌아갔다. 반대로 위치한 욕실, 낯선 짐, 낯선 이불, 낯선 베개…… 그리고, 창문 앞에 놓인 낯선 침대, 그 위에 잠들어 있는 낯선……. 남자?!

"흐읍!"

은남은 터져 나오려는 비명을 두 손으로 잽싸게 틀어막았다. 뒤죽박죽 혼란스러운 머릿속에서 생경한 이미지 하나가 불쑥 튀어올랐다. 벌거벗은 남자…… 그래, 아담! 그리고 아담의 다리 사이에서 덜렁거리던 아담하지 않은……! 그러니까 그게…… 진짜였어? 어쩌다 이런 터무니없는 실수를 저지르게 된 건지 모르겠지만, 일단은 잠자는 침대 위의 아담이 깨어나기 전에 이곳을 탈출

하고 볼 일이었다.

 은남은 자신의 가방을 조용히 챙겨 들었다. 그냥 걸어도 발소리가 거의 나지 않는 단화를 신고서도 아주 조심스럽게 한 발짝, 또한 발짝을 떼었다. 두 발짝 만에 좁은 현관을 가로질러 얼른 현관 문고리를 움켜잡았다. 이제 그대로 밀고 나가기만 하면 그만이었다. 하지만 은남은 문고리를 잡고 선 채로 잠시 머뭇거렸다. 그러다 도저히 안 되겠는지 도로 가방을 내려놓고서 조용조용 이불을 개키기 시작했다. 반듯하게 개킨 이불 위에 베개도 톡톡 털어 올려놓았다. 본의는 아니었지만 여러 가지로 민폐를 끼치게 된 집주인에게 갖추는 아주 작은 예의였다.

 이불 정리를 마친 은남은 다시 비장한 표정으로 현관문 앞에 섰다. 숨을 멈추고 문고리를 잡은 손끝에 온 정신을 집중했다. 조심조심 문고리를 아래로 내리는데, 띠리링 소리와 함께 '문이 열렸습니다.' 하는 여자의 목소리가 너무도 낭랑하게 정적을 깨뜨렸다. 아, 이런. 쓸데없이 친절한 도어록 같으니라고. 설상가상 쥐죽은 듯 조용하던 뒤쪽에서 나직한 기척이 느껴졌다.

 이렇게 된 거 정면 돌파다! 은남은 벌컥 문을 밀며 냅다 밖으로 튀어 나갔다. 문을 열자마자 정면에 바로 보이는 현관문의 호수가 낯익었다. 바로 자신의 집이었다. 그 순간, 완전히 외우지 못해 매번 창문 밖을 슬쩍 내다봐야 했던 비밀번호가 단박에 떠올랐다. 역시 사람의 두뇌는 필사의 상황에 부닥치게 되면 평소 이상의 능력을 발휘하는가 보다. 은남은 자신의 도어록에 대고 잽싸게 비밀번호를 눌렀다.

 띠리링, '문이 열렸습니다.' 이번에는 은남의 현관문에서 낭랑하고도 친절한 목소리가 울려 퍼졌다. 아우, 이 눈치 없는 도어록아, 제발 입 좀 닥쳐라. 도어록에 머리라도 달렸다면 한 대 쥐어박고 싶은 심정이었다. 어제 아침만 해도 도어록이 말도 한다며 신기해했었는데, 지금은 원수가 따로 없었다. 범인이 여기 있다고 대놓고 광고를 해대는 도어록 때문에 식은땀이 삐질거리고 심장이 펄떡거렸다.

은남은 구르다시피 자신의 방으로 뛰쳐 들어갔다. 현관문을 쾅 닫고서 귀를 바짝 붙여 바깥의 기척을 살폈다. 다행스럽게도 복도는 아무 일 없다는 듯 조용하기만 했다. 앞집 문이 다시 열리지도, 은남의 초인종이 울리지도 않았다. 마침내 긴장이 풀어진 은남의 다리가 후들후들 떨리면서 그녀는 그 자리에 털썩 주저앉고 말았다.

하아, 무사히 탈출했다! 하지만 안도감은 아주 잠시 잠깐뿐이었다.

그래봤자 바로 앞집이잖아. 나 이 탈출 성공한 거, 맞아?

* * *

은남의 회사는 제법 규모가 큰 토탈 홈 인테리어 회사였다. 맞춤 인테리어뿐 아니라 가구, 그릇, 각종 소품까지 제작했고, 매장만 해도 전국에 백 곳이 넘었다. 은남은 자신이 다니는 회사가 이름만 대면 누구나 알 만한 큰 회사라는 것도, 강남 한복판에 있는 고층 빌딩을 무려 다섯 개 층이나 차지하고 있다는 것도 무척이나 자랑스러웠다. 그리고 그만큼이나 자랑스러웠던 건 세련된 디자인의 유니폼과 건물 지하에 있는 직원식당이었다.

계절마다 제공되는 유니폼과 매일 메뉴가 바뀌는 직원식당은 그야말로 축복이었다. 옷은 대충 걸치고 와서 갈아입으면 그만이었고, 아침을 걸렀어도 점심을 든든히 먹을 수 있으니 끼니를 걱정할 필요도 없었다. 그토록 일관되게 직원식당을 찬양하던 은남이었는데, 오늘은 어째 영 이상했다.

"이거 신 주임이 제일 좋아하는 반찬이잖아. 왜 안 먹어?"

늘 빈자리 없이 식판을 꽉꽉 채워오던 은남이었는데 오늘 그녀의 식판은 한 칸이 덩그러니 비어 있었다. 그 빈자리가 의아하다는 듯 강 대리가 콩나물국을 훌훌 떠넘기다 말고 물었다. 콩나물국으로만 연신 숟가락이 오가는 걸 보니 강 대리는 어제 은남이 돌아간 후에도 어지간히 퍼마신 모양이었다.

"이제 그만…… 끊으려고요."

"이게 무슨 술이야, 남자야? 이 맛있는 걸 끊긴 왜 끊어?"

강 대리가 보란 듯이 분홍 소시지를 빨간 입 속으로 쏙 집어넣으며 깔깔 웃었다. 둥글게 썰어 달걀을 입힌 소시지는 은남이 가장 좋아하는 반찬 중 하나였다. 그녀는 소시지가 나오는 날이면 반찬 칸을 넘어 밥 위에까지 소시지를 수북하게 쌓아오고는 했었다. 그런 은남이 소시지를 마다하다니. 참견하기 좋아하는 강 대리가 물어볼 만도 했다.

직원식당에 들어서서 배식대에 산더미처럼 쌓인 분홍 소시지를 보자마자 지난밤의 꿈이, 그 꿈을 떠올리자마자 아담의 아담하지 않은 거시기가 생생하게 되살아났다. 손등을 묵직하게 후려치던 탱탱한 살덩이의 느낌까지도. 그런 터에 분홍 소시지를 입에 물고 잘근댈 만큼 비위가 튼튼하지는 않았다. 은남은 강 대리의 식판에 담긴 분홍 소시지에서 슬그머니 시선을 돌렸다.

"술이든, 남자든, 소시지든, 맛있는 건 끊는 거 아니다. 있을 때 먹어줘야지."

고개를 푹 처박은 채 밥알을 깨작거리는데, 은남의 눈앞으로 분홍 소시지 부침 몇 개가 휙 날아들었다. 은남이 멀뚱하게 쳐다만 보자 강 대리가 선심 쓰듯 소시지 부침 하나를 더 은남의 식판으로 옮겨주었다.

"설마 신 주임 내가 어제 회식 때 한 말 때문에 아직도 삐져서 그래? 그러지 말고 이거 먹고 화 풀어."

"그런 거 아니에요."

"아니긴 뭘 아니야. 내가 술 먹고 실수 좀 했다고 뒤끝 길게 이럴 거야?"

강 대리의 빨간 혓바닥 위로 연달아 골인하는 소시지와 자신의 식판 위를 떡하니 차지한 소시지를 번갈아 쳐다보던 은남은 결국 식판을 절반도 채 비우지 못하고 자리에서 일어서야만 했다.

* * *

기찬은 여자가 베던 베개를 베고, 여자가 덮었던 이불을 덮고서 미친놈처럼 혼자 피식거렸다. 산발이 된 머리로 혼비백산 뛰쳐나가더니, 기껏 도망친 곳이 앞집이란다. 생각할수록 웃음밖에 나오질 않았다. 그다음은 또 어떻고. 그녀가 돌아간 지 한 시간쯤 되었을까. 문 열리는 소리가 나길래 외시경으로 밖을 내다보았다.

그녀가 말갛게 씻은 얼굴로 기찬의 현관문을 기웃거리고 있었다. 현관문에 귀를 대보기도 하고 들여다보일 리 없는 문틈으로 한쪽 눈을 들이대기도 했다. 안 그래도 말짱한 얼굴이 궁금했는데, 어떻게 알고 이렇게 확실하게 얼굴도장을 찍어주실까. 그가 아무 소리도 내지 않고 조용히 있으려니 그녀는 안심한 표정으로 해죽 웃고는 살금살금 앞꿈치로 걸어 기찬의 방문 앞에서 총총 사라져갔다. 벌컥 문을 열어 깜짝 놀라게 해 주고픈 충동도 일었지만, 기찬은 아랫입술을 깨물며 그런 충동을 꾹 참아냈다. 급하게 굴 필요 없지. 어차피 저녁이면 제 발로 돌아올 텐데.

암담하기만 하던 앞으로의 육 개월이 그녀 때문에 재미있어지리라는 건 예감보다는 확신이었다. 기찬은 다시 또 픽, 싱거운 웃음소리를 내며 베개에 얼굴을 깊게 묻었다. 지난밤 한 시간도 채 자지 못했기에 조금 더 잘 생각이었다. 하지만 자꾸 떠오르는 여자의 엉뚱하고 귀여운 모습이 그의 잠을 방해하더니 이제는 여자가 베개에 남겨놓고 간 냄새까지 그의 잠을 방해하기 시작했다.

희미하게 베개에 배어있는 건 기름 냄새, 고기 냄새. 그러니까 기름진 고기 냄새. 이건 삼겹살 냄새가 분명했다. 자신의 베개에서 다른 사람이 묻혀 놓은 음식 냄새를 맡는다는 건 평소의 기찬이라면 절대 용납하지 않을 상당히 비위 상하는 짓이었다. 그런데 지금 그는 비위가 상하기는커녕 외려 허기가 지고 구미가 당겼다. 생각해보니 어제 본가에서 출발하기 전 아침을 먹은 이후로 식사를 한 기억이 없었다. 끼니를 챙길 정신조차 없을 만큼 충격의 연속이었던 것이다. 한 번 배가 고프다는 것을 인식하고 나자 허기는 맹렬한 기세로 부풀어 올랐다. 급기야는 꼬르륵 소리가 작은 방 안에 우렁차게 울려 퍼졌다. 배 속이 본격적으로 요동치기 시작하자 이젠 도저히 잠을 자려야 잘 수 없는 상태가 되고 말았다.

"Holy shit!"

기찬은 침대를 박차고 일어났다. 그래, 어차피 유배 중인 백수 처지인데, 급할 거 뭐 있어. 먹고 자면 되지. 배가 고파 더 옴폭해진 복근을 문지르며 기찬은 상자들 사이를 어슬렁거리기 시작했다. 욕실용품을 찾는다고 뒤적거려 놓는 바람에 더 어수선해진 상자들 가운데서 그는 간신히 '식료품'이라고 적힌 상자와 생수 한 묶음을 찾아낼 수 있었다. 기찬은 드로즈 하나만 걸친 맨몸으로 상자 앞에 쪼그려 앉았다.

"Fuck! 이게 뭐야!"

허기진 그의 손이 뒤적뒤적 상자 안에서 찾아낸 건 5킬로그램짜리 쌀 봉지였다. 즉석밥도 아니고 생쌀을 가지고 도대체 뭘 어떻게 하라는 건지. 밥 같은 건 해본 적이 없었다. 기찬은 오만상을 쓰며 쌀 봉지를 던져놓고 상자를 다시 뒤적거렸다. 뒤이어 따라 나오는 것들도 한숨 나긴 마찬가지였다. 육포, 말린 과일들, 견과류, 김, 멸치, 다시마. 지퍼백에 담아 꼼꼼하게 날짜까지 적어놓은 것들을 기찬은 미련 없이 휙휙 등 뒤로 내던져버렸다. 이런저런 병조림들까지 한 묶음 꺼내놓고 나자 상자에 남은 건 온갖 양념들뿐이었다. 고추장, 된장, 간장, 설탕, 소금, 식초 등등.

"굴소스? 두반장? 이딴 것들 말고 먹을 걸 내놓으라고!"

야속하게도 트러플 오일을 마지막으로 식료품 상자는 탈탈 밑바닥을 드러내고 말았다. 하아, 황기찬 인생에 이런 날이 올 줄이야. 굶주린 배를 움켜쥐고 코딱지만 한 원룸 바닥에 쪼그리고 앉아 식료품 상자를 뒤적거리고 있는, 이런 날 말이다.

기찬은 하는 수 없이 뒤로 던져놨던 육포와 말린 과일, 견과류 봉지를 다시 주섬주섬 주워왔다. 그는 침대에 기대앉아 육포를 잘근잘근 씹고, 말린 망고를 질겅거리고, 견과류를 한 움큼 쓸어 넣고 우적거렸다. 그래도 여전히 허기졌다. 외려 밥이 더 고파졌다. 갓 지은 따끈한 밥이.

"그까짓 밥, 하면 되지."

내가 누군데. MIT 공학도 황기찬 아닌가. 밥하는 로봇을 뚝딱 만들어내라는 것도 아니고 고작 생쌀에 수분을 더하고 열을 가해 익히기만 하면 되는 일이다. 기찬은 씹던 육포를 집어 던지고 벌떡 일어섰다.

상자들을 다시 뒤적거리는데 젠장, 전기밥솥이 없다. 대신 그릇 상자에서 냄비 하나를 찾아냈다. 쌀을 대충 촤라락 냄비에 쏟아 붓고 휘적거리며 씻었다. 쌀 씻은 물을 따라 버리는데 하얀 쌀알이 후르륵 쓸려 개수대 소쿠리로 사라져버렸다. 두어 번 반복하자 쌀의 양이 눈에 띄게 훅 줄어버렸다. 계속 헹구면 쌀이 반도 남지 않을 것 같았다. 기찬은 대충 씻는 시늉만 한 쌀에 생수를 콸콸 부은 후 불 위에 냄비를 올렸다.

"이거 넘치는 거 아냐?"

가장 센 불에 올려놓았더니 냄비는 금세 끓어올랐다. 뽀얀 밥물이 바그르르 끓는다 싶더니 아니나 다를까 바깥으로 마구 흘러 넘치기 시작했다. 가스 불을 줄여보았지만, 기세 좋게 끓어 넘치던 밥물은 쉬이 수그러들지 않았다. 여전히 바글거리며 하얀 거품을 토해내는 냄비에 당황한 기찬은 숟가락을 들어 냄비 속을 마구 휘젓기 시작했다.

하얀 쌀밥을 김에 싸서 먹겠다는 자신감은 밥물과 함께 홀라당 넘쳐버리고, 과연 이게 익기는 할까 하는 의구심만이 냄비 안에 남아버렸다. 한참을 숟가락으로 휘휘 젓고 있으려니 밥물이 자작하게 졸아들고 구수한 냄새와 탄내가 뒤섞여서 솔솔 피어올랐다. 밥 냄새를 맡은 위장이 들썩거리며 더욱 요란하게 아우성을 쳤다.

"뭐야, 다 된 거야? 밥하는 것도 뭐 별거 아니네."

조금 전까지만 해도 불안하게 냄비 속을 들여다보고 있었던 주제에 기찬은 금세 의기양양한 표정을 지었다. 그는 냄비를 젓던 숟가락으로 크게 밥을 떴다. 김이 폴폴 나는 것을 후후 불어 한입에 쑥 집어넣었다.

"퉤엣! 퉤퉤! 이게 뭐야!"

이건 밥이 아니라 물에 불려놓은 뜨거운 생쌀이었다. 윗부분을 걷어내고 가운데 부분을 파먹어 봤지만 역시 사람이 먹을 수 있는 상태가 아니었다. 맨 아래쪽은 더 끔찍했다. 쌀알 가운데는 안 익었는데 겉에는 탄내가 입혀진 기상천외한 맛과 질감의 것이 그를 기함하게 만들었다.

먹을 수도 없는 이딴 음식쓰레기를 만들겠다고 한 시간 넘게 씨름하고 있었다니. 배는 여전히 고프고 짜증은 머리 꼭대기까지 올라왔다. 갑자기 이 좁아터진 방 안이 너무 답답해 견딜 수가 없었다. 여태 드로즈 하나 입고 있던 맨몸 위에 트레이닝 반바지와 민소매 셔츠를 걸쳤다. 야구모자까지 꾹 눌러쓴 기찬은 문을 부숴버릴 듯이 세게 여닫으면서 방에서 나가버렸다.

* * *

– 이번 주말에 내려와. 버섯 따야 하니까.

늦은 저녁 버스에서 내린 은남의 한 손에는 퇴근길에 장을 본 장바구니가, 다른 한 손에는 가방이 들려 있었다. 장바구니를 팔에 걸고 커다란 가방을 뒤적거려 힘들게 전화를 받았더니 엄마는 언제나처럼 대뜸 용건부터 던졌다.

"또? 지지난 주에도 갔었잖아."

– 그때는 고추 딴 거고. 이번 주에는 노루궁뎅이버섯 딸 거고. 너는 하루만 자고 일어나도 일거리가 산더미처럼 쌓이는 거 알면서 지지난 주 타령이니? 잔말 말고 내려와.

다섯 남매 중 넷은 근처에 살았고 멀리 서울에 있는 건 은남이뿐이었다. 알 만한 직장에 다니는 사람도 은남이뿐이었고, 엄마가 주말마다 닦달하며 불러대는 것도 은남이뿐이었다. 은남은 걸음을 멈추고 후, 낮게 한숨을 내쉬었다.

"엄마, 나 이사했어."

지지난 주 고추밭에서도 분명 얘기했었다. 이사하면 집 정리도 해야 하고, 추석 전에는 회사 일도 바쁠 거라 다음번에는 추석 연휴 때나 내려오겠다고. 물론 엄마는 들은 척도 하지 않았지만.

– 근데? 니 멋대로 분양받고 니 멋대로 이사한 걸 어쩌라고?

역시나 엄마는 이사한 거랑 노루궁뎅이버섯 따는 거랑 무슨 상관이 있냐는 듯 떠름한 반응이었다. 여기서 조금만 더 하면, 꼴랑 회사 나부랭이나 다닌답시고 계집애가 말도 안 들어 처먹는다고, 그럴 거면 당장 다 때려치우고 내려오라고 길길이 날뛸 것이

불 보듯 뻔했다.

"나 김치 담가 줘."

– 뜬금없이 무슨 김치 타령이야? 뒷마당에 김장독 묻어놓은 거 있잖아. 먹으려면 두어 포기 꺼내 가든가.

"묵은 김치 말고 총각김치 새로 담가 줘. 나 총각김치 제일 좋아하잖아."

– 왜 안 하던 짓을 하고 그래? 그렇게 먹고 싶으면 니가 밭에서 뽑아다가 대충 버무려 가면 되지.

역시나 엄마는 조금도 기억하지 못했다.

엄마는 시집간 큰언니에게는 철마다 새로 김치를 담가주었다. 친정에 들를 때마다 밑반찬도 바리바리 싸 들려 보냈다. 읍내에서 자취하는 둘째 언니와 셋째 언니에게도 늘 김치만큼은 떨어지지 않도록 보내주었다.

'나도 김치 담가 줘.'

'고시원에 살면서 무슨 김치야? 냉장고도 여럿이 같이 쓴다면서? 그냥 슈퍼에서 조금씩 사 먹어.'

'그럼 나 나중에 자취하면 그때는 김치 담가 줄 거야?'

'그러든가.'

늘 줘야 할 엄마는 기억을 못 했고, 받아야 할 은남만 애달파했다. 그것이 엄마의 애정이든, 엄마의 김치든.

"나 이제 냉장고도 되게 큰 거 있어. 그러니까 나도 언니들처럼 김치 담가 줘. 밑반찬도 해주고. 그러면 내려갈게."

– 도대체 이 계집애가 뭐라는 거야? 야야, 그만둬. 일 조금 돕는다고 꼴같잖게 유세는. 그냥 일당 주고 사람 부를 테니까 내려

오지 마!

"그게 아니라 엄마가 나 자취하면 김치 담가주겠다고……."

ㅡ 우리 진남이 학원 갔다 올 시간이야. 헛소리하려거든 끊어!

은남이 엄마를 다시 부르기도 전에 전화는 가차 없이 끊겨 버렸다.

"칫, 나도 안 가."

그래봤자 그녀가 할 수 있는 건 듣는 사람 하나 없는 투정 한마디 뱉는 것뿐이었다. 굴러다니는 애꿎은 돌멩이 하나 걷어차고, 무너질 리 없는 하늘에 대고 깊은 한숨 한 번 내뱉은 후 은남은 아무렇지 않은 척 다시 걸음을 옮겼다. 이 정도 일은 새삼 상처라는 거창한 이름을 붙일 것도 아니었다.

조금은 맥 빠진 걸음으로 터덜터덜 걷다 보니 어느새 그녀의 아파트 입구였다. 엘리베이터에 올라타 5층 버튼을 눌렀을 때, 은남은 자신이 엄마와 통화하느라 까맣게 잊고 있었던 아주 중요한 문제를 뒤늦게 떠올렸다. 아, 아담!

은남은 5층에서 멈춘 엘리베이터 문 사이로 목을 길게 쭉 뺀 채 복도 저편을 살폈다. 그 어떤 기척도 느껴지지 않는 복도는 그녀가 출근하던 새벽만큼이나 고요했다. 이렇게 민망한 상황에서는 가능한 한 마주치지 않는 게 상책이었다. 숨을 스읍 들이켠 은남은 발뒤꿈치를 들어 까치발을 하고서 복도 끝까지 한 번에 내달렸다. 후다닥 달려가서 잽싸게 비밀번호를 누르고 순식간에 집 안으로 사라져버린다면 앞집 남자와 마주칠 확률은 한없이 낮아질 것이다. 발소리도 내지 않고 순간이동이라도 하듯 순식간에 문 앞에 도착한 은남은 숨 돌릴 새도 없이 빛의 속도로 비밀번호를 누르기 시작했다.

띠리링, '문이 열렸습니다.' 이제는 익숙해진 여자의 목소리가 도어록이 해제되었음을 알려주었다. 순간, 은남의 뒷덜미에 소름이 쪼르르 올라왔다. 바삐 움직이던 그녀의 손가락은 허공에서 동작을 멈추었다. 그녀의 도어록에서 난 소리가 아니었다. 그녀의 비밀번호는 아직 한 자리가 남아 있었으니까. 소리는 그녀의 등 뒤, 그러니까 아담의 집에서 들려온 것이었다. 은남은 얼른 남은 한 자리를 마저 누르고 잽싸게 집 안으로 도망쳐 들어갈지, 아무 일 없었다는 듯 태연하게 인사를 건네고 천천히 걸어 들어가야 할지 치열하게 갈등하기 시작했다.

"도대체 왜 이렇게 늦어?"

하지만 그녀의 갈등은 갑자기 들려온 남자의 불퉁한 목소리에 까맣게 잊히고 말았다. 은남은 어리둥절한 표정을 지으며 주위를 두리번거렸다. 복도는 아까처럼 고요하기만 했다.

그러니까 지금 저 목소리는 그녀에게 건네진 것이란 얘기인데……. 은남은 저토록 당당하게 그녀의 늦은 귀가를 타박하는 남자를 돌아보았다.

목소리의 주인은 앞집 현관문에 삐딱하게 기대서 있었다. 미간을 잔뜩 찡그리고 온 얼굴에 짜증을 덕지덕지 묻힌 채였다. 높은 콧날을 사이에 둔 길쭉한 눈매에는 불만이 가득했다. 오만상을 쓰고 있어도 남자는 상당히 준수했다. 강 대리가 본다면 어떻게든 엮어보려고 호들갑을 떨 정도는 충분히 되었다. 무엇보다도 키가 한참이나 커서 은남의 머리꼭지가 남자의 턱선에 겨우 닿을 정도였다. 은남은 고개를 한껏 젖히며 남자를 올려다보았다.

"그거, 나한테 한 말이에요?"

"그러면 여기에 우리 말고 또 누가 있어?"

복도에는 아무도 없고, 남자의 눈은 자신을 쳐다보고 있고, 심지어 남자에게 묻고 답을 듣기까지 했지만 은남은 한 번 더 확인해야만 했다.

"저기요, 나 알아요?"

그러니까 지금 그쪽이 나한테 반말을 하고, 귀가 시간을 간섭할 만큼 지난밤 그쪽과 나 사이에 무언가가 있었는지를 다시 묻는 것이었다.

"아주 잘 알지. 앞집 사는 배은망덕한 주정뱅이."

"아니, 그게 아니라 내 이름, 내 나이, 뭐 그런 거 아냐고요."

"알려고 했지. 그런데 아무리 물어봐도 대답을 해야 말이지. 딱딱한 타일 위에서도 어찌나 잘 자던지 코까지 골더라. 난 매트리스 아니면 눕지도 못하겠던데."

남자는 찡그렸던 미간을 펴는 대신 입꼬리를 슬쩍 말아 올리며 짓궂게 대답했다. 시비를 걸고 장난을 치는 것이 명백한 남자의 태도에 은남은 슬슬 약이 오르기 시작했다. 가뜩이나 엄마와의 통화에 기분까지 언짢았던 터라 지금 그녀는 이런 말장난을 받아 줄 만큼 마음이 여유롭지 못했다.

"내가 어쩌다 보니 그쪽 집에 잘못 들어간 건 정말 미안한데요, 그렇다고 알지도 못하는 사람한테 다짜고짜 시비 걸고 반말하면 안 되는 거잖아요. 그리고 말이 나와서 말인데, 사람이 현관에 쓰러졌으면 119를 불러주든가 아니면 적어도 마루 위로 올려 줬음 좋았잖아요. 내가 온종일 허리가 쑤셔서 얼마나 고생한

줄 알아요?"

실수는 실수고, 쪽팔림은 쪽팔림이지만, 그렇다고 남자가 불쑥 반말로 그녀를 닦아세우기에는 중간에 생략된 것이 너무 많지 않은가. 그리고 사람이 딱딱하고 차가운 현관에 쓰러져 있는데 혼자만 푹신한 매트리스에서 편히 자고 있던 남자의 무심함에 약이 오른 것도 사실이었다. 온종일 아픈 허리를 퉁퉁 두드리며 불평했던 것도 사실이었고.

"어쨌든 지난밤에는 정말 실례가 많았고요, 죄송……."

기분도 좋지 않았고 남자의 반말에 발끈하기도 해서 조목조목 따져 묻긴 했지만, 어쨌든 은남이 실수한 일이었다. 오래 마주해 보았자 서로 민망하기만 할 테고, 그녀는 대충 그쯤에서 사과를 건네고 대화를 마무리하고 싶었다. 문제는 앞에 선 남자가 전혀 그럴 생각이 없어 보인다는 것이었다. 남자는 언제 오만상을 썼냐는 듯 이제는 대놓고 빙글빙글 웃고 있었다.

"이름이랑 나이는 모르지만, 대신 그건 알지."

순진한 고양이를 놀려먹기 위해 깃털 장난감을 손에 든 주인처럼 재미있어 죽겠다는 표정을 짓는 남자의 얼굴이 왠지 불길했다. 의심스러워하는 은남의 시선 앞에서 남자는 느닷없이 자신의 티셔츠를 훌떡 들어 올렸다. 짱짱하게 근육이 박힌 맨살을 당당하게 드러낸 남자가 자신의 배 한 지점을 손끝으로 콕 찍었다. 복근 한가운데에 동그랗게 파인 배꼽, 그 바로 오른쪽 옆.

"여기 점 있더라. 새끼손톱 절반만 한 점."

남자는 히죽 웃는데, 은남은 하얗게 굳어 버렸다. 그녀는 슬그머니 두 손을 자신의 배꼽 위에 올려놓으며 남자를 노려보았다.

"아, 오해하지 마. 주정뱅이가 제멋대로 쓰러지면서 티셔츠가 올라가 버린 거니까. 원래는 경찰에 신고할 생각이었는데 유치장에서 자게 될까 봐 신고 안 한 거고, 119는 배터리가 다 되어서 전화 못 한 거고, 티셔츠가 이만큼이나 올라가 있는데 함부로 만질 수 없어서 마루 위로 올려주지 않은 거고, 그래도 입 돌아가지 말라고 하나뿐인 베개도 내줬고, 배 내놓고 자다가 배탈 날까 봐 하나뿐인 이불도 덮어준 거고. Okay?"

남자의 말이 이어질수록 바짝 쳐들었던 은남의 고개가 한없이 아래로 숙어져만 갔다. 이제 보니 반말이 아니라 쌍욕을 들어도 할 말이 없네.

"그랬는데 이 배은망덕한 주정뱅이가 인사도 없이 냅다 도망쳐 버렸더라고. 밤새도록 지켜보다가 아주 잠깐 졸았는데 말이지. 그러니 어쩌겠어. 온종일 주정뱅이가 집에 돌아올 때까지 하염없이 기다릴 수밖에."

"죄, 죄송합니다……. 그리고 고맙습니다."

"그래서 이름이 뭔데?"

꾸벅 내려가던 은남의 고개가 남자의 목소리에 다시 위로 쳐들렸다. 남자는 여전히 싱글싱글 웃고 있었다.

"그건 뭣 하러……."

"계속 주정뱅이나 배꼽점이라고 부를 수는 없잖아."

"신……은남요."

단번에 공손해진 은남이 우물거리며 자신의 이름을 고해바쳤다.

"예쁜 이름이네. 난 황기찬. 앞으로 이웃끼리 잘 지내보자고."

신나게 즐겁고, 기차게 멋있고. 어째 이름까지 찰떡으로 잘 어울린다. 기찬은 그녀의 이름까지 쏙 마음에 들었다. 그는 앞으로 불쑥 커다란 손을 내밀어 악수를 청했다. 한참이나 큰 남자를 힐끔 올려다본 은남이 마지못한 듯 그의 손을 맞잡았다.

"그런 의미에서 부탁이 하나 있는데."

기찬이 맞잡은 손을 놓지 않은 채로 허리를 굽혔다. 훅 낮아진 높이만큼 기찬의 얼굴이 가까이 다가오더니 길고 짙은 남자의 눈이 동글동글한 은남의 눈 바로 앞에 놓였다. 의미심장하게 낮아진 목소리며 은근하고 야릇하게 돌변한 기찬의 눈빛을 은남이 불안하게 마주 보았다. 왜? 뭐? 갑자기 그런 굶주린 눈초리로 쳐다보는 이유가 뭔데?

"나 밥 좀 주라."

"밥……요?"

"내가 어제부터 밥을 쫄쫄 굶었거든. 하룻밤 얌전히 재워줬는데 밥 한 끼 정도는 줄 수 있는 거잖아. 이웃끼리."

그러니까 굶주린 눈초리를 한 게 아니라 진짜로 굶주렸다고? 생긴 건 부잣집 외아들처럼 생겨서는 집에 쌀도 없나. 은남은 마뜩 잖은 표정을 지으며 손에 든 장바구니를 기찬의 앞에 들어 보였다.

"그럼, 라면 먹고 갈래……요?"

혼자만 존댓말을 하려니 억울하고, 그렇다고 대뜸 말을 놓기에는 용기가 부족한 은남의 말꼬리가 어정쩡하게 늘어졌다. 은남의 대답에 기찬의 입꼬리가 저절로 씰룩거렸다. 다짜고짜 라면 먹고 가라니. 생긴 것과 달리 너무 과감하잖아.

"아니, 그렇다고 그렇게 갑자기 훅 들어오면……."

"왜 싫어……요?"

"아니, 싫다기보다, 그래도 아직 마음의 준비가……."

"무슨 라면 먹는데 마음의 준비씩이나……. 나 라면 맛있게 잘 끓이거든……요."

은남은 할 말 다 했다는 듯 팽 돌아서서 도어록을 꾹꾹 누르기 시작했다. 기찬은 은남의 동그란 뒤통수를 내려다보며 헤벌어진 입을 다물지 못했다. 그것이 이 작고 귀여운 여자 때문인지, 온종일 말라비틀어진 것들만 씹다가 먹게 된 라면에 대한 기대 때문인지는 중요하지 않았다.

* * *

"문은 계속 저렇게 둘 거야?"

은남의 방 현관문은 활짝 열려 단단히 고정된 상태였다. 열린 방문으로 캄캄한 복도와 기찬의 방문이 고대로 내다보였다.

"원래부터 친구 데려오면 방문 열고 노는 거라고 배웠거든……요."

방문 열고 놀다니, 도대체 뭘 할 줄 알고. 무슨 중딩이냐. 꿍얼거리던 것도 잠시, 기찬은 자신의 방과 다를 바 없이 아담한 은남의 방 여기저기를 기웃대기 시작했다. 그사이 은남은 냄비를 불에 올리고 장바구니에서 라면 두 봉지를 꺼냈다가 큰 짐승처럼 어슬렁대는 기찬을 흘끔 돌아보고는 한 봉지를 더 꺼내놓았다. 저 큰 덩치에 쫄쫄 굶기까지 했다는데 라면 하나는 너무 야박하지 싶었다.

"김치 없어?"

어느새 기찬은 은남의 냉장고 문을 열고서 그 안에 고개를 들이

밀고 있었다. 그녀의 냉장고는 텅텅 비어 있다시피 했다.

"김치는 없지만 단무지는 있는데……요."

은남이 장바구니 귀퉁이에 꽂혀있는 통 단무지를 손가락으로 가리켰다. 그녀는 김치보다 저렴하고, 김치보다 오래 두고 먹을 수 있는 단무지를 늘 쟁여두었다. 가장 싼 통 단무지를 사서 그냥 썰어 먹기도 하고, 참기름과 고춧가루를 넣어 무쳐 먹기도 했다. 라면에도 먹고, 찬물에 밥 말아서 같이 먹기도 하고. 빈약한 그녀의 밥상에서 단무지는 가장 중요한 반찬이었다.

"라면을 단무지랑도 먹어?"

라면을 단무지와 먹는다는 건 생전 처음 듣는 얘기였다. 기찬이 아는 라면은 온갖 채소와 꽃게, 새우, 전복을 듬뿍 넣은 라면이었고, 라면과 함께 세팅되는 건 잘 익은 배추김치와 열무김치, 또는 라면의 기름기를 깔끔하게 가셔줄 수삼이 들어간 나박김치 정도였다. 기찬은 신기하다는 듯 비닐에 싸인 굵고 둥글고 길쭉한 것을 장바구니에서 꺼내 들었다.

"우와, 되게 크다. 이게 원래 이만한 거야?"

기찬의 목소리에 고개를 돌렸던 은남의 얼굴이 금세 새빨갛게 익어 버렸다. 아니 이 사람이 왜 그걸 들고 배꼽 밑에서 흔들고 있냐고. 온종일 분홍 소시지의 잔상에 시달렸는데 이제는 통 단무지까지. 은남이야말로 묻고 싶었다. 어젯밤 보았던 그게 원래 그만한 것이냐고. 술에 취해서 잘못 본 게 아니냐고. 차마 물을 수 없는 질문을 꿀꺽 삼키며 은남은 기찬의 손에 들린 굵고 둥글고 길쭉한 것을 얼른 잡아챘다.

"자, 잘라서 무, 무칠 거야. 그럼 먹을 만하다고."

단무지를 들고 싱크대를 향해 돌아선 은남의 뒤에서 기찬이 재미있다는 듯 소리 내어 웃었다.

"좋다. 앞으로도 그렇게 해."

"뭘?"

"편하게 반말하라고. 훨씬 듣기 좋잖아. 더 친해진 것 같고."

통 단무지에 당황한 때문인지 은남이 마지못해 붙이던 어정쩡한 '……요.'가 어느새 그녀의 말꼬리에서 사라지고 없었다.

참 이상한 남자였다. 건방진 것 같으면서도 의외로 세심하고, 예의 없는 것 같으면서도 은근히 배려 있고. 겨우 이름만 알 뿐인 낯선 이웃과 함께 라면을 끓여 먹게 된 이 상황이 어이가 없기도 했지만, 또 예상치 못했던 작은 즐거움이기도 했다. 엄마와의 통화에 엉망으로 구겨졌던 기분도 어느새 말끔하게 개어 있었다.

은남은 비닐을 벗겨낸 통 단무지를 도마 위에 올려놓았다. 뒤에 앉은 기찬을 흘끔 한 번 돌아본 그녀는 평소처럼 동글동글 자르는 대신 단무지의 둥근 모양이 남지 않도록 채를 썰었다.

"그래, 황기찬. 이웃끼리 잘 지내보자."

조그마한 은남의 목소리 뒤로 기찬의 웃음소리가 호탕하게 울렸다.

채 썬 단무지 무침이 쉼 없이 기찬의 입 속으로 사라졌다. 세 개 끓인 라면에도 은남의 젓가락이 닿을 새가 없었다. 평소보다 점심을 부실하게 먹어 배가 고팠지만 그릇에 코를 박고 정신없이 라면 줄기를 흡입하는 기찬의 기세에 은남은 라면 건더기를 더 건져올 수도 없었다.

"며칠 굶었어?"

"어제 오후부터 지금까지 굶었다니까."

"왜?"

"왜긴. 집에 먹을 게 없으니까."

내가 다시는 육포를 입에 대나 봐라, 알 수 없는 소리를 구시렁거리면서도 기찬은 라면 그릇에서 고개를 들지 않았다. 국물까지 야무지게 홀홀 마시는 걸 보니 배가 고파도 이만저만 고팠던 게 아닌 듯했다.

"집에 왜 먹을 게 없어? 너 백수야?"

온종일 은남이 돌아오기만 기다리다가 타이밍 좋게 나타난 걸 봐도 그렇고, 지나치게 편한 옷차림도 그렇고, 평범한 직장인은 아닌 것 같았다. 잠시 머리를 긁적이며 눈을 껌벅이던 기찬이 곧 웃으며 고개를 끄덕였다.

"뭐, 그 비슷한 거."

역시 사람은 겉모습만 보고 판단하면 안 되는 거다. 생긴 건 미국 명문대 대학생처럼 말끔하게 생겨서는 백수라니. 요즘 취업하기가 힘들긴 힘든가 보다. 은남은 짠한 표정으로 얼마 남지 않은 면과 국물을 모조리 다 기찬의 그릇에 덜어주었다. 단무지 무침도 다시 가득 담아왔다.

"부모님은 뭐 하시는데?"

"그냥, 월세 받아서 생활하셔."

물론 월세가 수십억 단위이기는 하지만. 기찬은 굳이 뒷말을 보태지 않았다. 대신 소복하게 담긴 단무지 무침을 한 움큼 입에 쓸어 넣고 오독오독 씹었다. 늘 사람들이 지분거리고 그 때문에 늘 사람들을 믿지 못하던 부잣집 아들 황기찬보다 지금은 신은남의 앞집에 사는 백수 총각 황기찬이 더 마음 편했다. 푸짐한 채소와 다양한 해물 대신 달랑 달걀 한 개만 풀어 넣은 라면도 아주 마음에 들었고. 은남이 끓여준 라면은 기찬이 여태 먹어본 중 가장 맛있는 라면이었다.

"부모님이 너 때문에 걱정이 많으시겠다."

"아마도 그렇겠지."

다시 라면 그릇을 들고 국물을 마시는 기찬을 은남이 안쓰러운 표정으로 쳐다보았다. 국물 한 방울 남기지 않고 싹싹 비운 라면 그릇을 내려놓는 기찬에게 은남은 뜯지 않은 라면 한 묶음과 달걀 세 알을 슬며시 내밀었다.

"배고프면 언제든지 벨 눌러. 내가 라면이랑 달걀은 줄 수 있어."

월세 받아 생활하시는 부모님의 속을 썩이는, 취업에 실패한, 끼니조차 제대로 해결하지 못할 정도로 가난한, 얼굴과 허우대는 나름 멀쩡한, 그런데도 허허 웃고 다니는 걸 보니 속은 좀 없어 보이는 앞집 백수에게 은남은 자그마한 주먹을 꼭 쥐고서 '파이팅!'을 외쳐 주었다.

4. 취하지 않은 주정뱅이

"내 방에 이거 놓고 갔더라."

다음 날, 퇴근하는 은남의 앞에 기찬은 쇼핑백 하나를 들고 나
타났다. 쇼핑백에는 경리팀 직원들이 입주선물로 주었던 쿠션이
들어있었다. 술에 취해 기찬의 방에 잘못 들어갔을 때 두고 온 것
이었다. 쿠션을 돌려준다는 핑계로 슬그머니 은남의 방으로 밀고
들어온 기찬은 또 라면 세 개와 단무지 무침 두 접시를 먹고 돌
아갔다.

"나 밥하는 것 좀 가르쳐 줘."

그다음 날에도 기찬은 도어록을 누르고 있는 은남을 불러 세웠다. 한 치의 어긋남도 없이 도어록의 세 번째 비밀번호를 누르는 기똥찬 타이밍에 나타나는 기찬이 이제는 놀랍지도 않았다. 쌀 봉지와 김, 이런저런 양념들과 병조림이 가득 담긴 상자를 껴안고 제 방인 듯 당당하게 들이닥친 기찬은 은남이 지어준 냄비 밥을 몽땅 다 먹어치우고 가지고 온 복숭아 병조림으로 야무지게 후식까지 챙겨 먹고 일어섰다.

"나머지는 선물이야."

"이런 거 안 줘도 되는데."

"고마우면 단무지 좀 많이 무쳐 주든가."

"아니, 안 줘도 된다고."

며칠 지켜보니, 앞집 백수는 지금까지 뭐 하고 살았나 싶게 밥이며 설거지며 제대로 할 줄 아는 것이 아무것도 없었다. 눈치도 없고 말귀도 잘 못 알아듣는 것이 영 얼뜨기 같았지만 다행히 나쁜 놈 같지는 않았다.

은남은 서울살이가 4년을 넘어가도록 직장동료 몇 명 외에는 연락하는 사람이 거의 없었다. 그조차도 악착같이 돈을 아끼고 모으느라 따로 만난 적이 없었다. 회사 밖에서 만나 차를 마신 적도, 술을 마신 적도, 함께 여행을 한 적도 없는 그녀들을 친구라 부르기는 객쩍은 일이었다. 그녀들에게 은남 역시 마찬가지일 테고.

학교 다닐 때까지만 해도 나쁘지 않은 사교성이었는데, 몇 년을 낯선 도시에서 홀로 바쁘게 지내다 문득 생각해보니 조금 외로운 것도 같았다. 돈도 몸도 마음도 참으로 여유 없이 살았다. 그럴 때 난데없이 불쑥 들이닥친 앞집 백수가, 손도 많이 가고 뻔뻔

하고 귀찮고 은남의 식량을 축내고 정신을 쏙 빼놓는 앞집 백수
가, 조금 재미있기는 했다. 그녀는 기찬이 떠넘기는 식료품 상자
를 마지못해 받아들었다.

"그래, 고맙다."

떨떠름한 은남의 목소리에도 기찬은 입이 찢어져라 벙싯거렸다.
어느새 은남도 슬그머니 그를 따라 웃고 있었다.

* * *

토요일인데, 이른 아침부터 은남의 초인종이 소란스러웠다. 이
제는 굳이 누구인지 확인할 필요도 없었다.

"또 왜?"

"단무지 무쳐 주기로 했잖아."

"맡겨놨냐? 어제 먹은 게 마지막이거든. 네가 바닥까지 싹싹 다
긁어먹었잖아."

"그럼 나가자."

"어딜?"

"단무지 사러."

해쭉 웃는 기찬의 눈꼬리가 놀러 나가는 꼬마처럼 둥글게 휘어
졌다.

"어디서 사겠다고? 이 근처에는 마트도 없어. 나도 회사 근처에
서 장 봐 왔던 거야."

"내가 이미 관리사무실에 물어봤지. 저 밑에서 버스 타고 다섯
정거장만 가면 시장이 있대."

단무지 무침에 환장한 은남의 이웃은 포기라는 것을 몰랐다. 결국 또 물러선 것은 은남이었다.

"그래. 가자, 가."

버섯 따러 내려가면 분명 또 마음이나 다칠 테고, 안 내려가면 또 그것대로 마음이 불편할 텐데 차라리 기찬과 장이나 보러 가는 게 낫겠다 싶었다.

지갑과 장바구니를 챙겨 나오는 은남을 보며 기찬의 얼굴에 또 헤벌쭉 웃음이 떠올랐다. 키가 크면 싱겁다더니만, 이 허우대 멀쩡한 앞집 백수는 싱겁기가 소금 안 친 사골국보다도 더했다. 그깟 단무지 무침이 뭐라고 저렇게 눈웃음까지 치며 웃어댈까.

"그렇게 좋아?"

"응?"

"단무지 무침이 그렇게 좋냐고. 누가 보면 평생 단무지 무침 한 번 못 먹어본 사람인 줄 알겠다."

노랗게 물들인 싸구려 단무지는 평생 처음 먹어본 것이 맞고, 합성 감미료에 절여져 들쩍지근하고 시큼하고 자극적인 단무지 맛이 신기한 것도 맞지만, 기찬의 입에서 계속 웃음이 새어 나오는 건 단무지 때문만은 아니었다.

"그러게. 이렇게 금세 좋아질 줄은 생각지도 못했는데."

종종거리는 은남과 보폭을 맞추느라 평소보다 느릿느릿 걸으면서 기찬이 또 싱겁게 웃었다.

"그거 봐. 내가 잘라서 무치면 먹을 만하다고 했잖아."

어깨를 으쓱대며 뽐내듯 말하는 은남의 목적어는 온통 단무지였고, 그 옆에서 헤벌쭉 걷고 있는 기찬의 목적어는 온통 그녀였다.

시장은 생각보다 제법 규모가 있었다. 주변에 마땅한 마트나 슈퍼마켓이 없어서인지 시장을 오가는 사람들도 적지 않았다. 고만고만한 사람들 틈바구니에서 기찬의 머리가 웃자란 가지처럼 불쑥 튀어 올라 있었다. 삐죽이 올라오는 큰 키로 두리번대는 기찬의 모습이 시장과는 퍽이나 어울리지 않았다. 반면 시골에서 나고 자란 은남은 처음 와 본 재래시장도 늘 다니던 곳처럼 익숙하게 잘 찾아다녔다.

"호떡집은 보통 시장 초입에 있거든. 거봐, 저기 보이지?"

　막상 시장에 도착하자 더 신이 난 건 은남이었다. 고단하고 바쁜 서울살이에 시장까지 갈 시간도 없었고, 숨쉬기도 버거울 만큼 갑갑한 고시원 생활에 푸짐하게 장을 볼 일도 없었다. 익숙지 않은 백화점이나 쇼핑몰에서는 어리병병해도 이런 재래시장이라면 금세 활개를 치고 다닐 만큼 익숙했다.

"시장 가자고 안 했으면 어쩔 뻔했냐?"

　기찬의 웃음 섞인 타박이 끝나기도 전, 은남은 호떡집 차양 아래로 쪼르르 빨려 들어갔다. 잠시 뒤 종이컵에 든 호떡 두 개를 들고나온 은남이 그중 하나를 기찬에게 건넸다.

"시장에 왔으면 장보기 전에 호떡부터 먹어줘야 예의지, 안 그래?"

　그런 예의는 들어본 적이 없어서 잘 모르겠지만, 저 입술이 귀여운 건 알겠다. 뜨거운 호떡을 호호 부느라 동그래진 저 작고 앙증맞은 입술 말이다. 입바람을 부느라 볼록하게 부풀었다 다시 가라앉았다를 반복하는 저 뽀얗고 탱글탱글한 뺨은 또 어떻고. 심지어 호떡 끄트머리를 물어뜯는 앞니까지도 귀엽다.

"왜 안 먹어? 내가 준 라면도 벌써 다 먹었다면서. 집에 먹을 것도 없을 텐데 배 안 고파?"

오물거리는 은남의 입술을 쳐다보느라 기찬의 호떡은 절반으로 접혀 종이컵에 꽂혀있는 상태 그대로였다. 조금도 줄지 않은 기찬의 호떡과 기찬의 얼굴을 번갈아 보는 은남의 눈이 의아한 듯 동그래졌다.

"어, 그래. 먹어. 먹어야지. 먹을 거야."

기름이 묻어 반질거리는 은남의 입술에 정신이 반쯤 팔려있던 기찬이 손에 든 것을 덥석 베어 물었다. 앞뒤 가리지 않고, 아무렇지도 않다는 듯, 그 어떤 망상도 하지 않았다는 듯, 평정을 가장하면서 아주 크게 덥석.

"아, 뜨, 뜨, 뜨거워! 아우, Shit!"

순간 기찬은 누가 엉덩이에 뜸이라도 뜬 것처럼 펄쩍 뛰어올랐다. 기름 두른 철판에서 금방 건져낸 호떡은 뜨거워도 너무 뜨거웠다. 베어 문 것을 종이컵 안에 도로 뱉어냈지만, 덥석 물면서 터져 나온 뜨거운 설탕 시럽은 기찬의 아랫입술에 진득하게 달라붙은 채였다.

호되게 걷어차인 망아지처럼 긴 다리를 겅중거리며 펄쩍펄쩍 뛰는 기찬을 살려준 건 은남이었다. 그녀는 화장지를 둘둘 말아 물통에 담긴 차가운 물을 훌훌 뿌린 후 기찬의 입술에 얼른 가져다 대었다.

"아무리 배가 고파도 그렇지 호떡을 그렇게 먹는 사람이 어딨어?"

호떡 하나도 제대로 먹을 줄 모르는 어벙한 이웃을 보는 그녀의 눈에 걱정이 가득했다. 젖은 화장지로 녹은 설탕을 닦아내었는데도 기찬의 입술은 발갛게 데어 금세 통통하게 부풀어 올랐다. 은남은 깨끗한 화장지를 다시 차가운 물에 적셔 기찬의 입술에 가져다 댔다.

"어때? 많이 아파? 약이라도 발라야 할까? 약국이 어디지?"

기찬의 입술을 살펴보랴 약국을 찾아보랴 이리저리 고개를 돌리며 부산스러운 은남과 달리 기찬은 바짝 얼어붙은 채 꼼짝도 하지 않았다. 아니, 꼼짝할 수가 없었다. 입술을 닦아주느라 다가붙은 그녀의 얼굴이 너무 가까웠던 탓이었다. 은남의 갈색 눈동자 속의 까만 동공이 가늠될 정도로 가까운 거리였다. 고개를 두리번거리며 조잘대는 그녀의 숨결이 기찬의 턱을, 목을 간질거렸다. 젖은 화장지를 쥐고 기찬의 입술을 꼭꼭 눌러대는 가느다란 손가락의 느낌은 또 왜 이리 야릇한지. 설탕 시럽이 달라붙었을 때와는 다른 느낌으로 입술이 화끈거렸다. 아니, 얼굴 전체가 화끈거렸다.

"괜찮아. 그만해도 돼."

기찬이 은남의 손목을 붙들어 자신의 아랫입술을 더듬어대는 요망한 손가락을 떼어냈다. 가는 손목에 커다란 손을 감았을 때 잠시 흠칫했던 건 다행히 기찬 스스로만 느낄 수 있을 정도의 주춤거림이었다. 아니, 사람 손목이 왜 이리 가늘고 말이야. 부드럽기는 왜 또 이렇게 부드러운 거야? 입술에서는 간신히 떼어냈는데 이제는 또 손바닥이 난리였다.

"잠깐만 기다려 봐."

기찬의 속에서 한바탕 아우성이 일어난 것도 모르고 은남은 주변을 휘휘 둘러보느라 바빴다. 그녀는 기찬에게 붙들린 손목을 툭 털어내더니 바로 앞에 있는 가게로 포르르 달려 들어가 얼음 생수 하나를 들고 나왔다.

"이거 입술에 대고 있어."

"괜찮다니까."

이건 정말 너무 모양 빠지는 일이었다. 호떡 먹다 입술을 덴 것만 해도 밤새 이불에다 대고 날아 차기를 할 노릇인데 플라스틱 생수통 따위를 이 고귀한 입술에 붙이고 있으라니. 아무리 유배 중인 날 백수 신세라 해도 이건 황기찬 인생에 절대 있을 수 없는 일이었다. 기찬은 입술을 입 안으로 말아 넣고서 격하게 도리질을 했다. 그래도 은남은 포기하지 않고 그의 입술에 악착같이 얼음 생수를 들이밀었다.

"내가 어렸을 때 제일 좋아했던 게 뭔지 알아?"

얼음 생수를 피해, 사실은 훅 가까이 다가오는 은남을 피해 소스라치듯 뒤로 물러서던 기찬이 불시에 시작된 그녀의 얘기에 무춤 다리를 멈췄다. 멈춰 선 기찬을 본 은남이 생긋 웃음을 머금더니 그의 입술에 대고 얼음 생수를 살살 문지르기 시작했다.

"시장에 혼자 심부름 가는 거. 사실은 되게 싫었는데 엄마가 가는 길에 호떡 사 먹으라고 동전 하나 주는 게 좋아서 참 열심히 다녔었거든. 언니들 눈치 볼 것 없이 나 혼자 사 먹는 호떡 맛이 정말 꿀맛이어서. 그 재미에."

얘기를 멈추면 또 기찬이 뒷걸음치며 도망이라도 갈세라 은남은 쉬지 않고 말을 이었다. 손을 바쁘게 놀리면서도 조잘조잘 움직이는 발간 입술이 기찬의 턱 바로 아래에 있었다. 그 입술을 쳐다보느라 기찬은 두 눈동자가 코 쪽으로 쏠려 모들뜨기처럼 보일 지경이었다. 내키는 대로 숨을 쉬면 심장이 이만치 부풀어 그녀의 가슴에 닿기라도 할까 봐 숨도 크게 쉴 수가 없었다.

"그런데 하루는 엄마가 호떡 사 먹으라고 동전 주는 걸 남동생이 보고서 시장까지 몰래 졸졸 따라왔어. 난 그것도 모르고 여느 때처럼 시장 입구에서 호떡 하나를 샀지. 막 한입 먹으려는데 남동생이 갑자기 나타나서는 호떡을 내놓으라고 떼를 쓰는 거야. 호떡이 먹고 싶었으면 자기도 엄마한테 동전을 받아왔으면 되잖아. 그런데도 일부러 꼭 내 걸 뺏어 먹겠다고 그냥 쫓아온 건 도대체 무슨 심보인지 몰라. 세 살이나 어린놈이 내 말이라면 지지리도 안 듣는 게 원래부터 밉상이었거든."

은남의 종알대는 입술을 쳐다보다가 그녀의 얘기에 폭 빠져버린 기찬은 어느새 주먹을 둥글게 말아 쥐고 있었다. 은남의 남동생이 눈앞에 있다면 얄미운 머리통을 콱 쥐어 박아주고 싶다는 생각에 저절로 그리된 것이었다.

"그애서?"

얼음 생수에 얼얼하게 굳어버린 입술로 기찬이 다음 얘기를 재촉했다. 은남은 기찬의 어눌한 발음에 슬쩍 웃음을 보였다가 이내 눈썹 머리에 힘을 주어 미간을 찡그러뜨렸다.

"심통이 나서 뜨거운 호떡을 그대로 남동생한테 줘 버렸어. 그랬더니 동생 놈이 좋다고 덥석 물어버렸지 뭐야. 설탕물이 입술에 튀어서 뜨겁다고 울고불고하는데 난 다친 동생보다도 엄마한테 혼날 게 더 걱정되더라고. 물로 대충 닦아주고 엄마한테 이르지 말라고 단단히 일러서 보냈는데 저녁이 되니까 입천장 허물이 다 벗겨지고 입술은 물집이 잡혀서 퉁퉁 부어오른 거 있지. 귀한 장손을 그렇게 만들었다고 할머니랑 부모님께 얼마나 혼났는지 몰라. 동생 입술이 다 나을 때까지 잔소리를 들었다니까."

"억울했겠다."

기찬의 말에 눈을 동그랗게 떴던 은남이 다시 피식 웃음을 지었다.

"아니, 후회했어. 그때 심통 부리지 말고 식혀서 줄걸, 데었을 때 얼음찜질이라도 해줄걸, 얼른 집에 데리고 와서 연고라도 발라줄걸. 못되게 심통 부려봤자 돌아오는 결과가 하나도 좋은 게 없잖아. 동생은 다치고, 엄마 아빠는 속상해하시고."

의외의 대답이었다. 기찬은 말을 더 보태지 못하고 입술을 꾹 다물었다. 은남이 열심히 얼음찜질해준 덕분에 화끈했던 입술에서는 열감이 빠졌는데, 어째 얼굴은 더 뜨끈해지는지 알다가도 모를 노릇이었다.

"그러니까 너도 입술 부르터서 고생하기 싫으면 이거 잘 대고 있어. 가뜩이나 이래저래 짠한 자식인데 입술 아파서 밥까지 잘 못 먹는다고 하면 너희 부모님께서 속상하실 거 아냐. 안 그래도 너 때문에 걱정 많으실 텐데."

더는 싫다는 말없이 기찬은 잠자코 얼음 생수를 받아들었다. 포장마차에 오글오글 서서 김밥과 떡볶이를 먹고 난 후에도, 작은 커피 수레에서 엄청 달고 진한 시장 커피를 사 먹으면서도, 갖가지 찬거리들을 가득 담고 입구에 커다란 통 단무지를 쿡 찔러 넣은 장바구니를 들고 집에 돌아오면서도 기찬의 한쪽 손은 쉬지 않고 얼음 생수를 입술에 문지르고 있었다.

새삼 다 큰 아들이 입술 좀 데었다고 황 회장이 속상해할까 봐 그런 것은 아니었다. 은남이 동생의 일을 후회하고 있으니까. 은남이 너무도 걱정스러운 눈빛을 하고 있으니까. 은남이를 속상하게 만드는 건 싫으니까. 그래서였다.

* * *

회사 급여일 전 일주일이 경리팀에게는 가장 바쁜 주간이었다. 설상가상 이번에는 이른 추석까지 겹쳐지면서 급여에 추석 상여금까지 정산하느라 업무가 두 배로 뻥튀기돼 버렸다. 은남은 월요일 아침부터 눈코 뜰 새 없이 바빴다.

– 속옷 한 벌 택배로 보내.

당최 의미를 알 수 없는 엄마의 전화가 걸려온 건 은남이 급여 시트에 코를 박고 영업사원들의 실적을 입력하고 있을 때였다.

"무슨 속옷? 엄마 거? 아니면 아빠 거? 급한 거 아니면 추석 때 사 갈게."

– 아니, 네 거. 아래위 전부 다. 빨아놓은 거 말고 입었던 거. 가장 최근까지 입었던 게 제일 좋다니까 너 지금 입고 있는 거 벗어서 바로 보내.

"뭐? 그게 말이 돼? 입던 속옷을 어디에다 쓴다고 보내래?"

– 그런 게 있어. 다 집안 잘되라고 그러는 거니까 말 길게 하지 말고 지금 당장 보내.

"그럼 난 뭘 입고? 또 점쟁이가 뭐랬길래 이래?"

책상에 엎드려 소곤거리며 통화하고 있었는데 하도 어이없는 소리에 목소리가 높아졌었나 보다. 경리팀장이 못마땅한 표정으로 은남을 쳐다보았다.

"신 주임, 영업팀 실적 입력 다 끝났어?"

"죄송합니다. 바로 처리하겠습니다."

은남은 잠시 멈추었던 손가락을 다시 바쁘게 움직이기 시작했다.

"엄마, 나 지금 너무 바쁘거든. 나중에 다시 얘기해."

하지만 그 뒤로도 전화는 쉬지 않고 걸려왔다. 전화를 받지 않으면 문자로, 문자에 대꾸하지 않으면 아빠가. 말 그대로 그녀를 달달 볶아댔다. 그녀가 속옷을 보낼 때까지 절대 멈추지 않겠다는 듯 집요하게 울려대는 휴대폰 때문에 은남은 업무에 집중할 수가 없었다.

휴대폰을 꺼놓았더니 엄마는 급기야 경리팀장 책상으로까지 전화를 걸어왔다. 결국 은남은 점심 먹는 걸 포기하고 가까운 할인 마트로 달려갔다. 매대에 있는 싸구려 브래지어와 팬티를 사서 갈아입고, 입고 있던 속옷을 택배로 보낸 후에야 휴대폰은 겨우 잠잠해졌다.

매대 위에서 수많은 사람들의 손을 타고 먼지를 뒤집어쓰고 있던 속옷을 빨지도 않고 입고 있으려니 찜찜해서 견딜 수가 없었다. 보이지 않는 벌레들이 온몸을 오글오글 기어 다니는 것만 같았다. 하지만 그것보다도 더 견딜 수 없는 건 불길함이었다. 또 점쟁이한테 무슨 소리를 듣고 와서 저러는 것인지 은남은 그것이 너무도 불안했다.

할머니는 셋째까지 딸로 태어난 다음부터는 엄마를 구박하는 걸로 끝내지 않았다. 전국 팔도를 가리지 않고 용하다는 무당들을 직접 찾아다녔다. 그중 배 속에 든 태아의 성별까지 바꿔준다는 유명한 박수무당을 알게 된 것이 할머니에게는 희망이었고, 은남에게는 평생 고달픈 고역이었다. 엄마가 은남을 가졌을 때 할머니는 거금을 들여 그 박수무당에게서 부적을 써왔다. 배 속에 든 태아를 아들로 바꾸어준다는 부적이었다. 엄마는 열 달 내내 그 부적을 배 위에 붙이고 다녔지만, 태어난 것은 또 딸이었다.

'아이고, 계집년 사주가 세기도 세다. 부적도 안 들어 먹을 만큼 센 사주야. 내 말 명심해. 이 계집애가 술술 잘 풀리면 앞으로 아들이 태어나도 기를 펼 수가 없어.'

따지러 쫓아간 할머니에게 박수무당은 그렇게 둘러댔다. 할머니는 거금을 부적값으로 날려버린 책임을 은남의 센 사주 탓으로 돌렸다. 엄마와 아빠 역시 이번에도 딸을 낳았다는 죄스러움을 슬쩍 넷째 딸에게 전가했다.

박수무당이 정해준 대로 은남의 이름을 짓고, 박수무당이 시키는 대로 아이를 가진 해에 드디어 아들 진남이 태어났다. 그것이 은남에게는 더 큰 불행이었다. 원래부터도 박수무당의 말이라면 귀가 얇았지만, 그때부터는 완전히 덮어놓고 맹신했다. 잘된다는 말보다 안 된다는 말에 나약해지는 것이 인간인지라 엄마와 아빠도 점점 박수무당의 말을 귀담아들었다. 그런 분위기는 집안 전체에 전염되었다. 은남이 힘들게 살아야 진남이 잘되고, 그래야 다른 식구들이 편해진다는 걸 모두 다 진리처럼 믿게 되었다.

'왜 나만 실업계 고등학교에 가야 하는데? 언니들도 다 인문계 고등학교 나왔잖아!'

'네가 인문계 고등학교 가면 진남이가 원하는 고등학교에 못 간

다잖니! 토 달지 말고 시키는 대로 해!'

　그녀 인생의 큰 줄기는 박수무당의 말 한마디에 좌지우지되었
다. 울며불며 눈물 바람을 하는 은남을 실업계 고등학교에 모질
게 밀어 넣고도 진남은 가족들이 바라는 고등학교에 가지 못했다.

　은남은 삼 년 내내 독학하다시피 하며 악착같이 대학 준비를 했
다. 고등학교 졸업을 앞둔 그녀의 성적은 서울에 있는 대학에 합
격하고도 남을 만큼이었다. 하지만 점쟁이는 또 불길한 저주를
내렸다.

'고등학교 졸업하거든 적당히 아빠 농장일이나 도와.'

'내가 서울에 있는 대학 가면 진남이가 대학 떨어진다 그랬다
고? 그럼 나 집에서 멀지 않은 전문대에 갈게. 그럼 되는 거 아
냐?'

　은남이 잘되기를 바라지 않는 가족들 틈에서 그녀는 스스로 살
아날 방도를 모색해야만 했다. 적당히 타협했지만 자신을 완전히
버리지는 않았다. 자연스레 더 부지런해지고 더 알뜰해졌다. 가
족들의 반응에는 적당히 눈 감고 귀 막았다. 버릴 수도 없는 가족
이라면 어느 정도 거리를 유지하는 것이 능사였다. 그나마 천성이
낙천적이고 긍정적이라 그럭저럭 견뎌낼 만했다. 은남이 처음으
로 용기를 낸 것은 전문대 졸업을 앞두었을 때였다.

'대학 졸업하면 읍내 새마을금고나 농협에 취직해. 직장 다니면
서 주말에는 농장일 돕고 월급 차곡차곡 모으면서 얌전히 있다가
적당한 데 시집이나 가.'

'나 벌써 취직했어. 서울에.'

　전문대 졸업을 앞두고, 은남의 앞날을 단 두 마디로 정리하는 부

모님 앞에서 그녀는 독립을 선언했다. 할머니와 부모님이 길길이 날뛰며 한 푼도 보태주지 않겠다고 엄포를 놓았지만, 은남에게는 전혀 협박이 되지 않았다. 어차피 집에 있는 동안에도 집안 도움 없이 독립적으로 살아왔던 그녀였다.

시골집은 마당도 넓고, 텃밭도 넓고, 아빠의 버섯 농장도 넓었다. 어디 한 곳 막힌 데 없는 논두렁 가운데에 서서도 그녀의 마음은 늘 한 평 독방에 꽁꽁 갇혀있는 듯 답답하기만 했다. 학교 다니면서 아르바이트해서 모아두었던 몇 푼으로 서울에 올라와 창문 하나 없는 고시원 침대에 누웠을 때, 그녀는 처음으로 자유로움과 홀가분함을 느꼈었다. 어떻게 얻은 자유인데, 어떻게 버텨낸 직장인데, 어떻게 장만한 내 집인데, 또 점쟁이가 어떤 말로 그녀의 앞날을 휘두를지 은남은 그게 너무도 무서웠다.

그녀는 온종일 꺼림칙하고 불길한 기분을 떨쳐버릴 수가 없었다. 설상가상 경리팀은 이번 주 내내 야근 확정이었다. 늦은 밤 퇴근길의 은남은 담근 지 삼 년 된 파김치처럼 진이 쭉 빠져 있었다.

그녀가 버스에서 정신없이 졸다가 아파트 입구에 도착했을 때 시간은 이미 자정이었다. 하늘은 비가 올 둥 말 둥 한 것이 음침하기 짝이 없었다. 마치 오늘 그녀의 기분을 하늘에 그대로 흩뿌려 놓은 것 같았다. 저녁에 퇴근할 때는 그래도 한두 사람 함께 버스에서 내리고는 했었는데, 늦은 밤 차에서 내린 건 그녀 하나뿐이었다. 사람 하나 없는 스산하고 괴괴한 밤길을 걸어 집 앞에 도착한 은남은 예민할 대로 예민해져 있었다.

설마 이렇게 늦은 시간까지 기다리고 있는 건 아니겠지. 하지만 그렇게 생각한 것이 무색하게도, 기찬은 은남이 도어록의 비밀번호를 다 누르기 전 여지없이 복도에 나타났다. 너무도 피곤하고 힘들었던 탓에 은남은 의도했던 것보다 훨씬 더 퉁명스럽게 말을 뱉고 말았다.

"아우, 깜짝이야! 이렇게 밤늦은 시간에는 제발 좀 불쑥불쑥 나타나지 말아 줄래?"

무슨 말을 하려다 말고 입을 꾹 다물어 버리는 기찬을 보고 금세 후회했지만, 길게 상황을 설명하고 이해시키기에 은남은 너무 지쳐 있었다.

"아니, 그러니까, 나 이번 주 내내 야근이라서 저녁 같이 못 먹는다고."

서둘러 말을 보태고, 후다닥 라면 두 묶음과 달걀을 들고나와 기찬에게 안겨주었다. 잘못도 없는 기찬에게 괜한 짜증과 화풀이를 한 것에 대한 사과의 의미였지만 그걸 기찬이 제대로 이해했는지까지 살필 정신은 없었다. 기찬은 모호한 표정으로 자신의 손에 들린 라면과 달걀을 쳐다보았다.

"어, 그래."

짤막하게 대답하고는 제 방으로 들어가 버렸다. 실망스러움에 늘어지는 기찬의 눈꼬리가 마음에 걸렸지만 은남에게는 더 급한 일이 있었다. 집으로 들어가 이 찜찜한 속옷을 얼른 벗어 던지고 깨끗하게 샤워를 해야만 했다.

간신히 씻고 침대에 누운 은남은, 기찬을 생각할 새도 없이 완전히 곯아떨어지고 말았다.

* * *

그 주 내내 은남은 잠시 짬을 낼 새도 없이 바빴다. 그 와중에도 속옷 사건은 덜 소화된 음식물처럼 그녀의 명치 언저리에 걸려 있었다. 하지만 엄마는 더 이상 전화를 하지 않았고 은남도 바쁜 업무에 확인해 볼 겨를이 없었다. 바쁘고 힘들고 불편한 일주일이었다. 그래도 다행인 것은 일주일 동안 단 한 번도 막차를 놓친 적이 없다는 것과 오늘이 야근 마지막 날이라는 것이었다.

어제까지는 자정이 넘어 집에 돌아왔지만, 오늘 은남은 열 시 남짓한 시간에 녹신해진 몸을 버스에서 내릴 수 있었다. 그나마도 저녁까지 거르며 서두른 덕분이었다. 서울 살 때라고 밤늦은 시간에 여자 혼자 귀가하는 것이 무섭지 않은 것은 아니었지만 이곳은 그보다 정도가 훨씬 더했다. 한밤중의 버스정류장은 몹시 괴괴하고 을씨년스럽고 어둠침침했다. 야근으로 내내 퇴근이 늦었던 일주일 동안, 섬뜩하리만치 으스스한 퇴근길 역시 그녀를 피곤하게 만든 주범 중 하나였다. 부지런히 서둘렀지만 오늘도 둥그런 표지판이 삐뚜름하게 서 있는 황량한 정류장에 내린 사람은 그녀뿐이었다.

밤 열 시의 강남은 휘황찬란한 불야성인데, 이곳의 밤 열 시는 칠흑 같은 어둠과 검질긴 고요였다. 은남은 보도블록조차 깔리지 않아 흙먼지가 폴폴 날리는 길을 따라 아파트로 향했다. 오가는 사람도, 오가는 차도 없는 밤길은 으스스했다. 괜한 불안감이 아무도 없는 뒤쪽을 자꾸만 흘끔거리게 했다.

아파트 단지 안이라고 상황이 크게 다르지 않았다. 분양할 때 보여주었던 청사진과 달리 한없이 더뎌지는 개발 때문에 은남의 아파트 입주률은 형편없는 수준이었다. 불 켜진 창문이 드물어 단지 전체가 캄캄했고, 조도가 높지 않은 가로등들이 드문드문 가라앉은 어둠을 간신히 흩트리고 있었다.

은남은 어깨를 옹그린 채 걸음을 재촉했다. 막바지에 다다른 여름은 이미 밤늦은 시간이면 그 힘을 쓰지 못했다. 사악, 스쳐 가는 바람이 반소매 아래로 드러난 팔뚝에 제법 서늘하게 느껴졌다. 그녀의 집은 아파트 단지 안에서 가장 안쪽에 있었다. 터벅터벅 단지 안을 가로지르는 그녀의 발소리와 풀벌레 소리뿐 사위는 지독하게 적막했다.

집에 돌아가면 간만에 욕조 가득 따뜻한 물을 받아 푹 담글 생각이었다. 묵은 피로를 씻어낸 후에는 아무것도 하지 않고 곧바로 침대에 누워버릴 테다. 내일은 토요일이니까 늦잠을 자고, 욕조에 있는 물로 화장실 청소를 하고, 밀린 빨래도 하고, 지난주에 하지 못한 공원 산책도 하고……. 거기까지 생각하던 은남은 픽 웃고 말았다. 물론 이 모든 건 기찬이 그녀의 늦잠과 휴식을 방해하지 않는다는 전제하에 가능한 것이었다.

그나저나 황기찬은 지금 뭐 하고 있으려나. 콩알을 볶아대듯 정신없던 며칠이 지나고 마음이 평정을 찾자 가장 먼저 떠오르는 것이 기찬이었다. 잠시 떠올렸을 뿐인데 생각은 기찬에게로 아예 옮겨 가 버렸다.

야근을 시작했던 지난 월요일 밤에 잠시 마주친 이후로 기찬은 전혀 보이지 않았다. 밥은 챙겨 먹고 있나. 입술은 괜찮으려나. 설마 월요일에 짜증 좀 부렸다고 아직도 삐쳐 있는 건 아니겠지? 내일은 내가 먼저 초인종을 눌러 볼까? 그래, 그것도 괜찮겠다. 마음을 정한 은남은 생긋 웃으며 걸음을 더 빨리했다.

저벅저벅. 그때, 그녀의 발걸음 소리에 다른 발소리가 섞여들었다. 인적 없는 길을 걸으며 예민하게 곤두섰던 은남의 고막이 대번에 그 낯선 소리를 잡아냈다. 기찬을 생각하며 방싯거리던 은남의 얼굴에서 순식간에 웃음이 싹 가셨다. 잘못 들은 것이라면 좋으련만 낯선 발소리는 점점 더 또렷해지고 점점 더 가까워졌다. 분명 누군가가 이쪽으로 걸어오고 있었다. 머리칼이 쭈뼛 곤두섰다. 한밤중 인적 없는 길에서 마주치는 사람이 귀신보다도 더 무섭다는 말이 실감 나는 순간이었다.

은남은 늦지 않던 걸음을 더욱 재촉했다. 다행히 그녀가 사는 동이 바로 지척이었다. 후다닥 공동 현관 입구로 달려갔다. 현관 입구에는 큼직한 키패드가 달려 있었고, 입주민들은 각자 다른 비밀번호로 현관을 드나들었다. 그녀는 얼른 키패드에 대고 공동 현관 비밀번호를 누르기 시작했다. 손가락이 떨렸지만 온 정신을 바짝 모은 덕에 비밀번호는 틀리지 않고 한 번에 누를 수 있었다.

문이 완전히 다 열리기도 전 비좁은 틈새로 몸을 밀어 넣으며, 은남은 눈알을 옆으로 굴려 유리문을 훔쳐보았다. 저만치 뒤쪽에서 걸어오고 있는 한 남자의 모습이 유리에 얼비쳤다. 역시 잘못 들은 것이 아니었다. 은남은 남자가 가까이 오기 전에 유리문이 자동으로 닫히기를 바라며 발걸음을 재게 움직였다. 다행으로 엘리베이터는 1층 현관에 내려와 있었다. 그녀는 얼른 엘리베이터에 올라타 닫힘 버튼을 무수하게 눌러댔다. 닫히는 엘리베이터 문을 보며 숨을 돌리는 은남의 귀에 공동 현관의 키패드를 누르는 소리가 또렷하게 들려왔다. 그새 동 입구까지 다가온 남자가 키패드를 누르고 있는 것이었다. 남자의 목적지가 은남과 같은 동이라는 것은 분명해 보였다.

 마침 남자가 비밀번호를 모두 입력하기 전 엘리베이터 문이 닫혔다. 드디어 그녀 하나만을 태운 엘리베이터가 위로 움직이기 시작했다. 도로 문이 열릴까 콩닥거리던 은남은 엘리베이터가 육중한 몸을 움직이기 시작한 후에야 벽에 기대선 채 긴 한숨을 내쉴 수 있었다. 아무리 입주가 더디다고는 해도 단지 전체가 완전히 다 빈집은 아니었다. 실제로 아침에 출근할 때나 이른 퇴근을 할 때면 버스 정류장에서 마주치는 사람들이 몇 있었으니까. 아마도 저 남자 또한 그녀처럼 퇴근이 늦어진 입주민일 것이다. 하지만 서울에 올라와 별별 변태들을 다 겪으면서 은남이 깨우친 처세술은 인적 없는 곳에서 마주친 낯선 남자는 일단 피하는 것이 상책이라는 것이었다.

 서울에 올라와 처음 변태와 맞닥뜨렸을 때를 생각하면 지금도 기분이 더럽기 짝이 없다. 어리고 순진해 빠졌던 터라, 그녀는 만만했고 그만큼 잘 속았고 그래서 별별 꼴을 다 보았었다.

 갓길에 차를 세운 남자가 조수석 창문을 내리고 손짓하기에 길을 알려달라는 것인 줄 알고 다가갔다가 지퍼를 내리고 흉측한 것을 달달 흔드는 꼴을 보기도 했고, 으슥한 고시원 골목에서 홀딱 벗고 설치는 바바리맨과 마주친 것도 한두 번이 아니었다. 혼잡한 지하철에서 엉덩이를 더듬는 놈도 있었고, 손잡이를 잡은 은남의 손등에 우연인 척 제 손을 겹치는 놈도 있었다. 이제는 제법 내성이 생겼다지만 제 물건을 보여주는 놈, 제 물건을 붙잡고 흔드는 놈, 은남의 몸을 더듬는 놈들은 피할 수 있다면 피하는 것이 최고였다. 하나같이 형편없는 물건들, 도대체 누가 보고 싶어 한다고 그 지랄들인지.

그나마 서울에서라면 소리를 질러 도움이라도 청하든가 잽싸게 달려 도망이라도 쳐보겠지만 여기는 온 동네가 다 텅텅 비어 있다시피 한 외곽의 황량한 아파트 단지였다. 뒷산으로 끌려가 감쪽같이 사라진다 해도 쉽사리 알아챌 수 없을 만큼 인적이 드문 곳이었다. 거기까지 생각하자 은남은 더욱 오싹해졌다.

아무래도 야근이 너무 길어진 탓에 과민해진 것일 테지. 그녀는 움츠러든 어깨를 한 번 부르르 떨고는 5층에 무사히 도착한 엘리베이터에서 내렸다. 이제 복도를 걸어 집에 들어가기만 하면 된다. 그러면 지금 일어났던 일은 아무것도 아닌, 주말이 지나기도 전에 그냥 잊어버릴 잠시간의 해프닝이 되어버릴 것이다. 은남은 더욱 피곤해진 발걸음을 터덜거리며 복도를 걸었다.

그녀가 막 복도의 절반쯤을 지나치고 있을 때였다. 땡! 엘리베이터가 도착하는 소리가 텅 빈 복도에 울려 퍼졌다. 그 소리에 은남은 번개라도 맞은 것처럼 흠칫 어깨를 떨었다. 소리는 분명 그녀가 지금 걷고 있는 5층에서 들려왔고, 그것은 또 다른 엘리베이터가 지금 막 5층에 도착했다는 것을 알려주는 것이었다. 설마…… 아까 그 남자가? 그리고 은남의 짐작이 옳다고 대답이라도 하는 것처럼, 저벅저벅, 아까와 같은 발소리가 복도에 울려 퍼지기 시작했다.

은남은 핏기 가신 얼굴로 허우적허우적 걸으면서 부지런히 눈알을 오른쪽 왼쪽으로 굴렸다. 그녀는 복도를 오갈 때마다 늘 다른 집의 도어록들을 살피곤 했었다. 빈집이라면 도어록에 비닐이 붙어있을 테고 누군가가 새로 입주했다면 비닐이 벗겨졌을 테니 그것으로 같은 층의 입주 상황을 가늠했던 것이다. 분명 오늘 아침만 해도 자신과 기찬의 집을 제외한 5층의 모든 집 도어록에는 비닐이 붙어있었다. 그리고 지금, 엘리베이터에서부터 복도의 3분의 2를 걸어오면서 지나친 모든 도어록에는 비닐을 뗀 흔적이 없었다.

터벅터벅, 모든 신경을 뒤쪽에 집중한 채, 하지만 섣불리 뒤돌아보아 겁에 질린 표정을 들키지 않으려 애를 쓰며, 은남은 한 집을 더 지나쳤다. 이번 도어록에도 사용한 적 없는 새것임을 알려주는 비닐이 붙어있었다. 그리고 또 한 집. 역시 마찬가지였다. 이제 남은 집은 은남과 기찬의 집뿐이었다. 이건 말이 안 된다. 있을 수 없는 일이었다. 그러면 지금 엘리베이터에서 내려 그녀의 뒤를 따라 복도를 걷고 있는 저 남자의 목적지는 도대체 어디라는 것인가.

꼬리뼈부터 소름이 끼쳐 올라와 목덜미까지 뻣뻣하게 굳었다. 한동안 인터넷을 시끌시끌하게 달구었던 뉴스가 그녀의 머릿속을 뱅뱅 울렸다. 혼자 귀가하는 여성을 뒤따라가 성폭행하려 했던 치한의 뉴스였다. 천만 다행히도 표적이 된 여성은 단 몇 초간의 차이로 집 안으로 피신했지만, 문밖에서 문손잡이를 덜걱거리면서 여자가 다시 나오기를 기다리고 서 있는 치한의 모습이 찍힌 CCTV가 공개되면서 전국의 혼자 사는 여성들을 불안에 떨게 만든 사건이었다.

지금 뛰어가서 잽싸게 비밀번호를 눌러볼까. 그러면 남자가 다가오기 전에 문을 열고 들어갈 수 있을까. 아니, 그러기에는 남자와 자신의 거리가 너무 가까웠다. 자신이 도어록을 여는 순간을 노려 매처럼 날아와 자신을 덮치는 치한의 모습을 상상하자 눈동자는 갈피를 잡지 못한 채 불안정하게 뱅글거리고, 눈가에는 눈물이 퐁퐁 솟았다.

어쩌지. 지금이라도 뒤돌아서서 바깥으로 뛰쳐나갈까? 그러면 그다음에는? 어차피 인가도 없이 주변은 사방팔방 공사판 천지였다. 오히려 치한에게 날 잡아드시라고 모가지를 내어놓는 꼴이었다. 이제는 허벅지까지 달달 떨려왔다.

매일 은남이 도어록을 누를 때마다 딱딱 맞추어 모습을 드러내던 기찬이 지금 이 순간 너무도 간절했다. 하지만 그런 기찬에게 퉁명스럽게 말하고, 밤늦은 시간에 불쑥 나타나지 말라고 한 건 바로 자신이었다. 실망스러운 표정으로 사라진 뒤 지난 며칠간 내내 보이지 않았던 기찬이 지금 짠하고 나타날 확률은 한없이 제로. 그렇다면 방법은 하나뿐이었다. 복도 끝까지 걸어간 은남은 자신의 집이 있는 오른쪽 대신 반대편으로 몸을 돌렸다.

'너도 혹시 유배 왔냐?'

'유배? 그게 무슨 소리야?'

'어지간히 귀찮았으니까 치킨집 전화번호 같은 걸 비밀번호로 했을 거 아냐.'

'뭐래? 세상에 이렇게 좋은 집으로 유배 오는 사람이 어디 있다고. 그리고 나 그 비밀번호 진짜 신중하게 골랐거든. 딱 맘에 드는 비밀번호였는데 너 때문에 딴 거로 바꿨으니까 너도 그거 쓰지 말고 딴 거로 바꿔.'

'싫어.'

'내가 네 방 비밀번호 알고 있는데도 괜찮아?'

'뭐 어때. 혹시 알아? 오밤중에 또 웬 주정뱅이가 쳐들어올지.'

기찬아, 제발! 주정뱅이가 아니라 더 심한 말로 불러도 되니까, 배꼽 옆에 점이라도 원한다면 다시 보여줄 테니까, 네가 그렇게 좋아하는 단무지 한 대야라도 무쳐 줄 수 있으니까 제발 비밀번호만은 바꾸지 않았기를.

　은남은 그 짧은 순간에 마음속으로 성호를 긋고, 아멘과 나무아미타불을 부르짖었다. 떨리는 그녀의 손가락이 기찬의 방 도어록에 대고 '최고다 치킨'의 전화번호를 꾹꾹 누르기 시작했다. 9…2…8…, 벌벌 떨리는 손이 네 개의 숫자를 간신히 누르고 별표까지 입력을 마친 순간, 띠리링, '문이 열렸습니다.' 한동안 눈치 없다고 그렇게 구박했던 여자의 목소리가 눈물겹도록 반가웠다.

　은남이 문고리를 잡고서 옆눈으로 힐끔 봤을 때, 낯선 남자는 바로 옆옆집 현관까지 다가와 있었다. 그녀는 망설이지 않고 기찬의 방문을 잡아당겼다. 혼자 사는 여자들이 현관에 늘 커다란 슬리퍼를 놓아두는 것처럼, 혼자 사는 여자라는 것을 낯선 불청객이 알아채지 못하도록, 쫄지 말고, 자연스럽게. 그대로 집 안으로 뛰쳐들어가며 은남은 복도에 있는 남자의 귀에 들릴 만큼 큰 소리로 외쳤다.

　"자기야! 나 왔어!"

5. 아담하지 않은 아담

"Damn it!"

정교하게 움직이던 드론이 바닥에 동댕이쳐 졌다. 느닷없이 불어온 돌풍에 세차게 흔들린 나뭇가지가 드론의 뒤쪽을 후려친 것이다. 기우뚱했다가 다시 수평을 잡는 듯싶더니, 요란하게 나부끼는 버드나무 가지에 뒤엉키어 결국은 추락하고 말았다.

한쪽 팔 길이에 전투기 모양으로 날렵하게 빠진 드론은 기찬이 미국에서 연구 중이던 자율 주행 드론이었다. MIT에서 그는 사람의 조정 없이도 나무 사이를 자유롭게 움직여 다니며 정보를 수

집하고 실종자를 수색해낼 수 있는 자율 주행 드론의 개발에 참여하고 있었다. 한국에 돌아온 후 그는 이를 한국의 지형과 수목에도 적용할 수 있도록 알고리즘을 재배치하는 중이었다.

갑작스레 한국으로 돌아오지 않았더라면 그는 최고의 연구 환경에서 머지않은 시간 내에 만족할 만한 성과를 냈을 것이다. 대학 내내 연애에도 관심 두지 않고 연구에만 매달렸으니까. 그만큼 최선을 다했으니까. 그만큼 좋아하는 일이니까. 그럴 만큼 그의 실력은 최고였으니까. 어쩔 수 없는 사연으로 돌아왔다지만 연구까지 접을 생각은 없었다.

한국으로 돌아오기로 마음먹었을 때 기찬이 가장 먼저 챙긴 것은 연구자료들과 자신이 일일이 깎고 다듬고 조립해서 만든 드론들이었다. 이곳으로 유배 올 때 조수석에 안전벨트까지 채워 곱게 모시고 온 것도 노트북과 드론들이었다. 마음만 있다면 연구 장소가 무슨 상관이냐 자신했건만, 격납고를 통째로 사용하던 연구실과 요양원 뒤편 약수터와는 차이가 나도 너무 심하게 났다.

허리를 코르셋 같은 복대로 졸라매고 보행 보조기를 밀며 산책하시는 어르신이 나뭇가지에 걸려 추락하는 기찬의 드론을 신기한 듯 쳐다보았다. 나뭇등걸에 걸터앉으신 어르신과 나무 몸통에 등을 쿵쿵 부딪치는 어르신은 컨트롤러도 없이 드론을 날리는 기찬에게 손뼉을 쳐 주었다. 기찬은 어정쩡하게 고개를 숙여 인사하고는 백팩에 노트북을 챙겨 넣었다.

추락한 드론은 육안으로 보기에는 상태가 나쁘지 않았지만 정밀 점검이 필요했고, 바람이 점점 심해지기도 해서 오늘은 이쯤에서 비행을 마무리 짓기로 했다. 어차피 정교한 데이터를 뽑아낼 장비도 턱없이 부족했기에 이건 연구라기보다는 그저 단순한 작동 테스트에 불과했다.

망할 유배 생활이 끝나면 연구실부터 구하고 말리라. 최신 장비를 모조리 다 갖춰놓고 비행 테스트를 할 체육관도 살 테다. 드론 몇 십 대를 한꺼번에 날려도 될 만큼 아주 큰 체육관으로다가. 드론을 품에 안고 비탈진 길을 터덜터덜 내려오면서 기찬은 불만에 찬 입술을 삐죽거렸다.

사실 기찬의 기분이 바닥까지 푹 가라앉아 버린 건, 한국에 들어온 뒤부터 제자리를 맴맴 돌고 있는 연구 때문이 아니었다. 이번 주 내내 얼굴을 볼 수 없는 은남 때문이었다. 지난 주말까지는 아주 분위기가 좋았다. 어렸을 때도 해본 적 없던 소꿉놀이를 하듯 살랑대는 기분이었다. 함께 장을 봐 온 후에는 단무지를 무치고 어묵을 볶고 달걀말이를 하고 된장찌개를 끓여서, 아, 물론 은남이 했다. 갓 지은 밥과 함께, 이것도 물론 은남이 혼자 했다. 암튼 토요일과 일요일 내내 좋은 분위기 속에서 함께 밥을 먹었었다.

'나 다음 주는 엄청 바쁠 거야.'

그때는 음식들이 너무 맛있어서 밥상에 코를 박고 있느라 은남의 말을 제대로 듣지도 않고 건성으로 대답했었다.

월요일, 기찬은 늘 그랬듯이 오후 여덟 시가 되기 십 분 전부터 현관문 앞에 서서 은남을 기다렸다. 그런데 수도 없이 복도를 내다보고, 기다리다 못해 1층까지 오르내리고, 버스 정류장까지 가서 꼬리잡기 하는 강아지처럼 뱅뱅 돌아봐도 은남은 오지 않았다. 그제야 지난 일요일에 어묵볶음을 입 안 가득 씹으면서 그런 말을 들었던 것이 간신히 떠올랐다.

그래서 몇 시에 오는데? 물으려고 핸드폰을 꺼냈다가 뒤늦게 깨달았다. 아직 은남의 전화번호를 알지 못한다는 것을. 심지어 그는 은남이 무슨 일을 하는지, 어디에서 일하는지도 몰랐다. 아는 것이라고는 슬그머니 빈대 붙은 이웃에게 며칠씩이나 먹을 것을 나눠줄 정도로 친절하다는 거, 그러면서도 짜증 한 번 내지 않을 정도로 착하다는 거, 그리고 엄청 작고 귀엽고 또 예쁘다는 것뿐.

허, 그러고 보니 기찬은 그녀의 나이조차 알지 못했다. 화장기 없이 올망졸망 귀여운 얼굴을 보자면 이십 대 초반이나 되었으려나. 어린 나이에 이렇게 열심히 일하는 걸 보니 착실하고 부지런한 것도 알겠다. 워낙에 미국에서의 습관이 몸에 배어서 나이도 묻지 않고 서로 이름으로 편하게 불렀었는데, 이참에 나이도 정리해야겠다. 오빠라고 제대로 호칭을 붙여서 부르게도 하고.

[기찬 오빠!]

작고 귀여운 입술을 오물거리며 자신을 오빠라고 부르는 은남의 모습을 떠올리자 기찬은 갑자기 얼굴에 열이 확 오르고 괜한 헛기침이 터졌다. 그가 벌겋게 열 오른 얼굴로 벌컥벌컥 생수를 들이켤 때, 앞집 도어록 소리는 그때 들려왔다. 기찬은 생각할 새도 없이 반사적으로 뛰쳐나갔다. 하지만 온종일 보고 싶어서 애가 닳았던 그와 달리 은남은 조금도 그가 반갑지 않은 것 같았다.

'아우, 깜짝이야! 이렇게 밤늦은 시간에는 제발 좀 불쑥불쑥 나타나지 말아 줄래?'

한 번도 보인 적 없던 퉁명스러운 은남의 모습에 기찬은 그녀에게 물으려던 많은 것들을 순식간에 잊어버리고 말았다. 전화번호가 뭐야? 나이가 어떻게 돼? 그러면 앞으로는 오빠라고 부르는 거다. 회사가 어느 쪽이야? 늦을 것 같으면 전화해. 이 오빠가 데리러 갈 테니까. 저녁은 먹었어? 배고프면 내 방에서 라면 먹고 갈래? 그 어떤 말도 입 밖으로 나오지 못하고 그대로 사그라져 버렸다.

'아니, 그러니까, 나 이번 주 내내 야근이라서 저녁 같이 못 먹는다고.'

후다닥 라면 두 묶음과 달걀을 가지고 나와 기찬에게 안기는 은남의 모습이, 제발 이거 다 먹을 때까지는 나 좀 귀찮게 하지 말아 주라. 얘기하는 것만 같았다. 너무도 지쳐 보이는 은남의 얼굴에, 이렇게 잠시 서 있는 것조차 힘들어 보이는 얼굴에, 기찬은 결국 '어, 그래.' 대충 얼버무리고는 집에 들어와 버렸다. 그래, 전화번호나 오빠라는 소리 따위가 뭐가 급하다고, 어차피 금세 그렇게 부르게 될 텐데. 저렇게 피곤해 보이는데 조금이라도 더 쉬게 해 주는 게 중요하지.

하지만 다음 날에도, 다음다음 날에도 기찬은 그녀와 마주치지 못했다. 내내 외시경을 내다보다 잠시 미국에서 온 전화를 받고 있을 때, 현관 앞에 쪼그리고 있다가 잠깐 졸았을 때, 하필 화장실에 갔을 때, 그 찰나에 은남은 제집으로 쏙 들어가 버렸다.

초인종을 눌러볼까. 잠깐 얼굴이라도 봤으면 좋겠는데. 피곤함에 푹 절어버린 은남의 얼굴을 떠올리자 그 짓도 차마 할 짓이 아니었다. 그래, 뭐가 급하다고. 그렇지만 그 마음은 오래가지 않았다. 수요일을 지나 목요일, 금요일이 되자 기찬은 안절부절 더는 여유를 부릴 수가 없었다.

궁금하고, 보고 싶고, 그리고 오빠 소리도 듣고 싶고. 그래, 까짓거 나가서 기다리면 되지. 의자 하나 없고 가림막도 없이 표지판 하나만 삐딱하게 꽂혀있는 임시정류장이지만 은남이 언젠가는 그곳에 내릴 테니까. 어제는 세 시간 넘게 기다리다가 화장실이 급해져서 돌아왔지만, 오늘은 미리 볼일을 보고 나가서 막차가 올 때까지 버텨볼 생각이었다. 그렇게 정하자 마음이 조금 편해졌다.

기찬은 간신히 가다듬은 마음으로 추락했던 드론을 분해하기 시작했다. 처음에는 뿌루퉁하던 표정이 시간이 지날수록 점점 더 진지해졌다. 위치를 기억하면서 풀어낸 수십 개의 스크루를 크기별로 분리해놓고 케이스를 벗겨낸 다음 그는 예리한 눈초리로 내부를 살폈다. 그가 놓친 사소한 오류가 나중에 커다란 실패로 돌아온다는 걸 아주 잘 알고 있기에 그 무엇도 허투루 할 수 없었다. 몇 시간 동안 꼼짝 않고 드론에만 매달려 있던 그가 뻐근한 목을 들었을 때 시간은 이미 열 시를 넘어서고 있었다. 은남은 아직 귀가하지 않았다.

이제 슬슬 버스 정류장으로 나가볼까. 금요일 밤이니 은남이 괜찮다면 드라이브를 하러 가는 것도 좋겠다. 그녀 덕분에 생활비를 많이 아꼈으니 분위기 좋은 곳에서 칵테일 한잔하는 것도 괜찮을 테고.

볼일을 보고, 욕실에 들어간 김에 양치도 하고, 입고 있던 민소매 티와 반바지 위에 남방셔츠를 걸치고, 유배 온 후 처음으로 꺼내 든 자동차 키를 검지에 걸어 빙글빙글 돌리며 현관 앞에 섰을 때였다.

삐, 뻑뻑, 삐. 집주인인 그가 분명 집 안에 있는데 다른 누군가가 그의 방 도어록을 당당하게 누르는 상황. 어쩐지 익숙한 이 상황에 기시감을 느끼기도 전, '문이 열렸습니다.' 하는 낭랑한 안내 멘트가 들렸다. 곧이어 그토록 기다리던 은남이 안으로 쏟아져 들어왔다. 복도가 쩌렁쩌렁 울릴 만큼 커다랗게 소리를 지르면서.

"자기야! 나 왔어!"

어떻게 몸을 돌려볼 새도 없었다. 냅다 들이친 은남과 문 앞에 서 있던 기찬이 대차게 부딪쳤다. 그 상황에서 기찬이 할 수 있었던 최선은, 균형을 잃고 넘어지는 은남이 다치지 않도록 긴 팔과 커다란 손으로 그녀의 등과 머리를 감싸 안는 것뿐이었다. 으악, 소리를 내기도 전에 천장이 팽그르르 돌았고, 정신을 차렸을 때 기찬은 은남을 품에 안은 채 현관에 벌러덩 누워있었다.

혹시라도 오밤중에 집 잃은 주정뱅이가 또 찾아 들어올까 봐 비밀번호도 안 바꿨다지만, 그렇다고 이렇게 빨리, 더할 나위 없이 과감하게, 다짜고짜 갑자기 훅 들어오면, 도대체 나보고 어쩌라고. 보고 싶다고 머릿속으로만 그리던 은남이 난데없이 그의 품 안으로 떨어졌다. 맥박이 빠르게 달음질치고 쿵쿵대는 심장 소리에 귓속이 소란스러웠다. 손바닥에 쏙 들어오는 작은 뒤통수와 품에 폭 안기는 여린 몸이 지독하게도 현실감이 없었지만 이건 분명 꿈이 아니었다.

"또 술 마셨냐?"

하지만 품에 안긴 작은 몸에서는 전혀 술 냄새가 나지 않았다. 그렇다고 지난번처럼 기름진 고기 냄새를 풍기는 것도 아니었다. 그저 샴푸 냄새, 로션이나 크림 같은 옅은 화장품 냄새, 그리고 달

보드레한 살 냄새. 하아, 이건 무슨 고문도 아니고. 기찬은 마시지
도 않은 술에 취하는 듯 정신이 아찔했다. 게다가 완전히 들러붙
어 버린 두 가슴과 두 쌍의 허벅지, 그리고 그 사이의 은밀한 중심
부. 그 사실을 의식하자마자 얼굴에 쏠렸던 피가 몸 가운데로 빠
르게 몰려들었다. 이건 진짜 위험하다. 기찬은 얼른 은남의 팔뚝
을 붙잡아 그녀의 상체를 자신의 몸에서 떼어냈다. 조금만 늦었더
라면 단단하게 솟구친 소중이를 꼼짝없이 들킬 뻔했다.

"신은남, 너 무슨 일이야?"

은남을 붙들고서야 기찬은 그녀의 상태가 정상적이지 않다는
것을 알아챘다. 손바닥에 닿은 팔뚝이 서늘했다. 차갑게 식은 작
은 몸이 사시나무 떨듯 떨고 있었다. 저도 모르게 헤벌쭉이 벌어
졌던 기찬의 입술이 한일자로 굳게 다물렸다.

"나, 남자가……, 모르는 남자가 여기, 집 앞에까지…… 따라와
서……."

떨리는 몸만큼이나 덜덜 떨리는 목소리였다. 떠듬거리며 간신히
쥐어짜 내는 몇 마디일 뿐이지만 어찌 된 상황인지 알아차리기에
는 모자라지 않았다. 대번에 상황을 파악해 낸 기찬의 눈에서 불
꽃이 번뜩 튀었다.

"Fucking bastard!"

욕설을 씹어뱉은 기찬이 당장이라도 뛰쳐나갈 듯 벌떡 상체를
일으켰다. 그의 가슴에 기댄 채 엎드려 있던 은남은 엉겁결에 기
찬의 허벅지에 올라앉은 모양새가 되고 말았다. 그것도 두 다리
를 쩍 벌린 채로.

"아, 안 돼, 안 돼! 나가지 마! 위험해!"

민망한 자세를 갈무리할 새도 없었다. 앞뒤 가리지 않고 튀어 나가려는 기찬을 말리는 것이 먼저였다. 은남은 덥석 기찬의 목에 두 팔을 걸고 매달렸다. 머리를 양옆으로 가로 흔들며 안간힘으로 그를 말렸다. 길거리에서 바지를 내리고 꼴같잖은 걸 내보이며 헐떡거리는 놈들과는 차원이 달랐다. 혼자 사는 여자를 집까지 쫓아온 놈이라면 그런 변태들은 상대도 되지 않을 만큼 위험할 것이다. 성폭행범, 강도, 살인범, 온갖 흉악한 죄명이 그녀를 소름 끼치게 했다. 혹시라도 그런 놈이 아직 문 앞에서 기다리고 있다면, 그놈이 흉기라도 겨누고 있다면, 그런 놈 때문에 기찬이 다치기라도 한다면. 은남의 커다란 눈에 고인 눈물이 금세라도 툭 터질 것 같았다.

"안 나갈게. 안 나갈 거야. 안 나간다니까. 그러니까 울지 마라, 응?"

격투기라면 양아치 너덧쯤은 너끈히 두들겨 줄 만큼 배웠지만, 우는 여자를 어떻게 달래야 하는지는 배운 적이 없었다. 놀라 기겁하는 은남을 목에 매달고서 기찬은 어쩔 줄 몰라 했다. 정신이 없어서 손을 말아쥔 채로 작은 등을 퉁퉁 때리다가 뭔가 이상하다는 것을 깨닫고서 다시 손을 펴서 토닥토닥 두들겼다.

울지 말라고 다독인 건데, 어째 울까 말까 하던 은남이 기찬의 손길에 본격적으로 울기 시작했다. 달래면 달랠수록 외려 어깨까지 부들부들 떨면서 엉엉 큰 소리로 울었다. 당황한 기찬은 허둥거리다 은남을 덥석 끌어안았다. 품에 안자 조금 잦아드는 것 같아 더 꽉 끌어안았다. 그녀가 울음을 멈출 때까지 아주 오래도록, 온 힘을 다해 아주 꽉.

울던 은남이 완전히 잦아든 건 그로부터 한참이 지난 후였다. 너무 놀랐고 그만큼 무서웠다. 처음으로 집에서 독립한 걸 후회하기까지 했다. 그토록 벗어나기를 염원했던 고향 집을 간절하게 떠올렸을 정도라니, 그녀가 느꼈던 공포는 그만큼이나 큰 것이었다.

그동안 속으로 꾹꾹 눌러두었던 설움들까지 버그러진 틈바구니를 비집고 모조리 터져 나왔다. 은남은 이왕 터진 울음, 오래간만에 어린애처럼 소리 내며 울어버렸다. 달래주는 이가 없어 울지 못했던 울음들이, 묵었던 고단함들이 기찬의 품 안에서 봇물 터지듯 한꺼번에 쏟아졌다. 그렇게 한참을 울고 나니 속이 후련했다. 놀란 가슴도 어지간히 진정되었다. 실컷 울고 난 은남이 콧물을 쿨쩍거리며 기찬의 어깨에서 고개를 들었다. 그의 남방셔츠에 눈물과 콧물과 침이 엉망으로 얼룩져 있었다.

"좀 괜찮아졌어?"

물어오는 기찬의 얼굴이 어째 좀 화가 난 것처럼 보였다. 하긴 다짜고짜 쳐들어와서 울고불고 진상을 피웠으니 그럴 만도 하겠다.

"으응, 고마워."

울 때는 정신이 없어서 몰랐는데, 한참을 울고 나니 이 상황이 참으로 뻘쭘하고 민망했다. 서로 포개어 앉아 은남은 기찬의 목을, 기찬은 은남의 등과 허리를 부둥켜안고 있는 자세도 야릇하기 짝이 없었고.

"그 말밖에 할 말이 없어?"

기찬의 말투는 여전히 딱딱했다. 아무래도 은남의 대답이 썩 맘에 들지 않는 것 같았다. 그 말 말고 또 무슨 말을 해야 하나. 이 상황에 밥 먹었냐고 물을 수도 없고.

"그러니까…… 어, 그래, 너, 호떡 그때, 그 입술, 괜찮아?"

일단 아무 말이나 건네 놓고 슬그머니 기찬의 허벅지에서 내려올 생각이었는데 기찬이 와락 미간을 구기며 인상을 썼다. 왜? 아직도 입술이 아픈 건가? 벌써 일주일이나 지났는데?

아니면 너무 늦게 물어서 삐쳤나?

"궁금하면,"

조금 느슨해졌던 기찬의 팔에 다시 불끈 힘이 들어갔다. 그녀의 뒷머리를 쓰다듬어주던 커다란 손이 그녀의 뒤통수를 그대로 꾹 눌러버렸다.

"네가 직접 확인해보든가."

한 뼘도 되지 않을 거리만큼 떨어져 있던 두 입술이 갑자기 촉, 달라붙었다. 갑작스러운 접촉에 은남의 두 눈이 눈알을 쏟아낼 듯이 휘둥그레졌다. 기찬의 입꼬리가 길게 늘어지는 것이 그녀의 입술에서 고스란히 느껴졌다.

꼼짝 못 하고 뒤통수가 붙들려 있는 은남의 입술에 대고 기찬은 자신의 것을 아주 꼼꼼하게 비벼댔다. 앙증맞은 입술을 살짝 물었다 놓은 후에 오른쪽으로, 이번에는 다시 왼쪽으로 천천히 움직여 다녔다. 숨이 가빠지고 다물렸던 은남의 입술이 저절로 벌어지려는 찰나에, 기찬의 입술은 갑작스러웠던 접촉만큼이나 갑작스럽게 떨어져 나갔다.

"어때?"

"뭐, 뭐가?"

"내 입술. 어떠냐고."

"괘, 괜찮네."

물론 입술이 다 나아 이제는 괜찮은 것 같다는 소리였다. 마주 닿은 그의 입술은 보드라웠고 조금도 거치적거리는 곳이 없었으니까. 그런데 대답하고 보니 어째 입맞춤이 괜찮다는 것처럼 들렸다. 그런 의도가 아예 없지는 않았던 듯 기찬이 의미심장하게 씩 웃었다.

"그날."

은남의 뒷머리 깊숙하게 손가락을 찔러넣은 기찬이 그녀의 머리카락을 만지작거렸다. 은남은 심장이 뒤통수에 달라붙어 버린 듯, 심장까지 간질거렸다.

"나, 혀도 데었는데."

기찬이 만지작거리던 은남의 뒷머리를 다시 혹 끌어당겼다. 대책 없이 끌려간 은남의 입술 사이로 이번에는 두툼한 혀끝이 대번에 쳐들어왔다. 자신의 혀까지도 꼼꼼하게 확인시켜주겠다는 듯이.

품에서 어깨를 부들부들 떨며 울고 있던 은남에게는 너무도 미안한 얘기지만, 그녀를 안고 달래는 시간 내내 기찬은 극한의 인내심을 밑바닥까지 박박 끌어모아야만 했다. 잠시만 정신을 놓치면 못된 손이 어느 부위를 더듬을지 몰라 신경을 곤두세우고 있느라 식은땀이 날 지경이었다. 그런데 실컷 울고 나더니 코끝이 새빨개 귀여워 미칠 것 같은 얼굴을 하고는, 환장하게 깜찍한 코맹맹이 소리로 오물거리며 '입술'이란다, 입술!

손에서 놓치는 게 아쉬워 더 할 말이 없냐고 물었더니 하필이면 골라도 '입술'을 골랐단다! 인상을 빡 쓰며 참아봤지만, 참으려 한다고 참아지는 단계는 이미 넘어선 지 오래였다. '입술'이라고 발음하는 은남의 '입술'이 바로 눈앞에 있는데 아무 짓도 하지 않을 재간 따위가 있을 리 없었다.

보드랍고 자그마한 입술에 닿는 순간 온몸의 세포가 낱낱이 곤두서 등줄기가 저절로 오싹거렸다. 은남의 입술은 눈물과 콧물에 절여져 유달리 촉촉하고 짭짤했다. 그의 품에 안겨 어린애처럼 훌쩍대던 모습을 떠올리자 갑자기 단전에서부터 열이 훅 올라왔다. 우는 모습까지도 예쁘고 눈물과 콧물까지도 달짝지근하니 어쩌면 좋을까. 기찬은 혀를 내밀어 그녀의 입술과 인중을 샅샅이 핥았다. 아, 진짜 달다.

입술도 미치게 좋은데 그녀의 입 속은 더욱 짜릿했다. 오래 참은 만큼 미쳐 날뛰는 혓바닥이 그녀의 매끈하고 달큼한 입 속을 헤집고 흥건하게 고여 드는 타액을 퍼 올렸다. 어찌할 줄을 모르고 우왕좌왕 허둥대는 작은 혀를 단번에 낚아채 집어삼켜 버릴 듯이 빨아댔다. 엉키는 혀끝에서 전기가 짜릿짜릿 튀었다.

"으응……."

깊어진 키스에 은남이 앓는 듯한 콧소리를 냈다. 그 소리에 아예 정신줄을 놓아버린 기찬이 그녀의 입 속에서 더욱 분발했다. 커다란 손으로는 꽉 끌어당기면서 입술과 혀로는 정신없이 밀어붙였다. 기찬의 손과 입술에 갇혀버린 은남이 숨 막히는 듯 헐떡거렸지만, 그는 숨이 막히는 게 아니라 숨을 쉬는 것조차 까맣게 잊을 지경이었다.

점점 더 질척해지는 키스에 둘 다 정신이 팔려버린 사이, 고삐가 풀려버린 기찬의 못된 손 하나가 은남의 티셔츠 자락을 들치고 들어갔다. 하아, 이럴 줄 알았다. 헐렁한 티셔츠 속에 이렇게 잘록하고 매끄러운 허리가 있을 줄 알았다. 안고 있는 동안 머릿속으로 상상했던 것보다 더욱 굴곡 있는 허리였다. 그 위로 기찬의 손이 거침없이 미끄러졌다. 어찌나 잘록하고 가느다란지 커다란 손이 금세 허리를 두르고 오목한 등줄기에 닿았다.

키도 작고 몸도 작고 허리도 가늘고, 이렇게 안고 있어도 무거운 줄을 모르겠다. 밤새도록 이렇게 안고 있으라고 해도 가뿐하겠다. 금세 등 뒤로 돌아간 기찬의 검지와 중지 끝이 쏙 들어간 등허리 가운데를 짚었다. 살며시 힘을 주어 쓸어올리자 은남이 전기라도 통하는 듯 허리를 부르르 떨며 펄떡 뛰어올랐다.

어느새 휩쓸려 정신없이 키스에 푹 빠져 있던 은남이 꼭 감았던 두 눈을 부릅떴다. 청바지 가랑이 아래에서 느껴지는 단단하고 큼지막한 부피감이 상당했다. 이것이 무엇인지는 굳이 확인해 볼 필요도 없었다. 누가 보더라도 너무나 그것인데. 그것. 첫날 보았던 기찬의 다리 사이에서 덜렁대던 아담하지 않은 그것.

은남은 허둥거리며 엉덩이를 뒤로 물렀다. 기찬이 싫으냐, 그건 아니었다. 그동안 기찬과 함께 있으면서 재미있고 즐거웠던 건 처음부터 어느 정도 호감이기 때문이었다. 아무리 제대로 된 연애 경험이 없다 해도 그 정도도 모를 만큼 어리숙하지는 않았다. 여자들만 수두룩한 경리팀에서 보고 들은 것만 해도 어지간한 연애의 희로애락과 흥망성쇠를 대충 꿰어 맞출 정도는 되었다.

어떤 때는 철딱서니에 버릇없는 외아들 같다가 어떤 때는 제대로 예의범절을 교육받은 부잣집 상속자처럼 굴다가 어떤 때는 짓궂은 동생처럼 대하다가 또 어떤 때는 은남이 가져본 적 없었던 오빠처럼 행동하기도 하는 기찬은 충분히 매력적이었다. 백수라는 큰 핸디캡이 있다는 걸 알면서도 그의 갑작스러운 키스를 뿌리치지 않았을 만큼 말이다.

그래도 아니야. 이건 아니야. 은남은 고개를 절레절레 흔들었다. 이런 건 함부로 사람한테 들이밀고 그러는 거 아니야. 술기운에 대충 보았을 때도 만만치 않더니 직접 다리 사이에서 가늠해 본 그것은 실로 무시무시했다. 이렇게 분위기에 휩쓸려 겁도 없이 덤볐다가는 큰코다칠 일이었다. 이건 마음의 준비가 많이, 아주 많이 필요했다.

은남이 잔뜩 겁먹은 표정으로 엉거주춤 물러서는 것을 기찬은 붙잡지 못했다. 오늘 그녀가 겪은 일을 생각하면 이 정도만 해도 충분히 무리였다. 큰일을 겪었는데, 남자 때문에 그리 놀랐는데, 그래서 펑펑 울기까지 했는데 조금 더 참을 걸 그랬나. 하지만 불가항력인 것을. 그 '입술'을 말하는 '입술'을 어떻게 가만 내버려두냔 말이다.

"나 화장실 다녀올 테니까 조금만 기다려. 같이 경비실에 가 봐. CCTV를 까든 경찰을 부르든 어떤 새끼인지 붙잡아서 내가 가만 안 둘 테니까."

기찬이 잔뜩 인상을 쓰며 살기등등하게 말했다. 트레이닝 용 반바지 가운데가 잔뜩 부풀어서 어기적거리며 몸을 일으키면서 하는 말이 그다지 믿음직스럽지는 않았지만, 은남은 잠자코 고개만 끄덕거렸다. 곧 기찬이 화장실로 사라지고 방에 혼자 남은 은남은 화끈하게 달아오르는 얼굴을 손부채질로 식히기 위해 열심히 손을 흔들어야만 했다.

6. 업고 뛸까, 같이 뛸래

 아까 은남이 혼자 타고 올라왔던 엘리베이터에 둘이 함께 올라 탔다. 1층에 내려 아까보다도 더 새까매진 바깥을 내다본 순간, 은남이 흠칫 어깨를 떨었다. 아직 해소되지 못한 두려움이 까만 어둠 속에 고스란히 남아 있었다. 그녀의 얼굴에 어둠만큼이나 짙은 빗금이 그어졌다.
 "손 좀 이리 내놔 봐."
 기찬이 그녀의 손 한쪽을 낚아채 간 건 바로 그때였다. 은남이 가뜩이나 작은 어깨를 한껏 움츠리고서, 미처 다 떨쳐내지 못한 두려움 속으로 한 발 막 디디려고 할 때. 그는 가져간 은남의 손을 커다란 손아귀로 폭 감싸 쥐었다가 마뜩잖은지 다시 깍지를 끼었다.

"뭐야."

괜스레 멋쩍어서 손을 빼려 했지만, 손가락 마디 하나가 차이나는 커다란 손은 꿈쩍도 하지 않았다. 힘이 모자라기도 했지만, 손가락 사이가 빠듯하게 채워지니 듬성듬성하던 마음까지도 든든해지는 것 같아 은남은 곧 손을 빼려던 걸 포기했다. 그녀는 손 하나와 함께 불안한 마음까지도 그에게 그냥 맡겨두기로 했다.

기찬이 은남의 손을 잡은 채 거침없는 걸음걸이로 어둠을 휘젓자, 위협하며 몰려들던 어둠이 뒤로 주춤 물러섰다. 빛은 더 환해진 것이 없는데 두려움이 사라졌다. 은남은 고개를 돌려 그를 슬쩍 올려다보았다. 우뚝하게 솟은 콧날과 도톰한 아랫입술이 희끄무레한 가로등 빛에도 환하게 떠올랐다. 아랫입술에서 윗입술까지 찬찬히 훑었다가 괜스레 머쓱해서 애먼 머리칼을, 귓불을, 어깨를 쳐다보았다. 아까 화장실에 간다더니 세수까지 했나. 앞머리와 목둘레가 약간 젖어 있었다.

"그렇게 고마우면, 그거나 다시 해보든가."

돌아보지도 않았으면서 그녀의 눈빛은 알아챘나 보다. 그녀가 하지도 않은 고맙다는 말까지 혼자 알아서 잘 챙겨 듣는 게 참으로 황기찬다웠다.

"그거라니. 뭐, 뭐를?"

하필이면 훔쳐보던 곳이 그의 입술이라 당황스러움에 목소리가 높아졌다. 아무리 다니는 사람이 없다고 해도 바깥에서 뭘 어쩌자고.

"그거 말이야. 아까 내 방에 들어오면서 불렀던 거."

기찬의 방에 들어가면서 불렀던 거?

'자기야! 나 왔어!'

아아, 그거. 난 또. 은남은 곁눈으로 기찬의 입술을 다시 힐끗 훔쳐보았다가 금세 아닌 척 시치미를 뗐다.

"아까는 그놈 들으라고 일부러 그랬던 거지. 이젠 안 해. 절대 안 해."

"그래? 그럼 오빠라고 부르든가."

오빠? 기찬이……, 몇 살이었지? 눈을 끔뻑거리며 잠시 계산을 맞춰보았다. 은남은 스물여덟이었다. 전문대를 졸업한 후 직장생활을 한 지도 벌써 5년 차였다. 기찬은 백수 비슷한 거라고 했으니 아마도 취업준비생일 테고, 그러면 대학 졸업하고 군대도 다녀왔을 테니 아마도 스물일곱? 스물여덟? 은남의 실수로 시작된 관계이다 보니 먼저 말 놓을 기회를 놓쳤고, 기찬이 자연스레 반말로 하길래 나이를 따져 볼 새도 없이 그냥 어영부영 그리되었다. 무단 침입에 무전 숙박이라는 큰 죄를 저지른 죄인 주제에 기찬이 먼저 말 놓은 걸 따져 물을 수도 없어 그냥 비슷한 또래겠거니 하고 넘어간 게 지금까지 온 거였다.

"그럼 너 스물아홉이야? 에이, 그 정도면 그냥 친구 먹자. 우리 동네에서는 한 살 차이면 그냥 친구 먹고 그런다고."

은남의 손을 잡은 채 팔을 휘휘 흔들며 걷던 기찬이 우뚝 그 자리에 멈췄다. 스물아홉이라니? 기찬은 스물다섯이었다. 걷지 않는 기찬 때문에 같이 걸음을 멈춘 은남이 그의 표정을 이리저리 살폈다.

"아니면 설마, 서른이야? 우와, 되게 동안이다. 전혀 서른처럼 안 보여."

그렇겠지. 서른처럼 안 보이겠지. 스물 넘은 지 고작 오 년째이고 서른 되려면 아직 오 년이나 더 남았으니까.

"근데 나 진짜로 오빠라고 불러야 해? 이제 와서 새삼 오빠라고 하는 것도 이상하잖아. 그냥 친구 먹자, 응?"

살면서 단 한 번도 자신이 노안이라 생각해 본 적이 없었다. 기찬은 어째 훅 거칠어진 듯한 자신의 뺨을 손바닥으로 벅벅 문질렀다.

"너, 너도 진짜 동안이다. 스물여덟으로 절대 안 보여. 이십 대 초반처럼 보여."

"그래? 난 잘 모르겠는데. 화장을 잘 안 해서 그런가?"

자그마한 손을 제 뺨에 대고 배시시 웃는데 저 얼굴이 어딜 봐서 스물여덟이라는 건지. 이건 그러니까 자신의 잘못이 아니었다. 순전히 지나치게 어려 보이고, 과하게 귀엽고, 너무도 예쁜 은남이 문제였다.

"그래. 그까짓 나이 한 두세 살 정도야 그냥 친구 먹고 그러는 거지. 안 그래?"

후퇴였다. 오빠 소리는 듣지 못할망정 누나라고 부를 수는 없었다. 어색하게 하하 웃음소리를 덧붙이며 얼버무리는데 은남이 대차게 고개를 가로저었다.

"그건 안 되지. 세 살 위아래하고 친구 먹을 수는 없지. 내 남동생이 나보다 세 살 밑인데 그럼 그놈이랑도 친구 먹게? 안 그래도 맨날 기어올라서 꼴 보기 싫어 죽겠는데 그럴 수는 없지. 그러니까 친구는 두 살 위아래까지만이야."

그녀는 나름의 기준이 확고했다. 기준 안에 들지 못한 기찬은 이마를 구기며 울상을 짓고 말았다.

"왜? 오빠 소리 못 듣는 게 억울해서 그래?"

아까부터 은남은 기찬의 표정을 참으로 못 읽었다. 무어라 대꾸할 말을 찾지 못해 기찬은 작게 한숨만 내쉬고 말았다.

"그래, 좋아. 그러면 내가 한 번 불러준다. 대신 딱 한 번이다? 자꾸 졸라도 안 해 줄 거야."

자그마한 얼굴이 쑥스러운 듯 살짝 웃고, 발간 혀를 내밀어 앙증맞은 입술을 살짝 축이더니 눈동자를 떼룩떼룩 굴리며 부른다.

"기찬 오빠."

Oh, my gosh! 얼굴을 잔뜩 굳힌 채 넋 나간 표정으로 서 있던 기찬이 갑자기 발동 걸린 불도저처럼 직진하기 시작했다. 한 손이 잡혀 있는 터라 은남은 종종거리며 그에게 딸려갈 수밖에 없었다.

"뭐야? 갑자기 왜 이렇게 급하게 가는 건데? 경비실은 저쪽이잖아. 지금 어디 가는 거야?"

폭발할 것 같은 벌건 얼굴이 뚝뚝하게 대꾸했다.

"화장실!"

* * *

"네? 누구요?"

보안대원의 대답은 생각지도 못한 것이었다. 두 사람은 누구랄

것도 없이 한목소리로 비명 같은 소리를 내질렀다. CCTV를 돌려보는 보안대원의 얼굴은 아무런 동요 없이 평온하기만 했다.

"확실하다니까요. 시설팀 김 주임이 맞아요. 어떻게 된 건지 이리로 불러볼까요?"

자신의 팔을 잡고 있는 은남의 몸이 움츠러드는 게 느껴졌지만, 밝힐 건 밝혀야 했다. 기찬이 동의하자 보안대원이 무전기로 누군가를 호출해 내어 몇 마디를 주고받았다. 오래지 않아 한 남자가 넓지 않은 경비실로 들어섰다. 인상은 평범했지만 작지 않은 키에 다부진 몸매를 가진 남자였다. 기찬은 바짝 긴장하는 은남을 자신의 몸 뒤로 꼭꼭 숨겼다. 맞잡고 있는 그녀의 손에 땀이 흥건한 것을 보니 굳이 확인해볼 필요도 없었다. 바로 이 남자였다.

"4동 510호 입주자분이시죠? 아이고, 연락이 안 돼서 제가 얼마나 애가 탔는지 압니까? 문 앞에 쪽지도 붙여났는데 못 보셨어요?"

하지만 남자는 겁먹은 은남을 보고도, 죽일 듯이 노려보는 기찬을 보고도 태연하기만 했다. 아니, 애초에 은남이 겁을 먹은 것도 기찬이 화가 난 것도 전혀 모르는 것 같았다. 외려 한시름 놓았다는 듯 덥석 반기기까지 했다. 이쯤 되니 어리둥절해지는 것은 기찬과 은남이었다. 언제 어디에서 무슨 일이 생길지 몰라 시설팀 직원들도 보안대원들처럼 늘 24시간 교대로 근무한다면서, 남자는 오늘 당직을 맡은 김 주임이라고 자신을 소개했다.

"혹시 510호 천장에서 물 안 떨어지던가요?"

"물이요?"

기찬의 등 뒤에서 눈만 빼꼼히 내민 은남이 더듬거렸다. 새벽 일찍 출근한 뒤 아직 집에 들어가 보질 못했다. 잠시 생각하다 잘 모르겠다고 고개를 갸우뚱하며 대답했다.

"4동 10호 라인이 지금 스프링클러 배관 때문에 난리예요. 20층에서 스프링클러가 터지는 바람에 확인해봤더니 그쪽 라인 전부 다 스프링클러 나사가 덜 조여졌더라고요. 다른 집들은 빈집이라 전부 다 다시 조였는데 510호만 처리를 못 했지 뭡니까. 쪽지를 붙여놔도 연락이 없고, 몇 번을 가봐도 늘 사람이 없고요. 그랬는데 마침 한 여자분이 4동으로 들어가길래 혹시 510호 분인지 여쭤보려고 했죠. 어찌나 걸음이 빠른지 불러볼 새도 없었지만요."

일주일 내내 야근을 했으니 집에 사람이 있을 턱이 없었다. 열린 복도 창문으로 날아가 버린 건지 문에 붙어있는 쪽지 같은 건 보지도 못했다. 그러고 보니 아까 뒤를 따라오던 남자가 '저기요.' 하면서 자신을 불렀던 것도 같다. 물론 자신을 부르는 걸 알았어도 절대 멈추지 않았겠지만. 외려 겁을 집어먹고 더 빨리 도망쳐 버렸겠지만.

"이러고 있을 게 아니라, 지금이라도 얼른 문 좀 열어주세요. 다른 집 배관을 다 조여놔서 압력이 더 높아진 상태라 금방 터져버릴 수 있어요."

익숙하게 사다리를 챙겨 든 김 주임이 아직도 얼떨떨한 기찬과 은남을 재촉했다. 보안대원까지 무전기를 챙겨 들고 앞장서자 기찬과 은남은 그들의 뒤를 따를 수밖에 없었다. 네 명이 다 함께 은남의 집 앞 복도에 섰을 때, 그녀는 또 다른 불길함으로 어깨를 떨어야만 했다. 도어록을 여는 그녀의 귀에 '취익취익' 하는 낯설고도 불길한 소리가 들려 왔던 것이다. 다른 곳도 아닌 바로 그녀의 현관문 틈에서. 얼른 문고리를 잡아당긴 은남은 그대로 얼어 붙고 말았다.

"아이고야, 결국 터졌네. 터졌어."

은남의 어깨너머로 방을 들여다본 김 주임이 크게 혀를 찼다. 그녀의 침대 위, 이사 오면서 큰맘 먹고 산 새 침대 위 천장 스프링클러에서 '촤악촤악' 큰소리와 함께 물이 쏟아져 내리고 있었다. 많이도, 그리고 넓게도 쏟아지는 물줄기에 마룻바닥까지 흥건했다.

"내…… 침대."

그것은 누가 봐도 이미 소생 가능성이 없었다. 척척하게 물을 머금은 마룻바닥도 심각하긴 마찬가지였다. 시원하게 물을 뿌려대는 스프링클러를 보면서, 이 아파트에 살면 적어도 불에 타 죽지는 않겠구나 하는 멍청한 생각 따위를 했다. 그만큼 은남은 정신이 반쯤 나가 있었다.

김 주임과 기찬, 보안대원이 방 안으로 뛰어 들어가고, 물에 미끄러진 기찬이 발라당 자빠지고, 남자들이 번쩍 들어 침대를 치우고, 사다리를 놓고, 한참의 난장 끝에 천장이 더는 물을 뿜어대지 않게 될 때까지 은남은 현관에 멍하니 서 있을 뿐이었다. 내 방천장이 살수차처럼 물을 뿜어대는 현장을 본다면 누구라도 제정신이기는 힘들 터였다.

"이거 이제 어떻게 처리해야 합니까?"

넋이 나가버린 은남을 대신해 기찬이 김 주임을 추궁했다. 자빠진 엉덩이는 얼얼하고, 반바지는 척척했다. 젖어서 흘러내리는 앞머리를 쓸어 넘기는 기찬의 손길이 그의 심기만큼이나 거칠었다.

"애초에 스프링클러에 문제가 있었던 거니까 건설사에 청구가 가능할 겁니다. 20층도 건설사가 처리해주기로 했으니까요."

"아, 정말요?"

김 주임의 말에 은남이 반짝 살아났다. 이자 내고 저축하기도 빠듯한데 침대며 마루며 이걸 다 어째야 하나 그게 가장 걱정이었다.

"그럼 바로 처리가 되나요?"

"저거 분명히 마루 밑에 시멘트까지 다 젖었을 거라 다 뜯어내고 바짝 말린 다음에 다시 마루를 붙여야 해요. 다음 주에 추석까지 끼어서 몇 주 걸릴 것 같은데요."

"그러면 그동안 저는 어쩌나요?"

은남이 다시 바람 빠진 인형 풍선처럼 푸스스 쭈그러들었다. 지금 상태로는 화장실에서 자든가 싱크대 위에 올라가서 자는 방법밖에 없어 보였다. 아무리 마음에 든다고 해도 욕조 안에서 잠까지 잘 수는 없는 노릇이었다.

"그동안 앞집에 계시면 되죠. 이럴 때 바로 앞집이 남자친구 집이어서 얼마나 다행입니까."

김 주임이 기찬과 은남을 번갈아 쳐다보며 정말 잘 되었다는 듯이 고개를 주억거렸다. 이제 와서 아무 사이도 아니라고 하기에는 내내 잡고 있던 손이 무안했다. 복도가 쩌렁쩌렁하도록 불렀던 '자기야'는 또 어쩌고.

"그래, 그동안 내 방에 있으면 되는데 뭐가 걱정이야. 그만 가 보셔도 될 것 같습니다. 월요일 되면 건설사에 연락 부탁드립니다. 늦은 시간에 수고 많으셨습니다. 감사합니다."

은남의 옆에 서 있던 기찬이 불쑥 앞으로 나서며 김 주임과 보안대원에게 허리 숙여 인사했다. 갑자기 서두르는 목소리가 답지 않게 몹시도 친절했다. 쫓아내듯 두 사람을 집 밖으로 몰아낸 기찬이 은남의 어깨 위로 한쪽 팔을 올렸다.

"그럼 우리 이제 내 방으로 갈까? 응, 자기야?"

* * *

"나 먼저 씻을게."

기찬이 바닥에 널려진 종이상자 안에서 옷가지 몇 개를 꺼내 욕실로 사라졌다. 뒤돌아선 그의 반바지 양쪽 엉덩이가 동그랗게 젖은 모양이 우스웠지만 은남은 웃을 여유가 없었다. 술 마시고 잘못 들어온 것도 아니고, 낯선 남자를 피해 궁여지책으로 뛰어든 것도 아니고, 제 발로 이 방에 들어와서 앞으로 몇 주를 그와 단둘이 보내야 한다.

기찬의 침대에 동그마니 올라앉은 은남은 마음이 아주 복잡했다. 하지만 지금 그보다 더 복잡한 건 기찬의 방 꼬락서니였다. 먼저 씻으러 들어간 기찬을 하필이면 그의 침대 위에 앉아서 기다리고 있는 건 다른 이유 때문이 아니었다. 정말 이 집 방바닥에는 엉덩이를 대고 앉을 틈이 없기 때문이었다. 기찬이 침대 위에 수북한 옷더미를 우수수 바닥으로 쓸어내리고 마련해준 자리에 엉거주춤 앉고 보니 그야말로 방 안 꼴이 말이 아니었다. 아까는 상황이 상황인지라 제대로 보지 못했는데 지금 보니 아주 제대로 난장판이었다. 첫날에는 상자만 늘어져 있었다면, 지금은 상자 안의 내용물들까지 죄다 끄집어져 나와 온통 뒤범벅 엉망진창이었다. 설거지 하나 제대로 못 하는 걸 보고 이럴 줄 알았다만, 이건 생각했던 것보다 훨씬 더 심각했다.

"어머나!"

옆으로 옮겨 앉으려다 베개 밑에서 벗어놓은 드로즈까지 찾아낸 참에 은남은 자리에서 벌떡 일어났다. 단 하루를 있더라도 이 꼴은 도저히 눈 뜨고 봐줄 수가 없었다. 그래. 이따 일은 이따 일이고, 지금 당장은 이게 더 급했다.

요즘 운동을 좀 게을리했나. 거울 앞에 선 기찬의 표정이 좋지 않았다. 맨 가슴을 탁탁 두드려 봤지만 단단하기가 왠지 전 같지 않았다. 이럴 줄 알았으면 빡세게 운동 좀 하는 건데. 회원제로 운영되는 프리미엄 피트니스에서 개인 트레이너와 운동하다가 뒷산 약수터에서 보행 보조기를 밀고 다니는 어르신들과 운동하려니 영 운동하는 맛이 나질 않았다. 그래도 할걸. 어떻게든 할걸. 은남이 한눈에 뿅 반해 만져보지 않고는 못 견디게 몸 좀 만들어놓을걸.

일단은 급한 대로 욕조에 두 손을 짚고 팔굽혀펴기를 백 개 했다. 만족스럽지가 않아 백 개를 더했다. 그리고 평소보다 몇 배는 더 정성을 들여 구석구석 꼼꼼하게 씻었다. 오늘 밤, 스물다섯의 탄탄한 몸매와 후끈한 체력을 은남에게 제대로 보여줄 작정이었다.

각오를 다지며 한참 만에 욕실에서 나왔을 때, 은남은 설거지를 하고 있었다. 그새 널어진 빨래들을 모아놓고 어수선한 상자들까지 정리했는지 방이 깔끔해져 있었다. 기찬이 제대로 된 마룻바닥을 본 건 이사 온 날 이후로 처음이었다.

"뭐 해? 그냥 뭐."

발그레한 얼굴로 침대에 앉아 자신을 기다리고 있을 은남을 상상했건만, 그녀는 기찬의 기대와 달리 개수대 앞에 서 있었다. 그 모습을 보자 왠지 김이 푹 빠져버렸다. 자신이 욕실에서 팔굽혀펴기를 하고 정성스럽게 비누칠을 하며 내내 설레는 동안 은남은 아무렇지도 않게 어질러진 방을 정리하고 그릇들을 설거지하고 있었던 것이다. 하지만 기찬의 표정을 읽는 데 한 번도 성공해본 적 없는 은남은 이번에도 엉뚱한 곳을 짚었다.

"그렇게 고마우면, 치킨 먹으러 같이 가주든가."

기찬의 말투를 흉내 내며 생긋 웃는다. 그의 급한 사정은 조금도 안중에 없다는 듯이.

"치킨? 이 밤중에?"

"나 말이야, 아직 저녁도 안 먹었지 뭐야. 저기 요양원 아래에 치킨집 간판 있잖아. 이 방 비밀번호. 우리 거기 가 볼까? 생맥주도 한 잔씩 하고. 다음 주가 추석이라 나 오늘 상여금 받았거든. 내가 쏠게, 어때?"

하아, 이런 식으로 나오시겠다? 기찬이 욕실에서 어떻게 하면 더 멋지게 보일까 고민하는 사이, 은남은 어떻게 하면 오늘 밤을 그냥 넘겨볼까 저 작은 머리를 열심히 굴려본 게 틀림없었다.

"좋아."

"그래? 그럼 우리 빨리 가자. 벌써 열두 시가 다 됐어."

그러니까 열두 시가 다 된 오밤중에 왜 갑자기 치킨을 먹겠다는 거냐고. 열두 시는 침대 위에 있어야 하는 시간이잖아. 너랑 나랑 단둘이! 소리라도 지르고 싶은 걸 간신히 꾹 참아냈다.

"대신, 조건이 있어."

"조건? 뭐?"

"내가 너 먹고 싶은 거 먹게 해줬으니까,"

젖은 머리를 털던 수건을 휙 집어 던지고는 막 설거지를 마친 은남의 손을 확 잡아끌었다.

"다음은 내 차례다."

* * *

진짜 이상한 하루다. 몇 시간 만에 벌어진 일이라고는 믿기 힘들만큼 황당하고 어이없는 일들이 연달아 펑펑 터지더니 그게 끝이 아니었다. 치한 때문에 벌벌 떨고, 기찬과 생각지도 않게 진한 키스를 나누고, 방에 물이 터지고, 얼떨결에 기찬의 방에서 함께 지내게 된 상황만큼이나 어처구니없는 일이 지금 벌어지고 있었다.

창밖으로 내다볼 때는 가까운 것 같았는데 막상 걸으려니 제법 멀었던, 입간판만 커다랗게 서 있고 뒤쪽 건물은 모퉁이에 숨어 보이지 않았던, 배불리 먹고 알딸딸하게 취해 오늘 밤 편히 잠들 수 있을 거라 은남이 기대하게 만들었던, 바로 그 치킨집에서 말이다.

무언가가 잘못되었다는 건, 차 한 대 다니지 않는 황량한 도로변을 걸어 휘황한 빛을 뿜는 입간판 아래 도착했을 때 이미 감지되었다. 이제 모퉁이만 돌면 되는데 치킨집 주변이라면 응당 나야 할 고소한 기름 냄새도, 떠들썩한 목소리도, 오가는 사람도 하나 없는 것이 어째 불안했었다.

가로등도 인색하게 달린 컴컴한 길을 불평 한마디 없이 잘 따라와 준 기찬의 눈치를 한 번 살펴보고 길모퉁이를 돌았을 때, 은남의 입에서는 실망 섞인 한숨이 쏟아졌고 기찬은 길게 휘익 휘파람을 불었다. 모퉁이 뒤에 숨어있는 건 불이 환한 상가 건물이 아니라 널찍한 주차장을 가진 공장이었다. 출입 차단 바리게이트가 단단하게 쳐진 입구에서 어쩔 줄 모르고 오락가락하는데, 갑자기 컹컹하고 개 짖는 소리가 요란하게 들려왔다. 곧이어,

"거기 누구요?"

늙수레한 목소리와 함께 널찍한 입구 옆에 붙은 작은 경비실에 불이 환하게 켜졌다.

"저기, 저…… 치킨 먹으러 왔는데요."

은남이 그 불빛을 향해 쪼르르 달려가며 상당히 억울하다는 표정을 지었다.

"뭐? 뭘 먹으러 왔다고?"

"치킨요, 치킨!"

"여긴 치킨집 아닌디."

"치킨집이, 아니라고요? 간판이, 저기 저렇게 커다란 간판이 붙어있는데요?"

그새 그 앞까지 달려가 경비실 창문에 매달린 은남이 팔을 쭉 뻗어 아직도 불을 환히 밝히고 있는 간판에다 대고 삿대질을 했다.

"저건 그냥 홍보용 간판이지. 여기저기 국도변에 저런 간판들 많잖여. 여긴 '최고다 치킨' 본사 겸 공장이여. 그 뭐냐, 치킨 무도 만들고 양념 소스도 만들고 튀김옷도 만들고 뭐 그런 데인디. 새로 체인점 낸다고 하면 불러다 여기서 교육도 시켜주고."

"그럼 여기에 닭은 없어요? 정말 없는 거예요?"

"예전에는 여기서 닭도 직접 잡았는디 요즘은 닭 공장에서 따로 납품받지."

"아니, 그 얘기가 아니고요."

은남은 잔뜩 울상을 짓고서 입술을 삐죽대는데, 뒤에 선 기찬은 웃음을 참느라 볼이 터질 지경이었다. 아, 진짜. 살면서 이렇게 웃긴 건 처음 본다. 안으로 말아 문 입술에 힘을 꾹 주어봤지만 오래 참을 수 있을 것 같지가 않았다.

"근데 이 근처에 집도 없는데 난데없이 어디서 나타났는가?"

"저기 요양원 옆에 새로 입주한 아파트에서 왔습니다."

볼이 잔뜩 부르터서 말할 기력도 상실해버린 은남을 대신해 기찬이 앞으로 나섰다. 입 안에 잔뜩 머금고 있던 웃음을 털어내기 위해 헛기침을 두어 번 했지만, 푸흐흡 이상한 소리가 대답보다 먼저 튀어나오고 말았다. 경비 할아버지는 별 싱거운 젊은이들을 다 본다는 표정으로 가볍게 혀를 찼다.

"거기서 여기면 거리가 꽤 될 텐데 치킨 먹겠다고 이 밤중에 여기까지 온겨? 내가 여기 근무한 지 십 년째인디 여기 와서 치킨 달라는 아가씨는 또 처음 보네. 여긴 닭 없으니께 어여들 돌아가."

경비 할아버지는 손까지 휘이휘이 내저으며 은남과 기찬을 내몰았다. 길게 하품을 하시는 품이 난데없는 불청객들 때문에 달게 주무시다 깬 것 같았다. 축 처진 어깨로 꾸벅 인사를 하고 물러나는 것 외에 은남에게는 다른 도리가 없었다. 조금 전 기대감에 부풀어 돌아왔던 모퉁이를 질질 끌다시피 하는 발걸음으로 되돌아가는데 갑자기 기찬이 은남의 앞에 무릎을 굽히고 쪼그려 앉았다.

"뭐야? 왜 그래?"

"선택해. 업힐래, 손잡을래?"

"갑자기 무슨 선택?"

"그러면 다시 말해줄게. 내가 업고 뛸까, 아니면 내 손 잡고 같이 뛸래?"

"왜 꼭 뛰어가야 하는데?"

널찍한 등을 은남의 앞에 내보이고 있던 기찬이 고개를 돌리며 씩 웃었다. 치킨집 간판, 아니 치킨 본사 겸 공장 간판에서 쏟아져 내리는 불빛보다 옆모습으로 보이는 기찬의 미소가 더 눈부셨다.

"치킨은 못 먹었어도 여기까지 왔으니까 이젠 내 차례잖아. 난 지금 아주 많이 급하거든. 신은남이 너무 예쁘고 너무 귀엽고 너무 좋아서 미칠 지경이라고. 그런데 어떻게 천천히 걸어갈 수가 있겠어?"

기찬이 말하는 차례가 음식을 가리키는 게 아니라는 것 정도는 진즉에 눈치채고 있었다. 은남의 두 볼이 간판에서 쏟아지는 불빛보다도 더 붉게 물들었다.

기찬의 방에 잘못 들어간 그 날부터 지금까지 매일, 단조롭던 은남의 생활에서 기찬은 가장 큰 활력이었고 즐거움이었다. 온갖 사건 사고가 가득했던 오늘, 은남을 든든하게 지켜준 것도 기찬이었고 그 모든 사건들의 결론 역시 계속 기찬이었다. '운명'이라는 낯간지러운 말을 끌어다 붙이기에는 아직 조금은 모자라지만, 이것만은 확실히 말할 수 있었다.

나는 황기찬이 참 좋다.

"네 손 잡고 같이 뛸래."

그래서 키스하고 싶어 하고, 안고 싶어 안달하는 그의 마음을 이해할 수 있었다. 조금 더 부끄러움이 많을 뿐 자신도 같은 마음이니까.

앉아 있던 기찬이 몸을 일으켜 은남을 향해 돌아섰다. 곧 커다란 손이 은남의 뺨을 감싸고 쪽쪽 짧게 입을 맞추었다.

"그럼, 이제 달려볼까?"

앞으로 내민 커다란 손 위에 은남이 제 손을 올렸다.

"그래."

혼자 걸을 때는 으스스하고 서늘했던 밤길이 둘이 달리기에는 딱 적당하고 상쾌했다. 밤을 가르며 달리는 심장이 기분 좋게 콩닥거렸다. 늘 가슴 한쪽에 돌덩이처럼 얹혀 있는 가족들에 대한 답답함까지 시원스레 뻥 뚫리는 것 같았다.

한 번씩 입술이 달라붙었다 떨어질 때마다 저절로 웃음이 흘렀다. 말로 굳이 순서를 정하지 않더라도 자연스레 그렇게 흘러가는 상황에서 걱정은 딱 한 가지뿐이었다. 은남은 시선을 슬쩍 기찬의 사타구니에 두었다가 다시 앞으로 향했다. 아무리 그래도 사람한테 달린 건데, 설마 죽기야 하겠어? 그녀는 이내 스스로를 안심시키며 기찬의 걸음나비를 맞추기 위해 부지런히 발을 움직였다.

7. 두 홀수, 하나의 짝수

겨우 다섯 층 움직이는 엘리베이터를 참지 못하고 또 입술이 부딪쳤다. 기찬은 이미 터져 버린 봇물이었다. 마음 같아서는 당장이라도 달큼한 속살을 샅샅이 핥아 먹고 싶은데 집까지의 거리는 꽤 멀었고, 아파트 단지에 들어서면서부터는 걸음마다 입을 맞추느라 속도까지 더뎠다.

처음에는 아주 살짝, 두 번째는 조금 길게, 세 번째는 더욱 길게. 입맞춤의 시간은 회수가 거듭될수록 기하급수적으로 늘어났다. 엘리베이터에서 다시 맞물렸을 때는 복도를 지나오는 동안에도 떨어질 줄을 몰랐고, 도어록을 앞에 놓고는 아예 두 몸이 한 몸처럼 들러붙어 버렸다.

기찬의 입술이 다가올 때 피하지 않았더니 금세 혀가 들이쳐 뒤엉켰고, 세차게 퍼붓는 입맞춤이 어지러워 목에 매달렸더니 기찬이 그녀의 엉덩이를 받쳐 들어 다리까지 감게 하는 식이었다. 앞 단계로 되돌아가거나 속도를 조절하는 건 가능하지 않았다.

돌아오는 길에 그녀의 손을 끌어 으슥한 숲속으로 들어가지 않았던 건 최소한의 이성이었고, 집으로 돌아오면서 그 얄팍한 이성조차 현관문 앞에 버려졌다. 문이 닫히기가 무섭게 기찬은 은남의 티셔츠 안으로 손을 넣었다. 벌써부터 이러고 싶었던 걸 집에 들어올 때까지 참아내느라 얼마나 애가 닳았는지 모른다. 하지만 은남은 바동거리며 입술을 떼어냈다.

"흐응, 나 좀 씻고."

"안 돼."

여기서 벗기고 침대로 갈까, 침대에 가서 벗길까. 은남을 벗기고 나서 내가 벗을까, 내가 먼저 벗고 은남을 벗길까. 오직 그것만을 고민하는 기찬에게 씨알도 안 먹힐 소리였다.

"나 오늘 땀 많이 흘렸단 말이야."

"어차피 내가 다 핥아줄 텐데 뭐 하러 씻어."

그래서 씻으려는 거라고. 네가 다 핥을까 봐! 오늘은 바빴고, 울었고, 달렸다. 온갖 짭짤한 분비물을 한가득 흘렸다. 미리 예쁜 속옷을 준비하지는 못했지만 적어도 샤워는 하고 싶었다. 하지만 기찬은 그 잠시를 참지 못하고 혀를 길게 내밀어 은남의 쇄골과 목선을 짙게 핥았다. 귀 아래까지 거슬러 올라간 다음에도 떨어지지 않고 귓불을 질척하게 빨고 귓바퀴를 잘근거렸다.

"짤 텐데……."

아스스한 감각에 저절로 어깨가 오그라드는 중에도 은남은 그 걱정뿐이었다. 처음이라는 것에 대단한 의미를 둔 적은 없었다. 그래서 지금껏 지켜온 것은 아니었다. 안 그래도 가족들 때문에 고달픈 인생이었다. 이렇게 바쁘고 팍팍하고 불평등한 인생에 누군가를 마음속에 들여놓을 여유가 없었다. 게다가 돈도 없고 시간도 없으니 지금껏 연애라는 건 그저 남의 얘기일 뿐이었다. 단지 그뿐이었다.

그렇다고는 해도 자신의 몸 어딘가에서 냄새라도 날까, 자신의 피부가 그의 혀끝에서 짭짤하게 느껴지지는 않을까, 침대 위에서 내내 그것만 신경 쓰는 건 그에게도 그리고 자신에게도 예의가 아니었다. 그야말로 단 한 번뿐인 '처음'일 테니까.

기찬의 손이 등에서 겨드랑이 아래로 옮겨가자 은남이 크게 움찔거리며 몸을 움츠렸다. 팔을 옆구리에 꼭 붙여 겨드랑이를 들키지 않으려는 것을 보니 어지간히 신경 쓰이나 보다. 땀 흘렸어도 진짜 괜찮은데. 발가락 하나까지도 쪽쪽 다 빨아줄 수 있는데. 하지만 자신이 괜찮아도 은남이 괜찮지 않다면, 그건 괜찮지 않은 것이었다.

"꼭 씻어야겠어?"

"응!"

그렇게 귀엽게 조르면 안 들어줄 수가 없잖아. 정 그렇다면.

"그럼 나 데리고 들어가."

씻겠다고 했지, 혼자 씻겠다고 한 건 아니니까.

"뭘? 어떻게 그래?"

"어떻게는. 이렇게지."

기찬은 은남을 그대로 번쩍 안아 들었다. 그리고 기찬의 걸음 몇 번 만에 은남의 발바닥에 차가운 욕조 바닥이 밟혔다. 그 다음에는 그야말로 콩이라도 볶아먹는 듯했다. 두 사람 몫의 옷이 눈 깜짝할 새에 떨어져 나갔다. 샤워기를 손에 든 기찬이 숙련된 목욕 도우미처럼 순식간에 은남을 헹궈내더니 마른 수건으로 투다닥 젖은 몸을 닦아낸 후 그대로 달랑 안아 들었다.

"억!"

흐뭇한 상상을 하며 성큼성큼 걸음을 옮기던 기찬이 침대를 바로 코앞에 두고 우뚝 멈춰 섰다. 동시에 커다란 소리가 그의 입술 사이로 내질러졌다. 뭔가 중요한 것을 까맣게 잊고 있다가 뒤늦게 떠올렸을 때 낼 법한, 몹시도 당황스러운 뉘앙스의 감탄사였다.

"무슨 일이야?"

은남이 묻는데도 넋이 나간 듯 답이 없다. 어깨를 잡아 흔든 다음에야 울상으로 축 늘어진 얼굴이 마지못해 대답했다.

"콘돔이…… 없어."

침울한 목소리가 세상 가장 억울한 일을 겪은 사람 같다. 정말 이럴 수는 없는 거다. 써 본 적이 없다 보니 미리 쟁여 놓아본 적도 없었다. 예상 못 하게 휘몰아치는 상황에 갑자기 콘돔을 챙길 여유는커녕 생각할 새도 없었다. 아무리 그래도, 이게 어떤 기회인데.

Fuck! Stupid idiot! Fucking jerk!!

알아들을 수 없는 욕설을 중얼거리는 기찬은 이미 제정신이 아닌 듯했다.

"나, 지금 얼른 편의점 갔다 올까?"

"이 근처에 편의점이 어디 있다고? 시장 입구까지 가야 하잖아."

은남은 시장 입구까지 가야 하니 그만 포기하라는 소리였는데, 기찬에게는 시장 입구까지만 가면 되니 후딱 다녀오라는 소리로 들렸나 보다. 은남을 침대에 내려놓자마자 한구석에 잘 쌓아놓은 상자들을 죄다 다시 늘어놓고서 옷을 찾는다고 난리였다. 반바지를 꿰입는 기찬을 은남이 얼른 붙잡아 말렸다.

"그러지 말고 우리 내일, 그래, 내일 다시 하자. 나 지금 엄청 피곤하단 말이야. 일주일 내내 야근도 했다고."

작은 손바닥으로 입술을 통통 두드리며 길게 하품하는 은남이 이렇게 원망스러울 줄이야.

"많이 피곤해?"

그래도 힘들고 피곤하다고 하니 안쓰러운 마음이 더 먼저였다.

"응. 눕자마자 바로 잘 것 같아. 그러니까 편의점은 내일 가, 응?"

내가 오늘 밤에 진지하게 고민 좀 해보고. 과연 목숨까지 걸면서 내가 너와 이걸 해야 할지 말아야 할지. 속내를 감춘답시고 어색하게 생긋 웃는데, 그 찌그러진 웃음이 기찬의 눈에는 너무도 딱하게 보였다. 쯧, 얼마나 피곤했으면.

"그래. 그러면 내일 편의점 다녀오는 대로 다시 시작하는 거다."

한번 시작하면 언제 끝날지 나도 모르겠으니까 우선은 체력부터 보충해주고 나서. 한쪽 다리를 털어 한 발 꿰었던 반바지를 도로 벗어 던지고서 은남을 꽉 껴안아 그대로 침대 위에 벌러덩 드러누웠다. 맨살과 맨살을 꼭 맞붙이고 누워있는 느낌이 또 이것

대로 좋다. 아, 너무 좋다.

"나 옷 좀 입고……."

"안 돼. 입기만 해 봐, 도로 다 벗겨버릴 테니까."

"그럼 이 팔 좀 풀어주고 똑바로 누우면……."

"안 돼. 침대가 좁아서 떨어진다고."

코딱지만 한 방에 코딱지 반만 한 침대를 넣어준 아버지께 처음으로 감사드렸다. 모로 누운 기찬은 슈퍼싱글 침대가 절반 넘게 남도록 은남을 더욱 세게 꼭 끌어안았다.

"그러면…… 저거라도 어떻게 좀 해주면 안 될까?"

저거? 아아, 이거.

아직도 미련을 버리지 못하고 뻣뻣하게 일어서서 은남의 아랫배를 묵직하게 누르고 있는 이것 말이렷다.

"이게 내 거는 맞는데 내 말을 듣고 그러는 놈이 아니라서 말이지. 주관이 아주 뚜렷하거든."

"그럼 어떻게 해야 가라앉는데?"

가슴팍에서 간질거리는 은남의 입김에, 차마 말로 옮길 수 없는 상상을 떠올렸다가 훠이훠이 날려버렸다. 일단은 재워주기로 약속했으니까.

"네 얘기 좀 해 봐. 뭐를 좋아하는지, 뭐를 싫어하는지 그런 거부터."

앞으로 그녀에게 사랑받으려면 꼭 알아야 할 것, 그녀에게 미움받지 않으려면 절대 하지 말아야 할 것들을 먼저 물었다. 잠시 고민하던 은남의 대답은 그의 예상에서 한참 벗어난 것이었다.

"싫어하는 거라면, 음……, 난 홀수가 제일 싫어."

"홀수? 짝수 홀수 할 때 그 홀수?"

"응, 그 홀수. 홀수는 짝이 안 맞으니까 꼭 하나는 남아버리잖아. 외롭게."

그녀가 하는 말이 무슨 뜻인지 몰라도 알 것 같았다. 하나가 남아 외로운 건 그도 잘 알고 있는 것이었으니까. 대답 대신 머리카락을 만지작거리고 있으려니 은남이 하나 더 생각났다는 듯 말을 이었다.

"그리고 또 싫은 거. 내 이름."

"은남이 왜? 되게 예쁜 이름인데."

"내 이름은 있지, 이름이 아니야. 그냥 부적이야."

그녀가 평생 그 부적을 이름으로 달고 살아야 한다는 것 따위는 안중에도 없이 꼭 아들을 낳고 말겠다는 욕심에 붙여 놓은 부적.

은남의 세 언니 이름은 가은, 나은, 다은이었다. 은남의 이름에도 언니들과 같은 '은'이 있지만 '은'이라고 다 같은 '은'이 아니었다. 언니들은 '은혜 은(恩)'인 반면, 은남의 '은'은 '성할 은(殷)'이었으니까. 성할 은(殷)에 사내 남(男).

부적까지 붙이고 애를 썼는데도 눈치 없이 태어나버린 넷째 딸에게 '라은'이라는 이름 대신 부모님이 주신 것은 다음번이라도 꼭 아들을 낳고야 말겠다는 집착의 표식이었다. 그렇게 부모님의 사랑은 처음부터 야박하기 짝이 없었다. 그녀는 세 딸과 귀한 아들 사이에 놓인 눈엣가시 같은 존재일 뿐이었다. 아니면 필요할 때마다 마음대로 불러다 쓰는 공짜 일꾼이거나.

"그러다 남동생이 태어나는 바람에 가뜩이나 찬밥 신세가 완전 쉰밥 신세가 되어버렸지 뭐야. 엄마는 맨날 진남이만 싸고돌고,

아빠는 큰언니라면 무조건 오냐오냐하고, 둘째 언니랑 셋째 언니는 연년생이라 맨날 둘이서만 붙어 다니고. 할머니야 뭐 혼자 독불장군이시고. 식구가 많으면 뭐 해. 난 맨날 혼자였는데."

그냥 기찬의 질문에 대답하려고 꺼냈던 말인데, 머리카락을 만져주고 등을 쓸어주는 손길이 너무도 다정해서 은남은 어느새 누구에게도 부려보지 못한 어리광을 그에게 부리고 있었다.

"저번에 호떡 먹을 때 얘기했던 그 남동생 이름이 진남이야?"

"응. 걔는 참 진(眞)에 사내 남이다. 이번에는 거짓 아니고 진짜 남자라고. 맨날 내 거나 뺏어 먹고 약 올리고 엄마한테 거짓말로 일러서 혼나게 하는 놈이 진짜 남자는 무슨."

"그랬어? 이런, 혼내줘야겠네."

기찬의 품에 폭 파묻힌 은남이 그 말에 키득거리며 웃었다. 기찬의 가슴 안과 밖이 동시에 간질거렸다.

"생각만 해도 신난다. 근데 난 진남이가 혼나는 것보다도 한 번이라도 날 제대로 누나라고 불러주면 좋겠어. 세 살이나 어린놈이 여태껏 한 번도 날 누나라고 부른 적이 없다니까."

바보 같은 녀석이네. 누나라는 말이 얼마나 좋은 줄도 모르고. 누나, 누나, ……기연 누나. 이제는 부르고 싶어도 부를 수 없는 사람도 있는데. 기찬은 목구멍 아래에서 울컥거리는 것을 도로 꿀꺽 삼키며 말을 돌렸다.

"그럼 대신에 내가 짝해줄까? 나도 하나여서 홀수거든. 너랑 나랑 둘이 합쳐서 짝수 하면 되잖아."

"좋다. 너랑 친구도 먹고 짝도 먹고."

헤헤 웃던 은남이 길게 하품을 하더니 더는 말이 없었다. 오래지 않아 새근새근 편하고 규칙적인 숨결이 기찬의 벗은 가슴을 쓰다듬었다. 그녀가 자는 모습을 한참 지켜보던 기찬도 어느 순간부터 두 눈을 꼭 감은 채 미동이 없었다. 하나의 짝수가 된 두 홀수가, 더는 외롭지 않게 깊은 잠이 들었다.

8. 죽기 아니면 까무러치기

"으음, 닭 다리……."

아직 잠이 다 깬 것도 아닌데 냄새를 맡은 코가 먼저 반응했다. 고소한 냄새, 기름 냄새. 그래, 이건 닭튀김 냄새였다. 어젯밤 치킨을 못 먹고 그냥 돌아온 게 그렇게나 아쉬웠나. 자면서까지 치킨 꿈을 다 꾸고. 그나저나 무슨 꿈이 이렇게까지 실감 나게 냄새를 풍기는 거야. 가뜩이나 배고파 죽겠는데. 은남은 침대에 누운 채로 코를 킁킁거리며 입맛을 짭짭 다셨다.

"그래. 닭 다리 줄 테니까 그만 일어나."

응? 느닷없는 남자 목소리에 눈이 번쩍 뜨였다. 냄새를 잘못 맡은 것도, 목소리를 잘못 들은 것도 아니었다. 침대 머리맡에 쪼그리고 앉은 기찬이 그녀의 코앞에 닭 다리 하나를 들이대고서 살랑살랑 흔들고 있었다.

"아침부터 웬 닭 다리야?"

"사 왔지."

손등으로 눈을 비비며 휴대전화를 확인해보니 아침 아홉 시였다. 이렇게 늦게까지 푹 잔 건 정말 오랜만이었다. 개운해진 머리가 금세 잠을 떨쳐냈다.

"이 시간에 치킨 파는 데가 있어?"

"있긴 있더라고."

찾는 데 엄청 힘들어서 그렇지.

새벽 여섯 시부터 치킨을 사겠다고 시장으로 달려갔다. 생선 가게부터 두부 가게, 채소 가게까지 문 연 가게는 많았지만, 그중에 치킨 가게는 없었다. 물어물어 찾아간 치킨 가게는 12시부터 영업한다는 안내판만 덜렁 내걸린 채 셔터까지 단단히 내려져 있었다. 인터넷을 수도 없이 검색하고, 문 닫힌 치킨 가게 앞에서 수도 없이 발길을 돌린 끝에 결국 기찬은 강남의 한 24시간 패스트푸드점에서 치킨 한 상자를 살 수 있었다.

"아침부터 강남까지 다녀온 거야?"

"어떻게 알았어?"

"저기 저 가게."

은남이 손가락으로 가리킨 건 식탁 위 치킨 상자 옆에 나란히 놓인 화려한 디저트 상자였다. 크기가 제법 큰 것이 타르트 한 판이 통째로 들어있는 것 같았다.

"저 디저트 가게, 우리 회사 근처에 있거든."

커다란 건물의 일 층 전체를 사용하는 화려하고 예쁜 가게에, 가게만큼이나 화려하고 예쁜 디저트가 유리 케이스마다 가득했고, 역시나 화려하고 예쁜 아가씨들이 수도 없이 들락거렸다. 강 대리와 경리팀 직원들도 종종 들르는 가게였지만, 타르트 한 쪽이 라면 한 묶음보다 더 비싸다는 것을 안 다음부터 은남은 쳐다보는 것조차 부담스러웠다.

"그럼 회사가 강남이야? 여기에서 강남까지 매일 버스 타고 출퇴근한다고?"

포르쉐로 달려도 한 시간이 꼬박 걸리는 거리였다. 버스라면 그보다 훨씬 더 오래 걸릴 터였다. 이 자그마한 여자가 매일 아침저녁으로 그 먼 거리를, 버스와 사람들에 시달리며 다닌다고 생각하니 영 마음이 탐탁지 않았다. 어제만 해도 그렇지. 어떻게 사람을 잔뜩 흥분시켜놓고서는 피곤하니까 그냥 자겠다는 소리가 나오냔 말이다.

새벽에 기찬은 사타구니가 뻐근해서 두 번이나 잠에서 깼다. 은남이 일어나는 기미라도 보이면 손이라도 빌려보려 했건만 그녀는 너무도 곤히 잠들어 있었다. 그래, 모두 다 그녀의 회사가 집에서 너무 멀기 때문이었다.

"늦을 거 같으면 얘기해. 아니다, 이제부터 내가 매일 데리러 갈게."

미국 생활이 오래라 모르는 길이 더 많았지만, 저 근방은 아주 잘 알았다. 황 회장의 빌딩이 바로 근처였고, 디저트 가게가 있는 상가 건물을 포함해서 주변의 건물 몇 개가 또 황 회장의 소유였다. 기찬의 본가 역시 저곳에서 멀지 않았다.

"고맙지만 그렇게까지 할 필요는 없어. 너무 늦을 것 같으면 미리 연락할게. 버스 정류장까지만 나와줘."

은남이 피곤해지면 또 어젯밤 같은 일이 벌어질까 봐 미리미리 예방하려는 건데 그 속도 모르고 그녀는 진심으로 고맙다는 듯 방긋 웃었다.

"근데 치킨 냄새가 너무 좋다. 배고파서 그런가?"

그녀에게는 지금 출퇴근을 어떻게 하느냐보다도 더 중요한 일이 있었다. 엊저녁부터 굶은 데다 맛있는 치킨 냄새를 맡았더니 배 속이 온통 아우성이었다. 챙겨 온 가방에서 옷가지들을 잽싸게 꺼내 입은 은남은 쪼르르 식탁으로 달려가 닭 다리부터 덥석 물어뜯었다.

"우와, 이거 진짜 맛있어. 기찬아, 너도 먹어 봐."

다 식고 눅눅해진 치킨이 이렇게 맛있을 수 있다니. 금방 자고 일어난 게 무색하게 은남은 기름 묻은 양손을 쪽쪽 빨아가며 치킨을 맛있게도 뜯어 먹었다. 앞에 앉은 기찬은 콜라를 챙겨 주고 그녀의 입술 옆에 묻은 튀김옷을 떼어주었을 뿐 치킨에는 손도 대지 않았다. 이건 모두 다 오로지 그녀만의 몫이라는 듯.

"그런데 저건 또 뭐야?"

커다란 치킨 조각을 두 개나 먹어치우고 나서야 비로소 커다란 비닐봉지 하나가 더 눈에 들어왔다. 싱크대 위에 올려진 비닐봉지는 20리터 쓰레기봉투만 했다. 까만 색깔 탓에 내용물은 들여다보이지 않았지만 작고 각이 진 무언가로 울퉁불퉁 가득 채워져 있었다.

"저거는, 내가 먹을 거."

"그래? 그럼 지금 같이 먹어."

엄지손가락을 쪼옥 빨아먹고, 날름 내밀어 입술 꼬리에 붙은 부스러기를 떼어가는 선홍색 혓바닥을 진득하게 쳐다보며 기찬이 물었다.

"정말, 그래도 되겠어?"

왠지 의미심장한 웃음이 조금 불안하기는 했지만, 기찬도 배고플 텐데. 뭐든 먹어야지.

은남은 망설임 없이 고개를 끄덕였다.

"되고말고. 너 배고픈 거 못 참아 하잖아. 얼른 먹어."

"그래. 너도 어제 못 먹은 거 먹었으니까 나도 어제 못 먹은 거 먹어야지. 안 그래도 밤새 허기져서 죽을 지경이었거든."

기찬이 비닐봉지를 뒤집었다. 봉지에서 와르르 쏟아져 내린 건 몽땅 다 콘돔 상자였다. 도대체 편의점을 몇 곳이나 탈탈 털어온 것인지 그 양이 어마어마했다. 세 번째 치킨 조각을 물어뜯고 있던 은남의 입이 떡, 하고 벌어졌다.

"어때? 나 지금 바로 먹어도 되겠어?"

"설마 이 치킨…… 마지막 만찬 뭐 그런 거니? 먹고 죽으면 때깔도 좋다고, 잡아먹기 전에 마지막으로 실컷 먹어 둬라, 뭐 그런 거야?"

"그 비슷한 거라고도 할 수 있고."

어제 못 한 걸 하겠다고 새벽부터 치킨이랑 콘돔을 사 온 저 집요함으로 봤을 때 이제 자신은 소생 불가능이었다. 이미 죽은 목숨이었다. 이런 걸 무슨 의미인지도 모르고 그저 좋다고 덥석덥석 받아먹었다니.

"그러면 내가 안 하겠다고 하면 이거 도로 뺏어갈 거야?"

그런데도 분한 건 치킨이 맛있어도 너무 맛있다는 것이었다. 이 와중에도 은남은 치킨 조각을 손에서 놓을 수가 없었다.

"아니."

"그럼 나 이 치킨은 그냥 먹고 너랑 자는 건 조금만 더 생각해 보면 안 될까?"

"아니."

"응?"

"이미 먹었잖아. 이제 와서 무를 수 없다고."

아, 사악하다. 어째 입도 대지 않고 지켜보고만 있더라니. 너도 한 입 먹었으니까 한 번만 봐줘, 은남이 이런 핑계를 대리라는 걸 기찬은 이미 다 꿰뚫어 보고 있었던 것이다. 속으로 구시렁거려봤지만 이미 위장을 그득하게 채우고 있는 치킨을 도로 끄집어낼 수도 없는 노릇이었다.

은남이 입을 벌린 채 아무 말도 하지 못하자 기찬이 옆으로 다가와 그녀의 입술에 다시 치킨을 물려주었다. 무시무시한 최후통첩과 함께.

"많이 먹어 둬. 네가 치킨 다 먹을 때까지는 기다려줄 테니까. 맛있게 먹고 2라운드 시작해야지."

혓바닥에 닿은 고소하고 짭조름한 치킨 살을 도로 뱉어낼 수 없다는 게 지금 이 순간 은남에게는 가장 억울한 일이었다. 이 치킨은 도대체 왜 이렇게 쓸데없이 맛있는 거야. 은남은 먹을 것 앞에서라면 유독 체념이 빨랐고 그건 지금도 마찬가지였다. 에라, 모르겠다. 죽기 아니면 까무러치기지. 그녀는 곧 환장하게 맛있는 치킨을 한입 가득 물어뜯어서 우걱우걱 씹기 시작했다.

* * *

마지막 치킨 조각까지 몽땅 다 먹어치워 버린 은남에게 주어진 시간은 단 삼십 분뿐이었다. 그 시간 안에 과하게 먹은 치킨도 소화 시키고, 기름 냄새가 밴 머리도 감고, 샤워도 해야 했다. 단 일 분의 오차도 없이 딱 삼십 분이 되었을 때 기찬은 머리를 말리고 있는 은남을 거의 메다꽂듯이 침대 위에 눕혀버렸다.

그는 어제보다 훨씬 능숙해진 키스를 소나기처럼 퍼부었다. 커다란 손아귀 속에서 말캉한 가슴이 거칠게 주물러지고 아릿하게 문질러졌다. 온몸에 온통 불이 붙은 것 같았다. 은남은 손에 잡히는 대로 침대 시트를 쥐어 비틀었다. 눈으로 슬쩍 보았을 때도 엄청났지만, 기찬의 아래에 깔리고 보니 사납게 벌떡거리며 눌러대는 압박감이 무시무시했다. 금세라도 쳐들어올 듯한 흉흉한 모습에 은남이 겁먹은 듯 웅얼거렸다.

"으응, 기찬아. 천천히……."

"여기서 후우, 어떻게 더 천천히 해. 지금도…… 숨이 넘어갈 것 같은데."

환하게 햇살이 비쳐드는 창가 옆 침대에 은남을 눕혔을 때부터 기찬은 이미 눈이 뒤집혀 버렸다. 그 모습을 보고도 덤덤할 수 있다면 그건 남자도 아니었다. 그러니까 이건 자신이 게걸스러운 게 아니라 은남이 너무 예쁜 것이었다. 분명 그 탓이었다.

은남의 몸은 어디를 만져도 기분 좋게 말랑거렸다. 그는 단 한 곳도 허투루 지나치는 법이 없었다. 조금의 빈틈도 없이 몽땅 다 먹어치워 버릴 작정인지 기찬은 은남의 몸 구석구석을 촘촘하게 핥았다. 배꼽 옆의 점도 쪽쪽 빨아대더니 동그란 배꼽에까지 입을 맞추었다.

"기찬아, 이상해."

"아직…… 시작도 안 했어."

이건 정말 그저 시작의 시작일 뿐이었다. 코스 요리로 치자면 아직 전채 요리 어디쯤. 가장 중요하고 먹음직스러운 메인 요리, 그녀의 가장 깊은 속살 근처에는 아직 가지도 못했으니까.

한참 동안 그녀를 물고 빨고 나른하게 녹여놓고 나서 기찬은 수많은 콘돔 상자 중 가장 눈에 띄는 핫핑크 색의 상자를 집어 들었다. 그런데, Damn it! 작다. 그것도 돌돌 말린 고무를 한 바퀴도 풀어 내릴 수 없을 만큼 턱없이 작았다. 당황한 기찬은 다시 파란색 상자를 골랐다. 이번에는 간신히 맞는 듯 했지만 기찬이 힘을 주자마자 허무하게도 북 하고 찢어져 버렸다. Fuck!

기찬은 이 상황에 아연해졌고, 그 모습을 지켜보고 있던 은남은 실색하여 점점 얼굴이 허옇게 질려갔다.

"불량품을 사 왔나. 뭐가 이리 쉽게 찢어져?"

놀란 은남이 입을 뻐끔거리며 말도 제대로 잇지 못하는 사이 기찬은 와르르 쏟아놓은 콘돔 상자들을 휘휘 뒤적거렸다. 아무래도 표준형이라고 써진 건 맞는 사이즈가 아닌 것 같았다. 표준형 사이즈라고 적혀 있는 대부분의 콘돔 상자를 뒤로 던져버리고 몇 개 남지 않는 상자 가운데서 엑스라지 핏이라고 쓰인 상자를 발견했다. 설마 이번에는 맞겠지. 다행스럽게도 이번 콘돔은 찢어지지 않고 잘 버텨주었다. 다만 문제라면 작은 신발을 억지로 구겨신은 왕발 내지는 작은 모자를 억지로 욱여 쓴 왕대가리 같은 모양이 되어버렸다는 것이었다. 그래도 어찌어찌 씌워지기는 했고 찢어지지 않는 것만 해도 다행이다 싶었다. 피가 좀 안 통하고 조금 불편하면 어떤가, 이제 곧 천국을 맛볼 텐데.

다시 침대 위로 기어 올라오는 기찬을 보며 은남이 겁에 질린 표정으로 고개를 잘래잘래 흔들었다. 엉덩이를 자꾸만 뒤로 빼는 은남의 허리를 기찬이 양손으로 꼭 붙들어 맸다.

"기찬아. 그, 그런 게 사람한테 들어갈 리가 없어. 그런 거 함부로 집어넣으면 주, 죽는다고."

"지금 안 집어넣으면 내가 당장 터져 죽겠거든. 그리고 남자가 커서 여자가 죽었다는 얘기는 한 번도 들어본 적이 없으니까 안심해."

"내가 그 최초가 되면 어떡해."

불쌍한 표정을 지어봤지만, 기찬은 그녀의 사정을 봐줄 생각이 손톱만큼도 없었다. 급기야는 은남이 소리를 지르며 버둥거렸다.

"살려 줘! 나, 나 처음이라고!"

"나도 처음이긴 하지만 너무 걱정하지 마. 우린 짝꿍이니까 잘해 낼 수 있을 거야."

지금 처음이고 아니고 잘하고 못하고가 문제가 아니라고! 네 것이 콘돔을 찢어먹을 만큼 크다는 게 문제라고!

"은남아."

"흐응, 응?"

"혹시라도 내가 폭주하면 날 때려. 꼬집어도 되고 막 쥐어뜯어도 돼."

"그러면 멈춰줄 거야?"

"아니, 그건 그러니까, 치과의사가 아프면 손 들라고 하는 것과 같은 이치라고나 할까."

치과의사가 아프면 손 들라고 하는 건 멈추겠다는 뜻이 아니라 단지 신경이 살아있는지 확인하기 위한 것이라는 그런……, 그러니까 결국 너는 내가 죽는다고 소리를 질러도 살아있기만 한다면 끝까지 하겠다는 거잖아. 이 인정머리 없는 놈아!

"야! 너! 이 황기찬 나쁜…… 아앗!"

기찬은 은남이 어깨를 마구 두들기고 발버둥을 쳐도 묵묵하게 계속 쳐들어갔다.

"아악! 아파, 아프다고!"

"하아, 은남아, 나 죽을 것 같아. 너무 좋아. 진짜 미치게 좋아."

"그래, 넌 좋아서 죽고 나는 아파서 죽고. 이 무지막지한 놈아!"

과하게 커다란 것을 아래에 한가득 품고서 이러지도 저러지도 못하는 은남의 눈꼬리에 눈물이 방울져 맺혔다. 안쓰러운 듯 그녀의 뺨을 부드럽게 쓸어주던 기찬이 고개를 숙여 은남의 눈물을 혀로 핥아주었다.

"으응, 눈물 닦아주는 척하면서 침 묻히지 마."

"너 때문이잖아."

은남의 눈가를 핥아먹으면서 기찬이 히죽 웃었다. 하아, 진짜 어떻게 이렇게까지 좋을 수가 있을까.

"신은남이, 너무 좋아서, 그래서 자꾸만 군침이 돌아서, 하아, 그런 거라고."

은남이 바르작거리며 기찬의 옆구리를 꼬집었다. 꼬집히는 옆구리가 아프기는커녕 그 어떤 감각도 전혀 느껴지지 않았다. 그의 온 신경은 오로지 몸 한가운데로만 몽땅 다 쏠려 있었다.

"은남아, 지금부터는 진짜 아프게 때려도 돼."

"나 이미 세게 때리고 있었거든."

"그래도 최선을 다해서 더 세게 때려 봐. 나 지금부터 제대로 폭주할 거니까."

"뭐? 그러면 지금까지는 뭐였는데. 야, 야아, 꺄악!"

말이 끝나기가 무섭게 은남의 엉덩이가 번쩍 들렸다. 기찬이 그녀의 허벅지를 자신의 팔꿈치에 아래에 끼워놓고 꽉 조인 것이다. 마치 내리막길을 앞에 두고 신발 끈을 꽉 졸라매는 사람처럼.

"안 돼. 그러지 마. 천천히, 천천히 하라고! 아앗!"

이미 대답할 사람은 이성을 놓아버린 다음이었다. 극한의 인내심으로 최대한 천천히, 아주아주 조심스럽게 은남의 속에서 조금씩 꿀을 찍어 먹던 기찬이 이제는 완전히 폭주하며 마구 내달리기 시작했다. 두 사람이 완전한 하나의 짝꿍이 된 길고도 뜨거운 시간이었다.

9. 그의 직구 아이템

영화에서 보면 첫날밤을 보낸 다음 날 아침 풍경은 참으로 애 틋하고 아름답기만 하던데, 이 아침 은남은 지독한 근육통에 시 달리며 잠에서 깨었다. 어릴 때부터 시골 일에 단련된 몸이라 몸 쓰는 일에는 어지간히 자신이 있었다. 하지만 지금 그녀는 모로 있던 몸을 바로 돌아누운 것만으로도 온몸이 삐거덕거리고 앓 는 소리가 저절로 튀어나왔다. 막노동보다도 더한 강도의 애정 행위라니.

머릿속은 혼미하고 온몸은 극도로 예민해져 자신의 몸인데도 자신의 몸 같지 않았다. 흐느끼고 신음하고 애원하고 소리 지르다 어느 순간부터는 아예 기억이 나질 않았다. 얼마나 울면서 소리를 질렀는지 지금도 눈이 따끔따끔하고 목이 컬컬했다.

"어? 깼어?"

목소리가 나오지 않아 입만 뻐끔거리는데 이 모든 사달의 원흉이 얄미우리만치 말짱한 얼굴로 그녀를 내려다보았다. 그는 침대 모서리에 걸터앉은 채 노트북을 허벅지 위에 올려놓고 있었다.

"무……, 무, 울."

"물? Okay!"

노트북을 침대 위에 내려놓고 냉큼 냉장고로 달려가는 엉덩이를 냅다 걷어차 주고 싶은 심정이었다. 차마 그러지 못한 건 다리를 기찬의 엉덩이까지 번쩍 들어 올릴 기운도 없거니와 그걸 핑계로 또 짐승처럼 덤벼들까 봐 본능적으로 몸을 사리는 중이었다.

어제 아침부터 시작되어 하룻낮과 하룻밤을 꼬박 시달리고 나서 은남이 얻은 결론은 그랬다. 황기찬의 스위치는 고장 났음이 틀림없다고. 그렇지 않고서야 어떻게 인간이 24시간 내내 '켜짐' 상태일 수 있냐고.

"타르트 아직 많이 남았는데 좀 줄까? 요거트도 한 병 남았어."

그래, 그랬겠지. 아직 많이 남았겠지. 당최 뭘 먹을 시간을 줬어야 먹든지 말든지 하지. 그래도 레몬 향이 상큼하던 타르트와 생딸기가 씹히는 진한 요거트를 떠올리자 기운이 나고 입맛이 돌았다. 은남은 푸스스해진 머리통을 아래위로 끄덕거렸다.

엄지와 중지를 튕겨 딱 소리를 낸 기찬이 접시를 꺼낸다, 쟁반을 챙긴다 하며 부산을 떨었다. 냉장고를 열며 박자도 맞지 않는 콧

노래를 흥얼거리는 품이 곧 춤이라도 출 것 같았다. 아주 신났네, 신났어. 그 모습을 어처구니없다는 듯이 쳐다보다 은남도 싱거운 웃음을 픽, 웃고 말았다.

"근데 뭘 보고 있었어?"

흠흠, 헛기침으로 컬컬한 목을 목다심하며 은남은 침대 위에 올려진 노트북으로 시선을 옮겼다. 모니터에 띄어진 건 어느 쇼핑몰의 홈페이지였다. 화면에 가득한 영어를 읽기 힘들었지만, 또 굳이 읽을 필요도 없었다. 사진과 움직이는 이미지 파일만으로도 무엇을 위한 사이트인지 은남도 충분히 알아볼 수 있었으니까. 크기와 모양과 색상이 제각각 달라도 화면에 가득한 것들은 모두다 그것들이었다. 어제 밤낮으로 기찬이 열심히 터뜨려 먹은 그것들. 그러니까 콘돔.

"에? 이게 다 뭐야?"

"내가 친구 몇 놈한테 물어봤는데 아무래도 사이즈의 문제인 것 같아."

그걸 이제 알았냐? 은남이 어이없다는 표정으로 기찬을 쳐다보았다.

"그럼 넌 그동안 네 사이즈도 몰랐다는 거야?"

"친구들이랑 별 차이가 없길래 평균 사이즈인 줄 알았지."

유유상종이라더니 도대체 어떤 친구들을 만나고 다녔길래. 은남이 질렸다는 표정을 짓거나 말거나 기찬은 대수롭지 않다는 듯 어깨를 으쓱거렸다.

"그런데 친구들이 내가 동양인치고는 큰 사이즈라고 하더라고."

"그럼 네 친구들은 동양인이 아니야?"

"내가 말 안 했나? 나 중학교 때부터 미국에 있었어. 친구들은 다 외국인들이지. 백인도 있고 유럽계도 있고 흑인도 있고. 그러고 보니 친한 친구 중에 동양인은 없었네."

그러니까 지금 그 사이즈가 서양인에 버금가는 사이즈라는 거지? 처음 봤을 때부터 어째 심상치 않다 싶었다.

"차라리 내가 피임약을 먹을까?"

"피임약이 제대로 효과를 보려면 최소 2주는 걸린다고. 중간에 휴약기라도 생기면 다시 또 시작해야 하고. 피임약을 먹더라도 어차피 콘돔은 필요해."

"어떻게 그렇게 잘 알아?"

"벌써 다 찾아봤지."

은남이 자는 사이에 온통 그것에 관련된 것만 검색해본 모양이었다.

"그래서 지금, 콘돔을 직구하겠다고?"

"응. 친구들이 좋은 사이트를 추천해줬거든."

강 대리는 종종 구하기 힘든 명품백과 신발을 직구했다면서 사무실에서 자랑을 했다. 지금껏 은남에게 직구란 예쁜 명품백과 고급스러워 보이는 신발의 대명사였다. 그런데 이제부터는 직구라고 하면 콘돔 먼저 떠올리게 생겼다. 알록달록 다양한 고무 막들을 뒤집어쓴 수많은 모형에서 은남은 그만 고개를 돌렸다.

"그, 그럼 좋은 거로 잘 골라 보든가."

새큼한 요거트를 한입 가득 떠넣으며 작게 웅얼거렸다. 크지도 않은 목소리를 냉큼 알아들은 기찬이 짓궂게 키득거렸다.

"사지 말라고는 안 하네."

"앞으로도 어지간히 터뜨려 먹을 것 같은데 계속 그러면 곤란하니까 그러는 거지."

"하지 말라고도 안 하고."

"그거야 뭐⋯⋯."

힘든 건 힘든 거고 아픈 건 아픈 건데 그래도 좋은 건 또 좋은 거라. 말꼬리를 흐린 은남은 얼굴을 붉힌 채로 요거트를 푹푹 떠넘겼다.

"말로만 하지 말고 좋은 거로 잘 고를 수 있게 나 좀 도와줘 보든가."

요거트 병에 코를 박고 있는 은남의 눈앞에 대고 기찬이 종잇조각 하나를 나풀나풀 흔들었다. 손가락 굵기 너비로 기다랗게 오려낸 종이의 한쪽 면에는 촘촘하게 눈금이 그려져 있었다. A4지를 길게 잘라 펜으로 직접 눈금을 그린 것이었다.

"이게 뭔데?"

"사이즈 재야지. 반품도 안 되는데 신중하게 잘 골라야 하잖아."

사이즈? 그러니까 그 사이즈? 은남의 눈동자가 저절로 아래로 또르르 굴러떨어져 기찬의 사타구니와 눈을 맞추었다.

응. 지금까지 우리가 얘기한 바로 그 사이즈. 기찬의 고개가 끄덕끄덕, 그녀가 바로 알아들었음을 알려 주었다."혼자 재면 되잖아."

"누가 받쳐줘야 더 정확하게 잴 수 있을 것 같거든. 내가 잴 테니까 살짝만 잡아줘 봐. 아니면 내가 잡을 테니까 직접 재 줄래?"

굳이 잡아줄 필요도 없지만, 이렇게 당황해서 눈을 데굴데굴 굴리는 은남을 보면 놀리지 않을 수가 없었다. 진짜 너무 귀여워서 어쩌지.

"그럼 내가…… 잴게."

한참을 고민하더니 내놓는 답이 그랬다. 그나마 그게 접촉이 덜 할 거라 판단한 것 같았다.

"그래, 그럼."

벌떡 일어난 기찬이 조금의 망설임도 없이 바지를 끌어 내렸다.

"지금 당장? 이따 밤에 하는 게 아니고?"

"사이즈만 잴 건데 뭐 어때. 지금 바로 주문해도 추석 전에 받을 수 있을지 없을지 간당간당하다고. 그럼 저거 계속 써도 괜찮은 거야?"

기찬이 서너 개 중 하나 꼴로 터져 버리는 콘돔을 턱짓으로 가리켰다. 그조차도 몇 개 남아 있지 않았다.

"그건 아니지만."

"그럼 빨리 사이즈 재고 오늘 바로 주문하자."

"그런데 너 티셔츠는 왜 벗는 건데?"

"자꾸 내려와서 사이즈 재는 데 방해되니까 그렇지."

기찬은 얼렁뚱땅 티셔츠를 벗어 던지더니 곧이어 훌훌 알몸이 되었다. 대리석으로 만든 다비드상보다 더 단단하게 근육이 박힌 남자의 나신이 다리를 어깨너비로 벌린 채 늠름하게 우뚝 섰다. 허리에 양손을 올리고 선 모습이 어찌나 자신만만하고 당당한지. 하긴 그 정도의 몸매라면 그럴 만도 했다. 인정.

"자, 이제 그 종이로 뿌리 쪽을 한 바퀴 빙 돌려서 눈금을 읽으면 돼."

은남은 벗은 몸을 가리고 있던 이불 대신 기찬이 벗어 던진 티셔츠를 주워 입고서 침대 모서리에 앉았다. 후다닥 사이즈만 재주고 끝낼 생각이었다.

"제대로 쳐다봐야 눈금을 읽지."

"알았으니까 자꾸 힘주지 마. 종이 찢어져."

분명 처음 둘렀을 때는 13.5에 맞춰지던 눈금이 14로, 다시 14.5로 쭉쭉 늘어났다. 자꾸만 늘어나는 눈금을 제대로 읽기 위해 은남은 게슴츠레하게 떴던 눈을 어쩔 수 없이 반짝 떴다. 하지만 결국 은남은 어디에도 시선을 두지 못하고 결국 두 눈을 질끈 감아 버렸다.

"차라리 내가, 내가 잡아줄게."

종이 들고 재는 게 더 쉬운 줄 알았는데 이렇게 적나라하게 들여다보아야 한다면 차라리 붙잡아 주는 게 더 수월할 듯싶었다. 눈도 감고 있을 수 있고.

"그럴래? 그래, 그럼."

엄지와 검지 정도만 빌려줄 요량이었는데, 기찬은 은남의 손을 휙 끌어가더니 자그마한 손 전체에 자신의 중심을 빠듯하게 쥐여 주었다.

"꽉 잡아."

"왜? 왜 꽉 잡아야 하는데. 살짝만 잡아줘도 되잖아."

"왜긴. 이제 네 거니까."

내 거.

'저 옷 내 거잖아. 은남이는 거지야? 왜 맨날 내 거 입는데?'

자라면서 언니들에게 가장 많이 들은 말이었다. 작아진 옷과 낡아진 가방 따위들을 물려주면서도 언니들은 늘 '내 거'라는 말로 생색을 냈다. 언니들이 그럴 때마다, 엄마는 그 옷과 가방에 처음부터 은남의 지분도 있었음을 명확하게 얘기해주지 않았다.

'넌 언니들이 옷도 주고 가방도 주는데 고맙다고도 안 하니? 계집애가 애교도 없고 쓸데없이 뻣뻣하기만 해서, 쯧.'

늘 은남을 못마땅해 하는 엄마는 외려 낡은 옷가지 따위로 생색을 내는 언니들을 두둔했다. 어차피 옷이고 가방이고 모두 엄마 아빠가 사준 것들이었다. 새것을 받아서 실컷 쓰다가 다 낡아진 걸 동생에게 물려주는 언니들이 억울해할 게 아니라 늘 언제나 낡아빠진 것만 얻어 쓰는 은남이 억울해야 맞는 것이었다. 하지만 가족 누구도 그녀의 억울함을 알아주는 사람은 없었다.

내내 얻어 입고, 물려받고, 빌려 썼다. 처음으로 욕심부려 온전히 '내 거'로 가져본 것이 바로 이 아파트였다. 그런 그녀에게 지금 기찬은, 자신이 은남의 것이라 말하고 있었다.

"이 황기찬이 온전히 다 신은남 거라고. 그러니까 잘 잡아. 놓치지 말고. 많이 만져주고 많이 사랑해줘."

다 내 거. 완전한 내 것.

그 말이 마법의 주문이라도 된 것처럼 나날이 우럭우럭 자라고 있던 은남의 감정에 확 불을 댕겼다. 내 것. 나만의 것. 이 세상에 더없이 소중한 것. 은남은 벅차오르는 감정을 숨기지 못하고 기찬에게 매달리고 말았다. 두 사람은 또 다시 뜨겁게 엉기기 시작했다.

"으응, 기찬아. 이상해. 막 찌릿찌릿하고."

"이상한 거 아니고 미치게 좋은 거야. 그리고 찌릿거리는 거 아니고 짜릿한 거."

"뭐, 뭐야, 그게. 무슨 차이인데."

"더 흥분되고 더 떨리고 훨씬 더 좋은 거. 이왕이면 찌릿하게 말고 더! 짜릿하게 해야지."

더 흥분되게, 더 떨리게, 더 짜릿하게!

은남의 마음 한쪽 어딘가에서 쩌걱, 하는 소리가 들려왔다. 그래, 내 인생도 더는 휘둘리지 말고, 내가 원하는 대로, 내 마음대로! 더 흥분되게, 더 떨리게, 더 짜릿하게! 기찬이 본격적으로 그녀를 파고들자 은남의 감정을 억지로 가둬 놓은 단단한 벽도 쩍쩍 소리를 내며 갈라지기 시작했다.

아랫배 속에 주먹만 하게 뭉쳐있던 열기가 점점 더 크게 부풀어 올랐다. 배 속을 가득 채운 다음에는 가슴으로, 그다음에는 팔다리로, 더 올라가 순식간에 머리끝까지 열기에 잠식되었다. 담을 수 있는 공기의 한도를 넘어선 풍선처럼 은남은 그 열기로 부풀고 또 부풀다가 더는 담을 수 없을 만큼 그득 차올라 마침내 펑, 요란하게 터져버렸다. 지금껏 꾹꾹 눌러 억압받았던 모든 감정이 아찔한 환희와 함께 한꺼번에 풀려나왔다. 짜릿한 해방감이었다.

"기찬아, 하아."

한참이 지나 간신히 숨을 다스린 은남이 가라앉은 목소리로 속삭이듯 기찬을 불렀다.

"응?"

"정말…… 짜릿했어."

기찬은 그녀를 조금씩, 조금씩 변화시키고 있었다. 은남의 작은 몸을 뒤덮어 버리듯 그대로 엎어져 있던 기찬이 은남의 말에 크게 웃음을 터뜨렸다. '아, 진짜 예뻐서 미치겠다.' 중얼거리며 그녀의 입술을 다시 또 지분대기 시작했다.

"그래도 황기찬, 이제 그만 좀 하지?"

"은남아, 나 아무래도 성을 바꿔야 할까 봐."

"뭔 소리야, 또."

"발 씨로. 아무래도 신은남이랑 함께 있으면 내가 황기찬이 아니라 발기찬이 되는 것 같아."

"야, 야아, 좀!"

결국 기찬의 사이즈를 제대로 잴 수 있었던 건 그로부터 한 시간이 더 흘러서였다. 은남은 그가 한 상자에 8개씩 든 콘돔을 '50 Box' 주문하는 것을 곁눈으로 보았다. 콘돔이 도착할 때까지 자신이 살아있기는 할는지 은남은 그것을 진심으로 걱정하기 시작했다. 완전히 널브러져 침대 위에 쭉 뻗어버린 채로.

10. 내 남자의 정체

알람 소리가 아니라 왠지 싸한 느낌에 잠에서 깼다면, 그렇게 깼
는데 몸이 평소보다 한결 가볍다면, 그건 백 프로 늦잠과 지각의
예감이었다. 바로 지금 은남처럼.

"악! 어떡해!"

베개 밑을 더듬거려 휴대전화를 확인한 은남이 스프링처럼 팅
겨 올랐다. 체감으로는 알람이 울릴 때가 한참 지난 것 같은데 입
을 꾹 다물고 있는 휴대전화가 어쩐지 의뭉스러웠다. 아니나 다
를까. 6시에 맞춰져 있던 알람은 어찌 된 건지, 무심한 시계는 이

미 7시를 넘어가고 있었다. 아무리 용을 쓴다 해도 무조건 지각이었다. 성능 좋은 자가용이 기적처럼 나타나 그녀를 회사 앞까지 실어다 주지 않는 이상.

"일어났어? 안 그래도 슬슬 깨우려고 했는데."

기찬이 젖은 머리를 툭툭 털어내며 욕실에서 나오고 있었다. 도대체 출근 시간을 몇 시라고 생각하는 건지 그는 여유롭고 태평스럽기만 했다.

지난밤 기찬은 마지막 하나 남은 콘돔까지 기어이 다 써버리고 말았다. 그러고도 남아도는 열기를 주체하지 못해 잠이 들려는 그녀의 어깨를 물고, 귓불을 빨고, 가슴을 만졌다. 그러니까 지금 이 사태의 1차 책임은 '발기찬'이 되어버린 황기찬에게 있었고, 2차 책임은 그런 그를 매몰차게 떼어내지 못한 자신에게 있었다. 하지만 그녀 역시 어쩔 수가 없었다.

"씻기 전에 나부터 깨우지. 나 지각이란 말이야."

은남은 뾰로통하게 튀어나오는 입술을 잔뜩 빼물었다. 안 그래도 틈만 나면 은남의 아파트를 깎아내리고 깐죽거리는 강 대리가 이번에는 또 뭐라고 할지, 생각만으로도 언짢아졌다.

"왜 지각이야? 내가 회사 앞까지 태워다 줄 건데."

"응? 너 차 있었어?"

"응, 몰랐어?"

그야 시장 갈 때도 버스 타고 갔고, 치킨집 간다고 할 때도 걸어 갔고, 한 번도 기찬이 차 끌고 다니는 걸 본 적이 없었으니까. 심지 어 토요일 아침 그가 치킨과 타르트를 사 왔을 때도 자가용으로 다녀왔다는 생각은 하지 못했다.

"너 부모님께 용돈 받아 쓴다면서. 그런데 웬 차야?"

은남이 아는 황기찬은 월세 받아 생활하시는 부모님께 다달이 용돈을 받아 쓰는 백수 혹은 취업준비생이었다. 그것도 서울에서 이만치 뚝 떨어진 원룸 아파트에 혼자 살면서, 라면이랑 단무지도 은남에게 빈대 붙을 만큼 어려운 형편이었다. 물론 허우대만 보자면 최고급 외제 차를 탈 법했지만 실상은 그냥 놀고먹는 백수였다. 그런데 뜬금없이 자가용이라니, 은남은 의아할 만했다.

"그러게. 어쩌다 보니 그렇게 됐네."

작정하고 속이려던 것은 아닌데 정말로 어쩌다 보니 그렇게 되어버렸다. 처음에는 어리벙벙한 은남이 웃겨서 그랬고, 다음에는 어떤 선입견도 없이 편하게 구는 은남이 좋아서 그랬고, 그다음에는 '형편 좋지 않은 이웃집 백수'에게도 한없이 인정을 베푸는 착한 은남이 예뻐서 그랬다. 그러다가는 헤벌레 해서 은남을 쫓아다니는 데만 정신이 팔렸고, 이제는 은남과 입을 맞추고 몸을 맞추느라 시간이 어떻게 지나는지 알 수가 없었다. 정말로 어쩌다 보니 기찬은 자신에 대해 제대로 설명한 시간을 놓쳐버리고 말았다.

"어, 은남아. 벌써 일곱 시 십 분이다! 이러다가는 차로 가도 늦겠는데."

"어어, 정말! 나 얼른 씻고 나올게. 너 진짜로 차 태워주는 거다."

기찬은 태어나면서부터 지나치게 많은 걸 가졌었다. 어느 순간부터는 사람들이 자신에게 원하는 게 진짜 자신인지, 자신이 앞으로 물려받게 될 것인지 확신할 수가 없었다. 거짓인지 진실인지를 가려보려다 어느 순간부터는 그냥 모두 다 거짓으로 치부해버렸다. 그게 외려 마음 편했으니까.

살면서 지금처럼 홀가분하고 자유로운 건 처음이었다. 가진 게 없으니 모든 것이 제대로 보였다. 그녀가 얼마나 순수하고 착하고 예쁘고 사랑스러운지도. 그런 그녀와 아무 욕심 없이 알콩달콩 지내는 이 시간이 얼마나 소중한지도. 그리고 그녀와 앞으로도 계속 함께하기 위해 무엇을 먼저 해야 할지도.

기찬은 아직 한참이나 남아 있는 유배 생활에 대해 아버지와 재협상할 작정이었다. 은남과 함께하고픈 자신의 미래를 걸고서. 설명은 늦어버렸지만 고백은 제대로 준비한 후에 가장 근사하고 멋지게 해야지. 순진한 은남에게는 미안하지만, 그때까지는 동네 백수 황기찬으로 지낼 수밖에.

"회사가, 여기야?"

다행히 은남은 차에 별 관심이 없는 것 같았다. 기찬의 차를 보고도 '예쁘게 생겼다.' 그 한 마디가 전부였다. 은남은 차가 출발하자마자 시트에 폭 파묻힌 채 잠이 들어버렸다. 그런 그녀가 깰까 봐 기찬은 운전을 시작한 이래로 처음, 규정 속도 미만으로 조심조심 차를 몰아왔다. 도착하고 보니 은남이 가리키는 건물이 몹시도 익숙했다. 핸들 위에 두 팔을 걸친 기찬이 운전석 앞창문으로 흘긋, 앞에 있는 건물을 올려다보았다.

"응. 되게 멋있지? 저 빌딩 월세가 비싸서 다른 회사들은 한 층씩밖에 못 써. 근데 우리 회사는 자그마치 다섯 개 층이나 쓰고 있다. 굉장하지?"

은남은 다섯 손가락을 쫙 펴든 채 자신이 다니는 회사 자랑을 하느라 여념이 없었다. 그사이 재미있다는 듯 슬쩍 샐그러졌던 기찬의 표정이 곧 아무 일 없다는 듯 제자리로 돌아왔다.

"그러게. 진짜 굉장하다. 그런 회사에 다니는 신은남도 멋지고."

생각지도 못했던 칭찬에 은남의 얼굴 위로 웃음이 확 번졌다. 엄청난 경쟁률을 뚫고 이 회사에 입사했을 때도, 매일매일을 성실하게 보내고 남들보다 이르게 주임이 되었을 때도, 가족들에게는 들어보지 못했던 칭찬이었다.

차에서 내린 은남이 기분 좋은 걸음으로 나풀나풀 회사 건물로 들어간 뒤, 기찬의 차는 저만치 앞에서 유턴해서 돌아와 은남의 회사 옆 건물 주차장으로 들어갔다.

* * *

"어머, 신 주임. 애인도 없는 사람이 주말 동안 뭘 했길래 얼굴이 그 모양이야?"

출근 중이던 강 대리가 은남의 얼굴을 보자마자 목소리를 높였다. 여자 상사가 여직원에게 하는 것도 성희롱이라는 걸 아는지 모르는지, 당최 강 대리는 입 앞에 거름망이라는 게 없었다. 벽 없이 파티션으로만 나뉘어 있는 옆 재무팀 남자 직원의 머리통이 삐죽 위로 올라왔다가 내려갔다. 저기까지도 들렸다는 얘기였다.

온 사무실의 이목이 잔뜩 몰려있는 가운데에서 애인이 생겼다는 말을 할 수는 없었다. 무엇보다도 가뜩이나 수다스러운 강 대리에게 말거리를 더 보태주고 싶지 않았다. 은남은 주말 사이 홀쭉해진 뺨을 슬며시 손바닥으로 쓸며 대충 둘러댔다.

"지난주 야근 때문에 좀 힘들었나 봐요."

"정산 때 야근하는 게 어디 이번이 처음인가? 아무래도 집이 너무 멀어서 그런 거 아니야? 출근만 두 시간이라면서? 아우, 회사 오면 벌써 지치겠다. 나 같으면 하루도 못 버텼을 거야."

결국은 또 그 얘기가 하고 싶었던 거다. 어차피 제멋대로 결론 지을 거 뭐 하러 물어볼까. 두 시간씩 출근하는 게 그렇게까지 힘들지도 않거니와 오늘 아침에는 기찬이 직접 회사 앞까지 태워다 주었다. 오는 내내 편안한 시트에서 부족했던 수면을 보충하고 아주 개운하게 출근했는데 얼굴이 왜 그 모양이냐니. 은남은 어디선가 사은품으로 받았던 손바닥만 한 손거울을 꺼내어 얼굴을 비춰보았다. 입술이라도 좀 발라볼까.

"왜요, 오늘 신 주임님 되게 분위기 있어 보이는데요. 왠지 더 여성스럽게도 보이고."

강 대리를 얄미워해서인지 은남을 좋아해서인지 늘 이런 상황이면 톡 튀어나와 은남의 편을 들어주는 민아가 오늘도 어김없이 한마디를 거들고 나섰다.

"에이, 신 주임이 좀 귀엽기는 해도 여성스러운 것이랑은 거리가 멀지. 나처럼 섹시한 것도 아니고."

민아와 현지의 입에서 헛바람이 새는 것도 모르고 강 대리는 트임을 과하게 한 눈을 게슴츠레하게 떴다. 경리팀 직원들은 찌그러뜨린 얼굴을 절레절레 흔들며 각자 업무로 관심을 돌렸다. 그동안의 경험으로 미루어보아 강 대리의 자아도취에 맞장구를 쳐주기 시작하면 한도 끝도 없었다.

"아, 맞다. 섹시 말이 나와서 말인데, 나 방금 이 앞에서 진짜 섹시한 남자 봤잖아. 키도 이만큼이나 큰데 몸매도 완전 끝내주는 거 있지."

"섹시한 남자요? 어떤 남잔데요?"

막내 현지가 남자라는 소리에 홀딱 넘어가 강 대리의 말에 맞장구를 치고 말았다. 맞장구치는 사람이 없더라도 어차피 떠들 작정이었겠지만 현지가 거들어주자 강 대리는 신이 나서 제스처까지 덧보탰다.

"어깨가 이렇게 딱 벌어져서 잔근육도 되게 잘 잡힌 그런 몸매 있잖아. 벗겨놓고 막 만져보고 싶은 그런 몸매. 티셔츠랑 반바지만 입었는데도 어찌나 훌륭하던지 출근만 아니면 쫓아가서 전화번호라도 따고 싶더라니까."

"에이, 그런 남자가 강 대리님한테 전화번호를 따일 리가 없잖아요."

"뭐? 내가 어디가 어때서?"

안 듣는 척하면서도 다 듣고 있던 민아가 결국 참지 못하고 입술을 삐죽거리며 대거리했다. 발끈한 강 대리와 민아가 투덕거리거나 말거나 은남의 관심은 한군데에 꽂혀 버렸다. 티셔츠랑 반바지? 이른 아침 이 부근을 반바지에 티셔츠 차림으로 돌아다니는 사람은 드물었다. 오피스 건물이 많은 곳이라 은남이 출근할 때만 해도 전부 출근 복장인 사람들뿐이었다. 게다가 키가 크고 몸매도 좋은 남자라면…….

'어머니한테 들렀다가 일 좀 보고 이따 퇴근 시간 맞춰서 올게.'

에이, 그럴 리가 없지. 떠나는 차 꽁무니에 대고 바이바이 손도 흔들어줬는걸.

"그래서 그 남자가 어디로 갔는지는 보셨어요?"

'섹시한 남자'에 대해 아직 궁금한 게 많은 현지가, 민아와 강 대리 사이에 톡 끼어들며 물었다. 민아가 어이없다는 듯이 쳐다보거나 말거나 강 대리는 남자의 행방에 대해 아주 소상하게 줄줄 털어놓기 시작했다. 대번에 대답이 나오는 걸 보니 아무래도 남자의 꽁무니를 졸졸 따라가 본 게 틀림없었다.

"이 옆에 디저트 가게 있잖아? 그리로 들어가던데? 근데 거기 원래 점심때 되어야 열지 않나? 이 시간에 막 들어가는 걸 보면 관계자인가? 아니면 파티시에 뭐 그런 거? 손도 엄청 크던데 그 손으로 디저트를 만든다고 생각하니까 완전 더 섹시한 거 있지. 진짜 그 남자가 파티시에면 나 그 디저트 가게 매일같이 들를 거다."

디저트 가게? 뭔가가 찜찜하게 마음에 걸렸지만 은남은 그것이 무엇인지 바로 떠올릴 수가 없었다.

한 번 스치듯 본 남자에게 홀딱 빠져버리기라도 한 건지, 그렇게 근사한 남자도 얼마든지 꼬여낼 수 있다고 자신하는 건지 강 대리의 흥분한 목소리는 작아질 줄을 몰랐다. 그 들뜬 목소리는 경리팀장이 출근할 때까지 쉬지 않고 이어졌다.

"뭐가 이렇게 어수선해? 지난주에 마무리 짓지 못한 업무들 빨리 마무리해. 연휴 전에 다 못 끝내면 추석날에도 출근해야 하는 거 알지?"

경리팀장의 으름장에 은남은 곧 기찬에게서나, 강 대리가 보았다는 섹시한 남자에게서 관심을 끊어내고 업무에 집중하기 시작했다.

* * *

"대박! 나 그 남자 또 봤잖아!"

다음 날 아침 강 대리는 요란하게 소리를 지르며 우당탕탕 사무실로 뛰어 들어왔다. 어제보다 한 톤 더 높아진 목소리였다. 재무팀 남자 직원이 오늘은 아예 일어서서 그 모습을 지켜보고 있었다. 이런 상황에서 늘 부끄러움은 주변 사람들의 몫인지라 은남은 작게 한숨을 쉬었고, 민아는 고개를 흔들었다. 남자에 관심이 많은 현지만이 강 대리의 목소리에 쫑긋 귀를 세웠다.

"어제 그 남자요?"

"응. 오늘은 내가 얼굴까지 엄청 자세히 봤거든. 어쩜 얼굴도 너무 잘생긴 거 있지? 눈은 이렇게 길어서 속쌍꺼풀인데 왼쪽이 훨씬 더 진해. 근데 그게 또 되게 매력 있더라. 콧대도 이만큼이나 높은 남자가 도톰한 입술로 갑자기 씩 웃는데 심장 떨려서 혼났다니까."

"웃어요? 갑자기 왜요?"

"그거야 모르지. 설마 혹시 나 보고 웃었나?"

"어머나! 정말 그런 거 아니에요? 그런데 키도 크고 몸도 좋고 얼굴까지 잘생겼으면 혹시 신인 배우나 신인 가수 아닐까요? 연예인요."

"아웅, 난 연예인은 별로인데. 차라리 파티시에가 더 멋있지."

강 대리는 벌써 남자의 뭐라도 된 것처럼 김칫국물을 항아리째로 들이켰다.

"그래서 그 남자분은 오늘도 디저트 가게로 들어갔어요?"

"응. 보니까 디저트 가게 사장님 있잖아, 그 여자 사장님이랑 되게 친한가 봐. 그 사장님이 출입문 앞에서 기다리고 있다가 둘이 같이 안쪽 사무실로 들어가던데. 암튼 나 내일 아침에는 일찍 나와서 기다려 보려고. 나보고 웃는 거 보니까 아무래도 그 남자도 나한테 관심 있는 것 같고, 자꾸 마주치는 걸 보니까 서로 인연인 것도 같고. 그지?"

그러고 흥얼대는 강 대리의 뒤에서 민아가 작게 한숨을 쉬었다. 왜인지 모르겠다던 남자의 웃음이, '설마 혹시' 하더니 순식간에 강 대리를 보고 웃은 것으로 둔갑해버리고 말았다.

"내일 사무실 분위기 살벌하겠는데요. 그죠, 주임님?"

정말로 그 남자가 강 대리가 말한 그대로라면, 강 대리가 거절당하고 올 확률은 99.99%였다. 남자랑 헤어질 때마다 몇 날 며칠 짜증을 부려대는 강 대리를 누구보다도 잘 알기에 은남의 입에서도 어쩔 수 없는 한숨이 새어 나왔다.

"그래도 내일만 지나면 추석 연휴잖아. 연휴 지나고 오면 괜찮아지겠지. 그리고 혹시 또 알아? 그 남자가 강 대리님의 적극적인 면에 반해서 전화번호라도 알려줄지?"

"에이, 그럴 리 없다는 거 잘 아시잖아요. 저번에 강 대리님이 나이트에서 꼬셨다는 그 남자요. 그때도 조명발, 화장발에 속았다면서 남자가 먼저 헤어지자고 한 거래요. 그때 현지랑 나 붙들고 얼마나 술주정을 했는데요. 그런데 환한 아침에, 그것도 맨정신인데, 그렇게 근사한 남자가 강 대리님이 꼬인다고 넘어가겠어요?"

그래도 제발, 누군지 모르겠지만 그냥 좀 넘어가 주라.

추석 연휴 3박 4일 떨어져 있을 걸 미리 다 보충할 생각인지 기찬은 어젯밤에도 어지간히 은남을 파고들고 온 살갗을 잘근거리고 발가락 끝까지 빨아댔다. 가뜩이나 잠을 설쳐 온몸이 녹작지근한데 굳이 강 대리까지 보태지 않았으면 싶었다. 하지만 세상 일이 늘 그렇듯이 불똥은 전혀 생각지도 않은 방향으로 튀었다.

* * *

그다음 날 강 대리는 입술을 꾹 다문 채 새빨개진 얼굴로 출근 했다. 경리 팀원들은 미리 짜기라도 한 듯 누구도 그 남자에 대 해서 묻거나 아는 척하지 않았다. 표정만 보아도 결과는 뻔했다. 굳이 알은체하지 않더라도 어차피 점심시간이 되면 본인이 알아 서 다 떠들어댈 텐데 괜히 말을 섞어 미리 날벼락을 맞을 필요는 없었다.

짐짓 아무 일 없다는 듯 업무를 처리하는데 이상하게도 강 대리 의 시선이 계속 은남을 따라다녔다. 그것도 매섭게 노려보는 듯 한 시선이. 뒤통수가 따끔거려서 휙 돌아보면 아닌 척 뒤늦게 시 선을 돌리고, 은남이 고개를 바로 하면 또 뒤통수가 따끔거리도 록 노려보는 게 오전 내내 반복되었다. 나중에는 민아가, 도대체 강 대리님 왜 저러냐고 되물을 정도였는데 은남이라고 딱히 답해 줄 말은 없었다.

하지만 그건 아무것도 아니었다. 진짜 불편한 사건은 그다음 점 심시간에 벌어졌다. 은남이 식판을 테이블 위에 올려놓기가 무 섭게, 강 대리가 날카롭고 새된 목소리로 따지고 들기 시작한 것 이다.

"신 주임. 어떻게 사람이 그래?"

"저요? 뭘요?"

은남은 무고했다. 사람이 어떻게 그러냐는 막말을 들을 무언가를 한 기억이 전혀 없었다.

"알면서도 일부러 모른 척한 거 아냐? 나 약 올리려고?"

"아니, 그러니까 도대체 뭘요?"

그녀가 할 수 있는 거라고는 어리둥절하게 계속 묻는 것밖에 없었다. 자다가 난데없이 뒤통수를 후려 맞는다고 해도 이보다 덜 황당할 듯싶었다. 경리팀 직원들도 모두 식판을 앞에 둔 채 어처구니없는 표정을 지을 뿐이었다.

"정말 계속 시치미 뗄 거야? 아침에 신 주임이 차에서 내리는 거, 내가 다 봤거든!"

오늘 아침에 은남이 내린 차라면 기찬의 차밖에 없었다. 요 근래에 다른 차는 타 본 적이 없었으니까. 요즘 기찬은 매일 아침 은남을 태워다 주고, 매일 저녁 은남을 태워가는 걸 가장 중요한 일과처럼 수행하고 있었다.

"그게 왜요? 강 대리님도 남자 차 타고 출근한 적 있었잖아요."

오늘 아침 기찬은 차에서 내리려는 은남을 끌어당겨 자신의 입술로 그녀의 입술을 꾹 눌렀었다. 회사 앞에서 남세스러운 짓을 했다고 추궁하는 건가 싶었지만 술만 취하면 아무 남자나 붙잡고 키스를 퍼붓는 강 대리에게 지적받을 일은 아니었다. 은남은 발그레해지는 뺨을 꾹꾹 누르며 맞받아쳤다.

"그 남자라고! 내가 찜한 남자가 바로 그 남자란 말이야!"

급기야 강 대리는 신경질을 바락바락 내기 시작했다. 강 대리가 화가 난 건, 은남이 회사 앞에서 입을 맞추어서가 아니라, 은남이 입을 맞춘 남자가 하필 기찬이기 때문이란다. 은남의 얼굴이 황

당함에 쩍 갈라졌다.

"강 대리님이 말하던 남자가 그 남자라고요?"

"끝까지 모르는 척하기야? 내가 그렇게까지 자세하게 인상착의를 설명했는데 몰랐다는 게 말이 돼? 신 주임 때문에 나만 우스운 사람 됐잖아!"

"정말 몰랐어요. 죄송해요."

그렇게까지 잘못한 게 뭔지는 잘 몰랐지만 은남은 이 상황을 빨리 수습하고 싶었다. 격앙된 강 대리의 목소리에 배식대에서 밥을 퍼담던 직원들까지 이쪽을 흘끔거렸다. 가시방석이 따로 없었다. 사정을 모르는 사람이 듣는다면, 강 대리가 먼저 찜한 남자를 은남이 빼돌린 것처럼 오해할 수도 있는 상황이었다.

"아니, 어딜 그렇게 대충 넘어가려고 그래? 둘이 뭐야? 무슨 사이인데? 신 주임 그제까지도 애인 있다는 말 안 했잖아? 설마 내가 찜한 거 알고서 일부러 작정하고 덤빈 거 아냐?"

선을 넘어선 무례한 질문에 대꾸하고 싶지 않았지만, 그냥 무시하고 넘기기에 강 대리는 너무 흥분해 있었다. 민아와 현지도 처음에는 황당해하더니 지금은 반짝거리는 호기심을 숨기지 못했다.

"강 대리님이 말씀하시기 훨씬 전부터 알던 사이고요, 확실하게 그렇다고 얘기해 본 적은 없지만 사귀는 사이인 것도 맞아요. 제가 남자친구 생긴 것까지 대리님한테 일일이 다 보고해야 하는 건 아니잖아요."

"신 주임이 그런 사람을 어떻게 안다는 거야? 도대체 어디서 만난 건데? 뭐 하는 사람이야?"

강 대리는 기찬에 대한 모든 걸 들을 권리가 있다는 듯 굴었다.

이 모든 것에 대한 대답을 듣기 전까지는 절대 만만하게 물러나지 않겠다는 못된 의지가 얼굴에 가득했다. 강 대리의 말 앞에 '네 주제에'라는 말이 생략되어 있다는 건 그 테이블에 있는 누구라도 느낄 수 있는 것이었다. 강 대리의 태도는 충분히 모욕적이었고, 이렇게 취조당하듯 기찬에 대한 걸 털어놓는 게 마땅치 않았지만, 빨리 대답하고 얼른 이 상황에서 벗어나고 싶다는 피로함이 더 컸다.

"저희 앞집 사는데 이래저래 알고 지내다가 요 근래에 가까워진 거예요. 애가 허우대만 멀쩡하지, 아직 집에서 용돈 받아 쓰고 있는 그냥 백수라고요."

그러니까 제발 관심 끊어주세요. 강 대리님은 돈 많은 남자 좋아하시잖아요. 은남 딴에는 얼른 이 화제를 끝내고자 성심성의껏 대답한 건데 강 대리는 코웃음을 칠 뿐이었다.

"신 주임 진짜 이상하다. 말이 되는 소리를 해야 믿지. 그 남자가 신 주임 앞집에 산다고? 그깟 일억도 안 하는 쫄딱 망한 신도시 구석탱이에 있는 원룸 아파트에?"

"말했잖아요. 그냥 백수라고."

"2억이 넘는 포르쉐 파나메라를 타면서 말이지? 그 차 한 달 유지비가 얼마인지는 알아? 우리 월급을 통째로 쏟아부어도 모자라거든. 게다가 그 남자가 걸치고 있는 티셔츠, 반바지, 운동화 다 국내에서는 구하지도 못하는 명품들이던데 거짓말을 해도 그럴듯하게 해야 믿지!"

시트가 빨간색인 게 특이하기는 했지만, 그냥 적당한 크기에 하얗고 예쁜 차였다. 그게 얼마짜리라고? 2억? 그럴 리가 없는데.

분명 오늘 아침에 차에서 내리는 은남을 붙잡아 쪽 입을 맞추고, 발그레해지는 그녀를 보면서 해쭉 웃어주고, 기특하다는 듯 그녀의 머리를 쓱쓱 쓰다듬어준 기찬이는 라면이랑 계란도 은남에게 빈대 붙는 백수 맞는데. 그저께도 은남이 끓여준 김치찌개 하나에 밥을 세 공기나 비웠고, 어제만 해도 피자를 포장해 가면서 값을 치른 건 기찬이 아니라 바로 은남이었다.

"분명 강 대리님이 잘못 보셨을 거예요. 기찬이가 별거 없는 백수인데도 좀 귀티나게 생겼거든요. 걔가 입으면 짝퉁도 다 명품처럼 보이고 그럴 거라서요."

기찬의 방에는 그런 티셔츠와 반바지가 수북했다. 대충 아무렇게나 툭툭 털어 입고, 벗으면 아무렇게나 쑤셔 박아 놓는 옷들이 전부 다 명품일 리가. 정말 말도 안 되는 소리였다. 은남이 꿈쩍도 하지 않자, 강 대리의 표정이 더욱 사나워졌다. 자신이 찜한 남자를 먼저 낚아채 간 은남을 상처 입히고 싶어서 안달 난 표정이었다.

"하! 얌전한 고양이가 부뚜막에 먼저 올라간다더니, '나 순진해요.' 하는 얼굴을 하고서는 몸으로 먼저 들이대는 애들 내가 진짜 많이 봤거든. 그런데 설마 신 주임이 그럴 줄은 몰랐네. 왜? 차도 모른다, 명품도 모른다, 순진한 척하니까 귀여워서 넘어온 거래?"

"말씀 함부로 하지 마세요. 전 사실대로 얘기했으니까 믿지 않으실 거면 마음대로 하시든가요."

"지금 믿지 못할 소리만 하는 건 신 주임이잖아! 그렇게 그 남자에 대해서 잘 알아? 그러면 어디 한 번 대답해 봐. 도대체 그 남자랑 디저트 가게 사장님이랑 무슨 사이인지. 오늘도 신 주임 내려 주고 한참 있다가 다시 나타나서 그리로 들어가는 거 내가 다 봤거든!"

"그건……."

몰랐다. 기찬이 아침마다 디저트 가게에 들르는 것도, 거기 사장님과 친한 사이인 것도. 한 번도 그가 하는 말을 믿지 않았던 적이 없었다. 단 한 번도 그가 하지 않는 이야기들을 궁금해한 적이 없었다. 그러고 보니 자신은 그가 해준 몇 마디 외에는 그에 대해 아는 것이 아무것도 없었다.

디저트 가게에 대해 들었을 때, 찜찜하게 마음에 걸렸던 것이 무엇이었는지 비로소 떠올랐다. 점심때나 되어야 문을 연다는 그 디저트 가게의 타르트와 요거트를, 기찬은 지난 주말 아주 이른 시간에 사 가지고 왔었다. 그것도 금방 만든 것인 듯 아주 신선하고 맛있는 것으로.

유명인들이 와도 줄을 서서 사야 한다는 타르트였다. 생판 모르는 사람에게 특별히 일찍 내어줄 리가 만무했다. 그러니까 기찬은 그 디저트 가게 사장님과 아는 사이가 틀림없었다. 그것도 아주 잘 아는 사이가. 그리고 그는 한 번도 은남에게 그 이야기를 한 적이 없었다. 은남의 얼굴이 파스스해지는 걸 보더니 강 대리가 무언가 대단한 걸 깨달았다는 듯 손뼉을 짝 맞부딪쳤다.

"아아, 그거네, 그거. 이제 알겠다. 그 남자 정체가 뭔지."

"무슨 정체씩이나. 신 주임님 앞집에 사는 남자친구라잖아요. 이제 그만 하세요."

민아가 뒤늦게 나서보았지만 이미 분위기는 엉망이 된 지 오래였다. 그렇게 퍼부어대고도 강 대리는 아직 은남에게 남은 유감이 많아 보였다.

"틀림없이 그거라니까. 그거. 방울뱀."

너무도 뜬금없이 뱉어내는 말에, 딱딱하게 굳었던 은남이 갑자기 풋, 웃음을 터뜨렸다. 아니, 느닷없이 뱀은 무슨 뱀. 시골 살면서 뱀이라면 숱하게 많이 보았지만 기찬과는 거리가 멀어도 한참 멀었다. 도대체 기찬이를 뭘로 보고. 구렁이라면 모를까.

"신 주임 왜 웃어? 내 말 안 믿어? 진짜라니까."

"근데 방울뱀이 뭔데요?"

호기심을 이기지 못한 현지가 분위기 파악을 하지 못하고 톡 끼어들었다.

"방울뱀 몰라? 남자 후리는 여자는 꽃뱀, 여자 후리는 남자는 방울뱀."

"아우, 진짜 강 대리님 제발 그만 좀 하세요. 잘 알지도 못하시면서 너무하신 거 아니에요? 말이 되는 소리를 해야 듣죠."

"왜 이래. 나 별별 업소 다 다녀본 여자야. 그렇게 외모 번지르르한 남자가 집이 잘사는 것도 아니면서 직업도 딱히 없는데 씀씀이는 크고, 만나는 여자가 여기저기 널려져 있으면 백 프로라니까. 게다가 그 남자 웃음까지 헤프잖아. 나보고도 웃어줬다고. 봐봐, 신 주임. 그 남자가 딴 여자 만나고 다니는 거 신 주임은 전혀 모르고 있었지? 그나저나 진짜 웃긴다. 신 주임이 뭐 뜯어 먹을 게 있다고 그런 허우대 멀쩡한 방울뱀이 붙었을까? 그것도 집이랍시고 대출이라도 받게 하려고 그랬나? 설마 그 남자한테 벌써 돈 같은 거 해주고 그런 거 아니지? 아니면 그냥 심심하니까 데리고 논 거?"

"대리님!"

"아, 왜 소리는 지르고 그래?"

민아와 강 대리가 언성을 높이는데도 말소리가 웅웅웅 제대로 들리지 않았다.

아아, 그 방울뱀. 난 또, 갑자기 웬 뱀 타령인가 했네. 아무리 그렇다고 해도 기찬이를, 우리 기찬이를. 진짜 말도 안 되는 소리를. 정말 어이가 없어서. 선임이고 나발이고 머리끄덩이라도 잡아줄까. 뭔가 웅성웅성 머릿속으로 많은 생각이 복잡하게 지나간 것 같은데, 정신을 차리고 보니 어느새 은남은 직원식당에서 뛰쳐나와 건물 밖에 서 있었다.

건들건들 건물 모퉁이까지 걸었더니 저 앞에 화려하고 아름답고 커다란 디저트 가게가 바로 들여다보였다. 그리고 통유리 너머로 안쪽 사무실 문을 열고 나오는 기찬의 모습까지도. 집에 단둘이 있을 때는 잘 몰랐는데, 지금 보니 기찬은 저렇게 화려한 가게에 저렇게 화려한 사람들과 섞여 있어도 전혀 어색함이 없었다. 유리 속의 그가 새삼 낯설었다.

그리고 그는 혼자가 아니었다. 성큼성큼 가게를 가로지르는 그의 뒤를 한 여자가 졸졸 따라 나오고 있었다. 사십 대쯤 되었을까? 단아하면서도 고상한 모습이 나이를 가늠할 수 없을 만큼 무척이나 아름다운 여자였다. 기찬을 뒤따르던 여자가 갑자기 그의 팔을 붙들었다. 그대로 그의 팔을 끌어 카운터 쪽으로 데리고 가더니 무언가를 꺼내어 그에게 건넸다. 디저트 가게 간판과 같은 색상의 봉투였다. 봉투를 열어 내용물을 확인한 기찬의 얼굴이 환하게 밝아졌다.

잠시 후 기찬은 반바지 뒷주머니에 봉투를 꽂아 넣은 채로 여자와 함께 밖으로 나왔다. 여자가 운전하는 커다란 외제 차의 조수석에 앉아 있은 기찬을 본 것이 마지막이었다. 차는 곧 멀어졌고, 은남은 그 자리에 선 채로 울고 있었기 때문에.

11. 우연 뒤의 인과 관계

토요일 아침부터 치킨집을 찾아 헤매다 강남까지 나오게 된 기찬이 새어머니와 마주친 건 우연이었다. 그것도 한 손에는 치킨 상자를, 또 다른 한 손에는 콘돔이 수북하게 담긴 비닐봉지를 든 채로.

편의점 세 곳에서 콘돔을 쓸어 담고 차로 돌아가는 길이었다. 누군가가 가게 문을 열고 기찬을 알은체했다. 그나마 길을 잘 아는 곳이 이쪽이라 오게 된 것인데 생각해 보니 새어머니인 안 여사의 디저트 가게도 바로 근방이었다.

황 회장은 고층 빌딩 외에도 상가 건물을 여러 개 가지고 있었다. 안 여사는 그 중 빌딩 옆 상가 일 층을 빌려서 디저트 가게를 운영하던 사장님이었다. 두 사람이 어떻게 재혼하게 된 건지 기찬은 잘 알지 못했다. 안 여사가 먼저 건물주인 황 회장에게 관심을 보인 건지, 황 회장이 세입자인 안 여사를 꼬여낸 건지, 아니면 누군가가 중간에서 중매를 선 것인지도 몰랐다. 친어머니가 돌아가신 지도 이미 여러 해였고, 그저 반대할 이유가 없기에 반대하지 않았다. 일 년 전 안 여사는 그렇게 황 회장과 재혼을 하고 기찬의 새어머니가 되었다.

"잘 보이고 싶은 여자가 생겨서요."

들고 있는 짐이 예사롭지 않다 보니 변명처럼 한 말이었다. 대충 얼버무리고 금세 지나칠 생각이었는데, 그 말을 들은 안 여사는 무뚝뚝한 기찬의 말투가 무안하리만큼 반색하며 좋아했다.

"어머나, 세상에! 들어와서 얘기 좀 해줘 봐요."

아직 오픈 전인 가게 안으로 기찬을 끌어당기더니 소녀처럼 눈을 반짝이며 물었다.

"어떻게 된 거예요? 어디가 그렇게 마음에 들었어요?"

돌아가신 친어머니보다 훨씬 젊은 새어머니는 편하게 말을 놓지도 못했다. 그도 그럴 것이 내내 미국에서 공부하느라 바빴던 기찬이 안 여사와 단둘이 마주한 건 그때가 처음이었다. 어색하고 서먹하고 조금은 불편했던 새어머니였는데, 진심으로 기뻐하며 은남이에 대해 물어봐 주었다는 것이 기찬의 마음을 열게 만들었다.

"되게 귀여워요. 그리고 예쁘고, 진짜 착해요. 단무지도 잘 무치는데 손이 되게 작거든요. 그 작은 손으로 꼬물거리면서 막 이렇게 조몰락거리는 거 보면 되게 웃겨요. 그게 보고 싶어서 맨날 단무지 무쳐달라고 했는데 너무 많이 먹었다고 당분간은 오이를 무쳐주겠대요. 진짜 귀엽죠? 아, 이제 말씀 편하게 놓으세요."

"진짜? 아우, 정말 귀엽고 예쁘고."

마음에 있는 사람을 처음 입 밖으로 내어 자랑했는데, 그 자랑이라는 게 남이 듣기에는 사실 별것도 아닌데, 그 말을 들은 상대방이 기꺼워하며 맞장구를 쳐준다면 누구라도 그러할 것이다. 그 상대방을 신뢰하고 호감을 가지게 되는 것. 그동안은 그저 '좋은 분'이라고만 생각할 뿐, '가족'이라는 마음은 크지 않았었다. 은남의 아주 작은 부분을 공유했다는 사실만으로 처음 안 여사가 부쩍 가깝게 느껴졌다.

"내가 지금 막 레몬 머랭 타르트를 구웠는데 좀 줄까? 딸기 요거트는 어때? 아가씨들한테 인기 많거든. 아우, 이럴 줄 알았으면 마카롱 필링부터 채워 놓을걸."

허둥대며 이것저것 부지런히 챙겨 담는 안 여사는 무척이나 설레 보였다. 그 설렘에 조금의 가식도 섞여 있지 않다는 건 누구라도 느낄 수 있는 것이었다.

"타르트랑 요거트만 주세요. 다음에 또 들를게요."

"그럴래? 언제든 편하게 들러. 둘이 같이 와도 좋고."

"네, 잘 먹을게요."

그날에는 다분히 인사치레로 건넨 말이었는데, 기찬이 안 여사의 디저트 가게에 들를 기회는 생각지도 않게 다시 찾아왔다.

"회사가, 여기야?"

월요일 아침, 은남이 자신의 회사라며 가리킨 빌딩은 기찬이 알아도 너무 잘 아는 빌딩이었다. 그의 아버지 황 회장이 바로 그 빌딩의 주인이었으니까.

부동산은 가지고만 있을 게 아니라 때를 맞추어 적당히 팔고 사고 굴릴 줄 알아야 한다는 게 황 회장의 철학이었지만, 이 빌딩만큼은 십팔 년이 되도록 소유주가 바뀐 적이 없었다. 건물을 마음에 들어 한 외국 기업이 시세보다 훨씬 높은 값을 제시했을 때도 황 회장은 일언지하에 거절해 버렸다. 한 번도 그 이유를 아버지에게 묻거나 직접 들은 적은 없었지만, 기찬은 이미 그 답을 알고 있었다.

졸지에 돈벼락을 맞고 부자가 된 아버지가 배필로 선택한 어머니. 아버지는 초등학교 때 첫 짝꿍이자 첫사랑이었던 어머니를 한결같이 사랑했다. 과수원집 막내아들일 때부터 강남에 부동산을 몇 개씩이나 가지고 있는 부자가 될 때까지도 늘 그렇게.

'네 엄마 꿈이 뭐였는지 아니? 하늘에 정원을 만드는 거였단다. 구름 위에다 나무도 심고 꽃도 심고, 그걸 그림으로 그리고 이야기로 만들어서 발표도 하고 그랬었어.'

'무슨 초등학교 때 얘기를 아직도 하고 그래요?'

'내가 그 소원 지금이라도 이루어주려고 그러지.'

이 빌딩은 어머니를 위한 열 번째 결혼기념일 선물이었다. 구름이 낮게 깔리는 날이면 구름을 발아래에 두고 삐죽이 올라오는 빌딩의 꼭대기에 어머니는 직접 자그마한 정원을 만들고 가꾸었다. 마치 하늘 위에다 정원을 만들 듯이. 가장 행복했던 시절이었다. 어머니가 가장 건강하게 웃던 시절. 무엇도 부족함이 없던 시절. 그리고 네 식구가 함께이던 시절.

기찬은 빌딩 아래에 서서 천천히 시선을 위쪽으로 옮겼다. 5층······10층······20층······ 30층. 날이 좋아 구름 한 점 눈에 걸리는 것이 없었다. 금세 빌딩의 가장 꼭대기가 쨍하게 한눈에 들어왔다. 어머니가 돌아가신 후, 기찬은 이 아래를 지날 때면 고개를 위로 들지 않았다. 의식적으로든 무의식적으로든 늘 그랬다. 수차례 이 길을 오가면서도 저 꼭대기를 올려다본 건 실로 오래간만이었다. 심장이 잠시 선득했지만 생각보다는 괜찮았다. 적당히 무뎌질 만큼 시간이 흘러서인지, 아니면 은남이 빌딩 안 어딘가에 있기 때문인지, 아니면 둘 다인지.

엄마도 은남이를 보셨더라면 무척이나 좋아하셨을 텐데. 작고 귀엽고 예쁘고 착한 우리 은남이. 그녀를 떠올리자 딱딱하게 굳었던 기찬의 얼굴이 부드럽게 풀어졌다. 일자로 굳게 다물렸던 입꼬리도 슬그머니 끌려 올라갔다. 큰일이다. 자꾸만 웃음이 헤퍼져서. 길을 가다가도 은남이만 떠올리면 나사 풀린 놈처럼 자꾸만 웃음이 나온다. 지나가던 여자가 흘금거렸지만, 기찬은 웃음을 멈출 수가 없었다.

하아, 빨리 보고 싶다. 우리 은남이. 기찬은 머금은 웃음 그대로 디저트 가게의 유리문을 힘차게 밀었다.

"아무래도 차를 바꿔야 할까 봐요."

안 여사는 예고도 없던 기찬의 방문을 진심으로 반겨주었다. 생크림 스콘을 내어온다, 밀크티를 만든다 부산스럽던 안 여사가 자리에 앉자마자 기찬이 툭 던진 말이 그랬다.

"아니, 갑자기 차를 왜?"

"은남이 때문에요. 집이 워낙 멀어서 제가 태워다 주고 태우고 와야 그나마 얼굴 볼 시간이라도 좀 날 텐데 지금 타는 차는 유지비가 좀 많이 들어야 말이죠. 기름값이랑 아파트 관리비랑 생활비까지 백만 원 안에서 해결하려면 아무래도 경차로 바꿔야 할 것 같은데요."

"아무리 그래도 경차로 바꾸면 불편할 텐데……."

"그것보다 작은 차로 몇 식구가 타는 집도 많은걸요. 그러니까 아시는 딜러 있으면 연결 좀 해주세요. 제가 차를 사보기만 했지 팔아본 적이 없어서요."

생활비 백만 원을 통보하며, '그것보다 적은 돈으로 몇 식구가 사는 집도 많다.'라고 했던 황 회장의 말을 슬쩍 인용하는 기찬의 표정이 짓궂었다. 그로서는 손해 볼 게 전혀 없는 모험이었고, 안 여사의 표정에서 그는 자신이 제대로 짚었음을 확신했다.

지극히 반복되는 우연이라면 숨겨진 인과 관계가 있는 건 아닌지 의심해 볼 것. 공학도인 기찬에게는 당연한 일이었다. 은남의 회사가 아버지 황 회장의 빌딩에 있다는 것을 확인했을 때부터 그는 당연히 해야 할 의심을 시작했다. 그리고 그 의심이 합리적인 것이었음을 지금 안 여사에게 확인하는 중이었다.

그 아가씨 이름이 은남이라는 것, 기찬의 앞집에 산다는 것, 그녀의 회사가 바로 옆 빌딩이라는 것. 그 무엇도 기찬은 안 여사에게 언질을 준 적이 없었다. 그럼에도 안 여사는 되묻는 것이 없었다. 그저 기찬이 차를 바꾸겠다고 통보한 것에만 정신이 팔려있었다. 자신이 은남에 대해 이미 충분한 정보를 가지고 있었다는 것을 기찬에게 들켰다는 것도 깨닫지 못하고서.

"안 그래도 회사에서 일이 많은 것 같더라고요. 야근도 엄청 많이 하거든요. 출퇴근할 때라도 좀 편하게 해주면 좋겠지만, 아버지와의 약속은 약속이고 계약은 계약이니까요."

슬쩍 한 번 더 밀었다. 그리고 안 여사는 그다음 고비를 넘지 못했다.

"은남이가 마음에 쏙 들어 하는 차라 아깝기는 하지만 어쩔 수 없죠. 아시는 딜러 없으면 제가 그냥 인터넷으로 찾아서······."

"아니, 그러지 말고 조금만 기다려 봐. 내가 아버지랑 잘 얘기해 볼게."

안 여사는 두 손으로 손사래까지 치며 그를 만류했다. 기찬은 씰룩거리는 입꼬리를 숨기기 위해 커다란 손으로 입매를 가리고서 공연한 헛기침을 두어 번 해야만 했다. 새어머니는 보기만큼이나 순수하고 마음이 여린 분이었다. 친어머니와도, 은남이와도 비슷한 면이 많았다. 어느새 기찬은 그런 새어머니에게 마음을 한 뼘만큼 더 열어주고 있었다.

그리고, 그다음 날 안 여사는 신용카드 하나를 기찬에게 내어주었다. 유배지로 쫓겨나면서 몽땅 다 정지당했던 기찬의 카드 중 하나였다.

"아버지가 계약서를 다시 확인해보셨는데 생활비 항목 중에 차량 유지비는 없데. 중요한 항목을 빼먹은 건 아버지 실수니까 차에 들어가는 건 이걸로 쓰라고 하셔."

황 회장은 돈이나 계약 문제에 있어서만큼은 누구보다도 철두철미했다. 기부나 후원이라면 아끼지 않고 큼직큼직하게 했지만, 계약으로 주고받는 돈은 우수리 한 푼이라도 허투루 넘기는 법이 없었다. 그리고 기찬이 사인한 계약서에는 분명 매월 백만 원으로 해결해야 하는 범위에, '아파트 관리비를 포함한 생활비 일체'라고 적혀 있었다. 차량 유지비가 생활비에 포함되지 않는다는 계산은 황 회장의 평소 성격에 전혀 맞지 않는 일이었다.

황 회장이 이렇게 물렁하게 나온다는 건 황 회장 역시 은남을 잘 알고 있다는 얘기였다. 더 나아가서는 알고 있는 정도가 아니라 상당히 아끼고 있다는 것도 유추해볼 만했다. 자신을 은남의 앞집으로 유배 보낸 것이 아버지의 생각인지, 새어머니의 생각인지, 두 분의 합작품인지는 궁금하지도 않았고 중요하지도 않았다. 어차피 머지않아 밝혀질 사실이고, 지금은 그곳에서 지내는 것에 조금의 불만도 없으니까. 밝혀질 때는 밝혀지더라도, 그럼 그때까지 두 분께 장단이나 맞춰드려 볼까.

"감사하게 잘 쓸게요."

말로는 감사하다고 하면서도 기찬은 카드를 재깍 집어 들지 않았다. 외려 조금은 곤란한 표정을 지으며 우물쭈물했다.

"그래도 차는 그냥 파는 게 낫겠어요."

"왜? 또 무슨 문제가 있어?"

"사실은 차 팔아서 돈이 생기면 은남이가 꼭 보고 싶다던 뮤지컬을 보여줄 생각이었거든요. 추석 특별 공연이라 가격이 상당하던데……"

물론 은남은 기찬의 차를 마음에 쏙 들어 한 적도, 뮤지컬을 꼭 보고 싶다고 한 적도 없었다. 하지만 이번에도 안 여사는 '은남'이라는 말에 싱거우리만치 너무도 쉽게 넘어와 주었다.

"내가, 내가 선물해줄게. 계약서에 나한테서 선물 받지 말라는 조항은 없잖아. 그지?"

잠시 고민하던 안 여사가 해결책을 찾았다는 듯 두 손바닥을 짝 마주치며 좋아했다. 그렇게까지 해주고 싶으시다는데, 이왕 말 나온 거 조금 더 부탁드려 볼까.

"뮤지컬도 뮤지컬이지만, 근사한 곳에서 저녁 식사도 하고 맨날 코딱지만 한 원룸에만 있으면 답답할 것 같아서 호텔 스위트룸도 잡으려고 그랬는데……"

"걱정하지 마. 내가 제일 좋은 데로 전부 다 예약해줄 테니까."

이제는 어째 새어머니가 더 신나 보였다. 자신만 믿으라는 듯 손바닥으로 가슴을 퉁퉁 때리는 그녀의 표정이 자못 비장해 보이기까지 했다. 이쯤 되니 그렇게나 은남을 마음에 들어 하시면서 왜 진작에 소개해주지 않은 건지 그게 외려 궁금할 지경이었다. 어쨌든 이 정도라면 아버지와 대화하기는 아주 수월하겠다. 기찬이 만족스러운 표정으로 고개를 끄덕이자 안 여사는 그보다 더 환한 표정으로 활짝 웃었다.

"그럼 내가 뮤지컬 표 준비하고 호텔도 예약해놓을게. 내일 다시 들러. 알았지?"

멋진 뮤지컬을 보고 맛있는 저녁 식사를 하고 난 뒤 전망 좋은 스위트룸에서. Good! 은남에게 제대로 자신을 소개하려던 기찬의 계획은 아무런 문제가 없었다. 그의 생각대로 착착 잘 진행되고 있었다. 그때까지만 해도 분명 그랬다.

* * *

"그냥 편하게 먹으면 안 돼?"

퇴근길에 포장해온 피자 조각을 한입 가득 베어 물면서 은남이 꿍알거렸다.

"응, 안 돼."

둘은 침대 앞 마룻바닥에 앉아 있었다. 마주 앉으면 먹기 편하련만 기찬은 은남을 제 다리 사이에 앉혀놓고 뒤에서부터 폭 껴안고 있었다. 암수한몸이라도 된 것처럼 기찬은 집에 돌아온 순간부터 그녀를 품에서 놓지 못했다. 은남의 작은 어깨에 턱을 턱 올려놓은 기찬이 입을 크게 짝 벌렸다. 그녀의 허리를 안고 있느라 남는 손이 없는 기찬을 대신해 은남이 그의 입 속에 피자 한쪽을 물려주었다. 은남이 먹여주는 피자를 크게 베어 먹으면서도 커다란 두 손은 그녀의 허리에서 떨어질 줄을 몰랐다.

저렴한 가격에 승부를 건다는 포장 전문 피자였다. 평소라면 냄새를 맡기도 전에 손사래를 쳤을 싸구려 피자인데 은남을 품에 안고 은남이 먹여주는 것을 먹으려니 세상에 이런 꿀맛이 없었다. 기찬은 그녀의 입술에 묻은 소스를 기어이 제 입술로 문질러 닦고는 만족스럽다는 듯 웃었다.

"이렇게 먹으니까 진짜 맛있다."

"치, 진짜 맛있는 건 저번에 먹은 레몬 타르트지. 그거 진짜 맛있었는데."

"그래? 그럼 매일 먹게 해줄게."

"거기 엄청 비싸잖아. 백수가 무슨 돈이 있다고. 나중에 취직하면 그때 사줘."

흐음, 종알종알 말하는 소리를 들으니 은남이 새어머니를 직접 아는 것 같지는 않았다. 하긴 타르트를 먹을 때도 분명 처음 먹어보는 것이라고 했었으니까. 새어머니가 아니라면, 그럼 아버지 쪽인가.

"혹시 말이야, 회사 건물에서 할 일 없이 돌아다니는 이상한 아저씨 본 적 있어?"

"이상한 아저씨?"

피자를 오물거리면서 고개를 갸우뚱하는 게 뭐라고 또 이렇게 사랑스러운지. 기찬은 은남의 티셔츠 안으로 손을 쑥 집어넣어 옆구리를 짓궂게 간질였다.

"음, 그런 사람 모르겠는데. 으응, 간지러워."

"그럼 회사 사람들 말고 그 건물에 아는 사람 없어?"

기찬이 본 대로라면 은남은 뭔가를 숨기거나 감추는 데에 전혀 재능이 없었다. 그렇다면 그녀가 무언가를 알면서도 시치미 떼고 있다기보다는 애초에 아무것도 알지 못한다는 것이 더 말이 되었다.

"회사 사람들 말고 아는 사람이라면, 보안대장 아저씨랑 옥상 관리 아저씨밖에 없는데."

"옥상 관리 아저씨? 그게 뭔데?"

"우리 빌딩 옥상에 진짜 예쁜 정원이 있는데 거기만 특별 관리하시는 분 있어. 근데 그 아저씨 이상한 사람 아니야. 얼마나 좋은 분인데. 친절하시고."

은남은 그 '옥상 관리 아저씨'라는 사람을 열심히 변호하고 있었다. 아무래도 이 순진한 아가씨는 그 옥상 관리 아저씨가 빌딩주라는 건 새카맣게 모르는 것 같았다. 그리고 그 빌딩주가 기찬의 아버지라는 사실 또한 전혀. 어떻게 시작된 인연인지는 모르겠지만, 황 회장이 자신의 정체를 다 밝히지 않았다는 건 미루어 짐작할 만했다. 한꺼번에 다 알게 되면 많이 놀랄 텐데 어쩌나. 어쩌기는. 내가 더 잘해주면 되지.

"기찬아, 나, 나 피자 좀 먹고. 이제 그만."

"이건, 좀 이따 먹는 게 더 맛있을 거야."

기찬이 둥근 잇자국이 선명한 피자를 은남의 손에서 빼앗아 상자 위로 휙 던져버렸다.

좀 이따. 한바탕 땀 좀 흘린 후에. 배 속에 가득한 이 열기 먼저 털어내고 나서.

"아니, 지금도 충분히 맛있는데……."

"그래? 그럼 먹을 수 있으면 어디 계속 먹어보든가."

맛나게 뜯어먹던 피자를 허망하게 빼앗긴 것도 억울한데 기찬은 은남의 상체를 휙 침대 위로 엎어놓기까지 했다.

"은남아, 앞으로는 좋은 사람이라고 아무나 다 믿고 그러면 안 돼. 나중에 깜짝 놀랄 일이 생기면 어쩌려고."

참을 수 없도록 치밀어 오르는 격정에 기찬은 은남의 여린 등을 물고 또 빨았다. 무수하게 빨간 자국이 자그마한 등의 여기저기에 아로새겨졌다. 그리고 기찬은 그대로 폭주했다. 둘만의 짜릿한 세상이었다. 이렇게 작으면서도 엄청나게 커다란 환희를 가져다주는 은남이 또 못 견디게 예뻐, 기찬은 엎어진 그녀의 고개를 옆으로 꺾어 진하게 입술을 겹쳤다. 그의 몸도 마음도 이제는 몽땅 다 은남의 것이었다.

"내일 우리 뮤지컬 보러 가자."

한참 후에 둘은 방바닥에 앉아 식은 피자를 마저 먹는 중이었다. 한바탕 소리를 질러대고 난 후에 먹는 피자는, 기찬의 말대로 훨씬 더 맛있었다.

"내일? 나 내일 퇴근하자마자 시골 내려가야 하는데."

치즈가 딱딱하게 굳어버린 피자를 허겁지겁 물어뜯던 은남이 곤란해했다. 보나 마나 엄마는 온갖 일거리를 잔뜩 쟁여놓은 채 그녀를 기다리고 있을 터였다. 원래부터 집안일에서 면제였던 큰 언니나 집안의 귀한 아들 진남이 도울 리는 만무했고, 둘째 언니나 셋째 언니도 적당히 요령을 피우며 귀찮고 손 많이 가는 건 은남이 올 때까지 미뤄두고 있을 거였다.

"연휴는 모레부터잖아. 내일 하루만 더 나랑 놀아 주라. 꼭 해야 할 말도 있다고."

기찬과 며칠씩이나 떨어져 있고 싶지 않은 건 은남도 마찬가지였다. 게다가 이렇게까지 조르니 약해진 마음에 거절의 말을 꺼내기도 쉽지 않았다. 펄펄 뛰며 역정을 내실 할머니의 얼굴을 떠올리자니 마음이 편치 않았지만, 기찬이 보여준다는 뮤지컬도 보고 싶었고, 기찬이 꼭 해야 한다는 말도 듣고 싶었다.

"그래, 그러면. 나 모레 새벽 일찍 내려갈게."

어차피 내일 내려가도 도착하면 늦은 저녁일 텐데. 하룻밤만 더 기찬과 보내고 모레 일찍 출발하면 되겠지. 자신을 늘 웃게 하는 기찬을 보면서, 은남은 자신을 늘 주눅 들게 만드는 시골집에 대한 걱정을 애써 떨쳐버렸다.

정말로 이때까지만 해도 아무 문제가 없었다. 하지만 다음 날 기찬은 은남과 함께 뮤지컬을 볼 수도 없었고, 자신의 소개를 제대로 다시 할 수도 없었다.

12. 생각보다 오래된 인연

"아이고, 이게 누구야? 은남이 아니냐?"

은남의 사무실은 빌딩의 저층부에 있었다. 그녀의 사무실에서 이 옥상 정원에 오려면, 엘리베이터를 타고 일 층 로비로 내려가서 다시 고층부로 가는 엘리베이터로 갈아타야만 했다. 은남의 사무실이 있는 5층에도 넓은 야외 정원이 있었기 때문에 그녀의 회사 사람들은 굳이 이곳까지 올라오지 않았다. 올라오기는커녕 이런 곳이 있다는 걸 아예 모르는 사람들이 더 많았다. 여기는 이를테면, 그녀만의 비밀 장소 같은 곳이었다.

회사 일이 손에 익지 않아 애를 먹던 신입 때, 직원식당에서 점심을 먹고 비싼 커피를 마시러 가는 동료들 무리에서 슬그머니 빠져야 할 때, 가끔은 숨이 턱턱 막히는 서울살이에서 숨통 트일 곳이 필요할 때, 그녀는 그럴 때마다 이곳을 찾았다. 이곳에서 그녀의 이름을 다정하게 부르며 알은체할 사람은 한 사람밖에 없었다. 아주 예전에는 다른 사람이 있었지만.

"아저씨, 안녕하세요."

"그래, 요즘 통 안 보이길래 궁금했지 뭐냐."

은남의 조그마한 어깨를 알아본 황 회장이 저만치에서부터 부리나케 쫓아왔다.

"이사 간 집은 좀 어떠냐? 산 밑이라 모기가 많다더니 방충망은 꼭꼭 닫고 다니는 게냐? 어째 많이 물리지는 않았고? 멀어서 출퇴근이 너무 고된 건 아니냐?"

묻고픈 것들이 많다 보니 황 회장보다도 그의 질문들이 더 먼저 은남에게 도착했다. 반가운 마음부터 앞세우느라 황 회장은 그녀가 울고 있다는 걸 미처 알아차리지 못했다. 코앞까지 다가서고야 그녀의 눈과 코가 새빨갛다는 것을 알았다. 심지어 눈꼬리에는 눈물방울까지 그렁그렁 매달려 있었다.

"은남아! 무슨 일이냐? 응? 어째 울어?"

작고 순진하니 마냥 여릴 것처럼 보이지만, 은남은 의외로 강단 있고 참을성이 강했다. 분명 숨을 곳이 필요해 옥상까지 올라왔을 텐데도 은남은 울기는커녕 힘들다는 투정 한 번 부린 적이 없었다. 어깨가 축 처져서 앉아 있다가도 황 회장이 말을 걸면 언제 그랬냐는 듯 생긋 웃어주고는 했었다.

시간을 정해놓고 만나는 사이도 아니고, 어쩌다 마주치면 잠깐씩 짧은 대화를 나누는 게 다였지만, 황 회장은 그녀와 만나는 시간을 무척이나 좋아했다. 비록 짧은 대화라고 해도 그 기간이 오래되다 보니 황 회장은 은남에 대한 정보를 차곡차곡 꽤 많이 쟁여두고 있었다. 은남이 회사에서 주임이 된 것도 황 회장은 그녀의 가족들보다 먼저 알았다. 2년 전 그녀가 신도시에 아파트를 분양받았을 때, 알뜰하고 현명하다고 그녀를 북돋아 준 것도 황 회장이었다.

'보니까 기찬이가 매일같이 데려다주고 데리러 오고 그러는 것 같더라고요. 그래도 데이트하려면 차는 있어야 하지 않겠어요?'

어제는 안 여사의 제안에 신용카드도 하나 내어주었다. 알콩달콩 연애하느라 한창 재미있을 때인데, 무슨 일이 있더라도 꾹꾹 잘 참아내던 은남이 왜 이리 슬프게도 울고 있는 것인지 황 회장은 그저 당황스러울 따름이었다.

"아저씨, 흐흑."

언제나 생글생글 잘도 웃는 아이였는데, 오늘은 웃음 대신 커다란 눈물 덩이가 그녀의 조막만 한 뺨 위로 뚝뚝 떨어져 내렸다.

"아이고, 도대체 무슨 일이냐? 말을 좀 해 봐라. 무슨 일인지 알아야 이 아저씨가 도와주지."

"저, 그냥 아저씨 아들이랑 만나볼 걸 그랬나 봐요. 나쁜 놈보다는 차라리 연하가 더 낫잖아요."

은남과 얘기할 때 황 회장의 말 대부분은 아들 자랑이었다. 미국에서 공부한다는, 키도 크고 잘생겼다는, 머리가 아주 좋다는, 고생을 모르고 자라 철은 좀 없지만 알고 보면 착한 놈이라는 소리를 늘 언제나 되풀이했다. '은남아, 우리 아들이 말이다.'로 시작되는 황 회장의 레퍼토리를, 은남은 얼굴 한 번 찡그리지도 않고 늘 맞장구를 치며 들어주었다. 일 년에 한두 번이나 얼굴을 볼까 말까 한 뻣뻣한 아들놈보다, 생글거리며 예쁘게 말을 받아주는 은남과 대화하는 게 황 회장은 훨씬 더 즐거웠다.

'내년에 우리 아들놈이 대학 졸업하고 한국에 들어오면 말이다. 어때? 한 번 만나볼 테냐?'

'한두 살도 아니고 세 살이나 연하라면서요. 저는 남동생 때문이라도 연하는 싫어요.'

은남은 매번 황 회장의 제안을 완곡하게 거절했었다.

한 번 만나보기나 해보라고 열심히 설득하던 참이었는데, 기찬이 졸업도 하지 않고 덜컥 한국으로 돌아와 버린 것이다. 게다가 왜 갑자기 심사가 뒤틀어진 건지 말도 하지 않고 밤새 술집으로, 클럽으로 허랑방탕 싸돌아다니기 시작했다. 멀쩡한 놈이라도 연하는 싫다고 하는 판에 그런 놈을 은남이한테 들이밀 수는 없었다. 그렇다고 기찬이 하는 꼴을 그냥 내버려 두려니 저러다 어디 이상한 여자라도 꼬일까 걱정이 이만저만이 아니었다. 황 회장과 안 여사는 함께 머리를 싸매고 고민한 끝에 기찬을 은남의 앞집으로 유배 보내기로 한 것이었다.

그래도 젊은 남녀가 외딴곳에서 자주 마주치다 보면 뭐가 어떻게 되지 않겠냐 기대를 하면서도, 혹여나 어그러지면 어쩌나 노심초사하던 참이었다. 그제 둘 사이가 잘되는 것 같다는 소식을 안 여사에게 전해 듣고서 너털웃음으로 크게 웃었는데 갑자기 이게 어찌 된 건지 도대체 영문을 모르겠다.

"왜? 남자친구랑 싸우기라도 한 게야?"

"아저씨, 저…… 아무래도 방울뱀이랑 만났나 봐요."

뱀? 우리 기찬이가? 태어났을 때부터 의사도 놀랄 만큼 실한 걸 달고 나온 놈인데 그럴 리가. 구렁이라면 또 모를까. 황 회장은 더 모를 소리라는 듯 고개를 절레절레 내저었다.

"저는요, 나이 서른에 백수라도 정말 괜찮거든요."

그 와중에도 은남의 하소연은 계속해서 이어졌다. 그런데 어째 내용이 점점 더 요지경 속이었다.

"서른? 아니, 그것보다 좀 더 젊은 놈일 텐데……."

"그래도 이 여자 저 여자 홀리고 다니는 나쁜 놈을 만날 수는 없잖아요."

"뭐! 이 여자 저 여자? 그게 정말이냐?"

"제가 두 눈으로 똑똑히 봤는걸요. 저 방울뱀이 뭔지 몰랐는데요, 그렇게 여자 홀려서 뜯어 먹고 사는 나쁜 놈들을 방울뱀이라고 한대요. 근데 제 남자친구가 바로 그 방울뱀이래요. 아저씨, 저 이제 어떡해요?"

갈수록 점입가경이었다. 혹시나 기찬이 만나는 은남은 동명이인인 다른 여자고, 여기서 울고 있는 은남은 다른 나쁜 놈을 만나고 있는 건 아닌지 헷갈릴 지경이었다.

"은남아, 그놈 이름이 뭐냐?"

황 회장은 최종 확인을 위해 그 나쁜 방울뱀의 이름을 물었다. 기찬이 동명이인인 다른 은남을 만난다고 하더라도, 은남까지 동명이인이 다른 황기찬을 만난다는 건 말이 되지 않는 일이었다. 그것도 입주율이 30%도 채 되지 않는 텅텅 빈 아파트 단지 내에서, 그것도 두 사람을 엮어주기 위해 은남의 집을 제외한 나머지 한 층 전체를 황 회장이 몽땅 다 사버린 상황에서. 은남이 만난 다는 남자의 이름이 황기찬이라면 그건 황 회장의 아들 황기찬 이 분명했다.

두 손바닥에 얼굴을 묻고 있던 은남이 황 회장의 질문에 그놈 의 이름을 또박또박 말했다. 나이는 서른 살에 직업은 방울뱀이 고 이 여자 저 여자 함부로 홀리고 다닌다는 천하의 몹쓸 놈의 이 름을.

"황기찬요."

은남의 대답이 떨어지기가 무섭게 황 회장이 두 팔을 걷어붙이 며 자리에서 벌떡 일어섰다. 기찬이 대학을 그만두겠다고 어깃장 을 부릴 때보다 열 배는 더 열 받은 표정이었다.

"내 이 썩을 놈의 새끼……, 아니, 이 썩을 놈을 그냥!"

* * *

황 회장이 펄펄 뛰며 옥상을 떠난 다음에 은남도 곧 사무실로 돌아왔다. 눈물은 간신히 추슬렀지만, 도저히 근무할 수 있는 상 태가 아니었다. 어쩔 수 없이 오후 반차를 냈다. 당일에 연차나 반 차 쓰는 걸 무척이나 싫어하는 팀장이지만 시커멓게 죽은 은남의 얼굴을 보더니 군말 없이 그러라고 했다.

은남이 가방을 챙겨 나오는데도 강 대리는 샐쭉한 표정으로 말 이 없었다. 민아와 현지는 어색한 표정으로 추석 잘 보내시라고 인사를 건넸다. 재무팀 직원들의 머리통이 파티션 너머로 오르락

내리락하는 걸 보니 직원식당에서의 난리가 온 회사에 쫙 퍼졌음이 틀림없었다.

회사를 나온 은남은 쨍한 한낮의 거리에 서서 갈 곳 없는 발길을 잠시 서성였다. 오늘 내려가지 않으면 일거리 많은 거 알면서도 빨리 내려오지 않았다고 할머니의 불호령이 떨어질 터였다. 엄마는 할머니한테 시달린 감정을 은남의 등짝을 후려치는 거로 풀 것이 분명했다. 그걸 각오하고도 내일 내려갈 생각이었는데, 기찬이랑 뮤지컬도 보고 그가 꼭 해야만 한다는 이야기도 들어주고. 그가 꼭 해야만 한다는 이야기. 문득 그게 궁금해졌다.

'신 주임이 뭐 뜯어 먹을 게 있다고 그런 허우대 멀쩡한 방울뱀이 붙었을까? 그것도 집이랍시고 대출이라도 받게 하려고 그랬나? 설마 그 남자한테 벌써 돈 같은 거 해주고 그런 거 아니지?'

강 대리의 독기 어린 목소리가 귓가에서 쨍쨍 울렸다. 아아, 그거였나. 나 이사할 때 이미 대출 만땅으로 다 받았는데. 나 돈 없는데, 진짜 없는데. 마음껏 내어줄 수 있는 건 그저 마음뿐인데. 그때, 그녀의 휴대폰이 간결한 알림음으로 메시지가 도착했음을 알려주었다. 기찬이었다.

[아버지께 드릴 말씀이 있어서 집에 왔어. 퇴근 시간 맞춰서 회사 앞으로 갈게. 오늘 데이트 기대해도 좋아.]

백수가 감당할 수 없을 만큼 값비싼 뮤지컬을 보여주고, 근사한 저녁을 먹여주고, 너는 나에게서 얼마나 더 큰 걸 받아내려고 했던 걸까.

'은남아, 앞으로는 좋은 사람이라고 아무나 다 믿고 그러면 안 돼. 나중에 깜짝 놀랄 일이 생기면 어쩌려고.'

엊저녁 피자를 먹다 말고 진하게 몸을 섞으면서 기찬은 그런 말을 했었다. 그러게. 정말이네. 정말 깜짝 놀랄 일이 생겨버렸네. 은남은 흐려지는 눈을 슥슥 손등으로 문질러 닦은 후 휴대폰 자판을 힘주어 꾹꾹 눌렀다.

[급하게 우리 집에 내려가게 됐어. 미안.]

썼다가, '우리 집'이라는 말에 그와 함께 지내던 그의 방이 떠올라 다시 '시골집'이라는 말로 고쳐 썼다. 전송 버튼을 누르자마자 은남은 휴대폰의 전원을 꺼버렸다. 자꾸만 그를 떠올리는 마음도 이렇게 버튼 하나로 꺼버릴 수 있는 거라면 좋으련만.

보도블록 한가운데에 우뚝 서 있던 은남은 쓰러질 듯한 걸음을 옮겨 모담 아파트로 가는 버스에 올라탔다. 짐을 챙겨 당장 시골로 내려갈 생각이었다. 가봤자 산더미처럼 쌓여있는 일거리들만이 그녀를 반겨주겠지만, 지금은 그곳이 아니면 도망칠 곳이 없었다.

며칠 만에 모담 신도시행 버스를 타고 두 시간 동안 달리는 길이 멀기도 멀었다. 기찬이 차로 출퇴근을 시켜준 게 얼마나 되었다고. 그새 편안함에 익숙해진 자신의 간사함에 실소가 나왔다.

낮 시간이라 승객을 몇 태우지도 않은 버스가 신나게 달리다가 커브를 크게 돌았다. 긴장감 없이 멍하게 앉아 있던 은남의 몸이 한쪽 옆으로 휙 함부로 쏠렸다. 유리창에 옆 머리를 쾅, 부딪치자마자 가장 먼저 떠오르는 게 또 기찬이었다.

기찬이는 자신이 잠에서 깬 적이 없을 정도로 늘 조심조심 차를 몰았는데. 기찬이는 신호에 걸릴 때마다 다정하게 머리를 쓸어주었는데, 기찬이는 운전할 때 늘 음악을 틀었는데, 은남은 제목도

알지 못하는 팝송을 잘도 따라불렀는데, 그 목소리가 정말 좋았
는데, 기찬이는, 기찬이는……. 자신이 익숙해진 건 그의 차가 주
는 편안함이 아니었다. 세상 여기저기가 온통 다 황기찬이 되어버
릴 만큼 그 사람 자체에 익숙해진 것이었다.

"아가씨, 괜찮아요?"

유리창에 머리를 처박은 은남이 꼼짝도 하지 않자, 갓길에 버스
를 댄 운전기사가 놀라 부리나케 달려왔다.

"아이고, 정말 죄송합니다. 이쪽에 공사장이 많다 보니 길이 험
해서요."

미동도 없이 멍하니 있던 은남이 갑자기 흐윽, 울음을 툭 터뜨
리자 운전기사는 더욱 놀라 어쩔 줄을 몰라 했다. 몇 되지도 않는
승객들의 이목이 오로지 다 그녀에게로 쏠렸다.

"그래도 기사 양반이 조심했어야지. 저런, 많이 다쳤나 보네.
다 큰 아가씨가 이러고 펑펑 우는 걸 보니까. 어쩌나, 병원엘 가
야 하나?"

저쪽 편에 앉아 있던 할머니가 다가와 은남의 어깨를 도닥도닥
만져주었다.

"어째, 아가씨, 많이 아파?"

은남의 할머니와는 전혀 다르게 따뜻하고도 다정스러운 손길이
었다. 그래, 기찬이. 우리 기찬이처럼. 따뜻하고 다정한 기찬이처
럼. 은남의 울음소리가 더욱 높아졌다.

"아파…… 흑, 아파요. 너무 아파요. 마음이, 아파서, 너무 아파
서…… 어떻게 해야 할지 모르겠어요. 저 이제 어떡해요. 이제 정
말 어떡해요? 흐어어엉."

느닷없이 울며불며 통곡하는 은남을 토닥여주고, 오는 내내 그녀의 손을 잡고 손등을 쓸어주시던 할머니가 차창 안쪽에서 손을 흔들었다. 혼자 황량한 버스 정류장에 내린 은남은 할머니를 향해 꾸벅 허리를 굽혀 인사했다. 상처는 아는 사람들에게 받고, 위로는 모르는 사람들에게 받고. 후우, 작게 한숨을 쉰 은남은 버스 뒤꽁무니를 퉁퉁 부은 눈으로 좇았다. 버스가 모퉁이를 돌아 시야에서 완전히 사라져버린 다음에야 은남은 더욱 무거워진 발걸음을 질질 끌며 아파트로 들어갔다. 그리고 짐을 챙겨 곧장 터미널로 향했다.

* * *

안 여사가 기찬의 앞에 자신이 준비한 것들을 내밀었다. 인터미션 때 공연 배우들을 직접 만나볼 수 있는 뮤지컬 특별석과 야경이 가장 아름다운 레스토랑으로 손꼽히는 호텔 R의 프렌치 코스, 그리고 식사 후 바로 이용할 수 있는 호텔 R의 스위트룸까지. 조금은 장난처럼 벌인 일이었는데, 안 여사는 성심성의껏 이 모든 걸 직접 준비함으로써 기찬에게 그녀의 진심을 보여주었다. 그를 남이 아닌 가족으로 생각하고 있다는 진심을.

"감사합니다."

"응. 근데 나 정말 즐거웠어. 내가 데이트하는 것처럼 막 설레는 거 있지."

즐거워하는 안 여사는 마치 소녀 같았다. 뵈면 뵐수록, 알면 알수록 정말 좋은 분이었다.

196

"그런데 어머니는 어쩌다 저희 아버지랑 결혼까지 하신 겁니까?"

정성껏 준비한 선물들이 안 여사의 진심이었다면, 기찬의 진심은 이 질문이었다. 돈이 많다고 해도, 아버지는 이미 한 여자에게 자신의 순정을 모두 다 바쳐버린 남자였다. 인간적으로는 어떨지 몰라도 남자로서는 빈껍데기만 남은 사람이었다. 이렇게 착하고 아름답고 좋은 분이라면, 더 많이 사랑해주고 더 많이 아껴주는 남자를 만날 수 있었을 텐데, 열 살이나 많고 재미도 없는 우리 아버지를 왜 선택하셨는지 그것이 진심으로 궁금해졌다. 새어머니를 서먹한 남이라고 생각할 때는 무엇도 궁금한 것이 없었는데, 그녀를 가족으로 인정하게 되자 그것이 가장 먼저 궁금해졌다.

"내가 엄청 쫓아다녔어."

"어머니가, 아버지를요?"

"응. 오해는 하지 마. 난 아버지의 재산에는 요만큼도 관심 없어. 우리 친정도 제법 재력가 집안이고 나도 돈이라면 아쉽지 않게 잘 벌거든. 난 아버지의 순정에 반한 거야. 아버지가 기찬이 어머니한테 보여주었던 그 순정에."

다른 여자한테 보여주는 순정에 반했다니. 더 모를 소리였다.

"내가, 첫 결혼이 쉽지 않았거든."

살짝 윙크하며 장난스럽게 말했지만, 기찬은 그녀의 입꼬리가 살짝 떨리는 것을 보았다. 웃음에서는 아까와는 다르게 짙은 아픔이 묻어 나왔다. 그래도 자못 아문 상처인 듯 그녀는 비교적 덤덤하게 자신의 이야기를 꺼냈다.

안 여사의 첫 번째 결혼 생활은 지독했다. 재력가 집안끼리 재산 수준에 맞는 상대를 골라 연애다운 연애도 하지 못하고 진행한 결혼이었다. 술, 도박, 여자, 마약, 폭력. 그녀의 남편은 돈 많은 남자가 할 수 있는 온갖 못된 짓은 다 저지르고 다니는 개차반이었다. 길지 않았던 결혼 생활 동안 그녀는 단 한 번도 그녀의 남편에게 존중받아 보지 못했었다.

　모든 것이 풍족하고 모든 것이 수월했던 자신의 인생에도 실패가 있을 수 있다는 걸 인정하기까지 삼 년이라는 시간이 걸렸다. 진작에 그것을 인정하고 하루라도 빨리 헤어질 것을. 안 여사에게 남은 후회는 오직 그것뿐이었다.

　그녀는 그때 어렵게 임신한 상태였다. 약속이 있어서 외출했지만 심한 입덧으로 예정보다 일찍 집에 돌아왔다. 그녀의 전남편은 약에 취한 상태로 정부와 함께 부부 침실에서 질펀하게 뒹굴고 있었다. 호텔에서 약을 하다가는 꼬리가 잡힐 수 있다는 것이 정부를 집에까지 불러들인 이유였다.

　일찍 돌아왔다고, 눈치도 없는 년 때문에 한창 좋은 기분을 잡쳤다고, 약에 취한 남편은 그녀의 머리채를 잡고서 온 집 안을 개처럼 끌고 다녔다. 그렇게 끌려다니는 그녀를, 발가벗은 정부가 깔깔대고 손뼉을 치며 쫓아다녔었다.

　아이는 끝내 유산했고, 그녀의 결혼 생활도 파탄 났다. 결혼도 어른들끼리 결정했듯이, 이혼도 집안 망신시키지 않는 선에서 어른들끼리 적당히 합의하고 넘어갔다. 그 후로 그녀는 남자를 믿을 수도, 아이를 가질 수도 없게 되어버렸다. 그녀에게는 화상 자국처럼 지워지지 않는 모멸감과 치욕, 그리고 다리 사이를 타고 흐르던 시뻘건 피의 기억만이 남겨졌다.

"정신과 치료도 꽤 오래 했어. 의사가 권해서 다른 신경 쓸 일을 찾다가 적성에도 맞고 재미도 있어서 하게 된 게 이 디저트 가게야. 나 여기서 돌아가신 기찬이 어머니도 여러 번 뵈었었어."

돈푼깨나 만진다는 놈들은 다 거기서 거기라고, 안 여사도 처음에는 황 회장을 그렇게 보았었다. 하지만 황 회장은 남자에 대해 가지고 있던 그녀의 짙은 불신을 완전히 깨어 버렸다.

그는 몸이 약한 부인을 늘 자신이 직접 부축해서 다녔었다. 그럴 때도 그의 시선은 늘 자신의 부인에게만 고정되어 있었다. 세상에 온통 그 사람 하나밖에 없다는 듯 한 번도 다른 쪽에 시선을 두는 것을 본 적이 없었다.

부인이 빌딩 옥상에 만들어놓은 정원을 가꾸기 위해 이 앞을 지나다니는 거라는 건 나중에 알게 되었다. 그리고 한동안 보이지 않더니 그사이에 부인이 지병으로 세상을 떠났다는 것도 뒤늦게 알게 되었다. 이제는 이쪽에 올 일이 없을 거라고, 어쩌면 빌딩을 팔아버릴 수도 있겠다고 생각했는데 황 회장은 역시 다른 남자들과는 달랐다. 자신이 직접 오가며 부인이 아끼던 정원을 손수 가꾸기 시작한 것이다. 그리고 그 시간이 자그마치 삼 년이었다. 그는 부인이 세상을 떠나고도 삼 년을 한결같이 빌딩을 오가며 정원을 돌보았다.

그런 사랑을 받는 그의 부인이 부러웠고, 그런 순정을 가진 남자가 멋있어 보였다. 관심에서 시작된 마음이 부러움이 되었고, 그 부러움이 점점 애정이 되어 버린 건 순차적으로 자연스럽게 진행된 것이었다.

'난 그 사람이 아닌 다른 사람을 사랑할 자신이 없소.'

황 회장은 확고했다. 그래도 괜찮다고, 그분의 자리를 감히 탐낼 생각은 없다고, 그냥 곁에 있게만 해달라고 그렇게 애원해서 이루어진 재혼이었다.

"그래도, 괜찮으세요?"

아버지가 돌아가신 어머니만 사랑해도 괜찮겠냐고 묻는 것이었다.

"괜찮고말고. 아버지는 나를 배우자로서 존중해주시는걸. 같은 크기나 같은 모습은 아니겠지만 나는 그것도 충분히 애정이라고 생각해. 애정이 다 같은 형태일 필요는 없잖아."

자신의 지나친 걱정과 불안이 무색할 만큼 두 분은 아주 잘 지내고 계셨다. 누나가 죽고 어머니까지 돌아가신 후 아버지에게 남은 가족은 자신뿐이었다. 자신에게 단 하나 남은 가족도 아버지뿐이었다. 연이어 가족들을 잃고 나자 하나 남은 가족마저 잘못되는 것은 아닐까, 그런 불안함이 계속 그를 짓눌러왔다. 그런데 이제 아버지 곁에는 든든한 새어머니가 계셨고, 자신에게는 사랑스러운 은남이가 있었다. 어쩌면 자신은 이제 미국으로 돌아갈 방법을 찾을 수 있을지도 모르겠다.

"바쁘지 않으면 집에 들러서 점심 먹고 가지 않을래? 아버지도 좀 있으면 들어오실 거야. 특별한 일 없으면 식사는 꼭 집에 와서 하시거든."

"네. 좋아요. 마침 두 분께 드릴 말씀도 있고."

"그래? 뭘까? 이왕이면 좋은 소식이면 좋겠는데."

안 여사는 매니저를 불러 몇 가지를 지시하더니 기찬과 함께 사무실을 나섰다.

"내가 하나 더 줄 게 있는데. 잠깐만 이리 와 봐."

매장을 가로지르던 안 여사가 깜빡 잊었다는 듯 기찬의 팔을 붙들어 세웠다. 그녀가 카운터 안쪽에서 꺼내온 건 디저트 가게 로고가 박힌 봉투였다.

"이게 뭔데요?"

"우리 가게 상품권. 카드로 된 거라 넉넉하게 충전해 뒀으니까 은남이한테 전해줘. 언제든지 편하게 들르라고."

은남이가 타르트를 정말 맛있게 먹더라는 말을 전했더니 이렇게 또 배려해주신 것이다. 불편하지 않게, 은남이 원하는 언제든, 그녀가 직접 맛있는 디저트를 골라갈 수 있도록.

"감사해요. 은남이가 정말 기뻐할 거예요."

은남이 이름만으로도 또 웃음이 나왔다. 아, 진짜 어쩌지. 헤벌쭉. 바보처럼. 그래도 좋은 걸 어쩌겠냐고.

뭔가가 잘못되어도 단단히 잘못되었다는 건 그다음에 알았다.

― 너 이 새끼! 어디야!

다짜고짜 버럭 소리를 질러대는 황 회장의 전화를 받은 건 안 여사와 함께 집에 돌아온 다음이었다.

[아버지께 드릴 말씀이 있어서 집에 왔어. 퇴근 시간 맞춰서 회사 앞으로 갈게. 오늘 데이트 기대해도 좋아.]

은남에게 막 이런 메시지를 보낸 참이었다.

"집이에요. 어머님이 밥 먹고 가라고 하셔서."

― 너 새끼 마침 잘 걸렸다. 거기 딱 기다리고 있어!

아버지의 전화도 황당한데 은남이의 답장은 더욱 황당하기 짝이 없었다.

[급하게 시골집에 내려가게 됐어. 미안.]

"What? 이게 도대체 무슨 소리야?"

당황함에 통화 버튼을 눌렀지만 은남의 전화기는 꺼져 있었다. 재차 통화 버튼을 누르려는데 황 회장이 살기등등한 모습으로 벌컥 현관문을 열고 나타났다. 그것도 골프채 하나를 어깨에 둘러멘 채로.

"아버지, 웬 골프채를 어깨에 메고 다니세요? 골프 백은 어쩌고요."

"웬 골프채? 방울뱀 때려잡는 골프채다, 이 망할 놈의 새끼…… 아니, 이 망할 놈아!"

풀 스윙으로 휘둘러진 골프채에 애꿎은 도자기 하나가 산산조각이 되어 날아가 버렸다. 기찬의 눈이 앞으로 튀어나올 듯 휘둥그레졌다.

"너 이 새끼! 도대체 뭔 짓을 저지르고 다니는 거냐? 응!"

"으앗! 아버지! 왜, 왜 이러세요! 우리, 말로, 말로 하자고요!"

주먹만 한 드라이버 헤드에 큼지막한 도자기가 날아가는 걸 눈앞에서 보고도 깐죽거릴 만큼 무모하지는 않았다. 기찬은 앉아 있던 소파 등받이를 긴 다리로 펄쩍 뛰어넘어 거실 한쪽으로 냅다 달아났다.

"너 이리 안 와! 뭘 어쩌고 다니길래 방울뱀 소리를 듣고 다녀?"

"방울뱀? 왜 내가 뱀이에요? 우리 은남이는 구렁이라고 그러던데. 악! 아버지! 그거, 그거 좀 치우시라고요!"

이번에는 거실 한쪽 벽을 차지하고 있던 110인치 티브이에 드라이버 헤드가 꽂혀 버렸다.

"여보! 일단 기찬이 말도 좀 들어보고요. 네?"

안 여사가 말려보았지만 폭발한 황 회장의 귀에는 그 소리도 들리지 않았다.

"뱀이든 구렁이든 그거 당장 떼버려, 이 새끼야! 제 여자 울리는 놈이 무슨 남자라고 그딴 걸 달고 다녀!"

"울어요? 누가요?"

경중경중 뛰어 이 층으로 올라가는 계단참까지 도망쳐 있던 기찬이 달음질치던 발을 멈추고 황 회장을 돌아보았다.

"누구긴 누구겠냐! 은남이지! 그 애가 아주 펑펑 우는 걸 보고 왔단 말이다, 이 천하에 몹쓸 놈아!"

"은남이가요? 어디서요? 은남이 지금 어디 있는데요?"

골프채가 무섭다고 꽁지 빼고 달아나던 기찬이 은남이가 울고 있다는 말을 듣자 단걸음에 달려왔다. 따져 묻듯이 고개를 바짝 들이미는 서슬에 황 회장이 외려 주춤 걸음을 물렸다.

"이, 이 새끼. 얼굴 저리 치워! 뭘 잘했다고 뻔뻔한 낯짝을 들이대는 거냐? 이 사기꾼 같은 놈아! 뭐? 서른? 이 여자, 저 여자? 너 감히 은남이가 누군 줄 알고! 그 애가 네 엄마한테 어떻게 했는데!"

"엄마……요?"

"그게, 네 엄마! 처음 은남이를 알아본 게 바로 네 엄마니까!"

'여보, 나 오늘 우리 기연이 또래 아가씨를 만났어요.'

기연이는 기찬과 세 살 차이, 키가 삐죽이 커서 선머슴 같았지만 웃는 모습은 더없이 환하고 예뻤던 그들의 큰딸이었다. 기연은 고등학교 3학년 대학수학능력시험을 끝내고 반 친구들과 함께 여행을 갔었다. 황 회장이 리무진이나 밴을 대절해 주겠다고 했지만, 기연은 친구들과 평범한 추억을 만들고픈 것뿐이라며 한사코 거절했었다.

교통사고였다. 눈길에 미끄러진 화물차가 기연과 친구들이 탄버스를 덮치는 바람에 수많은 부상자를 냈지만, 사망자는 기연이 단 한 명뿐이었다. 기연이 죽은 그 자리는 원래 그녀의 자리가 아니었다. 멀미가 심한 친구를 위해 흔쾌히 자리를 바꿔준 거라고 했다. 그렇게 친구 대신 맨 뒷자리에 앉았던 기연이는 영영 집으로 돌아오지 못했다.

원래부터 몸이 약했던 기찬의 엄마는 그 일로 심장병을 얻었다. 거의 누워있다시피 하는 그녀가 유일하게 몸을 움직이는 시간은 빌딩의 옥상 정원을 가꿀 때뿐이었다. 그녀는 그곳이 기연이 있는 하늘과 가깝다며 더욱 열심히 꽃을 심고 잡초를 뽑았다.

'나 그 아가씨랑 친구 하기로 했어요. 당신도 보면 마음에 쏙 든다고 할 거예요. 그런데 부담스럽다고 친구 안 해줄까 봐 그냥 관리인이라고 했으니까 당신도 그렇게 알고 있어요.'

기찬의 엄마는 그 아가씨를 만난 후 부쩍 기력을 되찾았다.

'젊은 아가씨가 농사도 직접 지어봤대요. 나한테 천연 농약 만드는 법도 가르쳐줬어요. 얼마나 손이 빠른지 내가 잡초 하나 뽑을 동안 그 아가씨는 네 개, 다섯 개씩 뽑아요. 양손으로 막 이렇게 쑥쑥 뽑는데 얼마나 야무진지 몰라요.'

기찬의 엄마는 그 아가씨 얘기를 쉬지 않고 조잘거렸다. 그 모습이 너무도 즐거워 보여 황 회장은 진심으로 고마워했다. 하지만 점심시간에만 불규칙하게 잠깐씩 나타난다는 아가씨와 중간 중간 볼일을 보러 들락거리는 황 회장이 마주칠 일은 없었다. 기찬의 엄마가 갑작스레 숨을 거둘 때까지도.

"네 엄마가 죽고 그 옥상에 아예 올라가 보지도 않았었다. 빌딩을 팔아버릴까 생각도 했었어. 그렇게 몇 달을 내버려 두다가 빌딩을 사고 싶다는 사람이 있어서 겸사겸사 가봤는데, 황폐해졌어야 할 정원에 꽃이 활짝 피어있더구나. 원래부터 아무한테도 손대지 못하게 하고 네 엄마 혼자 가꿨던 곳인데 말이다. 어떻게 된 건지 관리인한테 물어봤더니 웬 아가씨가 점심시간에도 올라오고, 퇴근하고도 올라와서 물도 주고 약도 치고 잡초도 뽑더란다."
"그게……."
"그래. 그게 은남이다."
다음 날 점심시간에 올라간 정원에서 황 회장은 처음 은남을 만났다. 한눈에 알아보았다. 기찬의 엄마가 설명했던 대로 작고 귀여운 아가씨가 소매를 걷어붙인 채로 쪼그리고 앉아 열심히 잡초를 뽑고 있었다.
기찬의 엄마가 죽었다는 소식에 그녀는 아이처럼 펑펑 울었다. 안 그래도 날이 갈수록 허약해지시는 것 같아 걱정했었다고, 몇 달 동안이나 보이지 않아 불안했었다고, 그래도 꼭 돌아오시리라 믿고 정성껏 화단을 가꾸면서 기다렸다고. 딸한테 예쁜 정원 보여주겠다고 약속하셨으면서 그렇게 돌아가시면 어쩌냐며 남인 그녀는 가족처럼 서럽게 눈물을 흘렸었다.
그 후로 그녀는 황 회장의 말동무가 되어 주었다. 하늘에 있는 모녀에게 보여주겠다며 은남은 여전히 정원에 물도 주고 잡초도 뽑았다. 황 회장이 정원을 가꿀 수 있게 잡초 뽑는 법, 약 치는 법, 꽃모종을 심는 법을 알려준 것도 은남이었다. 물론 황 회장은 정원 일에는 영 재능이 없어서 은남 몰래 따로 정원사를 두기는 했지만.

"그런데 그런 은남이를 울려? 이 천하에 불한당 같은 놈아! 대학도 중퇴한 백수 나부랭이 따위한테 은남이를 소개해주는 게 아니었어, 에잇!"

"그럼 애초에 이렇게 복잡하게 만나게 해줄 게 아니라 그냥 소개해주셨으면 되잖아요."

"지금이야 서로 좋아졌으니 그렇지, 네 놈이 삐딱하게 굴 때 만나보라고 했으면 그저 삐뚤게만 봤을 거 아니냐. 은남이 같은 애를 못 알아보는 거면 그것도 네 복인 거고, 은남이가 네 놈이 싫다고 한다면 그것도 네 복인 거지. 아닌 인연을 억지로 엮을 생각은 없었다."

그건 아버지의 말이 맞았다.

어쨌든 아버지의 판단이 옳았고 결국은 은남이와 잘되었고 이제는 제대로 고백하고 잘 지낼 일만 남았는데. 그런데 우리 은남이는 갑자기 왜 울었으며, 도대체 어디로 사라져버렸다는 건지. 황 회장의 얘기를 끝까지 다 들어보아도 상황은 어리둥절, 알쏭달쏭하니 도무지 뭐가 어떻게 된 건지 알 수가 없었다.

"나이는 잠시 오해가 있었던 거고, 방울뱀인지 뭔지는 정말 모르는 얘기라고요. 근데 은남이가 정말 울었어요? 얼마나 울었어요? 정말 나 때문에 운 거래요? 설마 은남이가 나 싫대요? 은남이 지금 전화기도 꺼놨던데, 우리 은남이 시골집이 어딘지는 아세요? 은남이 회사에 아시는 분 계시면 시골집 주소 좀 알려달라고 하면 안 될까요? 아, 한 달 월세 깎아준다고 하고 물어봐 줘요, 아버지. 네?"

커다란 놈이 안달 난 개새끼처럼 치대는 꼴에 결국 황 회장은 부아를 터뜨렸다. 그는 골프채를 바닥에 동댕이치며 버럭 소리를 질렀다.

"모른다, 이놈아! 당장 나가서 은남이 찾아와! 너 은남이 못 찾으면 이번에는 유배가 아니라 호적에서 파 버릴 줄 알아! 이 망할 놈의 새끼…… 이 망할 놈아!"

13. 더 흥분되게, 더 떨리게, 더 짜릿하게

"은남아, 너 마침 잘 왔다."

가을이 여물기도 전, 여름 끝자락에 매달린 이른 추석이었다. 은남이 시골집에 도착했을 때는 다 저녁인데도 느린 햇발이 아직 환하게 남아 있었다. 그녀가 대문으로 들어서기가 무섭게 마당 한구석에서 고추를 손질하던 엄마가 부리나케 쫓아 나왔다.

"어여 밭에 가서 고구마 줄기 좀 따 와라. 진남이가 고구마 줄기 김치가 먹고 싶다는데 고추 다듬다 말고 갈 수가 있어야지."

엄마는 은남의 손에 들린 짐가방을 빼앗듯이 가져가고는 대신 커다란 플라스틱 소쿠리를 들려주었다.

"나 아직 저녁도 안 먹었어."

"저녁이야 암때나 먹으면 어떻다고 그래. 해 떨어지면 일하기 사나우니까 해 있을 때 어여 다녀와. 손질하기 귀찮다고 한주먹거리도 안 되게 들고 오지 말고 소쿠리 한가득 채워오고. 넉넉히 담가서 네 언니도 좀 싸주고 그럴라니까."

집 안에는 발 한 짝 디뎌보지도 못하고 그대로 밭으로 내쫓겼다. 그때부터 밤늦도록 은남은 허리 한 번 펼 새가 없었다. 텃밭에 나가 제멋대로 얼기설기 자란 고구마 줄기를 소쿠리가 넘치도록 뜯어 와 손톱 밑이 새카맣게 물들도록 껍질을 벗겼다. 소금물에 데쳐 물기를 빼놓고 열무 물김치 거리까지 푸짐하게 다듬어 놓으니 이미 한밤중이었다. 일하는 중간에 할머니의 못마땅한 눈총을 받으며 밥 한 그릇 비벼 먹은 것이 잠시나마 쉬는 시간이었다.

결혼한 큰언니 가은은 추석 당일 저녁에나 올 거였다. 큰딸이라고 어릴 때부터 특별 대우였던 가은은 지금도 친정에 오면 설거지한 번 하지 않았다. 내내 남편 흉, 시댁 욕만 늘어놓다가 다음 날이면 온갖 음식들을 바리바리 싸 들고 가느라 바빴다. 그래도 엄마 아빠는 늘 큰언니를 안쓰럽다고 했다. 특별하지는 않아도 남들보다 못하게 사는 것도 아닌데 뭐가 그리 안쓰럽다는 건지. 이해가 되지 않았지만 은남은 굳이 토를 달지 않았다.

둘째 언니 나은과 셋째 언니 다은은 집에서 차로 삼십 분 거리에 있는 읍내에서 함께 자취를 했다. 나은은 바쁠 것 없는 작은 사무실에서 근무했고, 다은은 머리하러 오는 손님보다 화투 치러 오는 손님이 더 많은 동네 미용실에서 일을 했다. 그래도 둘은 늘 바쁘다는 핑계로 명절 전날 오후나 되어야 집에 왔다. 그때부터 노닥거리기 반, 입에 집어넣기 반으로 전을 부치고 나면 힘들다고 늘어져 버리기 일쑤였다.

가장 먼저 오고 가장 늦게 가는 건 가장 멀리 사는 은남이었다. 음식 장만부터 뒷마무리까지 늘 그녀의 몫이었다. 어릴 때부터 늘 그랬다 보니 언니들은 은남에게 일을 떠넘기는 것에 조금의 거리낌도 없었다. 워낙에 일을 잘하고 손이 야무져서 그런다는 입에 발린 소리들을 했지만, 태어날 때부터 일 잘하게 태어나는 사람은 없었다. 어려서부터 하도 하다 보니 요령이 생겼을 뿐이었다.

"은남아, 얼른 일어나서 고구마 줄기 버무려라. 진남이가 고구마 줄기 김치 먹고 싶다고 기다리잖니."

밤이 한참 늦어 잠자리에 누웠지만 은남은 쉬이 잠들지 못했다. 기찻간 때문에 머리가 꽉 차 잠을 잘 수가 없었다. 한참을 뒤척거리다 간신히 잠이 들었는데, 엄마는 이른 새벽부터 은남을 재촉했다.

"내가 담가주겠다고 하는데도 네가 만든 게 제일 맛있다는데 어쩌겠니. 맛있게 담가놓고 가면 진남이가 먹으면서 두고두고 고마워하겠지."

억지로 일어나 앉은 은남의 얼굴이 영 푸석푸석하니 좋지 않자 엄마는 위로랍시고 그렇게 말을 돌렸다.

은남이 서울에 있는 대학을 포기하게 만들고, 집에서 온갖 지원을 다 받고도 진남은 좋은 대학에 들어가지 못했다. 이름도 낯선 지방의 작은 대학에 몸만 왔다 갔다 하더니 그나마도 공무원 시험 준비를 하겠다며 휴학을 했다. 올봄에 치른 시험에서 턱도 없는 성적으로 쭉 미끄러지고서는 지금은 시험 준비를 하는지 마는지 어정쩡한 상태로 집에 얹혀 있는 중이었다.

세상에서 저 하나밖에 모르는 이기적인 신진남이 그깟 고구마 줄기 김치 따위로 고마워할 리가. 앞집 백구가 듣고 웃을 일이었다. 그래도 은남은 자리에서 영차 일어나 주방으로 갔다. 진남이가 고마워할 건 바라지도 않았다. 하나뿐인 남동생이 맛있게 먹어주는 것에서 보람을 찾을 만큼 우애가 돈독한 사이도 아니었다. 그저 기찬을 떠올리지 않도록 부지런히 몸을 움직이려는 것이었다.

그때부터 은남은 주방으로, 마당으로, 텃밭으로 다니며 잠시도 쉬지 않았다. 이렇게 며칠을 보내면, 그래서 조금이나마 마음이 추슬러지면, 자꾸만 찌릿찌릿 옥죄는 가슴이 덜 아파지면, 그때는 기찬에게 당당히 이별을 말할 수 있지 않을까. 이별. 그 짧은 단어에 또다시 눈물이 핑 돌아 은남은 온 집 안을 바지런히 걸레질하기 시작했다.

그렇게 일에만 정신을 쏟다가 조용히 올라갈 생각이었는데, 사건은 생각지도 않은 곳에서 시작되었다.

"은남 처제, 저기, 아직 만나는 남자 없지?"

추석 당일 큰언니네 식구들부터 진남이까지 온 가족이 모두 모여 저녁 식사를 하는 중이었다. 은남은 정신을 빼놓고 기계적으로 팔만 움직이느라 형부 승훈이 하는 말을 뒤늦게 알아들었다.

"남자요?"

"그게 우리 지점에 괜찮은 노총각이 하나 있는데, 저기 그러니까 그렇다고 되게 노총각인 건 아니고, 아직 마흔도 안 됐으니까,

키가 좀 작긴 한데 은남 처제보다 작지는 않을 거야. 저기 그 뭐냐, 그래, 워낙 짠돌이라서 술도 안 하고 담배도 안 피우고 취미도 없어. 그냥 돈만 악착같이 모으거든. 지금 홀어머니랑 사는 집도 자기 거고, 땅도 있고. 야산도 있고…….”

형부는 큰언니에게 꼼짝도 하지 못하고 쥐여살 정도로 기가 약한 남자였다. 저렇게 더듬거리며 아무 말이나 주워섬기는 걸 보면 애초에 본인이 내켜서 꺼낸 얘기가 아니었다.

“아니, 괜찮아요.”

말할 거리도 못 되었다. 은남은 한마디로 딱 잘라 거절했다. 그녀는 다시 밥그릇으로 시선을 떨구고 숟가락 쥔 손을 영혼 없이 움직였다. 적당히 했으면 좋겠는데 이번에는 가은이었다. 그녀는 타박 섞인 눈초리로 자신의 남편을 흘겨보더니 몸을 은남 쪽으로 쭉 내밀었다.

“은남아, 시골에서 농협 직원이면 진짜 좋은 직업이다, 너. 저번에 아빠 버섯 농장 태풍 때문에 다 쓸려갔을 때도 이 사람 덕을 얼마나 본 줄 아니? 말 나온 김에 한 번 만나보기나 해 봐. 쇠뿔도 단김에 빼랬다고 내일 볼래? 밥 먹고 차 마시고 같이 드라이브도 하고. 어때? 괜찮지?”

평소답지 않게 사근사근 은남을 설득하는 가은의 목소리가, 외려 그 속에 다른 꿍꿍이가 있는 건 아닌지 의심하게 했다. ‘옳지, 잘한다.’ 하는 표정으로 고개를 주억거리는 엄마와 아빠가 그 의심을 더욱 짙게 만들었다.

“그렇게 좋은 사람이면 나은 언니나 다은 언니 소개해줘. 언니들도 아직 혼자인데 다 건너뛰고 왜 하필 나야?”

"아우, 싫어! 누가 그런 대머리 배불뚝이 늙다리 변태랑!"

다은이 소리를 빽 질렀다가 엄마한테 등짝을 후려 맞았다. 그랬다. 이번에도 역시였다. 은남만 모르고 있었을 뿐 나머지 식구들은 이미 모두 다 한통속이었던 거다.

"왜? 이번에는 점쟁이가 뭐라는데?"

맥이 탁 풀려버린 은남이 기운 없는 목소리로 물었다. 밥상 위로 여러 시선이 바쁘게 오가더니 마지못한 듯 엄마가 입을 열었다.

"네가 문서 잡고 간 곳에서 귀인을 만난다지 뭐니."

"귀인을 만나면 좋은 거 아냐?"

"그게, 그러니까 그 남자가 기가 꽉 찬 남자라서 어렵게 묶어놓은 네 기운까지도 한 번에 다 풀어준다고 하니까. 네가 그 남자랑 엮이면 진남이는 내년 시험도 어렵다고 하고."

이게 도대체 무슨 소리인지 은남에게는 잠시 파악할 시간이 필요했다. 그러니까 내 기운은 이미 묶어놓았었고, 내가 좋은 남자를 만나서 묶어놓은 기운을 풀고 잘 먹고 잘살까 봐 억지로 대머리 배불뚝이 늙다리 변태랑 엮으려고 했다는 거다, 내 식구라는 사람들이. 그것도 진남이 내년 공무원 시험 때문에. 순간 퍼뜩 머릿속을 스치는 것이 있었다.

"내 속옷. 입고 있는 거 당장 벗어서 보내라고 그렇게 난리를 치더니 그걸 내 기운 묶는 데다 썼다는 거지, 지금?"

이 자식이 잘되라고, 저 자식이 안되길 바라다니. 심지어 기운을 묶어버리기까지 했다니. 점쟁이나 사주라면 진절머리가 나서 그딴 말을 다 믿는 건 아니었지만, 자기도 같은 자식인데 어떻게 그렇게까지 할 수 있을까, 마음이 스산했다.

"두말할 거 없고 그만 내려와. 계집애가 겁대가리도 없이 혼자 서울에서 뭐 하는 짓이냐! 적당한 남자 만나서 적당히 지내다가 적당한 때 결혼하면 되는 거지, 계집애가 뭐 한다고!"

느닷없이 아빠가 윽박지르는 것을 보니 자신이 제대로 짚었지 싶었다. 할머니는 귀한 손자의 기를 죽이는 은남이 꼴도 보기 싫다는 듯 앵돌아앉아 못마땅함을 온몸으로 표현하고 있었다. 진남은 자신이 잘 안 풀리는 게 진짜 은남의 탓이기라도 한 듯 그녀를 보며 인상을 썼고, 언니들은 수도 없이 반복되어 온 지금 같은 상황을 적당히 방관했다. 가족 누구도 은남의 편을 들어주는 사람은 없었다. 늘 언제나 그랬듯이.

"내가 엄마 아빠한테는 받기 싫은데 억지로 받은 덤이야? 그래?"

은남은 들고 있던 숟가락을 탁 소리가 나도록 상 위에 내려놓았다. 가뜩이나 고단한 몸과 마음이 서걱서걱 베이고, 베인 상처에서는 피가 흘렀다.

"그래서 학교도 적당히 다녀라, 직장도 적당히 가라, 이제는 결혼까지 적당한 남자 만나서 적당히 해라, 그러는 거야? 왜 내 인생은 맨날 적당히여야 하는데?"

"뭐야? 이 계집애가!"

아빠가 은남을 위협하듯 손을 번쩍 들며 자리에서 벌떡 일어섰다. 하지만 그딴 건 하나도 무섭지 않았다. 분명 기찬이가 그렇게 말했었다. 이왕 사는 거, 더 흥분되게, 더 떨리게, 더 짜릿하게! 그렇게 해보라고. 그렇게 살아보라고!

"나한테는 하나뿐인 인생이야. 난 그냥 열심히 살면 안 돼? 내 이름처럼 신나게 좀 살면 안 돼? 내 인생도 한 번 짜릿하게 살아 보면 안 되냐고!"

"이년이 얻다 대고 바락바락 대들고 지랄이야!"

농장일을 하느라 남들보다 두 배는 더 마디가 굵고 두 배는 더 두툼한 손바닥이 은남의 뺨을 인정사정없이 후려쳤다. 얼마나 세게 얻어맞았는지 머리통이 지잉, 소리를 내며 어지럽게 울렸다. 여린 뺨이 금세 벌겋게 부풀어 오르고 터진 입술 꼬리에는 피가 맺혔다.

"아이고, 여보. 그렇다고 다 큰 애를 때리면 어째요."

큼지막한 손에 귀와 옆통수까지 후려 맞았더니 엄마가 하는 말이 웅웅거리며 제대로 들리지 않았다. 은남은 뜨뜻한 느낌이 드는 입가를 손등으로 슥 문질렀다. 하얀 손등에 새빨간 피가 묻어나왔다. 뜨거운 핏물을 보자, 그래도 마지막까지 가족이라는 이름을 믿고 싶었던 그녀의 마음이 차갑게 굳어 버렸다.

그녀는 목이 꺾여버릴 듯이 휙 돌아갔던 고개를 다시 제자리로 했다. 눈자위가 온통 빨갛게 충혈되었지만 끝내 눈물을 흘리지 않았다. 그녀는 자신을 낳아주었지만, 자신을 사랑하지는 않았던 자신의 부모를 똑바로 쳐다보았다. 더는 대답 없는 사랑을 구걸하고 싶지는 않았다.

"엄마 아빠가 뭐라고 해도 난 싫어. 마흔 다 된 대머리 배불뚝이 늙다리 변태도 안 만날 거고, 내려오지도 않을 거야."

한 글자도 허투루 흘리지 않고, 또박또박 선언했다.

"저게 서울 물 좀 먹었다고 눈에 뵈는 게 없나 보네."

아빠를 말리려고 일어섰던 엄마가 은남에게 혀를 차며 손가락질을 했다.

"그거 봐, 엄마. 저 계집애가 원래부터 보통이 아니라니까. 고분고분한 척하면서 결정적일 때는 꼭 제 고집대로 하잖아."

은남이 만든 잡채를 집어 먹으면서 가은이 얄밉게 말을 보탰다. 고등학교 갈 때처럼, 대학교 갈 때처럼, 이건 진남이를 위해서 한 번 양보하고 말고의 문제가 아니었다. 누가 누굴 위해 희생을 강요할 수 있는 차원의 문제가 아니었다.이건 그녀의 남은 인생 전체를 몽땅 다 내놓으라고 하는 거였다. 부모님에게는 덤 같은 자식일지라도 그녀 자신까지 자신의 인생을 덤으로 취급할 생각은 없었다. 가족 모두가 뭐라 한다 해도 은남은 자신이 틀렸다고 생각하지 않았다.

어려서는 다들 그렇다고 하니 정말로 그런가 고민도 했었다. 하지만 누구보다도 열심히 지난 오 년을 살아낸 지금은 자신 있게 말할 수 있었다. 진남이 잘 풀리지 않는 건 그가 아무것도 노력하지 않기 때문이었다. 그리고 그가 아무것도 노력하지 않는 건 할머니와 엄마, 아빠의 탓이었다.

"엄마, 아빠는 정말로 진남이가 시험에서 떨어진 게 내 탓이라고 생각해? 그게 왜 내 탓이야? 진남이가 돌대가리라서 그런 거지."

"뭐야?"

이번에는 할머니가 매섭게 눈을 치뜨며 버럭 소리를 질렀다. 하지만 은남은 움찔도 하지 않았다.

"그렇잖아요. 제가 고등학교 포기한다고 진남이가 좋은 고등학교 갔나요? 제가 대학교 포기한다고 진남이가 좋은 대학 갔냐고요! 전 진남이만큼 집에서 밀어줬으면 서울대도 갔겠어요. 제가 그렇게 양보해도 안 되는 진남이 진작에 포기하고 차라리 절 밀어주시지 그랬어요? 그랬으면 혹시 알아요? 제가 벌써 성공해서 온 식구들 다 먹여 살렸을지?"

은남은 자리에서 일어섰다. 아빠한테 얻어맞는 바람에 산발이 되어버린 머리를 손으로 쓸어 다시 묶고, 일하느라 주워 입고 있던 엄마의 다 낡고 무릎 나온 일바지도 툭툭 털었다.

"할머니, 그리고 저 이미 남자친구 있어요. 기가 찼는지 어떤지는 모르겠지만 한 가지는 확실히 알겠네요."

차지하고 있을 방이 없어 거실 한구석에 대충 놓아두었던 짐가방도 주워들었다.

"그 사람이 저에게 보여준 마음이 얼마나 진심이었는지를요. 가식이었다면 평생 가식적인 사람들이랑 함께 산 제가 몰랐을 리가 없거든요. 가은 언니, 아까 언니가 친한 척 말할 때 속이 울렁거려서 진짜 힘들었어."

"뭐? 이 계집애가 진짜 보자 보자 하니까!"

"자꾸 보자 보자 하지 마. 나도 이제 막 나갈 거니까!"

다들 덤벼들 듯이 하면서도, 그동안 순하고 만만했던 은남이 세게 나오자 함부로 하지도 못했다.

"아이고, 저년, 아이고, 저 망할 년! 그래서 내가 계집년 함부로 밖으로 내돌리면 안 된다고 했냐, 안 했냐! 아이고, 나 죽네, 나 죽어."

급기야 할머니가 뒷머리를 짚으며 바닥에 드러누워 버렸다. 며느리나 손주들을 길들일 때마다 등장하는 새로울 것 없는 레퍼토리였다. 온 가족들이 과장되게 쓰러지는 할머니한테 달려가는 것을 보면서도 은남은 성큼성큼 현관으로 향했다.

"야! 신은남! 너 진짜 미쳤냐?"

진남이 고래고래 소리를 지르며 은남의 뒤통수에 대고 삿대질을 했다.

"누나라고 불러라, 이 돌대가리 새끼야!"

은남은 뒤돌아보지도 않고 현관문을 발로 걷어차면서 밖으로 나가 버렸다. 후련했다. 짜릿한 해방감을 느꼈다. 더는 눈치 보며 주눅들 필요 없었다. 내 인생, 내가 짜릿하게 살면 그만이었다.

* * *

다행스럽게도 터미널까지 가는 마지막 버스가 아직 남아 있었다. 버스 기사 아저씨는 두 팔을 펄쩍펄쩍 흔들며 뛰어오는 은남을 기꺼이 기다려주었다.

버스에 올라탄 은남은 빈 좌석에 털썩 주저앉아 가쁜 숨을 내뱉었다. 멀어지는 시골 동네를 차창 밖으로 내다보려니 감정이 복잡했다. 마음속에는 오만 감정이 휘몰아치는데 머릿속에는 또렷하게 한 사람뿐이었다.

은남은 가방 구석에서 휴대폰을 꺼내어 전원을 켰다. 띵, 띵, 띵……, 부재중 전화를 전하는 알림이 끝도 없이 울렸다. 그녀가 휴대폰을 꺼두었던 동안에 누군가가 그녀를 애타게 찾고 있었다는 증거였다. 모두 다 기찬이었다.

Rrrrrrrrr.

끝도 없이 울리는 알림 소리를 비집고 이번에는 전화벨 소리가 요란하게 울리기 시작했다. 역시나 또 기찬이었다. 운 좋게 그녀가 휴대폰을 켠 타이밍에 전화를 건 것인지, 아니면 온종일 그녀의 번호만 누르고 있었던 건지. 화면에 떠오른 '내 짝꿍' 세 글자를 손끝으로 더듬던 은남은 초록색 통화 버튼을 꾹 밀어 올렸다.

 – 은남아! 어디야? 내가 잘못했어! 무조건 내가 다 잘못했어! 내가 무릎 꿇고 빌게! 그러니까 제발, 어디 있는지 제발 좀 가르쳐 주라, 응?

대번에 전화기 반대편에 나타난 기찬이 다급하게 소리를 높였다. 며칠 만에 듣는 목소리가 너무도 반가워 은남은 울컥 목이 메었다. 목소리만으로도 이렇게 사무치는데 내가 정말 너랑 헤어질 수 있을까. 너를 잊을 수 있을까.

"지산 터미널."

 – Okay! 조금만 기다려. 다른 데 가면 안 돼! 꼭, 꼭 기다려야 해!

은남이 전화를 끊고 터미널에 도착하기까지 사십 분, 그리고 서울 가는 막차가 출발하기까지 이십 분, 막차까지 떠나고 텅 빈 터미널에서 더 기다리기를 삼십 분. 기찬은 정확하게 한 시간 반 만에 헐레벌떡 터미널로 뛰어 들어왔다.

"와. 너 되게 빠르다. 서울에서 여기까지 세 시간도 넘게 걸리는데."

자신을 보고 반가운 듯 웃는 은남을 보고도 기찬은 그녀를 따라 웃을 수가 없었다. 은남은 누군가에게 세게 얻어 맞은 듯 왼쪽 눈두덩부터 뺨, 턱까지 퉁퉁 부어 있었다. 작고 앙증맞은 입술은 터져 핏자국까지 선명했다. 몇 벌 되지 않는 옷이라도 늘 깔끔하게 챙겨 입고 다니던 그녀였는데, 지금은 목이 다 늘어나고 음식물이 얼룩덜룩 묻은 데다 군데군데 구멍까지 뚫린 티셔츠를 걸치고 할머니들도 입지 않을 것 같은 다 낡고 색 바랜 일바지를 입고 있었다. 그녀의 몰골에 놀란 기찬이 형편없이 더듬거렸다.

"은남아, 너…… 얼굴. 뭐야. 아, 이거 어쩌지. 혹시 강도라도 만난 거야? 911. 아니지, 그래, 119. 아니다. 일단 빨리 내 차 타. 너, 너 병원부터 가야 해. 아, 어떡해."

울먹거리며 차마 그녀의 얼굴에 손도 가져다 대지 못하고 어쩔 줄 몰라 하는 기찬을 보자 눈물이 핑 돌았다. 기찬이가 울잖아. 손도 떨잖아. 그런데 어떻게 저게 거짓일 수가 있겠어.

"기찬아, 너 정말로 나 좋아해?"

"그럼! 내가 널 얼마나 좋아하는데!"

"기찬아, 나 돈 없어. 진짜 없어. 너한테 해줄 수 있는 건 라면이랑 단무지랑 밥밖에 없어. 그래도 좋아?"

"밥 주면 다 준 거지! 왜 자꾸 그런 말을 해? 너 빨리 병원부터 가자. 너무 아파 보여. 여기 피도 났잖아."

기찬이 안절부절못하며 은남의 손을 잡아끌었지만, 그녀는 딱딱한 플라스틱 의자에 고집스레 앉아 있었다. 그에게 다짐을 받기 전까지는 한 발짝도 움직이지 않을 생각이었다.

"너, 나 정말로 좋아하는 거면, 그거, 안 하면 안 돼?"

"네가 하지 말라고 하면 나 안 해! 다 안 해! 뭐든지 다 안 할 거야!"

기찬은 손을 어디에 둘지 몰라 허둥대다가 터미널 바닥에 무릎을 꿇은 채로 은남을 와락 끌어안았다. 그냥 두면 또 포르르 사라

져버릴까 봐 불안해서 견딜 수가 없었다. 그녀가 뭘 하지 말라는
건지 알 수는 없었지만 은남이가 하지 말라면 뭐든 다 안 할 자신
이 있었다. 그녀를 사랑하는 거 외에는 뭐든 다.

"그럼 너 지금까지 나 속이고 그랬던 거, 내가 다 용서해준다고
하면 지금부터라도 착실하게 살 수 있어?"

"정말? 정말 용서해 줄 거야? 나 다시는 진짜로 거짓말 안 할
게. 정말이야."

여자들 눈에 피눈물 나게 하면 너도 언젠가 천벌 받아. 그러니
까 방울뱀 같은 거 하지 말고 나랑 열심히 성실하게……? 하지만
이어서 나오려던 은남의 말은 속사포 랩처럼 와다다 쏟아지는 기
찬의 목소리에 그대로 파묻히고 말았다.

"은남아, 내가 진짜 일부러 그랬던 건 아니야. 네가 너무 작고 귀
엽고 예쁘고 어려 보이니까 나보다 동생인 줄 알았던 거지. 일부
러 연하인 걸 속이려던 건 아니었어. 내가 처음에 백수 비슷한 거
라고 한 것도 백수나 휴학생이나 거기서 거기니까 그런 거고, 우
리 아버지가 월세 받아 생활하시는 건 맞는데 월세를 빌딩에서
받는다는 걸 얘기 안 했을 뿐이야. 너희 회사가 우리 아버지 빌딩
에 있는 건 나도 정말 나중에 알았어. 그래도 나 진짜 뮤지컬 보
고 나서 다 고백하려고 그랬어. 정말이야. 맹세해."

뮤지컬을 보고 근사한 저녁을 먹고 야경이 끝내주는 호텔 스위
트룸에서 진하게 사랑을 나누고 나서 고백할 얘기였다. 나 그냥
백수 아니라고, 네 생각보다 썩 괜찮은 놈이라고, 그러니까 네 인
생 한 번 믿고 맡겨보라고 멋지게 고백할 생각이었는데, 허름한
터미널 시멘트 바닥에 무릎을 꿇고 가장 지질한 모습으로 울먹거

거짓말해도 괜찮아   221

리며 고백하고 말았다. 그래도 은남을 놓치는 것보다는 모양이 좀 빠지더라도 이편이 훨씬 나았다. 기찬은 '미안해, 잘못했어.'를 연발하며 은남을 더욱 세게 꼭 껴안았다.

이번에 어안이 벙벙해진 건 은남 쪽이었다. 연하? 휴학생? 우리 회사 빌딩주 아들……! 은남은 세게 몸부림을 쳐서 기찬의 팔을 떨어냈다.

"야, 황기찬, 너 도대체 정체가 뭐야? 방울뱀이야, 빌딩주 아들이야?"

"방울뱀이든 빌딩주 아들이든, 신은남이 하라는 거 할게. 은남이 너는 둘 중에 어떤 게 더 좋은데?"

고민하고 말고 할 것도 없었다.

"그야 당연히 빌딩주 아들이지."

"Okay! 난 은남이가 하라는 대로 하기로 했으니까. 이제부터 난 그 망할 방울뱀 아니고 빌딩주 아들인 거다."

이제는 뭐가 진실이고 뭐가 거짓인지도 가늠할 수가 없었다. 은남이 얼떨떨한 표정으로 눈만 끔벅거리고 있으려니 기찬이 그녀를 플라스틱 의자에서 일으켜 세웠다.

"가자. 내가 무엇이 진실인지 확인시켜줄게."

"어디로 가는데?"

"서울. 우리 아버지한테. 너 못 데려오면 호적에서 파 버린다고 했거든."

"안 돼. 처음 뵙는 분들한테 이런 꼴로 어떻게 가."

"처음 뵙는 분들 아니야. 네가 알 만한 분들이야."

그녀가 알 만한 분들이라니. 넓디넓은 서울에 그런 사람이라고

는……,

"그 옥상 관리 아저씨. 우리 아버지야. 그리고 빌딩 옆에 타르트 가게가 우리 새어머니 가게고. 내가 그 타르트 평생 먹게 해준다고 했지?"

그러니까 그 옥상 관리 아저씨가 기찬의 아버지이면서 빌딩주이고, 돌아가신 그 부인이 빌딩주의 부인이면서 기찬의 어머니이고, 그날 기찬이한테 봉투를 건네고 다정하게 함께 차를 타고 간 분은 기찬의 새어머니고. 기찬은 황당함에 떡 벌어진 은남의 입을 다시 꾹 다물려 주었다.

"그러게 내가 뭐랬어. 좋은 사람이라고 아무나 다 믿고 그러면 안 된다고 했잖아. 나중에 깜짝 놀랄 일이 생기면 어쩌냐고."

그 깜짝 놀랄 일이 이 깜짝 놀랄 일이었다니. 허! 은남은 헛웃음이 나왔다. 며칠 동안 울며불며 마음고생 한 것이 너무나도 억울하고 분했다. 강 대리가 눈앞에 있으면 멱살이라도 붙잡아 흔들어주고 싶은 심정이었다.

"근데, 황기찬."

기찬이 열어주는 조수석에 다리를 밀어 넣다 말고 문득 뭔가를 깨달은 은남이 기찬을 불러 세웠다.

"응?"

"너 그 아저씨 아들이면, 한 살도 아니고 두 살도 아니고 나보다 세 살이나 연하잖아. 나 세 살 차이랑은 친구 안 먹는다고 했다. 그리고 저번에 너, 나한테 오빠라고 부르게 했지? 그것도 도로 물어내."

"뭐 어때? 내가 앞으로 오빠도 해주고 동생도 해주고 애인도 해주고 친구도 해주고 짝꿍도 해주고 다 해줄 건데. 그런 의미에서 오빠, 한 번만 더 해 봐."

"누나한테 혼난다."

"싫어? 그럼 어쩔 수 없지. 내가 해줄게."

기찬은 차에 타려던 은남을 자신의 몸쪽으로 돌려 그녀의 허리를 감싸 안았다. 애처로워서 차마 쳐다볼 수도 없는 왼쪽 뺨 대신 오른쪽 뺨에 쪽쪽 두 번 입을 맞추었다. 퉁퉁 부어올라 입을 맞출 수도 없는 입술을 살며시 매만지며 고백했다.

"자기야. 우리 은남아. 사랑해."

14. 뒤끝이 긴 남자

"기찬아, 근데 너…… 아버지, 원망해?"

며칠 새 얼마나 속을 끓인 건지 은남의 낯빛은 맞은 자리가 아니더라도 형편없었다. 차에 올라 몇 마디 조잘거리다가 한참 동안 말이 없길래 그새 잠이 든 줄 알았다. 하지만 은남은 어떻게 말을 꺼낼까, 그것을 고민 중이었던 것 같았다.

"왜 그렇게 생각해?"

기찬은 사이드미러를 확인한 후 매끄럽게 왼쪽으로 핸들을 돌렸다. 추석이다 보니 밤늦은 시간에도 고속도로를 오가는 차들이 적지 않았다.

"그럼, 스물다섯이나 먹고서 반항하는 거야?"

'스물다섯'을 강조하는 의도가 너무도 빤히 보여 기찬은 또 싱겁게 픽, 웃고 말았다. 며칠 동안 그녀를 찾아다니느라 바짝 쪼그라들었던 허파에 이제는 바람이 과하게 들고 말았다. 별것 아닌 일에도 자꾸만 피식피식 웃음이 났다.

"아닌데."

"그럼 학교는 왜 졸업 안 하고 돌아온 거야?"

그 얘기까지 알고 있는 것을 보니, 아버지가 그동안 얼마나 그녀와 돈독한 관계를 맺어왔는지 충분히 짐작할 만했다. 그녀를 얼마나 믿는지까지도.

가족 모두를 사랑했지만, 굳이 순서를 매겨야 한다면 기찬은 누나 기연을 가장 첫손에 꼽았다. 그다음이 엄마. 꼴찌로 꼽았다고는 하지만 누나와 엄마에 대한 사랑이 너무 넘쳐서일 뿐 아버지를 사랑하지 않는 건 아니었다. 하지만 가장 사랑하는 두 사람을 잃고 난 후 황 회장과 기찬 사이에는 훌쩍 넘어설 수 없는 깊은 마음의 골짜기가 생겨버렸다.

누나 기연이 죽었을 때 기찬은 미국에 있었다. 황 회장이 기찬의 공부에 워낙 욕심을 부렸기에 그의 조기 유학은 아주 어릴 때부터 정해진 일이었다. 기찬은 초등학교를 졸업함과 동시에 개인 매니저와 함께 미국으로 보내졌다. 느닷없는 아버지의 전화를 받았을 때 기찬은 한국으로 치자면 중학교 3학년, 미국 학년으로는 9학년 과정 중이었다. 미국 명문대 진학을 위해 개인 매니저가 짜준 스케줄대로 기계처럼 공부만 할 때였다.

'기찬아, ……아으윽, 으으으으으윽!'

전화기 너머의 아버지는 오장을 다 쥐어 짜내는 듯한 소리로 울었다. 단 한 번도 기찬의 앞에서 눈물을 보인 적이 없던 아버지였다. 그렇게 크고 단단하던 아버지가 전화기를 붙들고 세상이 무너진 것처럼 울고 있었다.

'후우, 기연이가…… 흐으으윽, 우리 기연이가, 흐으읍! 죽었다는구나!'

그때부터는 토막토막 잘린 기억뿐이었다. 어떻게 공항까지 갔는지, 어떻게 비행기에 올랐는지 따위는 하나도 기억나지 않았다. 믿기지도 않았고 믿을 수도 없어서 사실이 아닐 거라고 부정하다가, 사고를 낸 개새끼를 찾아내서 내 손으로 죽여버릴 거라고 분노하다가, 어쩌면 누나가 서프라이즈로 날 놀리려는 게 아닐까 말도 되지 않는 희망을 품었다가, 종내에는 미어지는 가슴을 쥐어뜯으며 울어야만 했다. 아직 덜 여문 열여섯 살짜리 사내아이는 자그마치 14시간 동안 태평양 위를 날아오면서 누나의 죽음을 홀로 실감해야만 했다.

소중한 사람이 떠난 슬픔은 장례가 끝난 후 더 크게 엄습했다. 그저 연극같이 현실감 없던 장례식도, 불가마로 들어가던 커다란 관도, 누나 이름이 적힌 동그랗고 예쁜 항아리를 보고도 전혀 실감 나지 않더니, 집에 돌아와 누나의 방을 보았을 때 모든 슬픔은 한꺼번에 몰려들었다. 빼곡하게 몰려와 숨도 쉴 수 없을 만큼 그를 짓눌렀다.

몸이 약한 엄마는 몇 번씩이나 병원으로 실려 갔고, 아버지는 넋을 놓은 채 유령처럼 돌아다녔다. 넷이었다가 하나를 잃은 가족들에게 그 빈자리는 너무도 힘겨운 것이었다. 열 번 울던 것이 다섯 번으로, 다시 세 번으로, 그리고 어쩌다 한 번으로 줄어들기까지 일 년이라는 시간이 꼬박 걸렸다.

'네가 아직도 이러고 있는 걸 보면 누나가 하늘에서 슬퍼할 거야.'

엄마의 설득에 기찬은 일 년 만에 미국으로 돌아갔다. 일 년이나 손을 놓았던 공부를 따라가기가 쉽지 않았지만, 슬픔을 잊기에 또 공부만 한 것이 없었다. 기찬은 전보다도 더 미친 듯이 공부에만 매달렸다.

"그때부터 MIT가 목표였어. 누나가 드론에 관심이 많았었거든. 열심히 준비했고 결과도 좋았어. 실수만 없다면 합격이 확실한 상황이었지. SAT, 에세이도 다 완벽했고, 인터뷰 하나만 남겨놓고 있었으니까."

엄마는 워낙 몸이 약한 데다 선천적으로 심장의 기능까지 좋지 않았다. 그래도 워낙에 지극한 아버지를 만나 자식 둘을 낳고도 그럭저럭 나쁘지 않은 상태를 유지하고 있었다. 허약한 그녀에게 몸을 무리하지 않고 마음을 안정하는 것은 가장 중요한 처방이었다. 하지만 갑작스러운 큰딸의 죽음은 그동안 잘 유지하고 있던 그녀의 건강을 순식간에 악화시켰다.

덤덤하게 기연의 죽음을 받아들였다가도 갑자기 슬픔이 북받쳐 올라 일순간 거기에 잠식당해버리면 엄마의 심장은 그것을 감당해내지 못했다. 그런 상황이 계속 반복되다 보니 엄마의 입원과 퇴원은 대수롭지 않은 일상처럼 되어버렸다.

처음에는 엄마가 입원했다는 소식만 들어도 철렁해서 비행기를 탄 게 여러 번이었다. 하지만 일 년에 몇 번씩 같은 상황이 반복되

고, 그것이 여러 해가 되다 보니 기찬도 황 회장도 어느 정도는 무
뎌져 있었던 게 사실이었다.

"그때도 아마 그랬을 거야. 아버지는 그렇게 생각하셨겠지. 지금
껏 몇 번이나 그랬으니까, 이번에도 별일 없이 퇴원할 테지. 기찬
이는 지금 가장 중요한 인터뷰를 앞두고 있으니까, 인터뷰 끝나고
연락해도 늦지 않겠지. ……하지만 영영 늦어 버리고 말았어. 엄
마는 그때 살아서 퇴원하지 못하셨거든."

정말 간발의 차이였다. 인터뷰를 끝내고 나오자 사색이 된 매
니저가 그를 기다리고 있었다. 이번에는 정말 위독하신 것 같다
고. 매니저의 차를 타고 바로 공항으로 달렸지만, 병원에 도착하
기까지는 만 하루 가까운 시간이 필요했다. 아무리 다급해도 물
리적인 시간을 단번에 뛰어넘을 방법 같은 건 없었으니까. 결국
기찬은 살아있는 엄마를 영영 만날 수 없었다. 단 한 시간의 차
이 때문에.

기찬이 누나의 얘기를 꺼낼 태부터 눈물을 흘리던 은남이 이제
는 끅끅, 소리 내어 울기 시작했다. 황 회장에게 들어 알고 있는
이야기였지만, 덤덤하게 말하는 기찬의 목소리가 몇 배는 더 슬
펐다.

"아저씨는, 그 일 때문에 아직도 자신을 원망하는 거라고 그렇
게 생각하셔. 명문대에 환장해서 제 엄마 임종도 못 지키게 한 걸
이렇게 갚는 거라고 그러셨어. 그렇게 좋아하는 공부까지 때려치
우면서 앙갚음할 만큼 아직도 자신을 원망하는 거라고. 그런데 기
찬아, 그때 너 부르지 않은 거…… 아저씨가 그런 게 아니라 너희
엄마가 못 부르게 하신 거래."

처음 듣는 얘기였다. 은남은 눈물을 흘리며, 황 회장에게서 들은 얘기를 기찬에게 옮겨주었다. 넷이었다가 이제 겨우 둘밖에 남지 않았는데, 그들이 더는 서로를 오해하지 않기를 바랐다.

'내가 워낙 아들놈 공부에 욕심을 냈어. 어렸을 때부터 똑똑하고 잘난 놈이라 기대가 컸지. 내가 그러다 보니 어느새 제 엄마도 그게 목표가 되어버린 게야. 딸아이가 죽은 다음부터는 마음 둘 데가 없으니 아들놈 성적에 나보다 더 집착하고는 했었어. ……그 사람이 부르지 말라고 했어. 인터뷰 망치면 안 되니까 절대 부르지 말라고. 인터뷰까지 다 끝나고 불러도 늦지 않다고. 자기 그렇게 쉽게 안 죽는다고. 이번에도 멀쩡히 집에 돌아갈 거라고. 그래놓고서……. 내가 잘못한 거지. 그래도 불렀어야 했는데. 그랬으면 아들놈이 지 엄마 마지막 가는 모습이라도 볼 수 있었을 텐데. 그 사람도 사실은 잘난 우리 아들 얼굴 꼭 한 번 보고 가고 싶었을 텐데. 정말 그렇게 허망하게 가버릴 줄은 몰랐어. 돈이라는 게 죽음 앞에서는 아무 쓸모도 없는 거더라고.'

"정말 많이 후회한다고 하셨어. 그래도 아들이 자신에 대한 원망 때문에 본인 장래까지 포기하지는 않았으면 한다고. 그 말을 해주고 싶은데 차마 얘기를 꺼내지 못하겠다고 그러셨단 말이야."

"나 아버지 원망 안 해. 아버지를 원망했으면 아예 대학에 가지도 않았겠지. 4년 내내 그렇게 최선을 다해 열심히 공부하지도 않았을 거고."

기찬의 말을 들으면서도, 기찬에게 말을 전하면서도 은남의 눈에서는 잠시도 눈물 마를 새가 없었다. 아, 진짜 마음 아파서 못 보겠다. 우리 은남이 우는 거. 그래도 반드시 해야만 할 이야기였다. 자신에게는 그녀의 도움이 가장 절실하기에.

"처음에는 아버지를 원망했지. 아주 많이 원망했어. 그깟 대학이 뭐라고. 일 년 늦게 가면 어때서. 아니면 아예 못 가면 또 어때서. 그래도 아주 오래 원망하지는 않았어. 엄마가 돌아가시고 아버지는 정말…… 너무 가여워 보였거든."

하나뿐인 사랑을 놓쳐버리고 껍데기만 남은 남자의 모습이 어떤 것인지, 기찬은 그것을 자신의 아버지에게서 보았다. 아버지는 아내를 잃은 슬픔에, 기찬에게 엄마의 임종을 지키지 못하게 했다는 죄책감까지 더해져 죽을 듯이 괴로워했다. 그런 아버지를 언제까지 두고두고 원망할 수는 없었다.

"그러면 학교는 왜 그만둔 건데?"

"일부러 때려치운 거 아니야. 하지 못하게 된 거지. 공황이 왔어. 그것도 아주 심하게."

가족들의 비보는 매번 공부와 관련된 중요한 기로에서 날아들었다. 그리고 그는 미국에서의 긴 공부에 마침표를 찍게 될 대학 졸업까지 단 한 학기만을 남겨두고 있었다.

시작은 아주 사소했다. 어느 날 문득, 잠깐 생각했을 뿐이었다. 이제 곧 졸업인데, 내가 한국에 돌아갈 때까지 아버지가 건강하셔야 할 텐데, 하고. 그 생각이 물에 담근 마른미역처럼 무섭게 부풀어 올라 그의 머릿속을 꽉 채워버린 건 정말이지 순식간에 벌어진 일이었다. 그렇게 머릿속을 꽉 채워버린 생각은 그대로 꽉 들러붙어 절대 떨어지지 않았다. 그때부터 그는 하나밖에 남지 않은 가족의 생사를 지나치리만큼 염려하기 시작했다.

연구는 계속 실패였고, 일상은 엉망이 되어갔다. 불안감이 지나치자 잠을 잘 수가 없었다. 과호흡이 오고, 온몸이 떨리고, 심장이 멈출 듯 가슴이 아프더니 불안발작까지 일어났다. 한 번 발작이 일어나자 또 언제 발작이 일어날지 더욱 불안해졌고 그러자 증세는 걷잡을 수 없이 더욱 악화하였다. 어쩔 수 없이 한국으로 돌아왔다. 공항에 내려 건강하신 아버지의 모습을 확인하자마자 증세는 씻은 듯이 나아졌다. 건강하신 걸 확인했으니 이제는 괜찮겠지 생각했다. 하지만 자신의 증세는 생각보다 훨씬 더 심각한 것이었다.

그는 미국으로 돌아가는 비행기를 탈 수가 없었다. 비행기를 타기는커녕 공항 근처에도 갈 수가 없었다. 공항에 가서 비행기를 타고 미국으로 돌아가겠다는 생각만 해도 식은땀이 나고 손발이 차갑게 식고 속이 메스꺼워졌다.

"아주 그만둔 건 아니고 휴학한 거야. 나중에라도 증세가 나아지면 돌아갈 생각이었거든. 그런데 아무리 애를 써도 희망이 보이지 않더라고."

"그러면 아저씨를 모시고 가는 건 어때? 옆에 같이 있으면 되잖아."

"그럴까 생각도 했었는데 그러면 아버지가 알게 되니까……. 죄책감을 더 보태드리고 싶지는 않았거든. 어쨌든 가족을 잃은 게 아버지의 잘못은 아니잖아."

기찬은 기찬의 방식대로 자신의 아버지를 많이, 아주 많이 사랑하고 있었던 거였다. 그를 원망하고 미워한 것이 아니라.

"마음 아픈 자식보다는 차라리 버릇없는 자식이 되는 게 낫겠다 싶었지. 공부는 정 안 되겠으면 국내대학으로 옮겨서 해도 되니까. 그래서 일부러 술도 마시고 클럽도 열심히 다녔는데 아버지가 보기에는 영 어설프게 놀았나 보네. 원망하는 거라고 생각하시는 줄은 몰랐어."

은남이가 아니었더라면 평생 알지 못했을 아버지의 속마음이었다. 누나와 엄마의 죽음 이후로 이만큼 벌어져 있던 아버지와의 간격을 은남이 촘촘하게 메워주고 있는 느낌이었다.

"그러면 학교로는 안 돌아갈 거야? 그냥 국내학교로 옮기려고?"

"그게…… 어쩌면 나 미국으로 돌아갈 수 있을 것 같아."

"어떻게? 아예 비행기를 탈 수도 없다면서."

"깨달았거든. 내 가족이 아버지 한 분만 남은 게 아니라는 걸."

은남이 궁금하다는 표정으로 기찬을 돌아보았다. 그녀의 얼굴에 가득한 눈물이 저만치 가까워지는 톨게이트 불빛에 비쳐 보석처럼 반짝거렸다.

"새어머니. 정말 좋은 분이셔. 재미없는 우리 아버지를 믿고 맡겨도 될 만큼."

우리 가족의 이야기에, 나의 이야기에 이렇게 온 마음으로 울어주는 이 여자가 진정한 가족이 아니면 누가 가족일까. 기찬이 은남의 손을 끌어당겨 꼭 붙잡았다. 작은 손에서 전해진 온기가 기찬의 온몸을 따뜻하게 데워주었다.

"그리고 너."

내가 한국으로 돌아올 수밖에 없었던 게 아무래도 너 때문이었나 보다. 하루라도 빨리 너를 찾아서 내 사람으로 만들려고 그랬나 보다.

"은남아, 너에게 상처만 주는 사람들이랑 가족 하지 말고, 나랑 가족 해. 나랑 가족 해서 같이 미국 가자."

아, 그래. 이럴 줄 알았다. 은남이와 함께라면 가능할 줄 알았
다. 미국으로 돌아간다는 말을 입 밖으로 내고도 기찬은 조금도
불안하지 않았다. 은남과 맞잡고 있는 손바닥에 식은땀이 나지
도 않았고 속이 울렁거리거나 어지럽지도 않았다. 정말 아무렇
지도 않았다.

"그래."

조금의 망설임도 없이 야무진 표정으로 고개를 끄덕이는 은남
을 보았을 때는, 불안하기는커녕 벅차고 설레서 날아갈 것만 같
은 기분이었다. 그의 가족이 다시 넷으로, 온전한 짝수로, 꽉 찬
느낌이었다.

* * *

원래는 잠깐 인사만 드리고 모담 아파트로 돌아갈 생각이었는
데, 은남은 아직 기찬의 본가에서 떠나지 못하고 있었다. 은남의
얼굴을 보자마자 황 회장은 주치의를 불렀고, 안 여사는 영양죽
을 끓였으며, 기찬은 어지간한 방 크기만 한 자신의 침대에 그녀
를 억지로 눕혔다. 치료가 필요하다며 한사코 붙잡는 세 사람을
거절하지 못하고 은남은 얼떨결에 이곳에서 이틀을 보내고 말았
다. 그 이틀 동안 열심히 멍을 빼보았지만, 워낙에 넓고 독하게 든
멍이라 은남은 아직도 얼굴 반쪽이 얼룩덜룩했다.

"어차피 미국 가려면 그만둬야 하잖아. 그냥 오늘 당장 그만두
겠다고 해."

기찬은 출근 준비하는 은남을 졸졸 쫓아다니며 보채는 중이었다.

"회사 일이라는 게 다 절차가 있는 건데 어떻게 그래. 하루아침에 그만두고 싶다고 그만두고 그럴 수 있는 게 아니라니까."

"그래도 이 얼굴을 하고 어딜 간다는 거야. 입 안까지 터져서 밥도 잘 못 먹으면서! 자꾸 고집부리면 병원에 입원시킨다. 아, 그래! 병원에 입원하고 병가를 내자. 그건 어때?"

커다란 기찬이 잔뜩 구부린 채 허리에 대롱대롱 매달려 보채도 은남은 꿈쩍도 하지 않았다.

"팔다리 멀쩡한데 뭐 하러. 내가 5년 동안 고생했던 걸 그렇게 무책임하게 마무리할 수는 없지. 그리고 내가 이대로 그만두면, 사람들은 그 소문이 진짜인 줄 안단 말이야. 강 대리가 찜한 남자를 신 주임이 가로챘는데, 알고 보니 그 남자가 방울뱀이더라, 사람들이 이럴 거 아니냐고."

"Whatever. 어차피 그만둘 건데 무슨 상관."

"난 상관있어."

기찬을 휙 돌아본 은남이 양쪽 허리에 손을 짚으며 눈에 힘을 주었다. 순둥이 은남이 그래봤자 얼마나 독해 보이겠냐마는 본인은 자못 진지했다.

"가서 강 대리한테 똑똑하게 말할 거야."

"뭐라고?"

눈 밑에 멍 자국이 거뭇거뭇하니 안쓰러워 보일 지경이고만, 쯧.

"우리 기찬이는 방울뱀 아니라고."

"방울뱀 아니면, 구렁이라고?"

기찬이 키득거리거나 말거나 은남은 눈에서 힘을 풀지 않았다. 바로 눈앞에 강 대리가 서 있기라도 한 것처럼 매섭게 노려보았다.

"그 남자, 너 따위가 함부로 넘볼 남자 아니거든. 그리고 그 남자가 바로 내 남자야!"

삿대질까지 해가며 심각하게 말하는 은남을 앞에 두고 차마 웃을 수도 없고, 참으려니 이미 입꼬리는 비죽이 올라가 있고, 기찬은 뒤돌아서서 애꿎은 가슴만 팡팡 두들겨댔다.

"오! 신은남, 멋지다!"

가까스로 웃음을 참으며 손뼉을 쳐주니 뿌듯한 표정으로 배시시 웃는다. 아주 아침부터 사람을 불끈불끈 힘들게 하지, 진짜. 확 끌어당겨 진한 키스라도 퍼붓고 싶지만 입술 옆에 맺힌 피멍이 눈에 콱 박혀 그럴 수도 없었다. 기찬은 대신 커다란 손으로 은남의 머리를 슥슥 쓰다듬어주었다. 씩씩한 우리 은남이, 그동안 잘 버텨냈어.

"잠깐만 기다려. 데려다줄게."

"가까운데 안 그래도 돼."

"선택해. 내가 데려다줄까, 아니면 병원에 입원할래?"

늘 선택지라고 주기는 하는데 어째 답은 항상 하나뿐이었다.

"그래, 알았어. 같이 가. 같이 가면 될 거 아니야."

해죽 웃은 기찬이 은남의 어깨를 크게 감싸 안으며 둘은 나란히 방을 나섰다.

회사 앞까지 데려다주고도 기찬은 그 자리를 얼른 떠나지 못했다. 마음이 놓이지 않아 그녀의 사무실이 있다는 5층을 올려보고 또 올려다볼 때였다.

"어머나, 안녕하세요."

웬 여자가 호들갑스럽게 말을 건네왔다. 뭐야? 이 물건은? 기찬이 노골적으로 귀찮은 내색을 했지만, 여자는 한쪽 머리를 귀 뒤로 넘기며 외려 한 발 더 가까이 다가섰다.

"저 지난주부터 이 앞에서 그쪽 매일 봤거든요."

"난 전혀 기억이 없는데."

"정말이에요. 그쪽이 저 보고 웃어주기도 했는데요."

"설마, 내가 미치지 않고서야."

이따위 말 같지도 않은 개수작에는 대꾸할 가치도 없었다. 은남 때문에 좋았던 기분을 이런 이상한 여자 때문에 잡칠 생각도 없었다. 미간을 잔뜩 구긴 기찬은 저리 꺼지라는 듯 손을 휘휘 내저었다. 하지만 여자는 고집스럽게 그의 앞을 지키고 서 있었다. 그래, 차라리 내가 간다. 내가 가. 기찬이 여자를 지나쳐 긴 걸음을 성큼성큼 옮기는데 여자가 뒤에서 버럭, 소리를 냈다.

"저, 저 돈 많아요!"

돈? Shit! 지금 누가 누구 앞에서 돈 자랑이야? 하도 어이가 없어서 돌아보았더니, 여자는 자신의 말이 먹힌 거로 생각한 듯 계속 주절대기 시작했다.

"제가 원래는 잘생기고 돈 많은 남자 좋아하는데, 그쪽은 내가 사정 다 아니까. 저 회사에서 대리예요. 주임보다 대리 월급이 훨씬 더 많은 거 알죠? 그리고 우리 집 잘살거든요. 제가 외동딸이라서 우리 아빠는 제가 해달라는 건 다 해줘요. 그쪽 용돈도 풍족하게 줄 수 있다는 얘기예요. 그러니까 빈털터리 신 주임 만나지 말고 저로 갈아타요. 저 지금 그쪽한테 아주 좋은 기회를 주는 거예요."

처음에는 갸우뚱하던 기찬의 표정이 여자가 떠들어댈수록 눈에 띄게 사나워졌다. 여자가 말을 마쳤을 때 기찬은 그녀를 죽일 듯이 노려보고 있었다.

"Fuck! 너냐? 우리 은남이 울린 게?"

은남이가 회사에서 망신을 당했고, 며칠씩이나 울며 괴로워했다. 자신은 은남을 찾느라 피가 바짝 말랐으며, 스위트룸 침대 위가 아니라 터미널 바닥에서 울면서 고백해야만 했다. 지금 자신의 앞에 서 있는 바로 이 여자 때문에!

"You slut! 너 남자였으면 지금 이 자리에서 나한테 죽었어. 여자인 걸 감사하게 생각해라."

"아니, 갑자기 왜 화를 내고 그래요? 내가 뭘 어쨌다고!"

살려준다고 해도 죽으려고 기를 쓰지. 여자 때리는 남자를 가장 혐오하지만, 지금 순간만큼은 진심으로 한 대 패주고 싶었다. 기찬은 불끈 쥔 주먹을 들어 여자의 얼굴 앞에 대고 위협하며 을러댔다.

"Fuck off!"

"네?"

"못 알아들어? 죽기 싫으면 그 좆같은 얼굴 당장 저리 치우라고, 씨발!"

* * *

아침이면,

'은남아, 우리 저녁에 다 같이 전골 먹을까? 전골은 여럿이 모여서 먹어야 제맛인데 그동안 둘뿐이라 통 제대로 먹어보질 못했구나.'

황 회장이 싱글싱글 웃으며 말을 하고,

저녁이면,

'은남아, 내일 아침에는 갓 구운 식빵 어떠니? 내가 맛있는 큐브 식빵 구워주려고 가게에서 틀이랑 재료랑 다 가지고 왔어.'

저녁 식탁을 물리기가 무섭게 안 여사가 기대에 찬 눈빛으로 말을 건넸다. 결국 은남은 금요일이 될 때까지도 모담 아파트로 돌아가지 못하고 있었다. 그 사이에 멍은 거의 다 빠졌고, 터진 입 안도 거의 다 아물었지만, 황 회장과 안 여사는 은남을 놓아줄 생각이 없어 보였다. 은남도 점점 이들과 함께하는 식사가 익숙해지고 있었다.

"기찬아, 강 대리 내부 감사에서 횡령으로 걸렸대."

그 주 금요일 저녁, 은남이 얼떨떨한 얼굴로 말을 꺼냈다.

"그래?"

"응. 제보가 들어왔다나 봐. 그동안 장부 조작해서 빼돌린 돈이 일억이 넘는대. 그거 다 유흥비랑 명품 사는 데 썼다 그러더라고. 직원 관리 못 했다고 경리팀장님까지 징계 먹었어. 그리고 민아가 그러는데 부잣집 딸이라는 말도 다 거짓말이래. 예전에는 잘살았었는데 사업하다 망해서 지금은 집에 빚만 어마어마하대."

기찬은 월요일 저녁에 민아와 현지에게 근사한 식사를 대접했다. 융숭한 저녁을 대접받은 다음 날 그녀들은 열과 성을 다해서 은남의 남자친구가 방울뱀이 아닌 빌딩주 아들이라는 것을 온 회사에 퍼뜨려주었다. 그날 강 대리의 표정이 아주 볼만했다는 것은 이미 들어 알고 있었다.

"얄밉기는 한데 그래도 얼굴이 하얗게 질려서 불려가는 거 보니까 좀 안쓰럽기는 하더라."

조잘대던 은남이 후식을 가지러 간다며 안 여사와 함께 주방으로 사라지자마자 기찬이 자신의 아버지를 슬쩍 넘겨다보았다.

"어떻게 하신 거예요?"

"이번 달 임대료 50%"

"Wow! 그 회사는 내부 도둑도 잡고 임대료도 할인받고. 신났겠는데요."

"안 그래도 고맙다고 그냥 다 내겠다고 하는데 절반만 내라고 했다. 우리 은남이한테 해코지한 몹쓸 것을 꽁으로 치워버릴 수는 없지."

"그렇죠. absolutely."

결연한 표정의 두 남자가 툭, 주먹을 부딪치고 탁, 손바닥을 마주쳤다. 두 사람 사이에 무슨 말이 오갔는지도 모르고 은남은 안 여사와 함께 홍시 스무디를 들고 나왔다.

"빨리 마셔. 나갈 거야."

은남이 자리에 앉기도 전에 기찬이 스무디 잔을 들어 벌컥벌컥 들이켜며 그녀를 재촉했다.

"어딜?"

"데이트. 주말이잖아."

그것도 기다리지 못하고 벌떡 일어서더니, 채 절반도 마시지 못한 은남의 스무디 잔을 빼앗아 자신의 입에 훌훌 털어 넣어버렸다.

"저희 일요일 밤에나 들어올 거예요. 어쩌면 월요일 아침에 올 수도 있고요. 기다리지 마세요."

"그래, 잘 다녀오너라."

황 회장과 안 여사에게 대충 말을 던지고는 은남이 인사할 새도 주지 않고 주차장까지 정신없이 휘몰아 가버렸다.

"갑자기 왜 이렇게 서둘러?"

기찬은 주차된 차 중에서 빨간색 아우디 앞에 서더니 은남의 손을 잡아끌어 자신의 사타구니 위에 턱, 올려놓았다.

"어때? 서두를 수밖에 없겠지? 여기서 한바탕하고 가려는 게 아니면 너도 서두르는 게 좋을 거야."

은남의 대답은 듣지도 않고 기찬은 그녀를 차 조수석으로 꾹꾹 밀어 넣어버렸다.

"근데 이게 뭐야?"

조수석에 올라탄 은남의 발치에 커다란 비닐봉지가 놓여 있었다. 하마터면 발로 밟을 뻔한 비닐봉지를 자신의 무릎 위에 올려놓으며 은남이 물었다.

"드디어 왔단 말이지. 아까 모담 아파트에 가서 찾아왔어. 내가 그걸 당장 써보고 싶어서 얼마나 마음이 급했었는지 알아?"

열어보니 기찬이 직구로 주문했던 콘돔이었다. 64 사이즈. 8개 들이, 50 Box.

"그럼 한 상자만 들고 오면 되지, 왜 이걸 몽땅 다 가지고 온 거야?"

은남의 말에 기찬이 픽, 소리를 내며 비웃었다.

"내가 몇 개를 쓰게 될 줄 알고? 지금부터 일요일 밤까지 쉬지 않고 할 건데. 그동안 집에서 살살 하느라 엄청 많이 쌓였단 말이야. 그리고 소리 좀 지르면 어떻다고 그렇게 참는 거야? 아래층까지 들리지도 않는다니까. 자꾸 그러면 아예 호텔로 짐 옮겨 버린다."

"너 진짜로 나 죽일 셈이야?"

"응. 아주 좋아 죽게 만들 셈인데. 그러니까 기대하라고."

직구한 콘돔은 기찬에게 기차게 잘 맞았다. 착용감도 좋았고, 막판 스퍼트에도 터지지 않았으며, 무엇보다 감도가 끝내줬다. 사흘 동안에 두 상자를 너끈히 해치워버린 후 세 번째 상자를 뜯으며 두 사람이 함께 내린 결론이었다.

* * *

"처음 뵙겠습니다. 황기찬입니다."

기찬이 큰절을 올리는데도 은남의 아빠와 엄마, 할머니는 반쯤 돌아앉아 있었다. 오늘 기찬과 함께 인사드리러 가겠다고 지난주에 미리 알렸음에도 주방에는 음식을 한 흔적조차 없었다. 아무것도 준비된 것 없는 썰렁한 주방이 은남과 그녀의 남자친구를 대하는 가족들의 마음이었다.

하지만 기찬은 서글서글 웃기만 할 뿐 전혀 개의치 않았다. 이 정도 푸대접이야 충분히 예상했던 일이었다. 일부러 그런 건지 늘 빈틈없이 꽉꽉 채워져 있던 냉장고도 텅 비어 있다시피 했다. 하는 수 없이 은남은 기찬이 가지고 온 과일바구니에서 과일 몇 개를 꺼내어 모양 좋게 깎아 텅 빈 식탁 위에 올렸다. 기찬이 넉살 좋게 과일을 찍어 가족들 손에 포크 하나씩을 억지로 들려주었다.

"저희 어머니께서 신경 써서 고르신 과일입니다. 아주 맛이 좋습니다. 한 번 드셔보세요."

"잘 먹을게요. 전 은남이 셋째 언니예요."

사람 상대하는 게 직업이라 그나마 성격이 가장 무던한 다은이 가장 먼저 기찬에게 말을 걸었다. 안 그래도 그녀는 기찬이 집에 들어설 때부터 말을 걸고 싶어 입이 근질거리고 있었다.

"근데 직업이 연예계 쪽이에요? 진짜 너무 잘생기셨어요."

기찬이 앉아 있는 것만으로도 칙칙한 집 안에 조명이 환하게 켜진 것 같았다. 살면서 이렇게 잘생긴 남자를 눈앞에서 보는 건 처음이었다. 이런 남자를 사귀고 있는데 마흔 다 된 대머리 배불뚝이 늙다리 변태랑 엮어 줄 생각이었다니. 다은은 처음으로 엄마 아빠가 해도 해도 너무했다는 생각이 들었다.

"아닙니다. 아직 학생입니다."

"아직 학생이면 은남이가 벌어먹여야 하는 거 아니에요? 나이가 몇 살인데요?"

이번에는 나은이 호기심을 참지 못하고 대화에 끼어들었다. 남자친구와 인사를 가겠다고 하는데도 은남의 가족들은 아무것도 묻지 않았다. 그래서 굳이 은남도 미리 말하지 않았다. 기찬은 외려 잘되었다며 장난스럽게 웃었을 뿐이었다.

"스물다섯입니다."

"예에? 연하였어요? 스물다섯이면 우리 진남이랑 동갑인데."

겉모습이 번지르르하길래 뭐 대단한 남자인가 했더니 스물다섯 살짜리 학생이라니. 나은은 푸스스 관심이 식었다는 표정으로 물러앉았다.

"나랑 동갑이면, 그쪽도 신은남한테 누나라고 불러야 하는 거 아니야?"

깐죽거리는 진남의 뒤를 이어, 지금까지 분위기를 탐색하고 있던 가은이 무시하는 표정으로 일기죽거렸다.

"그럼 부모님은 뭐 하시는데요? 설마 은남이가 벌어서 그쪽 식구 전부가 먹고살고 그래야 하는 건 아니죠? 쟤 회사 이름만 번드르르하지, 월급은 몇 푼 되지도 않아요."

"아버님은 월세 받아 생활하시고, 어머님은 가게를 하나 하시는데 곤궁한 편은 아닙니다."

가은이 한쪽 입꼬리를 노골적으로 비틀며 픽, 하고 비웃었다.

"우리 아버지는 3천 평짜리 버섯 농장을 가지고 있거든요. 그깟 월세 받아봤자 얼마나 받는다고."

"그러게요. 그깟 월세, 뭐, 얼마 되지는 않습니다. 한 30억쯤."

순간, 집 안에 정적이 감돌았다. 아닌 척하면서도 기찬의 말에 귀를 기울이고 있던 가족 모두가 황당한 표정을 지을 뿐이었다. 눈만 껌벅거리던 가은이 이내 불쾌한 표정으로 따져 묻기 시작했다.

"지금 처음 인사 온 자리에서 장난해요? 월세 30억이라니? 지금 강남에 빌딩이라도 갖고 있다는 거예요, 뭐예요?"

"강남에 가지고 있는 빌딩은 삼십 층짜리인데 거기에서는 27억 정도 나오고, 나머지는 여기저기 가지고 있는 상가에서 받는다고 합니다. 빌딩에 아직 대출이 남아 있어서 대출이자랑 원금을 갚고 세금 내고 이것저것 제반 비용을 제하면 실제로 남는 건 10억

정도라고 하시더군요. 자식이라고는 저 하나여서 언젠가는 물려받게 될 거라 이번에 겸사겸사 확인해두었습니다."

가은이 입을 떡 벌리고서 말을 잇지 못했다. 눈앞에 있는 놈이 멀쩡하게 생긴 미친놈인지, 진짜 강남의 빌딩주 아들인지 가늠이 안 되는 표정이었다. 하지만 가은은 곧 결론을 내렸다. 신은남 주제에 그런 어마어마한 부잣집 아들이라니, 그건 말도 안 되는 소리였다. 그렇게 결정한 가은은 은남에게 버럭 소리를 지르기 시작했다.

"야! 너 장난하니? 어디서 저런 사기꾼 같은 놈을 데리고 왔어? 선보기 싫으면 싫다 하면 되지, 이게 어디서 배워먹은 짓거리야! 너 진짜 서울 물 좀 먹는답시고 이젠 아주 못 쓰겠구나!"

가은이 은남에게 마구 퍼부어대는 사이 기찬은 휴대폰을 들어 어디론가 메시지를 보냈다. 그가 메시지를 전송하자마자 몇 명의 사람들이 기다란 이동식 행거를 몇 개씩이나 집 안으로 밀고 들어왔다. 행거에는 패션쇼를 방불케 할 만큼 많은 옷들과 가방들이 주렁주렁 걸려 있었다. 언뜻 보아도 수십 가지는 족히 될 만한 양이었다.

"제가 처형들을 위해 특별한 선물을 좀 준비했는데 받아주시겠습니까?"

얼떨떨한 표정으로 다가가 가방에 달린 가격표를 뒤집어 본 다은이 놀라서 비명을 질렀다.

"처, 처, 천만 원?"

수백만 원에서 수천만 원까지. 행거에 걸린 것들은 하나같이 어마어마한 몸값을 자랑하고 있었다. 나은도 후다닥 행거로 달려들었고, 조금 전까지만 해도 펄펄 뛰며 은남을 닦달하던 가은은 사나운 표정으로 입을 딱 다물어 버렸다.

"자라면서 처형들이 은남이한테 가방이랑 옷들을 많이 물려주셨다면서요."

기찬이 부드럽게 웃으며 과도한 선물의 이유를 설명했다. 나은이 아무 의심도 없이 그의 말을 덥석 받았다.

"뭐, 그랬죠. 우리가 워낙 우애가 좋다 보니……."

"네, 그렇게 생색을 냈다고요."

순식간에 기찬의 표정이 냉랭하게 굳었다. 찔리는 게 많은 세 자매는 행거에 붙박였던 시선을 이리저리 옮기느라 바빴다. 다 낡아 빠진 걸 은남에게 던져주면서도 한 번도 곱게 준 적이 없었다. 그걸 핑계로 온갖 잡일이며 심부름들을 은남에게 다 떠넘기고는 했었다. 그래도 엄마 아빠가 은남이 아닌 자신들의 편을 들어줄 것을 너무도 잘 알았던 것이다.

"저는 이 정도로 생색낼 사람은 아니니 편하게 받으셔도 됩니다."

기찬이 다시 표정을 누그러뜨리며 매력적인 웃음을 지었다. 그 웃음에 홀린 듯 다은이 저도 모르게 고개를 끄덕였다. 행거에 걸린 가방이며 옷들을 만져보고 싶어 나은은 손가락을 초조하게 까딱거렸다. 가은은 입술을 사리물고 애써 무표정을 가장했다.

"대신 뒤끝이 좀 깁니다. 제가, 아버지를 닮았거든요."

지금껏 가족이라는 이름으로 은남이에게 준 상처들을 잊지 않겠다는 경고였다. 세 자매는 이젠 완전히 도깨비놀음에 홀린 기분이었다. 하지만 그 누구도 함부로 입을 벌려 따져 묻지는 못했다.

"그리고 처남, 요즘 공부하느라 힘들다고."

이번에 기찬은 잘 빠진 슈트 안주머니에서 지갑을 꺼내어 손에 들었다.

"이 매형이 용돈 좀 줄까?"

기찬이 손에 쥔 지갑을 까딱거릴 때만 해도 진남은 열이 올라 붉으락푸르락하는 얼굴로 기찬을 노려볼 뿐이었다. 하지만 그 표정은 오래가지 못했다. 지갑을 열고 기찬이 백만 원짜리 수표를 꺼내자 진남의 두 눈이 번쩍 커졌다. 기찬이 마땅치 않다는 듯 수표를 도로 지갑으로 물렸을 때는 눈에 띄게 실망하더니 그가 다시 천만 원짜리 수표를 꺼내 들자 진남의 표정은 한없이 비굴해졌다. 기찬이 도로 지갑에 넣어버릴까 봐 안절부절못하는 것이 볼일이 급한 앞집 백구 같았다.

"매형, 가, 감사합니다."

굽실대며 넙죽 내미는 진남의 두 손바닥을 차갑게 내려다보며 기찬이 감사의 대상을 정정해주었다.

"내가 아니라 누나한테 감사해야지. 누나 덕분에 나 같은 매형을 만난 건데."

진남은 어려서부터 지금까지 한 번도 은남을 누나라고 부르지 않았다. 그래도 누구 하나 그런 진남을 혼낸 적이 없었다. 평생 들어보지 못했던, 그리고 앞으로도 듣기 힘들 거라 생각했던 말이 수표 한 장에 너무도 쉽게 튀어나왔다.

"은남이 누나, 감사합니다."

알아서 허리까지 굽실거린다. 돈이 좋기는 좋네. 참 좋아. 은남은 어이없는 눈으로, 수표 한 장에 더없이 예의 발라진 동생을 쳐다보았다.

"그럼."

기찬은 애초부터 오래 있을 생각이 없었던 듯 재킷도 벗지 않고 있었던 슈트 차림 그대로 몸을 일으켰다. 가뜩이나 커다란 키가 낮은 천장 아래에서 유난히도 우뚝 솟아 보였다.

"미국 가기 전에 한 번 찾아뵙는 게 예의일 것 같아 탐탁지 않게 생각하시는 거 알면서도 찾아뵈었습니다. 실례가 많았습니다."

기찬은 어정쩡한 표정으로 앉아 있는 부모님과 가족들에게 차례차례 허리를 숙여 인사했다.

"미국이라니요?"

은남의 엄마가 불쑥 질문을 내뱉었다. 물어놓고 본인이 더 당황하는 것을 보니 절대 아무것도 묻지 말자고 어르신들끼리 말을 맞춘 것이 틀림없었다. 한참이나 낮은 그녀의 앉은키에 맞추어 허리를 더 바짝 숙인 기찬이 조곤조곤 설명했다.

"제가 아직 공부가 한 학기 남아서 은남이와 함께 다음 달에 출국합니다. 결혼식을 하고 가면 더 좋았을 텐데 그러지 못해서 그게 아쉽습니다. 집에 오는 것까지 억지로 쫓아내지는 못하겠지만, 상견례고 결혼식이고 그딴 건 니들이 알아서 하든지 말든지 마음대로 하라고 어머니께서 그러셨다고요. 그래서 결혼식은 하와이에서 저희 부모님만 모시고 조촐하게 치를 예정입니다."

기찬의 말에 엄마는 헛기침을 하며 고개를 돌렸다. 자신이 은남에게 퍼부었던 악다구니를 기찬의 입을 통해 들으려니 민망하지 않을 수가 없었다.

"그리고 아버님."

벽을 향해 앉아 있던 은남의 아빠는 어느새 이쪽으로 거의 몸이 돌아서 있었다. 느닷없는 기찬의 부름에 화들짝 놀란 듯 그는 다시 벽을 보고 돌아앉았다.

"여자한테 손을 대거나 여자를 울리는 놈은 남자도 아니라고, 그런 놈들은 불알을 떼버려야 한다고, 저희 아버님께 제대로 가르침을 받았으니 그 점이라면 걱정하지 않으셔도 됩니다."

하는 말의 의도가 너무도 분명했지만, 아빠는 모르는 척 어험, 헛기침을 한 번 했을 뿐 기찬을 돌아보지는 않았다. 굽혔던 허리를 펴고 자세를 바로 한 기찬이 마지막 말을 건넸다.

"은남이가 미국에 있는 동안 어르신들께서 서운해 하실까 저는 그게 가장 걱정이었습니다. 누가 보더라도 예쁘고 누구에게든 사랑받을 만한 사람이니까요. 그런데 오늘 찾아뵙고 보니 걱정할 필요가 전혀 없겠습니다. 덕분에 아주 가벼운 마음으로 떠나겠습니다. 그럼 내내 건강하시길 바랍니다."

기찬은 입꼬리에 머금은 미소를 한시도 놓치지 않으면서 제 할 말을 모두 끝마쳤다. 말을 마친 그가 걸음을 옮기기 시작할 때까지도 할머니는 꼿꼿하게 돌아앉은 자세 그대로 끝끝내 한 번도 그들을 돌아보지 않았다. 현관문을 나와 마당을 가로지르는 은남도, 그녀의 손을 꼭 붙잡고 있는 기찬도 뒤를 돌아보지 않기는 마찬가지였다.

* * *

다음 달 두 사람이 미국으로 출국한 날, 언론사들은 일제히 속보를 내보냈다.

'모담 신도시, 수도권 광역 급행철도 확정!'

'강남역 30분 내 주파로 모담 신도시는 매머드급 위성 도시로 급부상 예정!'

'모담 신도시로 투자자들 몰려. 투기 과열 양상!'

황 회장은 모담 아파트 한 층을 몽땅 다 가지고 있었다. 오를 거라는 기대 없이 오로지 기찬과 은남의 연애를 위해서 사두었던 것이었다. 복 많은 며느리 덕분에 생각지도 않았던 큰 벌이를 했다며 황 회장은 몹시도 즐거워했다. 그 길로 그는 용돈으로 쓰라며 상가 하나를 은남의 앞으로 옮겨주었다. 그 정도는 시아버지가 며느리에게 보여준 수많은 애정 표현 중에 아주 작은 일부분일 뿐이었다.

짝사랑도

괜찮아 •

외전

1. 일타쌍알

"Hey, Ki-Chan. It's been a while. (헤이, 기찬! 오랜만.)"

저만치에서부터 한 남자가 손을 번쩍 들며 다가왔다. 이번에는 키가 크고 비쩍 마른 백인이었다. 남자는 보글보글한 밝은 갈색의 곱슬머리가 성격 좋은 푸들 같았다.

"Hey, Neil. Good, great. How's going? I have resumed my studies. (닐! 잘 지냈어? 나 이번에 복학했어.)"

"It's good to hear. You gotta graduate somehow. Any thoughts about grad school? (잘 됐다. 어쨌든 졸업은 해야지. 대학원은?)"

"Nope. Not even a little. When I'm done, I'm done. I'm going back to Korea upon completing my undergrad. How's your PhD program going? You like it? (난 대학만 졸업하면 한국으로 돌아갈 거야. 넌 어때? 수업은 할 만해?)"

닐이라 불린 남자는 몹시 힘들다는 걸 온 얼굴과 온몸으로 익살

맞게 표현했다. 혀를 길게 빼물고는 아주 넌더리난다는 표정으로 고개를 절레절레 흔들었다. 그 모습이 조금 전에 만났던 금발 머리와 복사판이었다.

"Well, who's this lady? (그런데 옆에는 누구야?)"

기찬과 몇 마디 인사말을 주고받은 닐의 관심이 여지없이 곧 은남에게로 옮겨졌다. 이 상황도 데자뷔인 듯 벌써 몇 번째 반복되고 있었다. 그도 그럴 것이 기찬과 은남은 'Infinite Corridor(무한회랑)'을 벌써 몇 번째 왔다 갔다 하는 중이었다. 학교 메인 입구부터 다섯 개의 건물을 관통하여 캠퍼스의 동쪽과 서쪽을 잇는 이 긴 복도는 MIT 내에서 가장 많은 사람들이 오가는 곳이었다.

그곳에서 기찬은 몇 번인지 셀 수도 없을 만큼 아는 사람들을 많이 만났고, 그때마다 그들은 은남에 대해 물었다. 기찬이 그녀의 어깨 위에 왼쪽 팔을 길게 올린 것으로도 모자라 옆구리에 파묻기라도 할 듯이 바짝 끌어당기고 있었기에 모르는 체할 수도 없었을 것이다. 닐의 관심이 은남에게로 향하자 기찬은 기다렸다는 듯이 그녀의 자랑을 늘어놓기 시작했다.

"The indescribably pretty, out-of-this worldly cute, and unbelievably sexy wife of mine! (말도 안 되게 예쁘고, 정신을 차릴 수 없을 만큼 귀엽고, 미치도록 섹시한 내 부인!)"

"Wow! Is she really your wife? Hang on, wait a sec. Then, did you take a break from your studies to marry her? (와우! 정말로 부인이야? 그러면 너 결혼하려고 휴학했던 거야?)"

"No, she is not just a wife. She is an indescribably pretty, out-of-this worldly cute, and unbelievably sexy wife! (아니, 그냥 부인 아니고 말도 안 되게 예쁘고, 정신을 차릴 수 없을 만큼 귀엽고, 미치도록 섹시한 부인이라고!)"

옆에 있는 은남은 민망함에 오그라들 지경이었다. 그만 좀 하라고 옆구리를 아무리 찔러대 봤자 기찬은 간지럽다는 듯 키들거리기만 했다. 영어를 능숙하게 하지 못하니 그들의 빠른 대화에 끼어들 수도 없었다. 기찬이 늘어놓는 자신에 대한 온갖 미사여구를 들으며 어색한 미소를 짓고 서 있을 뿐이었다. 중간에 합류한 고든이라는 친구에게까지 한참 자랑을 늘어놓고 나서야 기찬은 다시 슬렁슬렁 걸음을 옮겼다.

"도대체 왜 그러는 거야?"

"뭘?"

"낯간지럽게 왜 내 얘기를 그렇게 하는 거냐고."

"와, 우리 은남이. 다 알아들었어? 역시 내 부인이야."

능청스러운 기찬에게 눈 한 번 제대로 흘기기도 전에 이번에는 검은 머리를 하나로 질끈 동여맨 남자가 기찬을 알은체했다. 남자는 유난히 호들갑스러워서 기찬의 말마디마다 맞장구를 치며 엄지손가락을 번쩍번쩍 들어 올렸다. 은남은 경련이 날 것 같은 입꼬리를 끌어올리며 어색한 미소를 지을 수밖에 없었다.

지난달 두 사람은 하와이에서 결혼식을 올렸다. 황 회장은 수영장과 프라이빗 비치가 딸린 별장을 통째로 빌렸다. 은남의 오랜 고향 친구 둘과 민아, 현지가 초대되었고, 기찬의 부모님과 기찬의 친구 네 명이 함께했다.

작지만 아름다운 결혼식이었다. 끝없이 펼쳐진 바다와 하늘 위에 멋대로 흐트러진 구름이 예식의 증인이었다. 바람에 흩날리는 신부의 짧은 면사포까지도 그림 같았다. 결혼식에 참석한 이들은 마치 현실과 낙원의 경계에서 결혼식을 지켜보는 것 같았다. 눈에 닿는 모든 것이 환상 같았고, 둥둥 떠오른 기분은 머무는 시간 내내 가라앉을 줄 몰랐다.

결혼식이 끝난 후 둘은 보름을 더 하와이에서 머물며 허니문을 즐겼다. 길고도 짧은 여행을 마치고서 두 사람은 기찬의 복학을 준비하기 위해 보스턴으로 돌아왔다. 황 회장과 안 여사가 직접 보스턴까지 날아와서 두 사람의 신혼집으로 구해준 것은 다운타운에 있는 아파트였다. MIT와는 찰스강을 사이에 두고 마주 보는 위치에 있었는데, 기찬이 학교에 있는 동안 혼자 적적할 은남을 위해 부러 번화한 곳에 집을 구해준 것이었다. 기찬이 학교를 마칠 때까지 채 일 년도 머무르지 않을 공간인데도, 안 여사는 신혼 분위기가 물씬하도록 세심하게 집을 꾸며주었다. 거실에 놓인 큼지막한 카우치에 앉아 저만치 찰스강 위에 떠 있는 요트들을 바라보고 있으면 마치 꿈을 꾸는 것만 같았다.

하지만 은남이 혼자 집에 머무를 시간은 거의 없었다. 고작 차로 십 분 거리일 뿐인데도 기찬은 학교에 갈 때마다 늘 은남을 데리고 갔다. 아침이면 함께 학교에 갔고, 기찬이 강의실이나 연구실에 있는 동안에 은남은 학생회관이나 도서관에서 시간을 보내다가, 저녁이면 함께 집으로 돌아왔다.

기찬은 강의가 비는 시간이나 연구 중 잠시 짬이 날 때면 산소가 부족한 잠수부처럼 은남에게로 바쁘게 달려왔다. 그러면 둘은 함께 밥을 먹고 산책을 하고 도서관에서 나란히 책을 읽었다. 그

때마다 기찬은 은남을 옆구리에 꼭 붙이고 다녔고, 아는 사람들을 만날 때마다 'The indescribably pretty, out-of-this worldly cute, and unbelievably sexy wife of mine! (말도 안 되게 예쁘고, 정신을 차릴 수 없을 만큼 귀엽고, 미치도록 섹시한 내 부인!)'이라는 멘트를 반복했다. 기찬이 팔불출 짓을 하고 다니는 것을 제외하고는 더할 수 없이 만족스러운 날들이었다. 그저 앉아만 있어도 행복했고, 별다른 걸 하지 않아도 즐거웠다.

은남은 전문대에 다니던 2년을 누구보다도 바쁘게 보냈다. 동기들은 미팅이며 동아리며 축제며 대학 생활의 낭만을 즐기는 동안, 그녀는 온갖 아르바이트에 빡빡하게 치이며 정신없이 살았었다. 짙푸른 캠퍼스, 따사로운 햇살, 여유로운 걸음걸이. 무엇도 제대로 누려본 적이 없었다. 대학생이면 누구나 공짜로 즐기는 것들도 늘 종종거리던 은남에게는 사치일 뿐이었다. 은남은 지금 이곳에서 몸도 마음도 가장 여유로운 한때를 보내고 있었다.

MIT는 외부인들에게 상당히 개방적인 대학이었다. 동네와 학교 사이에는 담이니 울타리니 하는 경계도 없었다. 강의실이나 연구실 같은 곳은 출입이 제한되지만, 도서관이나 학생회관은 누구나 자유롭게 드나들 수 있었다. 보스턴으로 여행 오는 관광객들에게는, 한 정거장 거리에 이웃해 있는 하버드 대학과 함께 필수 관광 코스일 정도여서 늘 학교 안팎으로 사람들이 북적거렸다. 은남은 때로는 관광객처럼, 때로는 학생처럼 MIT에서의 생활을 즐겼다.

MIT는 각 건물에 번호를 매겨서 건물 이름 대신 번호를 불렀는데 한 달 정도가 지나자 각 건물의 번호도 대부분 알게 되었고,

학생회관에 혼자 가더라도 버벅거리지 않고 필요한 것들을 살 수 있게 되었고, 금요일마다 강변 쪽에 오는 핫도그 트럭의 미트 칠리 핫도그가 맛있다는 것도 알게 되었다.

지도를 보지 않고도 학교 건물들을 혼자 능숙하게 찾아다닐 수 있을 정도가 되자, 은남은 관광객들이 많이 오가는 10번 건물의 'Barker Library'보다 14번 'Hayden Library'에 더 자주 머물렀다. 그녀는 그중에서도 통창으로 찰스 강변을 내다볼 수 있는 자리를 가장 좋아했다. 그 자리에서 은남은 책을 읽기도 하고 다이어리를 끼적이기도 하고 낙서를 하기도 했다. 이만큼 채워서 돈을 모아야 할 필요도 없고, 이만큼 빠듯하게 공부해야 할 필요도 없이 오롯이 그녀 자신만을 위한 시간이었다.

은남이 이렇듯 익숙하게 늘 비슷한 코스를 오가게 되자 종종 마주치는 낯익은 얼굴들이 생기기 시작했다. 자주 스치는 자그마하고 귀여운 동양 여자에 눈이 팔린 남학생들은 간간이 그녀에게 관심을 표하기도 했다. 화장기 없이 달랑 머리를 하나로 묶고 배낭을 멘 그녀는 아무리 보아도 대학생으로밖에 보이지 않았던 것이다. 남자들은 은남이 기찬과 함께 다니는 것을 보지 못했거나 보았더라도 그저 남자친구인 정도로만 생각한 듯했다.

"Do you want to grab a cup of coffee? (같이 커피 마실래?)"

"We are all going to get some drinks. Do you wanna join us? (우리 맥주 한잔하러 갈 건데 같이 갈래?)"

마음에 드는 여자에게 추파를 던지는 방법은 만국 공통인 것 같았다.

처음에 은남은 자신에게 말을 건 것인지도 몰랐다. 주변을 두리번거리고는 자신에게 한 말이라는 것을 깨달았지만, 상대방의 기분이 상하지 않게 잘 설명하기에는 그녀의 영어가 많이 미숙했다. 그저 'No!' 한마디만 던져놓고 두 손으로 손사래를 치며 어쩔 줄 몰라 하는데, 그녀를 도와준 건 뜻밖에도 자전거를 타고 지나가던 닐이었다.

"Hi, the indescribably pretty, out-of-this worldly cute, and unbelievably sexy wife of Ki-Chan! What's up? (안녕, 말도 안 되게 예쁘고, 정신을 차릴 수 없을 만큼 귀엽고, 미치도록 섹시한 기찬의 부인! 무슨 일 있어?)"

닐의 인사를 들은 남학생은 화들짝 놀라는 표정을 지었다. 유부녀일 거라고는 생각지도 못했다는 표정이었다. 남학생은 양 손바닥을 밖으로 내보이며 몇 번씩이나 'Sorry!'를 반복했다. 그다음에도 비슷한 일이 여러 번 반복되었다. 모르는 남자가 은남에게 말을 걸라치면 지나가던 기찬의 친구 누군가가 그녀에게 인사를 건넸고, 건네는 인사말은 매번 동일했다.

"The indescribably pretty, out-of-this worldly cute, and unbelievably sexy wife of Ki-Chan, Hi! (말도 안 되게 예쁘고, 정신을 차릴 수 없을 만큼 귀엽고, 미치도록 섹시한 기찬의 부인, 안녕!)"

이게 무슨 다단계 피라미드도 아니건만, 소문이 어디까지 퍼진 것인지 지나가던 교수님까지도 그녀에게 같은 인사를 건넸다. 은남은 그제야 이것이 처음부터 모두 다 기찬의 술수였음을 뒤늦게 깨달았다.

"솔직히 말해 봐. 너 일부러 그랬지?"

강의가 끝나자마자 달려와 그녀를 향해 쭉 내밀어지는 기찬의 입술을 손바닥으로 꾹 눌러버리며 은남이 샐쭉하게 물었다.

"뭘?"

"틈만 나면 거기 긴 복도 왔다 갔다 하면서 사람들한테 The……pretty, …… cute, sexy wife, 뭐 어쩌고 하는 그 말 계속 떠들고 다닌 거 말이야."

기찬의 입 한 귀퉁이가 씰룩대는 걸 보니 이미 친구들에게 들어 다 알고 있는 것 같았다. 분명 처음부터 이런 결과를 예상하고 그런 것이 틀림없었다.

"그럼 어쩌겠어. 아파트에 혼자 두기는 싫고, 중간중간 잠깐씩이라도 봐야 살겠고, 학교에 데리고 오더라도 강의실이나 연구실에는 같이 들어갈 수 없고, 너 혼자 왔다 갔다 하다 보면 추근거리는 놈들이 분명 생길 텐데. 너 처음 보는 사람한테는 낯도 많이 가리고, 당황하면 말도 잘 못 하잖아. 그래서 내가 미리 소문을 내놓은 거지. 듣기 싫다고만 해 봐. '이 여자는 이미 황기찬과 결혼했음'이라고 쓴 티셔츠를 입혀 버릴 거니까."

"칫! '이 남자는 이미 신은남과 결혼했음'이라고 쓴 티셔츠를 입을 사람은 바로 너지."

쭉 빼문 아랫입술을 삐죽 삐죽거리는 은남은 너무나도 귀여웠지만, 그녀가 하는 말은 잘 이해가 되질 않았다.

"응? 나? 내가 왜?"

"그 빨간 머리 여자애. 자꾸 너만 보면 웃으면서 말을 걸잖아. 저번에도 같이 있는 거 봤고, 아까도 저기 둘이 서서 말하는 거 내가 도서관 창문으로 다 봤거든."

아 진짜, 입술 삐죽대기와 눈 흘기기를 동시에 하는 건 반칙이라니까. 기찬은 은남의 두 뺨을 폭 감싸 쥐고는 쪽쪽, 소리가 나도록 그녀의 입술을 얼른 훔쳐냈다. 한 시간 후에 수업만 없다면 이대로 냅다 그녀를 들어 안고서 집으로 달려가고 싶은 마음뿐이었다.

저만치 콕 찍어놓은 점처럼 작게 보여도 그것이 은남인 걸 기찬은 단박에 알아보듯이, 은남도 코딱지만큼 작아진 기찬을 기가막히게 알아본 것이다. 그녀가 앉아 있던 도서관 창문에서 기찬이 빨간 머리 동기와 잠시 얘기를 나눴던 곳까지는 한참이나 멀리 떨어져 있었으니까. 안 그래도 기찬은 전부터 호감을 표시하던 여자 동기에게, '말도 안 되게 예쁘고, 정신을 차릴 수 없을 만큼 귀엽고, 미치도록 섹시한 여자!'와 결혼했다고 또박또박 말을 전하고 오는 길이었다. 가뜩이나 귀여운 여자가 환장할 만큼 귀여운 질투를 하는 걸 보고 있으려니 더는 견딜 수가 없었다. 기찬은 은남을 와락 껴안고서 얼굴을 마구 비벼댔다.

"사랑해. 진짜 너무너무 사랑해, 은남아."

"나도 사랑해. 그래도 이건 아니야. 안 돼. 가라앉혀, 빨리."

벤치에 나란히 앉은 기찬의 다리 사이가 또 눈에 띄게 불쑥했다. 아무리 건물 뒤편 나무 그늘이라고는 해도 언제든 누구든 오갈 수 있는 바깥이었다.

은남은 간식을 보채는 부산한 강아지에게 '기다려'를 가르치듯이 짐짓 단호한 척 해보았지만, 기찬에게 그것이 통할 리 만무했다. 그는 끝내 흥분을 가라앉히지 못했고, 결국 은남을 보쌈하다시피 껴안고서 집까지 차를 내달리고 말았다. 그 뒤로 한 시간을 다 까먹고도 십 분이나 늦게 강의실로 들어서는 기찬의 표정은 더

할 나위 없이 개운해 보였다.

다음 주 기찬은 아주 우스꽝스러운 티셔츠를 입고 캠퍼스를 돌아다녔다. 앞판에는 'I'm taken the indescribably pretty, out-of-this worldly cute, and unbelievably sexy wife! (나는 말도 안 되게 예쁘고, 정신을 차릴 수 없을 만큼 귀엽고, 미치도록 섹시한 여자와 이미 결혼했음!)'이라고 쓰여 있었고, 뒤판에는 'Women are not allowed to talk to me! (여자들은 절대 말 걸지 마시오!)'라고 적혀 있었다. 보는 사람마다 웃으며 놀려댔지만, 기찬은 티셔츠가 무척이나 마음에 드는 것 같았다. 색깔별로 다섯 벌이나 맞춰서 한 학기 내내 수시로 입고 다닌 것을 보면 말이다.

* * *

졸업이 가까워질수록 기찬은 더욱 바빠졌다. 평소에도 학업량이 어마어마했지만, 졸업을 앞둔 지금에 비할 바가 아니었다. 그는 매일같이 초인적인 스케줄을 소화해내고 있었다. 저녁에 집에 왔다가도 그녀가 잠든 후 다시 학교로 돌아가 밤을 새우기 일쑤였다.

"수고했어. 힘들었지?"

드디어 마지막 과제까지 모두 끝났다. 이젠 정말로 졸업식만 남았다. 지친 얼굴로 집에 돌아온 기찬을 은남은 두 팔로 꼭 안아주었다. 한참이나 키 차이가 나다 보니, 의도와는 달리 은남이 외려 기찬의 목에 대롱대롱 매달린 꼴이 되어버렸지만.

은남은 요 몇 주 동안 학교에 따라가지 않았다. 기찬이 시험과

과제에만 집중할 수 있도록 배려해준 것이었다. 대신 애정과 영양을 듬뿍 넣어 매일같이 도시락을 싸고, 보스턴 한인타운까지 가서 장을 봐 와 소꼬리 찜을 만들고, 한약재를 듬뿍 넣은 삼계탕을 끓이기도 했다.

"The indescribably pretty, out-of-this worldly cute……."

"이제 그것 좀 제발 그만해줄래?"

은남을 목에 매단 채로 큭큭 짓궂게 웃는 기찬의 웃음소리에 그녀의 정수리가 간질거렸다. 은남도 기찬의 목덜미에 얼굴을 묻은 채로 키득거렸다. 이렇게 편한 마음으로 안아보는 게 얼마 만인지 모르겠다. 여유롭게 식사 한 끼를 함께하는 것조차 여의치 않을 만큼 바쁜 시간이었다.

"사랑하는 내 은남이도 수고 많았어. 그동안 집에 혼자 있느라 심심했지?"

몇 날 며칠 이렇게 안고만 있어도 좋겠지만, 기찬은 몇 주 동안 혼자 외로웠을 그녀를 위해 준비한 것이 있었다. 은남을 달랑 안아 든 채로 기찬이 짜잔, 바지 뒷주머니에서 꺼낸 것은 뮤지컬 티켓이었다. 보스턴에는 뮤지컬을 공연하는 극장이 여럿 있었는데, 브로드웨이 공연팀들도 종종 순회공연을 오곤 했다.

한국에 있을 때도 처음 끊었던 뮤지컬 티켓을 그냥 날려버리더니 요상하게도 기찬과 은남은 계속 뮤지컬과는 인연이 없었다. 그동안 몇 번이나 공연을 보러 가려 했지만, 가능한 날짜의 티켓은 늘 전 좌석 매진이었고, 간신히 티켓을 끊은 날엔 기찬이 급한 과제를 해결하느라 학교에 꼼짝 못 하고 붙들려 있기도 했다.

이번에 보스턴 오페라하우스에서 공연 중인 작품은 미국인들에게 가장 인기가 많다는 〈해밀턴〉이었다. 다른 작품들은 한국에서도 종종 상연되지만, 이 작품은 한국에서 만나기 힘든 작품이라 은남은 공연 전부터 관심이 쏠렸었다. 하지만 기찬이 워낙 바빴기에 은남은 보고 싶다는 내색조차 하지 않고 있었다. 그런 그녀의 마음속을 훤히 들여다보고 있었다는 듯 기찬은 그토록 구하기 힘들다는 〈해밀턴〉 티켓을 깜짝 준비한 것이었다.

"루이스 레스토랑에 예약도 해놨어. 삼십 분 후에 출발할 거야. 빨리 준비해."

은남은 꺅, 비명을 지르며 드레스룸으로 부리나케 뛰어 들어갔다. 정신없이 서두르면서도 그녀는 기찬에게 쪽, 입 맞추는 걸 잊지 않았다.

그녀가 뛸 듯이 좋아하니 기찬은 이미 기뻤다. 피곤은 모두 가시고 남은 건 오늘 데이트에 대한 기대감뿐이었다. 아니, 피곤은 그녀의 얼굴을 본 순간 이미 흔적도 없이 사라져버렸다. 은남이 아니었다면 지금처럼 잘 버텨내지 못했을 터였다. 그녀가 아니었다면 이곳으로 돌아오지도 못했을 거였다. 마음으로는 보스턴에 있는 동안 많은 걸 보여주고, 많은 걸 경험하게 해주고, 그녀가 하고 싶어 하는 모든 걸 다 해주고 싶었지만, MIT 졸업반인 기찬에게는 공부 외에 허락된 시간이 많지 않았다. 이제부터라도 한국에 돌아갈 때까지 최선을 다해 즐겁게 해줄 생각이었다.

하지만, 일은 늘 생각지도 않았던 곳에서 시작되는 법이었고, 몸과 마음은 늘 같이 놀지 않는다는 게 문제였다. 루이스 레스토랑에서 참치를 얹은 아보카도와 구운 바나나를 애피타이저로 먹을 때까지만 해도 기찬의 상태는 아주 양호했다. 맛있는 음식을 먹으면서 둘은 이따 보게 될 뮤지컬 〈해밀턴〉에 대한 잡다한 이야기를 나누고 있었다. 뮤지컬 〈해밀턴〉은 보고 싶어 하면서, 정작 해밀턴이 누구인지는 잘 모르는 은남을 위해 기찬은 지갑에서 지폐 한 장을 꺼내어 테이블 위에 올려놓았다.

"10불? 이건 왜?"

"거기 그려진 인물이 바로 해밀턴이야. 알렉산더 해밀턴. 미국 독립에 가장 위대한 공을 세운 사람이지."

"한국에서는 미국 역사를 많이 배우지 않으니까 전혀 몰랐어. 10불 지폐에 그려진 사람이 바로 그 사람이었구나."

흥미롭다는 듯 눈을 반짝이던 은남이 갑자기 무슨 생각을 떠올렸는지 피식 웃음을 터뜨렸다.

"무슨 재미있는 생각을 했는데 웃어?"

"아니, 10불이라고 하니까 갑자기 생각나는 게 있어서."

은남이 웃으니 기찬은 내용도 모르면서 이미 그녀를 따라 웃고 있었다.

"뭔데? 궁금해. 빨리 얘기해 봐."

"지금 얘기랑 전혀 관계없는 얘긴데, 나 어렸을 때 우리 할머니가 날 뭐라고 불렀는 줄 알아?"

기찬이 전혀 짐작도 가지 않는다는 듯 어깨를 으쓱하자 은남이 어이없다는 듯 웃으며 대답했다.

"다불이."

"double? 왜? 어릴 때부터 double로 예뻤나?"

"아니, 더블 아니고 다불이라고. 글쎄 다음번에는 불알 달린 놈 나오라고 날 그렇게 불렀다니까. 심지어 그걸 내 이름으로 지으려고까지 했었대. 은남이도 썩 마음에 들지는 않지만 다불이가 될 뻔했다고 생각하니까 그나마 천만다행이지 뭐야."

"부, 불알? 그러니까, balls?"

느닷없는 '불알' 소리에 웃음을 뚝 그친 기찬이 황망한 표정으로 다시 물었다.

"아, 불알이 영어로는 balls야? 공? 진짜 웃긴다. 한국에서는 쌍방울인데 미국에서는 쌍공인 거야?"

어릴 때부터 하도 들어서인지 은남은 '불알'이라는 소리에 전혀 거부감이 없었다. '불알'을 남자의 생식기가 아닌 그저 '남자 아기'를 대신하는 대명사 정도로만 생각하는 것 같았다. 문제는 은남의 느닷없는 '불알' 공격에 심상치 않은 반응이 오기 시작한 기찬이었다.

"은남아, 뮤지컬 보고 싶으면 그 단어…… 더는 말하지 않는 게 좋을 것 같다."

"응? 무슨 단어? 뭐? 불알?"

"자꾸 말하지 말라니까!"

"왜? 불알이 뭘 어쨌다고? 그럼 balls라고 하면 괜찮아?"

"아오, 신은남, 너 진짜!"

이건 정말이지 무심코 눌러버린 원자로 폭파 버튼이었다. 생각해 보면 기찬은 시험기간 동안 은남을 안지 못했다. 심지어 은남은 시험기간 동안 기력에 좋다는 것으로 기찬의 세끼를 꼬박꼬박 챙겨주기까지 했다. 진정하기 위해 두 눈을 감고 심호흡을 하는 기찬의 이마로 땀 한 방울이 삐질 흘러내렸다.

"기찬아, 너 얼굴이 새빨개. 갑자기 왜 그래? 어디 아파?"

그래, 아프다. 그것도 엄청 아프다. 배 속에 용광로를 들어앉힌 것처럼 배꼽 아래가 뜨거웠다. 한번 기세를 올린 열기는 식을 줄 모르고 순식간에 온몸을 후끈하게 달궜다. 아래로는 발바닥, 위로는 뒤통수까지 화끈거렸다. 그리고 더웠다. 너무 더웠다. 기찬은 두 개 풀어 두었던 셔츠의 단추를 하나 더 풀었다. 답답함은 조금도 나아지지 않았다. 벌어진 셔츠 한쪽을 손으로 쥐고서 펄럭거려 보았다. 하지만 지금 그의 몸뚱이는 그 정도 바람으로 식힐 수 있는 상태가 아니었다.

"어어, 기찬아. 너!"

테이블에 팔꿈치를 짚은 채로 이마에 배어 나온 땀방울을 쿡쿡 찍어내는데 은남이 갑자기 검지를 세워 그를 마구 손가락질해댔다.

"피, 피!"

그녀가 가리키는 코밑을 손등으로 슥 훑어보니, Damn it! 코피가 먼저 터져버렸다.

"안 되겠다. 스테이크는 다음에 먹자."

자리에서 일어선 기찬은 허둥거리며 냅킨을 갖다 대는 은남의 손을 그대로 낚아챘다.

"오늘은 그냥 집에서 쉴 걸 그랬어. 시험 때문에 너무 무리해서 그런가 봐. 어떡해."

냅킨으로 코를 틀어쥔 기찬에게 손이 붙들려 끌려가면서 은남은 발을 동동 굴렀다. 간만에 데이트한다고, 고대하던 뮤지컬을 본다고, 기찬의 컨디션도 생각하지 않고 좋다고 따라나선 것이 너무도 미안해졌다.

"기찬아, 우리 얼른 집에 가자. 내일까지는 아무 생각 하지 말고 그냥 푹 쉬어, 알겠지?"

그런데 기찬의 걸음이 향하는 곳은 건물 뒤편 주차장 쪽이 아니었다. 작은 도로를 건너 모퉁이에 바로 보이는 고풍스러운 외관의 호텔이었다.

"응? 왜 이쪽으로 가? 우리 차는 저쪽에 있잖아."

"나 너무 힘들어. 집까지 못 가."

"운전할 기운도 없는 거야? 어떡해. 내가 진작에 운전이라도 좀 배워둘걸."

벨보이가 정중하게 열어준 출입문을 지나 샹들리에가 화려한 호텔 로비를 성큼성큼 가로지르는 기찬의 뒤통수에 대고 은남이 안쓰러운 걱정을 쏟아놓았다. 지금 누가 누굴 걱정해야 할 상황인지 파악도 못 하고서.

피 묻은 냅킨으로 얼굴의 반을 가린 키 큰 남자가 자그마한 여자를 잡아끌며 나타나자 프런트 데스크에 선 직원이 흠칫 놀라는 표정을 지었다. 남자는 지금 당장 폭발할 것처럼 험악한 분위기인데 여자는 그저 남자가 걱정스럽다는 표정인 것이 대조적이었다. 둘의 표정을 번갈아 살피던 직원은 이내 부드러운 미소를 지으며 키 하나를 내주었다. 잔뜩 찌푸린 표정을 풀지도 않은 채 고개만 까딱 숙여 보인 기찬은 로비 한쪽에 있는 작은 엘리베이터 안으로 서둘러 은남을 몰아넣었다.

"은남아. 나, 아파."

옴짝달싹할 수 없도록 한쪽 코너에 그녀를 세워놓고서 기찬이 그 앞을 꽉 막아섰다.

"도대체 어디가? 코피는 멈춘 것 같은데, 지금이라도 병원 갈까?"

열이 나는가 싶어 이마를 짚어보려는데 기찬이 그 손을 붙들어다 자신의 사타구니 아래쪽에 턱 가져다 댔다.

"여기."

"뭐야. 진짜 아픈 줄 알고 놀랐잖아."

"진짜 아파. 빨리 안 풀어주면 코피처럼 팡 터져버릴 거라고."

"그렇다고 밥 먹다 말고 호텔로 온 거야?"

걱정했다가 놀랐다가, 이제는 어이가 없었다.

"너 때문이잖아. 네가 자꾸 그 말을 하니까."

"그 말? 뭐? 설마, 불알?"

"하읍! 신은남, 방에 들어갈 때까지 그 말 금지야. 알겠지?"

불알 소리에 힘겨운 기찬과 불알을 불알이라 말할 수 없는 억울한 은남이 옥신각신하는 사이, 높지 않은 호텔 건물의 가장 꼭대기 층에 엘리베이터가 도착했다. 땡 소리가 들리자마자 기찬은 은남을 냅다 어깨에 떠메고서 복도를 달리기 시작했다. 방을 지나쳤다가 되돌아오고 키를 한 번에 꽂지 못해 몇 번이나 헛손질했다. 간신히 방문을 열고 방 안으로 한 발 들어서자마자 기찬은 코피로 범벅이 된 냅킨을 바닥에 패대기치고서 다급하게 벨트와 버클부터 풀었다. 그리고 한참 후 한바탕 열기를 털어낸 기찬은 은남을 꽉 끌어안은 채 속삭였다.

"네 인생에 불알은 평생 나밖에 없어. 알겠지?"

진지하게 부르기에 무슨 말을 하려나 했더니 이토록 엉뚱한 말로 고백을 한다. 그런데 그것이 또 너무나 황기찬다웠다. 그리고 둘이 호텔에서 나와 집으로 돌아간 건 그로부터 이틀이 지난 후였다. 차로 15분 거리에 있는 집으로 돌아가는 데 자그마치 이틀이나 걸린 것이다.

* * *

기찬의 졸업식 날 황 회장의 감격은 그 누구보다도 컸다. 기쁨에 겨운 그는 MIT 잔디광장에서 덩실덩실 춤이라도 출 것 같았다.

"은남아! 이게 전부 다 네 덕이다. 아이구, 우리 복덩이. 그래, 뭐가 갖고 싶으냐?"

저놈이 영영 학교를 포기해버리면 어쩌나, 그 이유가 행여나 제 엄마의 임종을 지키지 못한 원망 때문이면 어쩌나, 새카맣게 속이 썩었던 걸 생각하면 지금도 아찔했다. 황 회장은 은남에게 뭐든 다 퍼주어도 아깝지 않았다. 하지만 은남은 원체 욕심도, 돈을 쓰는 재주도 없었다. 황 회장이 명의를 옮겨준 상가 월세도 그저 꼬박꼬박 모으기만 할 뿐인지라 더 필요한 것도 없었다. 하지만 황 회장은 한국으로 돌아온 두 사람에게, 얼마나 큰 집이든 얼마나 비싼 집이든 상관없이 은남이 원하는 집을 두 사람의 신혼집으로 사 주겠다고 못을 박았다.

"난 본가에서 가까운 곳으로 구했으면 좋겠어."

하지만 맘에 드는 신혼집을 구하는 건 쉽지 않은 일이었다. 두 사람은 신혼집 위치에서부터 의견이 갈리고 있었다.

본가에서 가까운 곳을 원하는 쪽은 은남이었다. 집을 구할 때까지 본가에서 지내고 있는 지금이 은남은 전혀 불편하지 않았다. 불편하기는커녕 오히려 행복했다. 어른들에게 사랑받는 건, 기찬에게 사랑받는 것과는 또 다른 종류의 행복이었다. 늘 어른들에게 받은 것이라고는 상처뿐이었던 은남에게 그것은 더욱 각별한 기분이었다.

"싫어. 지금도 맨날 두 분이 번갈아 가며 널 불러내시는데 본가 가까운 데다 구하면 계속 그러실 거라고. 본가 가까이에서 사는 건 나중에 아이가 생기면 그때 생각해 볼게. 지금 난 아주 뚝 떨어진 곳에서 너랑 단둘이서만 살고 싶단 말이야."

기찬은 요즘 아주 불만이 많았다. 한국에 들어온 후로 두 분이 뻔질나게 은남을 데리고 다니는 통에 둘이 오붓하게 지낼 시간이 턱없이 모자랐다. 보스턴에서는 공부하느라 바쁘고, 한국에 들어와서는 부모님 때문에 바쁘고. 이젠 모던 신도시의 손바닥만 한 아파트에서 둘이서만 지내던 때가 그리워질 지경이었다. 기찬에게는 오로지 은남을 독차지하고 싶은 욕심뿐이었다. 그런데 은남은 그런 자신의 마음을 몰라도 너무 몰랐다. 두 사람은 각자의 생각을 조금도 양보하지 않았고, 신혼집 위치로만 일주일 넘게 실랑이 중이었다.

오늘도 은남은 어머님이랑 둘이 갈 데가 있다고 했다. 정말 해도 너무한다고, 이럴 거면 도로 보스턴으로 가버릴 거라고, 왜 내 은남이를 두 분이 맨날 데리고 다니시는 거냐고, 한참 심통을 부린 후에야 기찬은 은남과 단둘이 데이트를 나올 수 있었다. 역시 신혼집은 멀리 구하는 게 답이었다. 기찬은 결심을 더욱 굳혔다.

그는 오늘 은남을 경기도에 있는 고급 타운하우스로 데려갈 계획이었다. 예쁜 집을 보여주며 그녀를 설득할 생각이었다. 기찬이

병역특례 전문 연구요원으로 가기 위해 석사 과정을 시작하게 될 대학원이 상당히 멀다는 건 나중에 고민할 문제였다.

하지만 시작부터 수월치가 않았다. 오늘따라 가는 길마다 어지간히 막혔다. 보스턴도 다운타운은 교통체증이 있었지만, 서울 시내에 비할 건 아니었다. 도로도 넓은데 그 넓은 도로가 차로 꽉꽉 막혀 옴짝달싹 못 하는 건 아직도 적응되질 않았다.

"Shit! Fucking driver!"

유턴해서 다른 길을 이용하려는데 뒤쪽에 있던 차가 중앙선을 넘어 기찬의 운전석 옆을 아슬아슬하게 스치고 지나갔다. 기찬이 조금만 더 핸들을 빨리 꺾었더라면 사고가 날 수도 있는 상황이었다. 화가 난 기찬이 거칠게 욕설을 뱉어내는데 조수석에 앉은 은남이 뾰로통하게 말했다.

"욕하지 마."

기찬은 조금 전 난폭운전을 한 놈 때문에 놀랐던 것보다도 더 심장이 철렁했다. 그는 눈을 동그랗게 뜨고서 은남을 쳐다보았다.

"은남아, 나 영어로 욕하는 거 귀엽지 않아?"

"응, 그렇기는 하지."

기찬은 몹시도 진지했으며 매우 심각했다. 기찬이 심각한 것에 비해 은남은 아주 순순히 그의 말을 인정했다.

"나 영어로 욕하는 거 가끔 되게 섹시하다고 했잖아."

"응, 그 말도 맞고."

이번에도 은남은 고개를 끄덕거리며 맞장구를 쳐주었다.

"씨발보다는 나으니까 늘 입에 달고 사는 것만 아니면 봐준다고도 했었잖아."

"응, 맞아. 그랬었지."

분명 은남이 했던 말이었다. 그녀는 시원하게 그것을 인정해주었다.

"근데 왜?"

기찬은 혼란스러웠다. 사실 한국에 들어온 다음부터 은남이 좀 이상했다. 자꾸만 입맛이 없다 하고, 기분도 좋지 않아 보이고, 요 며칠은 안지도 하지 못하게 했다. 처음에는 시차 적응 때문에 힘들구나 했었다. 그다음에는 본가에 있어서 눈치가 보여서 그런가 했었다. 은남은 본가에 있을 때는 소리를 참으려고 애쓰는 기색이 역력했다. 기찬이 신혼집을 멀리 구하자고 우기는 것에는 그것도 이유가 되었다. 그런데 이제는 여태껏 귀엽다고, 섹시하다고, 적당히 하는 건 괜찮다고 하던 욕도 하지 못하게 했다.

"은남아, 너 진짜 왜 그래? 설마, 내가 너무 많이 해서 그래? 아니면 설마, 벌써 내가 싫어졌어?"

갖은 이유를 끌어다 대는 기찬은 아랫입술을 비죽거리는 것이 금세 울먹이기라도 할 것 같았다. 자신은 날이 갈수록 더 사랑하는데, 너무 사랑해서 미칠 것 같은데, 은남은 자신과 같지 않은 것 같아 불안해졌다.

"아, 진짜. 뭐래. 욕하는 입 나쁜 입 배울까 봐 그러는 거잖아."

답답한 은남이 언질을 주었지만, 불안함으로 축 처져 버린 기찬이 그 뜻을 이해할 리 만무했다.

"욕하는 입 나쁜 입은 또 뭐야? 그건 또 누가 배우는데? 도대체 어떤 놈인데?"

앞뒤 캄캄해서 엉뚱한 소리만 해대는 기찬 때문에 은남은 결국 큰소리로 웃음을 터뜨리고 말았다.

"배우긴 누가 배우겠어. 내 배 속에 있는 아기지."

"뭐어!"

기찬은 너무 놀라 소리를 버럭 내질렀다가 뒤늦게 아차, 하며 얼른 제 입을 손바닥으로 꾹 눌렀다. 아기. 잠깐만. 그러니까 은남이 배 속에 아기. 아기? 아기라니? 그러니까 은남이랑 내…… 아기?

"생리를 안 하길래 오늘 테스트기 해봤더니 두 줄이 나왔단 말이야. 어머님 친구분이 산부인과 원장님이라고 하셔서 가서 검사해보고 확실해지면 얘기해주려고 했다고. 그런데 네가 자꾸 엉뚱한 소리를 하니까 내가 말을 안 할 수가 없잖아."

앞으로 평생 은남의 인생에 불알은 자신밖에 없을 거라던 기찬의 장담은 틀렸다. 불알 때문에 잔뜩 흥분해서 콘돔을 쓸 새도 없이 꼬박 이틀 밤낮을 뒹굴었던 보스턴의 그 호텔. 그날 은남의 인생에 또 다른 불알이 생긴 것이다. 그것도 쌍불알. 아들 쌍둥이었다.

그로써 본가에서 뚝 떨어져 은남을 혼자만 독차지하고 살겠다는 기찬의 욕심은 완전히 어그러져 버렸다. 은남이 고른 신혼집은 본가와 담 하나를 사이에 두고 있는 바로 옆집이었다. 그리고 그녀가 집 인테리어를 손보면서 가장 먼저 한 것은 두 집 사이의 담을 허무는 것이었다.

2. 늦어도 너무 늦은 참회

　정식은 정말 지푸라기라도 잡고 싶은 심정이었다. 뭐 하나 수월
하게 풀리는 일이 없었다. 사건 사고는 연달아 펑펑 터지는데 출
구는 보이지 않았고, 날이 갈수록 그의 처지는 한없이 구석으로
만 내몰렸다.

　가장 먼저 일이 터진 건 그의 버섯 농장 쪽이었다. 아버지로부터
물려받은 정식의 농장은 수십 년 동안 별 탈 없이 잘 굴러가고 있
었다. 그는 농사짓는 이들 중에서 운이 좋은 편이었다. 고정 거래
처도 많았고 매출은 꾸준했다. 하지만 문제는 예기치 못하게 시작
되었다. 그의 농장에서 멀지 않은 곳에 규모가 두 배는 더 큰 다른
농장이 들어선 것이다. 새로운 농장은 서울에서 귀농한 청년들이
모여서 만든 농장이라고 했다.

　"제깟 놈들이 버섯에 대해 뭘 안다고."

　처음에 정식은 콧방귀를 뀌었다. 오랫동안 거래를 이어온 업체
들에 대한 믿음도 있었고, 아버지 때부터 이어온 버섯 농사에 대

한 자부심도 있었다. 분명 몇 달 아등바등하다가 두 손 바짝 들고 백기를 흔들며 줄행랑칠 거라 장담했었다. 하지만 상황은 정식의 예상과는 전혀 다르게 흘러갔다. 청년들은 과감했으며 거침이 없었다. 연구비를 아낌없이 투자하더니 항암 효과가 있다는 약용버섯, 송이와 표고를 접목하여 맛과 향이 뛰어난 버섯, 저장성이 좋은 느타리버섯까지 연달아 개발해내었다.

정식의 거래처 중 하나가 그들과 거래를 텄다는 소식을 들었다. 그 정도는 문제 될 게 아니었다. 굵직한 거래처 몇이 그들 쪽으로 옮겨갔다. 타격은 있었지만 애써 태연한 척했다. 가장 큰 거래처가 정식과의 거래를 끊겠다고 통보해 왔을 때, 정식은 현실을 인정해야만 했다. 그는 더 이상 운 좋은 농사꾼이 아니었다.

쭉쭉 상승곡선을 그리며 치고 올라가는 옆 농장의 매출 그래프와 한없이 굴러떨어지는 정식의 매출 그래프는 손써 볼 새도 없이 순식간에 아래위 위치가 뒤바뀌어 버렸다. 그리고 그 간격은 날이 갈수록 점점 더 벌어졌다. 뒤늦게 현실을 인정하고 밤낮없이 농장 일에 매달려 보았지만 상황은 좀체 나아질 기미가 보이지 않았다.

농장 일만 해도 머리가 가뜩한데 자식들까지도 그를 엎치고 덮쳤다. 할머니와 부인 영화에게는 막내아들 진남이 최고일 테지만, 정식이 가장 아끼는 건 단연 큰딸 가은이었다. 첫 자식이기에 정을 듬뿍 주었었다. 본인이 원하는 대학, 본인이 하겠다는 일 크게 반대한 적도 없었다.

정식이 처음으로 반대한 것은 가은의 결혼이었다. 결혼하고 싶은 남자라고 처음 승훈을 집에 데리고 왔을 때, 정식은 심약해 보이는 승훈이 탐탁지 않았다. 그는 맏사위에 대한 욕심이 컸다.

가은의 남편감이라면 더 남자답고, 더 듬직하고, 배포가 넓은 놈이기를 바랐다. 승훈은 그의 욕심에 한참이나 못 미치는 사윗감이었다. 끝까지 둘의 결혼을 반대했지만, 가은의 고집을 당해낼 재간이 없었다. 그래도 몇 년을 우리 식구려니 하고 지켜보니 나름대로 장점도 보였다. 얄밉상스러운 면이 있는 가은의 비위를 잘 맞추는 것도 괜찮아 보였고, 소심하고 심약하니 작은 사고는 쳐도 큰 사고는 치지 않겠구나 하는 믿음 정도는 가지게 되었다. 그랬던 승훈이었는데 정식은 그에게 뒤통수를 거하게 후려 맞고 말았다. 가은에게 꽉 잡혀 기도 제대로 못 펴는 줄 알았더니 그 주제에 바람을 피운 것이다. 그것도 가은보다 새파랗게 어린 커피숍 알바생이랑.

애초에 손바닥만 한 읍내였다. 남의 얘기 옮기는 게 소일거리의 반인 여편네들의 입만큼 빠른 것이 없었다. 점심시간에 승훈이랑 커피숍 알바생이랑 저수지 옆 모텔에서 나오더라는 소식은 그날 바로 가은의 귀에까지 들어갔다.

바람피운 것이 딱 걸려버린 승훈은 가은에게 대차게 쥐어뜯기고는 곧장 자신의 본가로 내빼버렸다. 이혼해달라는 메시지 하나 달랑 남겨놓고 전화도 받지 않았다. 가은이 농협으로 찾아가면 그녀의 머리꼭지가 보이기도 전에 후문으로 부리나케 도망쳐버렸고, 시댁으로 찾아가면 안에 있는 것이 빤히 보이는데도 문을 열어주지 않았다. 커피숍 알바생까지도 그날 이후 행방이 묘연한 상태였다.

더 어처구니없는 건 승훈의 어머니였다. 그녀는 제 아들을 나무라기는커녕 외려 승훈과 그 어린 내연녀를 싸고돌았다. 가은이 결혼한 지 2년이 넘도록 애도 안 낳고, 살림도 제대로 안 하고, 남편만 쥐잡듯이 잡고, 시부모한테도 고깝게 구는데 어떤 남자가 배겨나겠냐며 동네방네 떠들고 다녔다. 평소 쌀쌀맞은 가은을 탐탁지 않아 하던 동네 여편네들까지 이러쿵저러쿵 입길을 보태자 정식과 영화는 화병이 나서 죽을 지경이었다.

잔뜩 열이 뻗친 영화가 승훈의 어머니와 오일장에서 딱 마주친 건 아주 좋지 않은 일이었다. 큰소리가 오고 가고, 삿대질을 주고받고, 급기야 사돈지간에 시장통 한가운데서 죽네 사네 드잡이까지 한 것이다.

승훈의 어머니는 덩치가 아주 좋았고 영화는 아담한 체구였다. 하지만 어찌 된 것이 싸움 끝에 응급차에 실려 간 건 승훈의 어머니 쪽이었다. 영화가 툭 밀치자 뒤로 훌떡 넘어간 승훈의 어머니가 하필 시장 바닥에서 나물을 팔던 아주머니의 스텐 대야를 깔고 앉았고 그 바람에 고관절이 골절된 것이다.

승훈의 어머니 손에도 영화의 머리털이 한 움큼 쥐여있었지만 먼저 손을 댄 건 분명 영화였다. 영화도 여기저기 상처를 입었지만 병원에 갈 정도는 아니었고, 승훈의 어머니는 수술과 입원이 필요할 만큼의 중상이었다. 게다가 오일장에 있던 모든 이들이 그 상황의 목격자였다. 영화의 처지는 아주 곤란해지고 말았다.

승훈의 어머니가 원래부터 골다공증이 있었고 고관절도 시원치 않았으며 사고 당시에도 아주 슬쩍 밀었을 뿐인데 승훈의 어머니가 일부러 주저앉은 것 같다는 영화의 주장은 전혀 받아들여지지 않았다. 아무리 상황의 억울함을 호소해보아도 승훈의 어머니가 합의해주지 않으면 꼼짝없이 경찰에 끌려갈 판이었다.

승훈의 어머니는 합의해줄 듯 말 듯 몇 달을 질질 끌며 온 가족의 피를 바짝바짝 말렸다. 바람을 피운 건 승훈인데 용서를 비는 건 정식과 영화였다. 승훈의 어머니는 정식과 영화가 지쳐 나가떨어질 때쯤 치료비에 합의금, 보태어 승훈과 가은의 이혼 약속까지 받아내고 나서야 합의서에 도장을 찍어주었다.

약이 바짝 오른 가은이 위자료 청구 소송을 냈지만, 승훈은 끝까지 비겁했다. 코빼기도 내비치지 않고서 변호사를 통해 가은이 결혼 기간 내내 불성실했고, 남편과의 잠자리를 툭하면 거부했으며, 남편에게 손찌검까지 했음을 증거로 들이밀며 맞불을 놓았다. 아이가 없으니 받을 양육비도 없고, 둘이 살던 집은 시부모님이 마련해주신 것이고, 결혼 기간이 길지도 않았고, 결혼 파탄의 책임이 가은에게도 있음이 상당 부분 인정된다는 판결 결과가 나오다 보니 가은이 위자료로 받은 건 고작 1천만 원이 전부였다. 승훈의 어머니에게 준 치료비와 합의금에도 못 미치는 돈이었다. 가은은 털털 빈손으로 자신이 시집가기 전에 쓰던 방으로 되돌아올 수밖에 없었다.

환장할 일은 거기서 끝이 아니었다. 가은을 피해 요리조리 잘도 도망 다니던 승훈이 이혼하자마자 보란 듯이 동네 여기저기를 실컷 쏘다니기 시작한 것이다. 그것도 그때 그 어린 상간녀를 옆에 끼고서.

임신해서 배가 이만큼이나 부푼 어리고 뽀얀 여자는 가은과 마주치면 눈을 피하지도 않고 배시시 웃었다. 간혹 승훈의 부모님이 함께일 때도 있었는데, 어린 새 며느리를 둥개둥개 어르고 예뻐하는 모습이 눈꼴시어 볼 수 없을 정도였다. 그들과 마주친 날이면 가은은 온갖 히스테리를 부리며 물건을 집어 던지고 난동을 피워댔다. 이혼하고 돌아온 가은에게, 손바닥만 한 동네에서 망신도 이런 망신이 없다고 막말을 퍼붓던 할머니가 그런 가은을 그냥 보아 넘길 리가 없었다. 가은이 성질을 부리면 할머니는 더 큰소리로 호통을 쳤다. 온 집안이 난장판이 되어도 싸움은 쉬이 끝나지 않았다.

정식은 자신의 어머니와 딸 사이에서 딱 죽을 맛이었다. 마누라까지 분하고 억울하다고 정식을 들들 볶아대니 부부싸움까지 끊이질 않았다. 그사이에도 농장 매출은 끝도 없이 곤두박질치고 있었다. 그는 오래전에 끊었던 담배를 다시 입에 물었다.

* * *

저녁을 먹기 위해 집에 왔더니 할머니와 가은은 물을 아껴 쓰네 마네 하는 시답잖은 이유로 또 옥신각신 다투고 있었다. 정식은 머리가 지끈거렸다. 자신은 인건비라도 좀 줄여보겠다고 밤낮없이 동동거리는데 가족들은 저녁 식사를 하는 잠시도 편하게 해주질 않았다. 가은이 찢어지는 목소리로 꼬박꼬박 대드는 걸 두고 보던 정식은 국을 뜨던 숟가락을 도로 내려놓고 말았다.

"가은이 너는 맨날 집에서 할머니랑 싸우지만 말고 나와서 농장 일이라도 좀 거들어."

참다못한 정식이 가은을 나무라는 소리를 했다.

"아빠! 내가 그딴 일을 어떻게 한다고 그래! 내가 이혼하고 오니까 아빠도 내가 우스워? 아빠까지 왜 그러는데!"

가은은 팩 토라져서 벌컥 성을 내더니 그대로 쾅, 문을 닫고 제 방으로 들어가 버렸다.

"이혼하고 온 게 뭐가 자랑이라고! 그러니까 내가 뭐랬냐. 계집 년들은 오냐오냐 키워봤자 집안만 시끄럽게 한다고 했냐, 안 했냐. 에이! 아무짝에도 쓸모없는 계집년들 같으니라고! 에미야! 내 밥은 방으로 가지고 오너라!"

"네……."

할머니는 할머니대로 혀를 쯧쯧 차며 안방으로 사라졌다. 영화 는 불만에 가득 찬 눈초리로 정식을 흘기더니 입술을 삐죽거리며 주방으로 들어갔다. 정식은 혼자 덩그러니 식탁에 남겨졌다. 밥 은 아직 절반도 넘게 남아 있었다. 그는 지끈거리는 머리통을 손 으로 꾹꾹 누르며 자리에서 일어섰다.

그는 지쳐가고 있었다. 그 역시 위로 여섯이나 되는 누나들이 있 고 막둥이로 태어난 귀한 아들이었다. 별다른 노력을 하지 않아도 칭찬받았고, 그저 존재 자체만으로 귀하게 대접받았다. 늘 그게 당연했었다. 살면서 아들이라는 무게가, 집안의 가장이라는 무게 가 이렇게까지 무거웠던 적은 처음이었다. 어머니의 '계집년' 소 리도 이젠 지긋지긋했다. 며느리와 손녀들을 싸잡아 욕하시면서 도 정작 그런 말을 입에 달고 사시는 어머니 또한 여자임을 까맣 게 잊고 계신 듯했다.

가은은 원래부터 제멋대로이긴 했지만 아버지인 자신에게는 애 교스러운 딸이었다. 이혼하고 돌아온 큰딸은 딴사람이 된 것처럼 자신에게도 걸핏하면 화를 내고 길길이 날뛰었다. 할아버지 때부 터 이어오던 가업을 '그딴 일'이라고 말하는 데에는 제아무리 정식이라도 마음 상하지 않을 수 없었다. 그 덕에 평생 편하게 먹고 입고 공부했으면서 말이다.

정식은 터덜터덜 마당으로 나왔다. 한 곁에 놓아둔 나무 의자 위에 털썩 주저앉은 그는 담배에 불을 붙였다.

"후우……."

담배 연기인지 한숨인지 모를 것이 그의 폐부 저 깊숙한 곳에서부터 끌어 올려졌다.

'아빠. 몸에 좋은 버섯을 키우는 사람이 몸에 안 좋은 담배를 피우면 어떡해. 할아버지도 담배는 안 피우셨다면서. 아빠가 담배 냄새 풍기고 다니면 버섯들도 안 좋아한다고.'

문득, 종알거리며 잔소리하는 소리가 들리는 듯했다. 은남이었다. 중학생이던 은남은 주말이면 농장에 나와 그 작은 손으로 버섯을 따면서 정식의 일을 도왔다. 평소에는 수더분하고 얌전하던 아이가 그때는 졸졸 따라다니면서 담배 끊으라고 유난스럽게 잔소리를 해댔었다. 정식이 담배를 끊은 건 그 때문이었다.

그러고 보니 다섯 명의 자식 중에서 농장 일을 도왔던 건 은남이뿐이었다. 제 언니들은 아무도 하려 하지 않는 일을 은남은 한 번도 마다하지 않았다. 은남이 착해서, 순해 빠져서 그렇다는 걸 알면서도 자신은 잘한다, 기특하다 칭찬조차 인색하게 굴었다.

'처음 뵙겠습니다. 황기찬입니다.'

은남이를 떠올리자 그 애가 마지막으로 집에 왔을 때, 결혼할 사람이라고 데려왔던 녀석도 함께 생각났다. 돌아앉아 있느라 똑바로 보지 못했지만, 곁눈으로만 보아도 아주 훤칠한 것이 욕심나는 놈이었다. 식구들에게 당당하게 제 할 말을 다 하던 놈이 꽤

씀하기도 했지만, 자신이 큰 사윗감으로 바랐던 건 그렇게 배포가 큰 놈이었다.

진남이랑 동갑이랬던가. 아무리 제 자식이라고 해도 그놈과 진남이를 비교해보면 진남이가 더 낫다 할 구석이 하나도 없었다. 진남이는 지금 노량진에 있었다. 제 엄마와 할머니를 꼬드겨 서울로 공무원 시험 준비를 하러 간 것이다. 정식은 할 놈이면 여기서라고 못 하겠냐고 반대했지만, 할머니가 머리를 싸매고 드러누워 버릴 때는 방법이 없었다.

한 달에 채 한 번도 집에 내려오지 않고, 전화로는 맨날 돈 달라는 소리만 하는 진남을 생각하자 기분이 한층 더 씁쓸해졌다. 담배 맛까지도 소태처럼 쓰게 느껴졌다. 정식은 아직 절반가량 남은 담배를 바닥에 비벼 껐다. 나은의 전화는 정식이 엉덩이를 툭툭 털며 자리에서 일어설 때 걸려왔다.

– 아빠! 어떡해! 집에 도둑이 들었어!

반대편에서 나은이 째지는 목소리로 비명을 질러댔다. 둘째 나은과 셋째 다은은 읍내에 있는 빌라에서 둘이 살고 있었다. 작은 사무실에 다니는 나은은 미용실에 다니는 다은보다 늘 퇴근이 빨랐다. 오늘도 나은이 먼저 퇴근해 집에 돌아왔는데, 온 집 안이 쑥대밭으로 들쑤셔져 있다는 것이었다.

농장에 다시 나가보려던 정식은 그대로 읍내를 향해 트럭을 몰았다. 평소에는 삼십 분 남짓한 거리가 멀다 느껴진 적이 없었는데, 오늘은 멀기도 무지하게 먼 것 같았다. 트럭이 부서져라 정신없이 달려 그는 이십 분만에 두 딸들이 살고 있는 빌라 앞에 도착할 수 있었다. 트럭에서 내리면서 그는 비로소 자신이 담배를 피우러 나오면서 꿰어 신었던 슬리퍼 차림인 것을 알아챘다. 신발을 갈아 신어야 한다는 생각을 할 정신도 없었던 것이다.

여자애 둘이 사는 살림살이 도둑이 들어봤자 얼마나 피해를 보았겠냐며, 그래도 강도가 아니라 빈집털이 좀도둑이라 천만다행이라며, 도어록을 바꿔주고 튼튼한 보조키도 달아줘야겠다고 오는 동안 스스로를 다독거린 덕분에 차에서 내린 정식은 그래도 어느 정도 평정심을 되찾은 상태였다. 하지만 그 평정심은 얼마 가지 못했다.

"피해액이, 얼마? 일, 일……억 오천?"

나은과 미용실에서 달려 나온 다은은 눈물 콧물을 쏟으며 난장판이 된 살림살이를 뒤적거렸다. 둘이 번갈아 가며 도둑맞은 물건들을 진술하는데 모두 다 정식으로서는 난생처음 들어보는 명품 이름들이었다. 은남이랑 결혼하겠다는 남자가 집으로 인사 왔을 때 선물한 것들이라고 했다. 그것들을 세 자매가 나눠 가졌는데 그 중 나은과 다은의 몫을 이번에 몽땅 다 털려버린 것이었다.

그때 그 행거에 가득 걸려 있던 옷과 가방들이 그렇게까지 비싼 것들인 줄을 정식은 그때 처음으로 알았다. 아깝지만, 속이 쓰리지만, 자다가 벌떡 일어날 만큼 억울하겠지만, 그래도 원래 너희들 것이 아니었으니 그만 잊으라고, 거기까지는 그렇게 달래줄 참이었다. 하지만 문제는 그다음이었다.

"뭐, 뭐라고? 그중에서 오, 오천만 원어치는 너희가 직접 산 거라고?"

비록 집에 보탬이 되거나 알뜰하게 모으지는 못해도 본인들이 쓸 건 알아서 벌어 쓰던 딸들이었다. 특출할 것 없어도 무던하게 자라 무던하게 살던 딸들이었다. 그랬던 나은과 다은이 뒤늦게 맛본 명품 맛에 주제에도 맞지 않는 명품 병이 걸려버린 것이었다.

한번 좋은 가방을 메 보니 늘 메고 다니던 싸구려 가방이 눈에 차지 않게 되었고, 때깔 좋고 맵시 나는 비싼 옷을 입어 보니 시장에서 산 옷들은 하나같이 후줄근하게 보였다. 값비싼 것들로 치렁치렁 휘어 감으니, '나라고 은남이 남편 같은 사람 만나지 말라는 법이 어딨어.' 헛꿈도 꾸게 되었다.

처음 서울까지 올라가 백화점에서 쇼핑을 했을 때는 손이 후들거리는 금액에 심장이 벌렁거렸었다. 하지만 그것이 금세 두 번이 되고 또 세 번이 되었다. 그러더니 언젠가부터는 쇼핑을 하지 않으면 견딜 수 없게 되어버리고 말았다. 그렇게 쇼핑을 하면서 조금 여투어 두었던 저축을 야금야금 까먹고, 저축을 다 까먹자 신용카드를 쓰게 되고, 하나였던 신용카드가 여러 개로 늘어나고, 얼마 전에는 캐피탈에서 대출까지 받았다고 했다. 아직 1회 할부금조차 내지 않은 신상 가방까지 몽땅 다 털렸다며 눈물을 쥐어짜고 있는 딸들을 보고 있으려니 정식은 뱃속에서부터 열불이 치밀어 올랐다.

"이 철딱서니 없는 년들아! 니들이 제정신이야! 니들한테 명품이 가당키나 해? 언제부터 그딴 걸 두르고 다녔다고 명품 타령을 하고 지랄이야! 나는 온종일 농장에서 허리 한 번 제대로 못 펴고 일을 하면서도 돈 걱정에 잠이 안 오는데 네 년들은 쇼핑으로 몇 천만 원씩 써재껴? 이 정신머리 없는 년들아!"

정식은 욕설을 내뱉으며 두툼한 손바닥으로 나은과 다은의 머리통이며 등짝을 마구 두들겨 팼다. 나은과 다은은 더욱 서럽게 울음을 터뜨렸다. 피해 조사를 하던 경찰관 둘이 뜯어말리지 않았다면 정식은 두 딸의 머리끄덩이라도 잡고 흔들 기세였다. 크지도 않은 읍내에서 그렇게 값비싼 명품들을 두르고 다니니 오죽 눈에 잘 띄었을까. 왜 하필 빈집털이가 나은과 다은의 집을 콕 집어 털어갔는지 정식은 비로소 이해가 되었다.

　도둑이 탈탈 털어간 집에 딸들을 재울 수 없어 트럭 옆자리에 태워오면서도 정식은 한숨밖에 나오지 않았다. 경찰은 명품만 쏙쏙 골라서 가져간 걸 보니 어설픈 잡범은 아닌 것 같다고 했다. 설령 범인을 잡는다고 해도 물건은 이미 다 처분해버렸을 확률이 높다고도 했다. 팔아서 빚을 메울 물건들이 다 사라져버렸으니 물건값은 고스란히 갚아야 할 채무로만 남아버렸다. 남은 방법은 나은과 다은이 살던 빌라의 전세금을 빼서 빚을 갚고 딸들을 다시 집으로 들이는 수밖에 없었다. 딸들이 살던 방 두 칸짜리 빌라의 전세금은 오천만 원. 집에서 출퇴근하기 힘들다면서 둘이 함께 읍내에서 자취하겠다고 했을 때 정식이 마련해주었던 돈이었다.

　'아빠, 나은 언니랑 다은 언니한테는 오천만 원이나 해줬잖아. 난 그만큼은 바라지도 않아. 월세는 내가 알아서 할 테니까 보증금 천만 원만. 응? 천만 원이 안 되면 오백만 원이라도. 응, 제발, 아빠! 적어도 언니들 십 분의 일 만큼은 나한테도 해줄 수 있는 거잖아. 왜 나는 안 되는 건데. 왜 맨날 나만 안 된다고 하는 건데.'

　갑자기 가슴속이 따끔따끔했다. 서울에 직장을 구해놓고, 엄마나 할머니한테는 이도 안 들어갈 걸 알기에 은남은 정식을 붙들고 애원했었다. 제발 월세 보증금만 도와달라고. 안 되겠으면 빌려주기라도 하라고. 마누라나 어머니가 알게 되면 두고두고 짱알거릴

게 귀찮아서, 진남이가 안 풀리면 두고두고 그 탓을 할 게 성가셔서, 은남이 그냥 집에 남아 농장일이나 거들며 지냈으면 하는 욕심에 정식은 끝끝내 그 부탁을 들어주지 않았었다.

자신은 도대체 왜 그렇게도 은남이한테는 모질게 굴었던 것일까. 이렇게 허무하게 몽땅 다 날려버리느니 은남이한테 뚝 떼어주기라도 할 것을. 그렇게 고생고생하며 고시원에서 살게 하지는 말 것을. 처음으로 가져보는 죄책감이었다.

* * *

"네? 얼마요?"

터무니없는 금액이었다. 정식은 자신의 귀를 의심했다. 차라리 잘못 들은 것이라면 좋으련만 그의 귀는 지나치게 멀쩡했고 그가 들은 금액은 칠천만 원이 틀림없었다.

"뭘 그렇게 놀라냐? 그러면 장군님을 여기까지 모시면서 그 정도 금액도 생각 안 한 거냐?"

할머니는 허옇게 질리는 정식이 못마땅하다는 듯 혀를 끌끌 차며 타박했다. 분가시켰던 딸 셋이 몽땅 다 빈털터리가 되어 돌아왔으니 집안 꼴은 말이 아니었다. 하나같이 날카로워져서 툭하면 다투고 툭하면 골을 부리고 툭하면 울음을 터뜨렸다. 거기에 영화와 할머니까지 가세하면 난리도 이런 난리가 없었다. 정식은 정말 지푸라기라도 잡고 싶었다. 지푸라기가 아니라 그 어떤 것이라도 붙들 것이 필요했다. 그런 그에게 할머니가 내민 건 '재수굿'을 해야만 한다는 박수무당의 점괘였다.

'장군님께서 전하시길 굿을 하지 않으면 절대 이 난관을 헤쳐 나갈 수 없을 거라 하신다.'

할머니만큼 맹목적인 건 아니었지만, 정식도 점괘를 상당히 믿는 편이었다. 처음에는 긴가민가했지만, 막내아들 진남이 태어난 후로는 완전히 그렇게 되었다. 아들을 낳게 해준다는 온갖 비법을 다 쓰고도 낳지 못했던 아들인데, 박수무당의 부적 한 장에 떡하니 아들을 얻었으니 그로서는 믿지 않을 수가 없었다.

그 후로 늘 집안의 대소사를 박수무당과 상의했다. 중요한 일을 앞두고는 박수무당에게서 좋은 날을 받아오기도 했고, 점괘가 좋지 않게 나올 때는 부적을 쓰기도 했다. 그래도 굿은 쉬이 입에 올릴 얘기가 아니었다. 내켜 하지 않는 정식에게 할머니는 저주와도 같은 점괘를 끝도 없이 주절거렸다.

장군님께서 이게 다가 아니라고 하신다. 굿을 안 하면 더 큰 화가 닥친다는데 이 노릇을 어쩔 것이냐. 그 화가 자칫 진남이에게 미칠 수도 있다는데 부모 된 도리로서 어찌 그걸 마다하느냐. 진남이가 본디 큰 사주인데 지금 그 발 앞에 커다란 돌덩이가 떡하니 놓여 있다고 한다. 좋은 사주를 쥐고 태어나서도 제 사주 값을 못 하고 있으니 굿을 해서 그걸 말끔히 치워줘야 한다더라. 굿만 하면 집안의 우환이 싹 다 가시고, 농사도 다시 잘되고, 진남이는 시험에 붙는 것은 물론이고 부잣집 고명딸이랑 결혼까지 하게 된다니 이보다 좋은 게 또 어디 있겠느냐. 그래도 정식이 고개를 흔들자 할머니는 머리를 싸매고 드러누웠다가 밥상을 물리고 곡기를 끊기까지 했다. 그렇게까지 나오자 정식은 또 마음이 약해질 수밖에 없었다.

'굿을 하려면 도대체 돈이 얼마나 드는데요?'

너지시 물었다. 누워서 끙끙 앓던 할머니는 그 길로 박수무당에게 한달음에 달려갔다. 그러더니 이렇게 얼토당토않은 금액을 받아 온 것이었다. 칠천만 원. 한 오백만 원 정도면 되려나 했던 정식은 기함하며 놀라 자빠질 수밖에 없었다.

"요즘 농장이 힘들다고 말씀드렸잖아요. 지금 집에 그만한 돈이 어디 있다고요? 정 하고 싶으시면 그냥 떡이나 한 말 찌고 돼지머리나 삶아다가 작게 고사나 지내세요."

"안 된다, 안 돼! 이건 무를 수가 없는 거야! 여기저기 온갖 데가 다 막혀서 일 억짜리 굿은 해야 시원하게 뚫린다는데, 우리 사정이 참으로 딱하게 됐다고 삼천만 원이나 뚝 잘라주셨지 뭐냐. 이 얼마나 감사한 일이냐 말이다. 그래서 내가 벌써 초랑 쌀도 올리고 날짜까지 다 받아왔다. 그래놓고 이제 와서 물리면 큰일 나지. 장군님이랑 철석같이 약속한 걸 어기고서 얼마나 흉하게 동티가 나려고! 안 된다, 안 돼. 절대 안 돼!"

어머니 눈에는 시커멓게 죽어가는 아들 얼굴은 보이지 않고, 남들 눈에는 보이지도 않는 장군님만 보이는 것 같았다.

"아니, 왜 어머니 마음대로 그렇게 하셨어요? 제가 금액이나 한번 알아보라고 했지 당장 하겠다고 했어요? 지금 우리 형편에 칠천만 원짜리 굿이 가당키나 해요? 지금 농장 꼴이 어떤지는 아시냐고요!"

"그러니까 이걸 꼭 해야 한다는 거 아니냐! 팔자에도 없는 아들까지 점지해주신 용한 장군님이시다. 그런 장군님께서 굿 한 번이면 집안에 우환도 다 치워주시고, 우리 진남이도 팔자 펴고 떵떵

거리면서 살게 해주신다는데 안 하겠다는 이유가 뭐냐! 저 계집년들 한심한 꼬라지 좀 봐라. 지금 집안을 일으킬 사람이라고는 우리 진남이밖에 없는데, 그럼 너는 이대로 우리 집안이 쫄딱 망하는 걸 보겠다는 거냐?"

말이 통하지 않았다. 억지도 이런 억지가 없었다. 할머니는 요지부동이었고 결국 먼저 지쳐 나가떨어져 버린 것은 정식이었다. 내내 적자를 면치 못하는 바람에 그의 수중에 있는 돈이라고는 버섯 배지를 만들기 위해 농장을 담보로 은행에서 대출받은 돈뿐이었다.

"우리 진남이가 어떤 손주인데. 장군님이 점지해주신 덕에 태어난 놈 아니냐. 두고 봐라. 내 말대로 하길 잘했다고 할 거다. 진남이 덕분에 호강하고 살날이 곧 올 거란 말이다."

할머니에게 그 돈을 건넬 때 정식은 자포자기한 심정이었다. 할머니는 그런 정식의 심정은 요만큼도 생각지 않았다.

버섯 배지는 톱밥과 쌀겨, 탄산칼슘 등을 섞어서 잘 뭉친 후 원기둥 모양으로 만든 것이었다. 예전에는 통나무에 버섯 종균을 접종해 버섯을 키웠지만, 지금은 대부분 관리가 편한 버섯 배지에다 종균을 심어 버섯을 키우고 있었다.

아버지가 살아계실 때 정식의 농장은 질 좋은 참나무 톱밥으로 직접 버섯 배지를 만들어 버섯을 키웠었다. 배지를 직접 만드는 게 워낙 힘이 많이 들고 손이 많이 가고 비용도 많이 드는 일이다 보니 아버지가 돌아가신 후 정식은 배지를 직접 만드는 대신 저렴한 배지를 사다 쓰기 시작했다. 저렴한 배지를 쓰면 그만큼 버섯의 품질이 떨어진다는 것을 그도 잘 알고 있었다. 하지만 그는 좀 더 편하게, 좀 더 많은 이윤을 남기고, 손쉽게 대량 생산하는 방법을 택했던 것이다. 돌아가신 아버지가 아셨다면 불호령을 맞을 일이었다.

옆에 생긴 버섯 농장에서는 배지를 직접 만드는 것은 물론이거니와 종균까지도 직접 연구 개발하고 있었다. 이대로라면 벌써 이만큼이나 벌어져 버린 격차를 절대로 따라잡을 수 없었다. 정식은 아버지가 하시던 대로 강원도의 질 좋고 깨끗한 참나무 톱밥을 구해다 최상의 배지를 직접 만들 작정이었다. 더 뒤처지지 않으려면 자신이 알고 있는 모든 노하우를 동원해 최고의 버섯을 길러내야만 했다. 그런데 그 돈이, 참나무 톱밥을 사들여야 하는 돈이, 기계를 손봐야 하는 돈이, 대출까지 받아 어렵게 장만한 돈이, 제 어머니의 손을 통해 고스란히 박수무당에게로 들어가 버린 것이다. 정식은 버섯 배지를 직접 만들려던 계획을 포기할 수밖에 없었다. 질 좋은 강원도 톱밥 대신 저렴하다는 중국산 배지를 이리저리 알아보는 정식의 현실은 암담하기만 했다.

이젠 정말로 이 깜깜한 상황을 벗어날 길은 없어 보였다. 이젠 정말로 진남이 제발 뭐라도 되는 것만이 유일한 희망이었다. 정식은 어두운 마당 한구석에 쪼그리고 앉아 담배를 입에 물었다. 제멋대로 퍼지는 담배 연기에 눈이 매웠다. 그는 뻑뻑해진 눈과 까슬한 얼굴을 거친 손바닥으로 벅벅 문질렀다. 어쩌면 눈물도 조금 묻어나왔을지 모르겠다.

* * *

알록달록 화려한 무복을 떨쳐입은 박수무당이 정식의 집 마당에서 열두거리 굿판을 벌였다. 요즘은 보기 힘든 구경거리에 동네 사람들이 바글바글 모여들었다. 상다리가 휘어지도록 음식을 차려 신에게든 인간에게든 융숭하게 대접했다. 박수무당이 팔을 한 번 내저을 때마다, 버선발로 사뿐사뿐 뜀을 뛸 때마다, 정식은 자신의 피 같은 돈이 허공에 흩뿌려지는 것 같았다. 몇 번씩이나 울컥울컥 울화가 치밀었지만, 이번이 마지막이라는 생각으로 꾹 참아냈다. 진남이라도 잘된다면, 시험에 붙고 좋은 배필을 만나 집안에 보탬이 된다면, 오로지 그것만이 집안의 마지막 희망이었다.

그리고 또다시 진남의 시험날이었다. 가족들 모두가 진남의 합격을 철석같이 믿었다. 사실 그것을 믿는 것 외에는 다른 도리가 없었다. 며칠 전부터 편히 잘 수도, 제대로 먹을 수도 없었던 정식은 농장에 나가지도 않고 아침부터 진남의 전화를 기다렸다. 오전이면 시험이 다 끝나니 늦어도 점심 전에는 연락이 올 터였다. 자리에 앉지도 못하고 내내 거실을 서성거리고 마당을 뱅뱅 돌았다.

시간은 참으로 더디게만 흘렀다. 그래도 담배를 몇 대 피우고 마당을 몇 바퀴 돌자 어찌어찌 흐르기는 흘러 어느새 점심때였다. 진남의 전화는 아직 걸려오지 않고 있었다. 가채점까지 마치고서 전화를 하려나. 정식은 불안한 마음을 애써 꾹꾹 눌러가며 집과 농장 사이를 일없이 왔다 갔다 했다. 가는 길에도 몇 번씩이나 전화기를 꺼내 보았지만 전화기는 조용하기만 했다. 그러는 사이에도 시간은 차곡차곡 흘러 어느덧 해거름이었다. 저 멀리 산 너머 하늘이 뉘엿거렸다. 이건 늦어도 너무 늦다. 집으로라도 연락이 왔으려나 했지만, 집에서도 모두들 해쓱한 얼굴로 전화기만 쳐다보고 있었다.

"제가 전화 한번 해볼까요?"

"무소식이 희소식이라 했다. 장군님이 이번에는 우리 진남이 틀림없이 철썩 붙여준다고 하시지 않더냐. 부정 타게 촐싹대지 말고 조용히 기다리고 있거라."

기다리다 못한 영화가 나섰다가 시어머니의 눈총에 도로 물러앉았다.

"이미 다 끝난 시험에 부정 타고 말고 할 게 어디 있습니까?"

답답한 정식이 제 어머니가 말리거나 말거나 휴대전화를 빼 들고 막 통화 버튼을 눌렀을 때였다. 진남의 목소리는 수화기 반대편이 아닌 아주 가까운 곳에서 들려왔다.

"할머니, 엄마! 저 왔어요."

"에구머니! 네가 지금 어떻게 여기 있어? 왜 전화도 안 하고?"

"시험 끝나자마자 터미널 가서 버스 타고 내려왔지. 휴대폰 배터리가 떨어진 걸 몰랐네."

진남은 시험 준비 때문에 바쁘다는 핑계로 몇 달 동안 코빼기도 보이지 않았었다. 그는 어리둥절해 하는 영화를 지나쳐 거실로 들어갔다. 갑자기 나타난 진남을 보고 어리둥절하기는 다른 가족들도 다 마찬가지였다. 다들 얼떨떨한 표정으로 정식의 눈치만 살피는데, 할머니는 오랜만에 보는 손자의 손을 덥석 잡고는 한없이 귀한 것을 대하듯 애지중지 손등을 쓰다듬었다.

"아이고, 내 새끼. 그래, 시험은? 잘 봤지?"

"뭐 그럭저럭요. 결과야 나와 봐야 아는 거고."

할머니한테서 슬그머니 손을 빼며 진남은 어물쩍 말을 돌렸다.

똑바로 쳐다보지도 못하는 품이 누가 보더라도 뭔가가 켕기는 모습이었다. 그 모습을 옆에서 지켜보고 선 정식은 울화통이 터졌다.

"말을 하려면 똑바로 해! 그래서 붙은 것 같다는 거야, 아니라는 거야? 시험 끝나고 가채점은 해봤을 거 아냐?"

정식이 닦달하자 진남은 소파에 털썩 엉덩이를 붙이며 마지못한 듯 입을 열었다.

"아, 몰라. 채점 안 해봤어. 그럴 정신도 없었고."

"그럴 정신이 왜 없어? 지금 너한테 시험보다 중요한 게 어디 있다고?"

조금도 진지하지 않은 진남의 태도에 정식은 머리끝까지 화가 치밀어 올랐다. 저 하나 때문에 온 식구들이 애간장을 졸이고 있는데, 이놈은 그러거나 말거나 여전히 철딱서니 없는 어린애처럼 제멋대로 굴었다.

"나 이제 공무원 시험 준비 안 할 거야."

"안 하면? 안 하면 어쩌겠다고? 대학도 중퇴한 놈이 뭘 어쩐다는 거야?"

"뭐든 하면 되지. 그리고 나 결혼할 거야."

"뭐? 뭐를 해? 결혼?"

마른하늘을 쪼개며 떨어진 번개가 정수리에 콱 내리꽂힌 기분이었다. 그야말로 날벼락이었다. 정식은 이번에야말로 제 귀가 잘못됐음이 틀림없다고 믿고 싶었다.

"응. 여자친구가 임신했대."

하지만 뻔뻔한 진남의 목소리는 그의 귓구멍을 제대로 후비며 들려왔다. 지금 저놈이 뭐라는 건가. 저 때문에 들어간 돈이 얼마인데. 그 돈이 어떤 돈인데! 정식은 뒷골이 찌릿찌릿하더니 눈앞이 하얗게 질려버렸다. 이제 보니 이놈이 집안에서 가장 큰 우환덩어리였다.

"이 새끼가 도대체, 네가 지금 제정신이야?"

험악하게 윽박지르며 정식은 진남의 멱살을 붙잡아 올렸다. 힘이 한창인 새파랗게 젊은 놈이라 해도 평생 농사로 뼈가 굵은 정식에게는 비할 바가 아니었다. 멱살이 붙들려 소파에서 일어선 진남은 정식의 손아귀에서 벗어나 보려 버둥거렸지만 쉽지 않았다.

"아이고, 진남이 아버지! 그 손 놓고 말로 해요, 말로. 애도 그럴 만한 사정이 있었겠죠! 진남아, 아버지한테 차근차근 제대로 잘 말씀드려, 응? 너희들도 빨리 아버지 좀 말려 봐!"

영화가 진남의 멱살을 붙잡고 흔드는 정식의 팔에 매달렸다. 가은, 나은, 다은도 금방이라도 주먹을 휘두를 것 같은 정식을 뜯어말리느라 난리였다. 거실이 온통 난장판이었다. 그 난리 통에 넋이 나간 듯 '아이고!' 소리만 반복하던 할머니가 진남의 바짓가랑이를 붙들며 애원하듯 물었다.

"진남아, 그래도 시험은 제대로 본 거지? 그런 거지?"

할머니는 아직도 장군님의 영험한 전지를 철석같이 믿고 있었다. 진남을 올려다보는 그녀의 눈동자에는 아직도 놓지 못한 믿음이 애처롭게 번들거렸다.

"시험, 안 봤어요."

진남의 이실직고에 간신히 붙잡아두었던 정식의 주먹이 기어코 내질러졌다. 영화는 얻어터진 진남을 붙들고, 세 자매는 분이 풀리지 않는다는 듯 또 주먹을 치켜드는 정식을 붙들고 또 한바탕 아수라장이 되었다. 할머니는 엉금엉금 기어가 이번엔 바닥에 주저앉아 있는 진남의 소맷부리를 붙잡았다.

"그럼 그 아가씨가 어디 큰 부잣집 딸내미라도 되는 게냐? 아이고, 아무래도 그런가 보다. 그렇지? 이 할미 말이 맞지?"

입술 옆에 핏물이 맺힌 채로, 진남은 내내 시선을 피하던 자신의 할머니를 이번에는 똑바로 쳐다보았다. 그는 외려 후련한 듯한 표정이었다.

"그런 거 아니에요, 할머니. 우리 세희는요, 어렸을 때 부모님 두 분 다 돌아가시고 혼자인 사람이에요. 고아라고요. 고등학교 졸업하고 지금은 노량진 식당에서 일해요. 저 서울 올라가자마자 만나기 시작해서 같이 산 지도 벌써 반년 넘었어요. 저 세희 돈 보고 만나는 거 아니에요. 진짜로 사랑해서 만나는 거지."

진남의 소매를 붙들었던 할머니의 손이 힘없이 툭 떨어졌다.

그렇게 확인했으면서도 할머니는 사실을 사실대로 인정하지 않았다.

"아이고! 아이고, 장군님! 이게 도대체 무슨 일이냐. 이럴 리가 없다. 절대로 이럴 리가 없어. 네가 어떻게 얻은 신 씨 집안 장손인데, 장군님이 너를 이렇게 두실 리가 없다. 아무래도 이 할미의 치성이 부족했나 보다. 그냥 일 억짜리로 할 것을 뭣 한다고 굿 값을 깎아서는. 진남아, 할미 말 잘 들어라. 그 계집년하고는 하루빨리 헤어지고, 다시 시험 준비해라. 이 할미가 제대로 다시 치성을 올려드릴 테니까……."

그 소리에 정식은 완전히 꼭지가 돌아버렸다. 이 지경이 되었는데도 또 굿을 하겠다는 제 어머니가 제정신으로 보이지 않았다.

"어머니! 진짜 노망이라도 났어요? 이 꼴을 보고도 그 빌어먹을 장군님 타령이 아직도 나와요? 또 굿을 하겠다니요! 어머니는 어머니 아들이 지금 다 죽게 생긴 건 안 보여요? 제발 그만 좀 하세요! 치성이니 나발이니 하는 그 꼴을 더 보느니 차라리 내가 동티가 나서 콱 뒤져버릴 테니까!"

눈이 회까닥 돌아버린 정식은 그야말로 미친놈처럼 소리를 질러댔다. 그러고도 분을 이기지 못했는지 말릴 새도 없이 집 밖으로 뛰쳐나가 버렸다. 허둥거리던 가족들이 뒤늦게 따라 나갔을 때 그가 탄 트럭은 이미 마당을 벗어나고 있었다. 정식이 차를 몰고 어디로 가버렸는지는 두 시간쯤 후에나 간신히 알게 되었다.

– 경찰서입니다. 거기 신정식 씨 댁이죠?

그 길로 박수무당네로 쳐들어간 정식이 신방을 모조리 다 깨부쉈다고 했다. 신을 받았다는 놈이 네 죽을 날도 몰랐냐며, 장군님이 이거는 안 가르쳐 주더냐며 박수무당을 흠씬 두들겨 패 놓기까지 했단다. 온 식구가 옆집 차를 얻어 타고 허방지방 경찰서로 쫓아가 보니 정식은 유치장에 갇힌 채였다. 사건 조서를 꾸미고 있던 경찰관에게 들은 얘기는 더욱 가관이었다.

"배태식 씨, 아시죠? 그 박수무당이라고 하는 작자요. 저희가 조사해봤더니 신내림 같은 거 받은 적 없답니다. 그러니까 가짜 무당이라고요. 그 인간, 무당 시늉하기 전에는 여자들 등치고 다니던 사기꾼이었어요. 사기전과만 해도 자그마치 11범입니다. 아니, 그런 놈을 도대체 뭘 믿고 칠천만 원씩이나 되는 굿을 한 겁니까? 굿한 것 말고도 점이며 부적이며 그동안 퍼다 준 돈이 한두 푼이 아니라면서요? 신정식 씨가 사기죄로 고소한다고 하는데 법원에서 어떻게 판결이 내려질지는 아무도 몰라요. 굿을 아예 안 했으면 모를까 뭘 하기는 했다면서요? 그리고, 폭행, 기물파손은 사기 사건과는 별개입니다. 아무리 억울해도 주먹을 그렇게 함부로 휘두르면 됩니까? 배태식 씨 앞니가 두 개나 부러졌고 갈비뼈도 골절됐습니다. 정상을 참작한다고 해도 피해자가 합의해주지 않으면 힘들어요. 억울하더라도 피해자와 합의를 해야 집행유예로라도 나올 수 있단 말입니다."

맨날 거짓으로 흉내만 내던 할머니가 이번에는 진짜로 정신을 놓고 뒤로 넘어가 버렸다. 온 식구들이 경찰서에서 병원으로, 그 다음에는 다시 이리저리 돈을 구하러 쫓아다녔다. 온 집안이 그야말로 완전 쑥대밭이 되고 말았다. 유치장 바닥에 쭈그려 앉은 정식은 무릎 사이에 고개를 처박은 채로 굵은 눈물을 뚝뚝 흘리고 있었다.

"은남아, 아이고…… 은남아! 아빠가……, 흐윽, 아빠가, 정말 미안하다, 은남아!"

어리석고도 또 어리석은 아빠의, 늦고도 참으로 늦은 참회였다.

* * *

사기꾼 놈에게 합의금 조로 이천만 원을 더 내어주고 나서야 정식은 집으로 돌아올 수 있었다. 얼굴 살이 쪽 빠지고 머리가 허옇게 센 그는 며칠 새 십 년은 폭삭 늙어버린 듯했다. 유치장에서 나온 그는 외모만 바뀐 게 아니었다.

"신가은! 일어나. 나와서 엄마 밥 차리는 거 도와."

"아, 왜?"

가은은 이른 아침부터 잠을 깨우는 정식을 짜증 섞인 눈초리로 흘겨보았다. 밥상이 다 차려지면 뒤늦게 나와 몇 젓가락 깨작거리고는 밥상을 치우지도 않고 제 방으로 쏙 들어가 버려도 아빠는 지금껏 한 번도 그녀를 나무란 적이 없었다.

"빨리 나와. 밥 먹고 나면 설거지도 하고."

"그러니까 왜 갑자기 이러는데?"

가은이 신경질을 내거나 말거나 정식은 뚝뚝하게 가은의 팔뚝을 붙잡고서 그녀를 억지로 일으켜 세웠다.

"지금까지 틀렸던 거고 이게 맞는 거니까. 내 집에서 먹고 자려면 뭐든 해. 밥도 차리고 설거지도 하고 낮에는 농장에 나와서 버섯도 따."

"내가 그딴 일을 어떻게 한다고 그래!"

"그딴 일 아니야. 네 할아버지가 했던 일이고 네 아빠가 하는 일이야. 너를 지금껏 먹이고 입히고 대학도 가르치고 시집까지 보냈던 일이야. 앞으로는 시키는 대로 안 하는 사람은 내 집에서 살 수 없어. 안 하려면 짐 싸서 당장 나가. 지금 우리 형편에 일도 안 하고 공으로 얻어먹는 군식구까지 거둘 여유 없어."

"내가 이혼하고 왔다고 아빠까지 날 무시하는 거야?"

그토록 애지중지하던 큰딸이 서럽다는 듯 눈물을 글썽거리거나 말거나 정식은 꿈쩍도 하지 않았다. 당장 나오지 않으면 내쫓아 버린다는 으름장만 다시 못 박을 뿐이었다. 지금껏 늘 오냐오냐 역성을 들어주던 정식이 이렇게까지 나오자 가은도 눈치를 보지 않을 수 없었다. 가은이 마지못한 듯 투덜거리며 몸을 일으키는 걸 확인하고 이번에 정식은 나은과 다은이 함께 쓰는 방으로 향했다. 둘은 밖에서 들려오는 소란에 이미 자리에서 일어나 있었다.

"나은이랑 다은이!"

"아빠, 우리는 지금부터 출근 준비하려고."

"응, 맞아. 읍내 살 때는 걸어서 다녔지만 지금은 버스 타고 다녀야 해서 우리 둘 다 일찍 나갔다가 늦게 들어오잖아."

나은과 다은은 가은보다 훨씬 눈치가 빨랐다. 아빠가 가장 애지중지하던 큰언니한테까지 윽박을 지르는데 자신들이라고 무사할 리 없었다. 그리고 둘 다 자신들이 친 사고가 얼마나 큰 것인지 점점 더 깨달아가는 중이었다. 어색한 웃음을 지으며 슬쩍 상황을 모면해보려 했지만, 정식은 쉬이 넘어가 주지 않았다.

"너희들은 앞으로 월급 받으면 절반씩 생활비로 내놔."

"절반이나 내놓고 어떻게 생활해? 차비도 해야 하고 점심도 먹어야 하는데."

"맞아. 절반은 너무해, 아빠."

나은이 볼멘소리를 내고 다은이 맞장구를 쳤다. 그래봤자 삶은 호박에 이도 안 들어갈 투정일 뿐이었다.

"절반 내놓으면 점심도 못 사 먹을 만큼 버는 주제에 명품 살 돈은 있었고? 점심 사 먹을 돈 없으면 도시락 싸 가지고 다녀. 그리고 나은이는 주말이랑 공휴일에 쉬고 다은이는 월요일마다 쉬지? 앞으로는 쉬는 날마다 농장에 나와서 일해."

"에? 아빠! 회사 다니면서 어떻게 농장 일까지 해?"

"말도 안 돼. 쉬는 날이 왜 쉬는 날인데? 쉬어야 힘내서 또 출근할 수 있으니까 쉬는 날이지. 쉬는 날까지 농장일하고 힘들어서 어떡하라고?"

둘이 붙어 곱빼기로 항의했지만 정식이 단단하게 친 철벽을 뚫을 수는 없었다.

"은남이는 여태 그렇게 했는데 너희들이라고 왜 못 해? 은남이는 공부하면서도 집안일, 농장일 하고, 서울에서 직장 다니면서도 주말에 내려와서 버섯 땄는데 너희들은 뭐가 달라서 못 해? 너희들이 주제에도 안 맞는 짓거리 하느라 날려 먹은 전세금을 벌려면 얼마만큼의 노력을 해야 하는지 알아? 이제부터라도 몸으로 직접 배워. 그렇게 안 하려면 너희들도 당장 나가. 앞으로 너희들한테는 공짜로 밥 한 그릇도 줄 수 없어."

급기야 다은이 훌쩍거리기까지 했지만, 정식은 더는 할 말 없다는 듯 쌩하니 나가버렸다. 한바탕 벌어진 소란에 영화가 아침 준비를 하다말고 쫓아 나왔다. 아침부터 왜 애들을 잡냐고 한마디 하려 했지만, 시퍼런 남편의 서슬에 도로 입을 꾹 다물 수밖에 없었다.

"아침 먹고서 설거지는 가은이한테 하라고 하고 당신도 농장에 나와."

"나까지 왜요?"

"농장 담보로 대출받은 돈 고스란히 다 날려 먹은 거 몰라서 물어? 다시 집 담보로 넣고 대출받아서 톱밥 사다가 배지 만들 거니까 그렇게 알아. 이젠 정말 일꾼들한테 줄 일당도 없어. 식구들이 다 매달려서 어떻게든 살려내야지, 안 그러면 다 같이 죽는 거야.

그리고 앞으로는 어머니 방에 따로 식사 넣어드리지 마."

굿을 하자고 말을 보탠 죄가 있기에 영화는 더 따져 물을 수 없었다. 어금니를 꽉 다문 정식의 표정이 너무도 비장해 안 하겠다고 할 수도 없었다. 그녀는 고개를 끄덕거리고는 슬그머니 주방으로 물러나고 말았다.

"어머니, 들어갑니다."

내친걸음으로 할머니의 방문까지 두드린 정식은 대답을 기다리지도 않고 벌컥, 안방 문을 열어젖혔다. 머리에 하얀 천을 동여맨 채 누워있던 할머니가 정식을 보더니 끙, 돌아누워 버렸다.

"이제 그만하시고 일어나세요. 어머니가 뭘 잘하신 게 있다고 머리 싸매고 누워계신 겁니까? 어멈은 이제 바빠서 어머니 밥상 따로 봐 드릴 정신 없습니다. 식사하시려면 나와서 하세요."

"그래도 장군님을 모신 신방을 그렇게 때려 부수면 어쩌냐, 이놈아! 장군님의 노여움을 사면 어쩌려고!"

"경찰관한테 들으셨잖아요. 장군님이고 나발이고 뭣도 아니고 그놈 그냥 사기꾼이에요. 어머니는 여태 자식 등골 빼서 사기꾼놈한테 갖다 바친 거라고요."

"그래도 장군님이 우리 진남이를 점지해 주셨잖느냐. 장군님이 시키는 대로 해서 내내 딸년들뿐인 집안에서 우리 진남이가 태어났는데 그럼 그것도 거짓이란 얘기냐?"

왜 여태 몰랐을까. 그저 눈 감고 귀 막고, 보고 싶은 대로 보고, 또 듣고 싶은 대로 듣고 사는 노인네 말이 뭐라고 그 말만 따랐을까. 뭣에 씐 듯이 살았던 날들이 어리석고 또 어리석었다.

"그럼 저도 장군님이 점지해서 태어났습니까? 아들이든 딸이든

어차피 반반인 확률이잖아요. 아들이라고 해놓고 아들이 태어나면 자기가 점지해준 거라 하고, 또 딸이 태어나면 애 사주가 너무 세서 그런 거라 했겠죠. 은남이한테 그랬던 것처럼요. 우린 그 간단한 걸 너무 늦게 깨달은 겁니다. 너무, 한참이나 늦게."

할머니는 그래도 고집스럽게 누워있었다. 평생을 이어온 아집이 그리 쉽게 누그러질 리 없었다.

"그렇게 누워서 운신도 못 하시고, 나와서 밥도 못 드실 정도면 별수 없네요. 요양원으로 모실 수밖에요."

"뭐야? 이놈아! 어디를 보내? 요양원? 이 불효막심한 놈아!"

벌떡 일어나 앉은 할머니가 버럭 소리를 질렀다. 어릴 때부터 '아들, 아들!' 하며 치마폭에 폭 싸서 키워 거역이라는 건 모르던 외아들이었다. 그렇게 귀하디귀한 아들에게서 요양원에 모시겠다는 소리를 들으리라고는 꿈에도 생각해 본 적이 없었다.

"어머니, 제발 그만하세요. 지금 온 식구 다 길바닥에 나앉게 생겼다고요. 소리 지르실 기운이 있으면 나와서 집안일도 거드시고 마늘이라도 까세요. 어머니 아들, 진짜 힘듭니다. 어머니 때문에 정말로 죽겠단 말입니다!"

아들의 말은 그냥 괜히 하는 소리가 아니었다. 시퍼렇게 분노한 아들의 눈을 마주하자 심장이 철렁 내려앉았다. 희끄무레하게 백태가 낀 노인네의 눈동자가 놀람으로 파르르 떨렸다.

"아들이라고 해봤자 잘난 게 뭐가 있습니까. 그래봤자 제 자식들도 제대로 못 키우는 머저리 천치일 뿐인데요."

정식은 뒤돌아서 밖으로 나갔다. 안방 문은 열어둔 채였다.

"잊지 마세요. 어머니도 딸이었고, 어머니도 여자입니다."

나지막한 목소리가 망연자실한 채로 주저앉아 있는 노인네의 귀로 날카롭게 날아와 꽂혔다.

* * *

진남은 커다란 보따리 몇 개와 함께 기어코 세희를 집으로 데리고 왔다. 점점 배가 불러오면서 식당 일도 할 수 없게 되었다는 게 그 이유였다. 허리 뒤를 손으로 짚고 과장되게 배를 내밀며 나타난 세희는 진남보다 다섯 살이나 위라고 했다. 평생 제멋대로 하게끔 진남을 키운 가족들은, 그를 그렇게 키운 대가를 고스란히 돌려받을 수밖에 없었다.

진남이와 세희까지 비집고 들어오는 바람에 집은 그야말로 터질 지경이 되어버렸다. 정식이 그러라고 했기에 어쩔 수 없이 받아들이기는 했지만, 가족 누구도 세희를 탐탁하게 생각지 않았다. 그 중에서도 할머니는 그야말로 심술이 머리끝까지 올라 있었다. 구박이라도 해서 내쫓아 버리고 싶었지만, 진남이 내내 세희 곁에서 얼쩡거리고 있으니 그조차도 여의치 않았다.

그러다가 마침내 기회가 찾아왔다. 아침 숟가락 놓기가 무섭게 온 식구들이 다 농장으로 몰려가고, 진남이도 이력서를 넣었던 읍내 보습학원에서 면접을 보러 오라는 연락을 받고 외출했다. 집에는 세희와 할머니, 둘만 남았다.

"이거 다 까 놔라."

세희는 아침 먹은 뒷설거지를 막 마친 참이었다. 그녀가 손에 묻은 물기를 닦을 새도 없이 할머니는 마늘이 수북한 대야를 식탁 위에 올려놓았다. 한 아름도 넘는 커다란 대야와 대야가 넘칠 듯이 가득 담긴 마늘, 기운 좋게도 그걸 번쩍 들고 온 할머니를 번갈아 쳐다보다가 세희는 샐쭉한 표정으로 고개를 가로저었다.

"싫은데요."

집에 온 날부터 세희는 누가 뭐라 하든 눈꼬리를 늘어뜨린 채 배슬배슬 웃기만 했었다. 뾰족하게 가시 돋친 말만 던지던 영화가, 도대체 쟤는 속도 없는 애 같다고 고개를 흔들 정도였다. 그랬던 세희였기에 이렇게 나오리라고는 전혀 예상치 못했었다. 할머니는 무섭게 인상을 쓰며 언성을 높였다.

"어디서 싫다는 소리가 나와! 하라면 하는 거지!"

"전 설거지했잖아요. 마늘은 할머니가 까세요. 보니까 기운도 좋으신데."

"뭐라고! 이년이!"

"이년 아니고요, 이세희. 제 이름은 이세희라고요. 기운은 좋으신데 정신은 깜박깜박하시나 봐요?"

"이런 건방진 년이 감히 얻다 대고!"

"얻다 대긴요, 진남이 할머니한테 댔죠. 여기에 할머니랑 저랑 둘밖에 더 있어요?"

지금 앞에 있는 여자는 눈을 올려 뜬 채로 또박또박 대꾸하는 게 당돌하기 짝이 없었다. 늘 배시시 하던 그 여자랑 같은 여자가 맞는 건지 보면서도 믿기지 않을 정도였다. 할머니는 기가 찬다는 듯 고개를 흔들며 혀를 끌끌 찼다.

"아이고, 이래서 근본이 없는 년들은 집안에 들이는 게 아닌데!"

"할머니. 사람은요, 세상에 태어났으면 다 근본이 있는 거예요. 하늘에서 뚝 떨어진 것도 아니고 아버지랑 어머니가 있으니까 세상에 태어났을 거 아니에요. 조금 일찍 돌아가셨을 뿐 저도 아빠랑 엄마가 있고, 이세희라는 이름도 있거든요. 그런데 왜 근본이 없다고 하세요? 연세도 있으신 분이 어째서 그런 것도 모르시나 몰라."

세희는 생긋 웃더니 보란 듯이 주방 수건을 집어 들고는 젖은 손을 꼼꼼하게 닦았다.

"아이고, 세상에. 뭐 저런 맹랑한 년이 다……."

할머니는 말문이 막혀 말을 제대로 다 마무르지도 못했다. 그러거나 말거나 손을 다 닦은 세희는 주방 수건을 제자리에 걸어놓고서 주방을 나서고 있었다.

"그럼 마늘 열심히 까세요. 전 들어가서 좀 잘게요. 임신했더니 자꾸만 졸려서요."

"결혼도 안 한 년이 몸뚱이 함부로 굴리다가 임신부터 해놓고서 그게 뭔 유세라고! 동네 부끄러운 줄 알아야지!"

한 번 픽 웃음을 흘린 세희가 그 말에 다시 뒤돌아섰다.

"애는 제가 혼자 만들었나요? 결혼도 안 한 년이 몸뚱이 함부로 굴리는 건 안 되고, 결혼도 안 한 새끼가 함부로 휘두르는 건 괜찮고요?"

"뭐, 뭐야?"

"맨날 가게 앞으로 찾아와서 저 아니면 죽는다고 울고불고 매달린 할머니 손자한테 그 말 그대로 한번 해보세요. 뭐라 할지 진짜 궁금한데. 아니면 제가 직접 물어볼까요?"

세상 둘도 없는 독불장군 같은 할머니에게 유일한 약점이라면, 바로 손자 진남이었다. 진남이한테 그대로 이르겠다는 소리에는, 할머니도 독한 입을 다물고 주춤할 수밖에 없었다. 기가 막혀 부들거리는 할머니만 남겨두고 돌아섰던 세희가 뭔가 생각났다는 듯 다시 뒤돌아보았다.

　"아, 맞다. 그리고 저 임신한 거 유세 맞아요. 할머니가 그토록 끔찍하게 사랑한다는 진남이 아기잖아요. 그러니까 제대로 대접해주세요."

　"하이고, 이게 진짜 보자 보자 하니까……."

　"그리고 미리 말씀드리는데요, 어떻게 해서든 저 쫓아낼 생각이시라면 그냥 포기하시는 게 좋을 거예요. 무슨 일이 있더라도 진남이랑 우리 아기 제가 꼭 지켜주기로 했거든요."

　"이년아! 진남이는 내 손자다. 내가 온갖 치성을 드려서 태어난 내 손자라고! 네깟 년이 뭔데 내 손자를 지켜?"

　정말로 안쓰럽다는 듯 세희는 할머니를 물끄러미 쳐다보았다.

　"그런 손자면 살게 해주셨어야죠. 진남이 태권도 하고 싶어 했던 건 아세요? 그런데 무당인지 뭔지가 나랏밥 먹을 팔자라면서 공부시키라고 했다면서요? 적성에도 안 맞는 공부하느라 진남이가 얼마나 힘들어했는지 모르시죠? 수면제에다 소주 마시고 뒷골목에 자빠져 있는 거 살려낸 게 저예요. 그렇게 귀한 손자 오래 보고 싶으시면 적당히 하세요. 손자 팔자 그만 꼬시고요."

　이번에는 세희가 주방을 나가 제 방으로 들어갈 때까지도, 할머니는 입만 뻐끔거릴 뿐 단 한마디도 할 수 없었다.

　그날 식구들이 집에 돌아왔을 때, 할머니는 입에 거품을 물며 오전에 있었던 일을 일러바쳤다. 하지만 식구들 누구도 그 말을 믿지 않았다. 믿기는커녕 귀담아듣지도 않았다. 정식은 제발 그만하시라며 냅다 고함을 질렀고, 진남은 '우리 세희' 자꾸 건드리면 할머니라도 안 참는다며 길길이 날뛰었다. 영화와 세 자매는 동병상련의 눈빛으로 세희를 안쓰럽게 쳐다보았다.

할머니는 가슴을 탕탕 두드려가며 억울한 속을 동네 사람들에게 하소연했다. 하지만 사람들은 고개를 내두르며 쑥덕거릴 뿐이었다. 사기꾼 말만 듣고서 제일 복덩이에 제일 착한 넷째 손녀를 구박해서 내쫓아놓고도 정신을 못 차렸다고, 이제는 인사 잘하고 싹싹하고 착하고 임신까지 한 손주 며느리를 내쫓으려 한다고 혀를 끌끌 찼다. 이런 일이 몇 번 반복되자 할머니는 어디를 가든 심술궂은 뒷방 늙은이 취급을 받을 뿐이었다. 이젠 정말 종이호랑이만도 못한 신세였다.

3. 이토록 발기찬 앞치마

"One dollar, Two dollars. 너희들은 도대체 누굴 닮아서 이렇게 엄마를 밝히냐?"

기찬이 콧등에 잔뜩 힘을 주었다. 그런 기찬의 표정이 재미있다는 듯 두 쌍의 동그란 눈동자가 벙싯거리며 그를 올려다보았다. 이제 11개월이 된 이율이와 이든이는 은남의 다리 양쪽에 하나씩 착 달라붙어 있었다. 놀이 매트 위에서 잘 놀고 있는 걸 분명히 봤는데, 잠시 화장실에 다녀왔더니 그새 주방까지 뽈뽈 기어간 것이다. 기찬은 엄마의 다리에서 떨어지지 않으려는 두 녀석을 한 팔에 한 놈씩 척척 안아 들었다.

One dollar, Two dollars는 은남이 아들 쌍둥이를 임신했다는 걸 알았을 때부터 기찬이 부르던 별명이었다. 기왕이면 million 이나 billion이라고 부를 것이지, 왜 쩨쩨하게 One dollar, Two dollars냐고 황 회장은 들을 때마다 뭐라 했지만, 그것이 1불, 2불, 그러니까 1번 불알, 2번 불알이란 뜻이라고는 은남은 입이 찢어져도 말할 수 없었다. 기찬은 이율이나 이든이가 말썽을 피우거나 혹은 은남의 말을 듣지 않을 때는 여전히 둘을 One dollar, Two dollars라고 부르곤 했다.

"도대체 언제까지 One dollar, Two dollars라고 부를 거야? 예쁜 이름 놔두고서."

은남이 삐죽거리며 입술을 내밀었더니 돌아온 건 대답이 아니라 기찬의 입술이었다. 두 아이를 양팔에 끼고서 쪽쪽, 은남의 입술을 훔친 기찬은 성큼성큼 거실을 가로질러 넓은 놀이방 안에 다시 두 놈을 풀어놓았다. 그 모습이 제법 능숙해 보였다.

기찬은 군 복무 대신 전문 연구 요원으로서 박사 과정을 밟고 있었다. 그가 연구하던 자율 주행 드론은 한국의 지형과 수목에 맞게 알고리즘을 재배치하는 데 성공했다. 이제는 별도의 조작 없이 드론 스스로 장애물을 피해 비행하며 깊은 산속에서 실종자를 수색하거나 상당한 무게의 물품을 지정된 장소까지 정확하게 옮기는 일이 가능해졌다. 연구는 즐거웠고, 결과는 만족스러웠다. 하지만 그에게 가족보다 우선인 것은 없었다. 그는 시간을 쪼개어 가능한 한 많은 시간을 가족들과 보내고 있었다. 아들 쌍둥이를 키운다는 건 상상 이상의 기쁨이었으며 또한, 상상 이상의 노동이었다. 기찬은 이 신성하고 행복한 노동을 은남과 함께 제법 잘해나가고 있었다.

"이율아, 이든아. 조금만 기다려. 엄마가 맛있는 간식 만들어줄게."

기찬이 아이들을 돌보고 있는 새에 은남은 부지런히 감자를 으깨고 브로콜리와 양파를 다졌다. 오늘의 간식은 감자 수프였다.

먹성 좋은 두 아이에게 온종일 먹을 것을 대려면 은남이 바삐 움직여야 했다. 집안일을 도와주시는 분이 계셨지만 은남은 아이들 먹을거리만큼은 남에게 맡기지 않았다.

"이율이, 이든이도 곧 돌인데 이제 그만 이모님한테 맡기는 게 어때? 아니면 어머니한테 부탁드릴까?"

두 아이는 나날이 포동포동 살이 오르는데, 은남은 임신 전보다도 더 마른 것이 보기 안쓰러웠다. 바짝 깎은 손톱이며, 반지 하나 끼지 않은 가는 손가락이며, 바쁘게 개수대와 조리대를 오가는 은남의 젖은 손을 보다가 기찬이 말을 꺼냈다. 자신을 꼭 닮은 두 아이를 너무도 사랑하지만, 기찬이 가장 사랑하는 건 은남이었다. 그녀가 무리하는 건 절대 원하지 않았다.

"있잖아, 기찬아. 아이를 키우는 건, 나도 내 아이랑 같이 다시 자라는 거라고 하잖아. 내 아이가 세 살이면 나도 다시 세 살, 아이가 여섯 살이면 나도 다시 여섯 살. 그렇게 같이 자라는 거라고."

"응."

말을 하면서도 은남의 손은 조금도 쉬지 않았다. 기찬은 그녀의 바쁜 손에 눈을 고정한 채 맞장구를 쳐 주었다.

"그 말이 정말이라면 말이야, 내 아이를 상처 없이 잘 키우면, 상처투성이였던 내 어린 시절에도 딱지가 떨어지고 새살이 날 수 있지 않을까 생각해 본 적이 있었어. 그런데 그 말이 맞는 것 같아. 나는 이율이, 이든이한테 사랑을 줄 때마다 사랑받지 못했던 어린 나에게도 같이 사랑을 주는 기분이거든. 그래서 정말 행복해. 조금도 힘들지 않아."

수프를 젓던 은남이 화장기 없는 뽀얀 얼굴로 환하게 웃었다. 이 작은 여자가, 자신의 아내가, 이율이 이든이의 엄마가, 그 순간 몹시도 커다래 보였다. 기찬은 그런 그녀가 눈부시다는 듯 눈을 가늘게 뜨고 쳐다보았다. 그러더니 성큼성큼 다가와 숨이 막히도록 꽉 끌어안았다.

"갑자기 왜 이래. 숨 막혀. 수프 식혀야 한단 말이야."

갑작스러운 포옹에 은남이 바둥거렸지만, 기찬은 입을 진하게 맞춘 후에야 그녀를 품에서 놓아주었다.

"황이율, 황이든. 간식 먹자."

은남이 정성껏 끓인 감자 수프를 먹기 좋게 식히는 사이, 기찬은 멜로디 장난감을 때려 부술 듯이 두들기고 있는 두 녀석을 데리고 와 식탁 의자에 앉혔다. 익숙한 손놀림으로 아기 의자의 안전벨트를 채우고 턱받이를 매주면서 기찬은 이율, 이든에게 당부하듯이 말했다.

"엄마가 주는 간식도 많이 먹고, 엄마가 주는 사랑도 많이 먹어. 그래야 어린 신은남도 사랑 많이 먹지."

그 말을 알아듣기라도 한 듯 이율, 이든은 살이 통통하게 올라 올록볼록한 손과 발을 동동거리며 까르르 웃음을 터뜨렸다. 은남은 코끝이 찡했다.

"내가 진짜 당신들 삼부자 때문에 너무 행복하다."

"뭐? 우리들 삼불알 때문에 너무 행복하다고?"

능청스러운 기찬의 불알 타령에 결국 은남은 눈물 대신 웃음이 먼저 터지고 말았다. 은남이 웃으니 기찬이 따라 웃고, 엄마 아빠가 웃으니 이율, 이든도 함께 웃었다. 온 식구가 왁자하게 웃고 있는데 은남의 휴대폰 소리가 거실 저편에서 들려왔다. 은남은 수프 두 그릇을 기찬에게 건네주고는 전화를 받기 위해 얼른 거실로 달려갔다.

"아마 어머님이실 거야. 오늘 새로운 디저트를 만든다고 하셨거든."

은남은 여전히 안 여사가 만든 디저트를 무척이나 좋아했다. 베이킹은 배워본 적도 없고 예전에는 비싸서 사 먹을 엄두도 내지 못했다면서, 은남은 디저트의 맛과 모양을 보는 안목이 좋았다. 데코 하는 방법을 알려주면 한 번에 제법 그럴듯하게 따라 하기도 하고, 때로는 안 여사가 생각지 못했던 의견을 제안하기도 했다. 그녀는 베이킹에 그녀 자신도 알지 못했던 재능을 가지고 있었다.

안 여사는 그런 은남에게 디저트와 베이킹을 전문적으로 배워 볼 것을 적극적으로 권했다. 황 회장과 기찬도 지지해 주었기에 은남은 아이들이 조금 더 크면 기초부터 제대로 배워 나갈 생각이었다. 그때까지는 안 여사가 새로 만들었다며 가져다주는 화려한 디저트들을 이리저리 뜯어보고 맛보고 다른 모양으로 응용해 보는 게 은남에게는 즐거운 취미였다.

오늘은 또 어떤 디저트를 만드셨을까, 노래처럼 리듬을 붙여 흥얼거리며 달려갔다. 하지만 전화기 화면에 뜬 이름은 '어머니'가 아니었다. 은남은 전화기를 눈앞에 두고서 그 자리에 우뚝 멈춰버리고 말았다. 전화벨은 계속 울리는데 갑자기 아무 소리도 내지 않는 은남이 걱정되는 듯 아이들 간식을 챙기던 기찬이 주방에서 고개를 비죽이 내밀었다.

"왜? 무슨 일 있어?"

"아, 아니야. 이율이, 이든이 간식 좀 부탁해."

은남은 전화기를 얼른 집어 들고서 후다닥 안방으로 뛰어 들어 갔다. 발신자는 '아빠'였다. 은남은 핸드폰 번호를 바꾸지 않고 계속 같은 번호를 쓰고 있었는데, 아빠도 그런 것 같았다.

휴대폰 화면에 뜬 이름을 보자마자 은남은 순간 형언할 수 없는 기분에 휩싸였다. 미움, 원망, 걱정, 그리움, 애틋함 같은 것들이 함부로 뒤범벅된 감정은 뭐라 한마디로 이름 지을 수 없는 것이었다. 그러더니 생각할 새도 없이 몸이 저절로 반응해 이리로 뛰어 들어온 것이다. 기찬에게 딱히 숨길 이유도 없는 일인데, 은남은 괜스레 식은땀이 나고 심장이 두근거렸다. 그녀는 지금 몹시 긴장한 것이었다.

"여보세요."

― 은남아. 저기, 음…… 아빠다.

오랜만에 들은 아빠 목소리는 푹 가라앉아 있었고, 어쩐지 많이 위축된 느낌이었다. 이 느닷없는 통화가 너무도 당황스러워 은남은 뭐라 대꾸도 할 수 없었다. 그냥 뻣뻣하게 굳은 채 전화기를 붙들고만 있을 뿐이었다. 잠시의 침묵 뒤에 반대편에서 아빠가 주저주저 용건을 말했다.

― 그게 내가, 그러니까 아빠가 지금 서울에 올라왔는데, 너한테 꼭 줘야 할 게 있어서. 저기…… 괜찮다면 잠깐, 오래도 아니고 한 십 분이면 되니까 잠깐만…… 볼 수 있겠니?

횡설수설하는 목소리가 전혀 아빠답지 않았다. 그도 많이 긴장한 것이다. 은남이 이 전화를 받는 데 용기가 필요했던 것처럼, 아빠 또한 이 전화를 걸기까지 많은 용기가 필요했음이 틀림없었다. 그것을 깨닫자 꽉 막혀 있던 은남의 말문이 조금씩 트이기 시작했다.

"나…… 멀리 나가기 힘든데."

— 아빠가 그쪽으로 갈게. 아니, 집으로 가겠다는 건 아니고 그러니까 집 앞에 어디 알려주면 거기서 잠깐만, 아주 잠깐만 보면 되니까…….

"알았어. 장소 문자로 보낼 테니까 한 시간 있다가 봐."

— 그래, 알았다. 아빠가 얼른 갈게. 좀 이따 보자꾸나.

기쁜 듯이 확 밝아지는 아빠의 목소리가 낯설었다. 은남은 얼떨떨한 표정으로 통화 종료 버튼을 눌렀다. 마치 아주 짧은 꿈을 꾼 것만 같았다. 그녀는 전화를 끊고도 한참 동안 그 자리에 그냥 그대로 붙박여 있었다.

* * *

2년 반 만이었다.

은남이 아빠를 만나러 나가겠다고 하자 기찬은 걱정이 많았다. 같이 나오겠다고 버티는 기찬과 그녀의 양다리를 붙들고 매달리는 쌍둥이를 몽땅 다 본가로 보내버리고 나오는 걸음이 마냥 가볍지는 않았다. 괜한 걱정거리를 만드는 건 아닌지 살짝 후회도 되었다.

은남이 동네 어귀에 있는 커피숍 문을 열었을 때, 아빠는 이미 한쪽 자리에 앉아 그녀를 기다리고 있었다. 2년 반 전과는 비교도 되지 않을 만큼 머리가 하얗게 세 버린 모습이었다. 은남을 보자마자 아빠는 반색하며 자리에서 벌떡 일어섰다.

"오랜만이다, 은남아. 잘 지내지?"

"어······."

입술은 웃고 있는데 눈빛은 한없이 애틋한 것이 평생 아빠에게서 본 적 없던 표정이었다. 그런 아빠가 또 낯설어 은남은 대충 대답을 흐리며 그냥 자리에 앉고 말았다. 그리고 한참을 어색한 침묵이었다.

"이거······."

선뜻 말을 꺼내지 못하던 아빠가 테이블 위에 작은 상자 두 개를 올려놓았다. 열어보니 금팔찌였다. 앙증맞은 사이즈가 아기 용이었다.

"그 뭐냐, 프로필 사진에서 봤다. 쌍둥이더구나. 다음 달이 돌이라고."

"응."

아빠가 자신에 관한 걸 찾아보고 있으리라고는 생각지도 못했다. 어떻게 반응해야 할지 모르겠기에 은남은 그저 손안에 쏙 들어오는 작은 팔찌를 만지작거리기만 했다. 이걸 주겠다고 그렇게나 꼭 만나자고 한 건지. 은남은 아리송하기도 하고 왠지 조금 실망스럽기도 했다.

"저기, 은남아. 너한테, 이걸 꼭 보여주고 싶어서, 그래서 보자고 했다."

정식이 은남에게 꼭 만나자고 한 용건은 따로 있었다. 그는 옆 의자에 올려놓았던 팔 길이만 한 상자 두 개를 은남의 앞으로 내밀었다. 그녀에게는 아주 익숙한 상자였다. 주말마다 버섯을 따서 이 상자들을 수도 없이 채우고 포장했었으니까. 은남은 의아한 표정으로 버섯 농장 이름이 적힌 종이 상자들과 아빠의 얼굴을 번갈아 쳐다보았다.

"한 번, 열어 봐."

설마. 은남의 눈빛이 파르르 떨렸다. 왠지 상자 안에 든 것이 무언지 알 것만 같았다. 그녀는 건성으로 금팔찌를 만지작거리던 것과는 달리 조급해진 손길로 바쁘게 상자를 열었다. 버섯 배지였다. 그것도 질 좋은 톱밥으로 직접 만든 최상급의 배지였다. 그리고 옆에는 그 배지로 길러냈음이 틀림없는 탐스러운 버섯들이 한가득 들어있었다. 한쪽은 느타리버섯이었고, 한쪽은 표고버섯이었다.

'아빠는 왜 배지를 직접 안 만들어? 할아버지는 직접 다 만드셨다면서. 저번에 오셨던 아저씨들도 버섯이 할아버지 때만 못하다고 그러셨잖아. 할아버지가 키우신 버섯은 진짜 최고였는데 너무 아쉽다고.'

'네까짓 게 뭘 안다고 어른들 일에 끼어들어? 배지를 만드는 게 얼마나 품이 많이 들고 힘든 일인 줄 알아?'

'그래도 더 품이 들고 더 힘이 드는 만큼 더 좋은 버섯을 키울 수 있잖아. 난 아빠가 언젠가는 가장 좋은 톱밥으로 직접 배지를 만들었으면 좋겠어. 그래서 사람들이 아빠가 키운 버섯이 최고라고 그렇게 말했으면 좋겠단 말이야.'

자신은 어리석어서 깨치지 못했던 세상의 이치를 어린 은남은 그때 이미 깨치고 있었다.

강원도를 이 잡듯이 뒤져 가장 좋은 톱밥을 구해 와 배지를 만들기 시작하던 날, 정식은 그것을 한참이나 뒤늦게 깨달았다. 어린 은남이 진작에 가르쳐 주었던 것이다. 최상의 버섯을 키워내기 위해서 어떻게 해야 하는지를. 최선의 노력을 다하지 않으면 최고를 이루어낼 수 없다는 것을.

은남은 두 개의 상자에 담긴 버섯들을 말끄러미 내려다보았다. 느타리버섯은 알맞게 핀 새카만 갓에 윤기가 흐르고 있었고, 표고버섯은 통통한 갓 테두리로 하얀 거스러미가 파스스 올라온 것이 아주 특상품이었다. 버섯 하나하나마다 엄청난 정성과 노고가 녹아 있었다. 그녀가 농장일을 도울 때는 보기 힘들었던 품질의 버섯들이었다.

"배지, 아빠가 직접 만들었어. 전부 다 그 배지로 키워서 오늘 새벽에 처음 수확한 버섯이야. 은남이 너한테…… 가장 먼저 보여주고 싶었다."

그대로 굳어버린 듯 미동도 하지 않던 은남이 마침내 손을 내밀어 표고버섯 하나를 집어 올렸다. 흠나거나 찌그러진 곳 없이 완벽하게 동그란 갓을 툭하고 쪼개보았다. 탄력 있게 쪼개진 버섯의 속살은 두툼하고 새하얀 것이 상당히 먹음직스러워 보였다. 그녀는 버섯 한쪽을 입에 넣고 오물오물 씹었다. 치아 사이로 으깨지는 뽀독뽀독한 질감과 입 안에 퍼지는 향이 기분 좋았다.

"맛있네."

마른침을 삼키며 은남의 반응만 살피던 정식의 얼굴이 순간 확 밝아졌다.

"괘…… 괜찮냐?"

"응, 아주 맛있어. 최고야, 아빠."

예나 지금이나 착해빠진 딸내미였다. 순한 눈이 그를 마주 보며 환하게 웃고 있었다. 그 웃음에 기어이 정식의 눈꼬리에는 눈물이 맺히고 말았다. 그는 소맷부리로 황급히 눈물을 찍어대며 서둘러 자리에서 일어섰다.

"자식 농사나 버섯 농사나 매한가지인데, 내가 못나서 그동안 자식도 버섯도 최선을 다하지 못했다. 은남아, 네가 이 아빠한테 서운한 게 참으로 많을 거야. 그걸 이제야 깨달았으니 내가 얼마나 모자란 아비냐. 그래도 원망 오래 하면 하는 사람 몸도 축나는 법이다. 너는 이제 그만 다 털어내고 마음 편하게 잘살아."

반성도 잘못한 이들의 몫이고, 후회 또한 저지른 이들의 몫이었다. 그동안 외롭고 힘들었을 딸의 상처를 다 달래줄 수는 없겠지만, 그래도 꼭 직접 만나 얘기해주고 싶었다. 네 탓이 아니었다고. 전부 다 이 아비가 잘못한 탓이었다고. 그러니 너는 그냥 행복하기만 하면 된다고.

은남은 상자에 소복하게 담긴 버섯들을 살포시 어루만졌다. 그저 공기와 비슷한 정도로 서늘해야 할 버섯들에서 따뜻한 온기가 느껴졌다. 아빠의 진심이 전해주는 온기였다. 그녀는 목울대 아래에 뭉클하게 고이는 것을 꿀꺽 삼키며 가만히 고개를 끄덕거렸다.

"그래. 그럼 됐다."

소맷부리로 또 한 번 눈가를 꾹꾹 찍어 누른 정식이 자리를 뜨려다 말고 잠시 머뭇거렸다.

"그리고, 은남아. 저기, 괜찮다면 말이다."

입술을 달싹거리는 것이 쉽지 않은 부탁이라도 하려는 듯한 모습이었다. 아빠의 눈가에 어룽거리는 눈물을 차마 볼 수 없어 버섯 상자에 눈길을 떨어뜨리고 있던 은남이 의아한 듯 고개를 들었다.

"바쁘겠지만 그…… 이율이랑 이든이…… 사진 좀 자주 올려주면 안 되겠니?"

어쩌다 바뀌는 은남의 프로필 사진으로 두 녀석이 꼬물꼬물 자라는 모습을 보는 게 정식에게는 요즘 큰 낙이었다.

진남이랑 세희는 얼마 전에 딸을 낳았다. 할머니는 몸도 추스르지 못한 세희에게 둘째는 꼭 아들을 낳아야 한다고 닦달을 했고, 진남이는 보란 듯이 바로 정관수술을 해버렸다. 이젠 집안 식구 그 누구도 할머니의 말을 참고 따르지 않았다. 정식도 진남의 아이가 딸이든 아들이든 전혀 개의치 않았다. 손녀는 아주 예쁘고 귀여웠으며 가라앉은 집안 분위기에 빛이 되고 활력이 되었다. 다만, 하루가 다르게 자라는 손녀를 볼 때마다 그의 마음속에는 볼 수 없는 외손주들에 대한 애틋함도 함께 자라나고 있었다.

"다음에…… 다음에 아빠 서울 올 일 있으면, 그때는 집에 들렀다 가. 이율이랑 이든이도…… 외할아버지 보면 반가워할 거야."

엷은 미소를 띠며 답하는 은남의 모습에 정식은 목이 메어 간신히 고개만 끄덕거릴 뿐이었다. 눈물이 쏟아지기 전에 뒤돌아선 정식의 뒤에서 은남이 조용하게 말했다.

"아빠, 나 농장에서 일할 때…… 힘들기만 했던 건 아니야. 아빠랑 둘이 있을 시간이 그때밖에 없었으니까, 그건 좋았어."

결국 견디지 못한 굵은 눈물이 정식의 주름진 뺨을 타고 주르륵 흘러내렸다. 어린 딸은 내내 자신의 등만 쳐다보고 있었는데, 자신은 한 번 뒤돌아 웃어주지 않았었다. 지금도 그 딸은 자신의 등을 쳐다보고 있는데, 자신은 못난 눈물을 흘리느라 뒤돌아 웃어줄 수가 없었다. 자신은 늘 어린 딸보다도 철이 없는 아빠였다. 늘 어린 딸보다도 부족한 아빠였다. 심지어 지금 이 순간까지도 그랬다.

* * *

"우리 이율이 쉬야 했어요? 어디 할애비가 기저귀 좀 봐 줄까?"
"아니에요. 걔가 이든이고, 얘가 이율이죠."
하루에 몇 번씩 보면서도 황 회장은 손자들의 얼굴이 여전히 헷갈렸다. 기찬이 분명 파란 옷이 이율이, 초록 옷이 이든이라고 알려주고 갔음에도 뒤돌아서면 또 금세 깜깜이었다.
"그런가? 두 놈 다 기찬이를 똑 닮아서 당최 구분이 돼야 말이지."
"어디요. 이율이가 모범생처럼 생겼다면 이든이는 좀 더 세련되게 생긴걸요."
똑같이 생긴 쌍둥이 얼굴을 그렇게 구분하는 부인이 더 신기했다. 안 여사의 말에 따라 두 녀석의 얼굴을 다시금 찬찬히 뜯어보았지만, 도대체 누가 더 모범생처럼 생겼고, 누가 더 세련되게 생겼다는 건지 종잡을 수가 없었다.
"아무렴 어떤가. 두 놈 다 내 금쪽같은 손자들인 걸."
고풍스럽고 우아하던 황 회장네 거실도 바로 옆 기찬의 집과 다르지 않았다. 바닥에는 알록달록한 놀이 매트가 깔렸고, 값비싼 가구에는 모서리 보호대가 덕지덕지 붙었다. 이율이와 이든이가 늘어놓은 장난감들이 여기저기 발에 채고, 온갖 상어들이 출몰

하는 동요 소리가 요란했지만, 황 회장은 살면서 이렇게 즐거운 적이 있었나 싶을 정도였다.

세상에 이렇게 신통방통한 놈들이 어디 있을까. 황 회장은 오동통한 이든이의 발바닥을 자신의 얼굴에다 대고 문지르며 즐거워했다. 어디 하나 안 예쁜 구석이 없으니 눈에 넣어도 아프지 않겠다는 말이 괜히 나온 말이 아니었다.

"그러다 또 오줌 세례 받으시려고요? 기저귀부터 채우고…… 에구머니나!"

제 아빠를 닮아 날 때부터 아주 실한 것을 달고 나온 놈이 누운 채로 시원하게 오줌 줄기를 쏘아 올리고 있었다. 미간에 제대로 명중한 오줌발 덕에 황 회장의 얼굴은 금세 뜨끈한 액체로 흥건히 젖어버렸다.

"아이고, 이를 어째."

안 여사가 허둥거리며 수건을 가지고 와 보니, 황 회장은 이든이를 보며 껄껄 한바탕 웃음을 터뜨리고 있었다. 이든이도 통통한 발을 바동바동 흔들며 까르르 할아버지를 따라 웃었다.

"그렇게나 좋으세요?"

황 회장의 얼굴을 닦아주는 안 여사의 얼굴에도 웃음이 가득했다.

"그럼. 좋다마다."

황 회장은 자신의 얼굴을 정성껏 닦아주는 안 여사의 손등을 가만히 쓰다듬었다.

'그럼. 좋다마다.' 그 말은 안 여사에게 주는 대답이기도 했다. 함께 자식들을 낳고 기른 전 부인도 진심으로 사랑했지만, 하나 남은 자식의 결혼식을 함께 지켜보고 함께 손주들을 키우고 있는 안 여사도 그에게는 고마운 사람이고 사랑하는 부인이었다. 한결같이 따뜻한 안 여사의 성품에 반해, 다른 여자는 절대 사랑할 수 없을 거라던 그의 장담은 어느새 봄눈 녹듯 사그라져 버린 지 오래였다. 안 여사는 이미 그 마음을 알고 있었다는 듯 남편에게 자신의 손을 조용히 내어주고 있었다.

"하부, 하부!"

그때 이율이 엉덩이를 영차 들어 올리더니 두 다리로 턱하니 버티고 섰다. 제 아빠와 열심히 연습한 걸음마라도 자랑할 모양이었다. 형에게 질세라 이든도 통통한 엉덩이를 내보이며 끙차 자리에서 일어섰다. 한 놈은 기저귀를 차고서, 또 한 놈은 알궁둥이를 고대로 내놓고서 한 발짝씩 뒤뚱뒤뚱 걷기 시작했다. 그 모습에 두 손을 맞잡은 황 회장과 안 여사의 입에서는 행복한 웃음이 한가득 쏟아져 내렸다.

"아이고, 고놈! 엉덩이까지도 딱 제 아빠일세!"

박장대소하며 즐거워하는 할아버지, 할머니 앞에서 이율과 이든은 열심히 걸음마를 선보였다. 자신들이 사랑을 듬뿍 받아 또 이만큼 자라면, 어린 엄마도 그 사랑으로 또 그만큼 자란다는 것을 알기라도 하는 것처럼.

거실 창으로 가득 들이친 햇살이 바닥에까지 길게 햇발을 드리웠다. 오늘도 어제만큼이나 환하고 따뜻한 날이었다.

* * *

"이율이랑 이든이 좀 봐주세요. 시간 좀 걸릴지도 몰라요."

"오냐, 오냐."

기찬의 부탁에 부모님은 무슨 일이냐고 묻지도 않았다. 둘이 데이트라도 하려니 생각하신 듯했다. 몽실몽실하게 안기는 이율이와 이든이에게 온통 시선을 빼앗겨 기찬에게는 대충 손만 휘이휘이 내저을 뿐이었다.

은남은 혼자 가겠다고 했지만, 기찬은 그럴 수가 없었다. 그는 아이들을 부모님께 맡기고서 서둘러 은남의 뒤를 밟았다. 피가 터진 입술에 퉁퉁 부은 얼굴로 형편없는 옷가지를 걸치고 터미널 의자에 동그마니 앉아 있던 은남의 모습을 떠올리면 지금도 가슴이 서늘했다. 아니길 바랐지만, 만에 하나 은남이 또 가족들 때문에 상처 입는다면 이번에는 정말 용서하지 않을 생각이었다. 결혼 전 찾아뵈었을 때 보여드렸던 건 그저 애교일 뿐이었다는 걸 제대로 알게 해줄 작정이었다.

동네 어귀까지 걸어가는 동안, 은남은 얼마나 정신이 빠져있는지 기찬이 바로 뒤에서 졸졸 따라오고 있다는 걸 전혀 알아채지 못했다. 정신이 없기는 커피숍에서 은남을 기다리고 있던 정식도 마찬가지였다. 두 사람 눈에는 야구모자를 꾹 눌러쓰고 커피숍 바로 뒷자리에 앉은 기찬이 전혀 보이지 않는 듯했다.

"아빠, 나 농장에서 일할 때…… 힘들기만 했던 건 아니야. 아빠랑 둘이 있을 시간이 그때밖에 없었으니까, 그건 좋았었어."

정식이 눈물을 뚝뚝 흘리며 커피숍을 떠난 후에도 은남은 그 자리에 가만히 앉아 있었다. 말을 걸려다가, 기찬은 좀 더 지켜보기로 했다. 턱을 괸 그가 노골적으로 쳐다보고 있는데도 은남은 고개 한 번 옆으로 돌리지 않았다. 오도카니 앉은 채로 그 버섯들이 뭐라도 되는 것처럼 내내 버섯 상자에서 눈을 떼지 못했다.

그러더니 좀 전에 한 입 떼어먹고 남은 버섯을 다시 톡 잘라 입에 넣었다. 오물오물 정성껏 씹어 삼키고 또 한 입, 그리고 마지막 한 입까지 천천히 꼭꼭 씹어 먹었다. 다시없이 귀한 것을 대하는 듯한 모습이 경건해 보이기까지 했다. 그렇게 몇 입에 나누어 그녀는 버섯 하나를 깨끗하게 다 먹어치웠다. 울지 않을까 걱정했는데, 그녀는 외려 묵은 숙제를 해치워버린 듯 후련한 표정이었다. 그랬다. 내 은남이는 그런 여자였다. 작지만 아주아주 커다란 여자.

팔찌와 버섯 상자를 챙기는 은남을 지켜보다가 기찬은 문득 좋은 생각이 떠올랐다. 울지 않았다고는 해도 기분이 가볍지는 않을 그녀를 즐겁게 해줄 좋은 생각. 기찬은 골똘한 표정으로 버섯 상자를 묶고 있는 은남을 살짝 피해 커피숍을 나섰다. 달음질로 근처 마트에 들른 그는 까만 비닐봉지 하나를 들고 서둘러 집으로 돌아갔다.

* * *

"왔어?"

은남이 현관문을 열자 기찬이 주방 쪽에서 쪼르르 달려 나왔다. 아이들과 함께 본가에 있어야 할 기찬이 혼자 주방에서 나오자 은남은 어리둥절해졌다.

"왜 집에 있어? 이율이랑 이든이는?"

"애들은 할머니, 할아버지랑 있지."

그가 혼자 집에 있는 게 어리둥절했다면, 그의 차림새는 상당히 당황스러웠다. 기찬은 은남이 애용하는 원피스 앞치마 차림이었다. 그것도 꽃무늬가 화려한 분홍색 앞치마. 할 줄 아는 것이라고는 캡슐 커피 내리는 것밖에 없으면서 뭘 하겠다고 앞치마까지 차려입고 있는 건지. 갸우뚱하던 그녀가 곧 자지러진 비명을 냅다 지르기 시작했다.

"꺄아! 황기찬! 너 뭐야! 너 왜 그래!"

그녀의 손에서 버섯 상자를 받아들고 돌아선 기찬의 뒤태가 찬란한 나체였던 것이다. 앞모습을 보았을 때도 앞치마를 제외한 나머지 부분이 유난히 피부색이다 싶었지만, 이렇게 홀랑 다 벗고 있을 줄이야! 환한 햇살에 드러난 골 깊은 등줄기와 탱탱한 엉덩이가 그녀의 두 눈을 현란하게 어지럽혔다.

"도, 도대체 왜 그러고 있는 거야?"

은남이 발그레해진 얼굴로 두 팔을 파닥거렸다 볼 거 못 볼 거, 할 거 안 할 거 다 한 사이라지만, 아무리 그래도 환한 대낮에 이 무슨 망측한 자태란 말인가.

그사이 기찬은 버섯 상자를 식탁 위에 올려놓고 다시 그녀에게로 걸어오고 있었다. 저 속에 드로즈 한 장 입은 게 없다는 걸 알고 보니 앞치마 앞자락이 유난히 풀썩거렸다.

"내가 저번에 잡지에서 봤단 말이야. 너랑 같이 갔던 미용실에서. 남편이 기운 없을 때 와이프가 해주면 좋은 스페셜 이벤트!"

"스페셜 이벤트?"

"응. 1위가 바로 이거였다고. 맨몸에 앞치마 하나만 걸치기!"

"아니 그건 남편이 기운 없을 때 와이프가 해주는 거라면서?"

"사랑하는 사람이 사랑하는 사람을 위해서 해주는 건데 남편이든 와이프든 그게 무슨 상관이야."

은남의 얼굴은 점점 더 붉어지는데, 정작 민망한 차림새를 한 기찬은 당당하기만 했다. 그는 두 손을 허리 양옆에 짚고서 긴 다리를 쩍 벌리고 섰다. 세상에나! 이토록 발기 찬 앞치마라니!

"어때? 마음에 들어?"

짓궂게 윙크를 날리는 기찬의 모습에 아빠도, 버섯도, 상처도 순식간에 다 날아가 버렸다. 이 남자와 함께라면 두 사람의 이름처럼 신나도록 즐겁게, 기차도록 멋있게, 늘 그렇게 살 수 있을 것이다.

"응! 아주 마음에 들어!"

"그렇다면 제대로 짜릿하게 한번 해볼까?"

기찬이 은남의 손을 확 끌어당겼다. 자그마한 몸이 앞치마 하나로 간신히 가려진 맨몸에 답삭 안겼다. 벗고 있는 기찬의 몸도, 입고 있는 은남의 몸도 이미 짜릿하게 뜨거웠다.

그날 한참을 몰아붙인 후에 기찬은 그녀를 위해 처음으로 요리를 만들어주었다. 아까 집에 오는 길에 사온 재료로 만든 라면과 단무지 무침이었다. 삐뚤빼뚤 형편없는 칼질에 모양은 엉망이었지만, 모담 아파트에 살 때 은남이 무쳐주는 걸 하도 많이 봐서인지 단무지 무침의 맛은 제법 그럴싸했다. 라면 위에는 정식이 정성껏 가꾼 표고버섯이 듬뿍 올려졌다. 두 사람은 라면을 국물 한 방울 남기지 않고 맛있게 먹었다. 세상에서 가장 행복한 맛이었다.